ÅSA ERICSDOTTER

EPI DEM IE

ROMAN

ARCTIS

Aus dem Schwedischen
von Ulla Ackermann

Die Originalausgabe erschien 2016 unter dem Titel
Epidemin im Albert Bonniers Förlag, Stockholm

FSC www.fsc.org
MIX
Papier aus verantwortungsvollen Quellen
FSC® C014496

Deutsche Erstausgabe
1. Auflage

Umschlaggestaltung: Favoritbüro, München
Umschlag- und Innenteilmotive: Elina Grandin
Satz: Greiner & Reichel, Köln
Druck und Bindung: GGP Media GmbH, Pößneck
Printed in Germany 2017
ISBN 978-3-03880-002-6

www.arctis-verlag.com
www.facebook.com/ArctisVerlag

»Menschen haben häufig weniger *Selbstkontrolle,* als sie glauben. Ein überhöhter Glaube an eine effektive Kontrolle unterstützt das impulsive Verhalten sogar. Und ein großer Teil der Bevölkerung hat Probleme mit der Selbstkontrolle. Alkoholkonsum, Rauchen und Probleme mit Übergewicht zeigen, dass heutzutage eine große *Zeitinkonsistenz* vorherrscht. Irrationales Verhalten erfordert staatliche Interventionen.«

»Kalorien kosten«
Expertengruppe für Studien der öffentlichen Ökonomie 2011,
Schwedisches Finanzministerium

»Dieting is the most potent political sedative in women's history; a quietly mad population is a tractable one.«

Naomi Wolf, *The Beauty Myth*

»My face is numb, but I'm insane in here.«

Eve Ensler, *The Good Body*

19_

Es geschieht in Ramstein. C.L. Jackson ist ein amerikanischer Offizier mit einer Vergangenheit in Vietnam, Ulrika eine junge Schwedin, die kurz vor dem Abschluss ihrer Ausbildung zur Krankenschwester steht. Sie ist bei einer Freundin zu Besuch, die sie seit der Grundschule nicht mehr gesehen hat. Es ist Frühling, die Kirschbäume blühen. Die kleine Stadt wird von der Air Base der US-Luftwaffe beherrscht. Ulrika geht abends immer lange aus, sie ist hübsch, trägt schulterfreie Tops. Die Amerikaner sind unverblümt, aber ihr gefällt das. Der Mann sieht in seiner Uniform wie ein Riese aus. Hey you. *Und sie kann ihn nicht daran hindern, dass er sie gegen eine Wand drückt, die Erektion ist eine Waffe; er hat viele erfolgreiche Angriffe befehligt, aber dies ist sein unehrenhaftester. Sie schreit wie ein Tier.*

Neun Monate später gibt sie ihren Sohn zur Adoption frei, an ein wohlhabendes Ehepaar aus Kåbo außerhalb von Uppsala. Dr. Bertil und Amber Thomson-Jæger, die Frau ist mager und unfruchtbar. Sie taufen den Jungen auf den Namen Landon: langer Hügel. *Bei der Taufe sitzt die Seite der Familie Jæger im Kirchenschiff rechts, die Sonne scheint blau durch die Glasfenster.*

Zwanzig Jahre später erhält Landon einen Brief. Er ist gerade in die Skolgatan gezogen, in ein paar Monaten beginnt sein Studium an der Universität von Uppsala. Ulrika entschuldigt sich – oder erleichtert ihr Gewissen, das ist schwer zu sagen. »Dein Vater«, schreibt sie und dann: Vorname, Nachname, geschätztes Alter. Weiter unten fügt sie noch einige Details hinzu, als wären sie ein Teil seines Erbes. Er habe sie vergewaltigt, in dem Jahr habe es in Deutschland viele Schweine gegeben; sie schreibt auch von der höllischen Geburt und den chronischen Schmerzen im Becken.

Als Landon eine Weile später zu ihr Kontakt aufnehmen will, ist sie nicht auffindbar. Auf den Namen des Vaters stößt er im Totenregister.

Die Scham hat zwanzig Jahre lang im Verborgenen gelegen und jetzt wird sie ein Teil von ihm. Landon ist hellhäutig, seine Haare sind so rötlich, dass er fast norwegisch aussieht, nicht selten hält man ihn für einen aus dem Nachbarland. Der hochgewachsene Körper. Die blassen Wangen mit Sommersprossen. Monatelang lässt er seinen Bart wachsen.

Er ist zurückhaltender als nötig; es gibt Frauen, die ihn dafür verachten. Nur beim Essen hat er keine Hemmungen. Daneben hat er großes Interesse am Vietnamkrieg, im Regal unter dem Fernseher stehen unzählige DVDs mit Dokumentationen. Durch Zufall stößt er auf das Institut für Nordamerika-Studien und er meldet sich für einen Kurs nach dem anderen an. Irgendwann wird er verstehen oder sich sogar wiedererkennen. »Papa«: eine vage Übelkeit, ein Schwarz-Weiß-Bild aus dem Archiv in Washington, der markante, grobe Kiefer. Aber die Gewalt bleibt etwas Fremdes.

Bis heute.

Das ist die ganze Geschichte. Als Landon mit Rita Peters eine Beziehung eingeht, promovieren sie beide gerade. Ein neues Jahrtausend ist angebrochen, Schweden fällt als Wirtschaftsmacht zurück. Die ersten Interviews mit Johan Svärd schießen wie Leuchtraketen aus dem Einheitsbrei der täglichen Nachrichten empor. »Wir sind mit einer grassierenden Fettsucht konfrontiert, die sich zu einer Katastrophe ausbreitet«, sagt er. Oder: »In der kommenden Generation wird jeder dritte Schwede übergewichtig sein.« Die neue Partei will für einen revolutionären Umschwung in der Gesundheit der Bevölkerung sorgen und Schweden wieder schlank machen. Übergreifende Reformen werden versprochen. Subventionierte Magenchirurgie. Landon hört in der scharfen Rhetorik des jungen Parteivorsitzenden die Stimme seiner aufs Gewicht fixierten Mutter und tut ihn als Verrückten ab. Die Gesundheitspartei ist ein schlechter Scherz. Rechtspopulismus in seiner lächerlichsten Form.

Als Landon und Rita sich sieben Jahre später trennen, ist Johan Svärd Ministerpräsident und Rita hat sich auf neunundvierzig Kilo heruntergehungert.

Er gehört zu den Männern, die sich entschuldigen, nachdem sie ejakuliert haben. Eine Kommilitonin hatte diesen Spruch auf einer Party losgelassen und alle hatten gelacht. Das war rücksichtslos, sie kannten ihn ja nicht, und Landon hatte gedacht, was wisst ihr denn schon, doch es verletzte ihn.

Fragt Rita, hatte er sagen wollen.

Rita Peters war auf einem Fest für die neuen Doktoranden in einem gestreiften Pullover erschienen, der über den Brüsten spannte, und mit einer schiefen Stimme, die sie nicht davon abhielt, auf den Tisch zu klettern und eines der traditionellen Studentenlieder zu singen. Erst nach Stunden hatte Landon den Mut gefasst, sie anzusprechen. Sie war Literaturwissenschaftlerin mit einem Faible für Poetry Slam, er ein USA-Kenner, den niemand kannte. Doch etwas an ihm hatte ihre Aufmerksamkeit geweckt.

Sie hatte all seine Bedenken und seine Ängstlichkeit zerstreut und er hatte seit dem Brief von Ulrika zum ersten Mal etwas, an dem er sich festhalten konnte. Gelegentlich fuhren sie in das kleine Sommerhäuschen der Familie Thomson-Jæger auf Kavarö und setzten sich mit ihren Abhandlungen nebeneinander aufs Sofa – jeder auf seine Seite. Ihre handelte von der Machokultur in der Slam-Poetry, seine von Olof Palme und dessen USA-Kritik. Abends machten sie es sich mit zwei Litern Eiscreme im Bett gemütlich und ärgerten sich, den Tag vergeudet zu haben, ohne einander zu berühren.

Landon sah vom Schreibtisch auf. Er musste aufhören, an sie zu denken. Früher oder später musste er damit aufhören. Es tat weh, wenn er ihr auf einem der Flure der Universität begegnete. Ihr Körper war ausgemergelt, die Haut ganz grau.

Er hatte sie viele Jahre lang geliebt, das letzte Jahr vergeblich. Zum Schluss hatte er seine Sachen in Umzugskartons gepackt und war aus der gemeinsamen Wohnung in der Luthagsesplanaden ausgezogen. Ein zwei Meter hoher Crosstrainer und ein Laufband standen vor dem Fernseher, wo früher das Sofa gewesen war. Überall lagen Hanteln und Pilatesbänder, Trainingspläne und Hochglanzmagazine mit Rezepten für Kohl-Smoothies und den besten Diättipps der Hollywoodstars. Die Küche betrat Rita fast nie und aus dem Badezimmer drang ein aufdringlicher Azetongestank.

Seither waren Monate vergangen. Rita hatte eine Lektorenstelle im literaturwissenschaftlichen Institut übernommen, die ihre Vorgängerin Gloria Öster hatte niederlegen müssen, und Landon hatte seine Postdoktorandenstelle am Institut für Nordamerika-Studien. Doch es war unklar, wie lange er noch bleiben durfte. Bei der letzten Gesundheitskontrolle war er um Haaresbreite einer schriftlichen Verwarnung entgangen. »FMQ 41!«, hatte die Krankenschwester gerufen und missbilligend den Kopf geschüttelt. Das Institut für Ernährung war zu dem Schluss gekommen, dass der BMI, die alte Formel zur Berechnung des Körpergewichts, allzu großzügige Ergebnisse lieferte. Groß gewachsene Menschen schnitten bei diesen Parametern besser ab und kamen ungeschoren davon.

So hatten sie es verkündet. Als ob es sich um eine Straftat handelte.

Der Fett-Muskel-Quotient war zur besten Waffe der Gesundheitspartei geworden. Er entschied über die berufliche Eignung. Mit einem FMQ von über 42 kam man nicht mehr für die Arbeit im öffentlichen Dienst infrage. Als Landon das erste Mal von dem Vorschlag der Regierung hörte, hatte er seinen Ohren kaum getraut. Mittlerweile war er bedeutend weniger naiv, sofern es um die Ziele der Gesundheitspartei ging und wie weit sie bereit war zu gehen. Im Institut für Nordamerika-Studien hatte einer der Dozenten seine Stelle verloren, ebenso wie die beiden neuen Doktoranden. »Das ist nicht unsere persönliche Entscheidung«, hatte der Dekan erklärt, nachdem Landon und seine Kollegen gegen die Kündigungen protestiert hatten. »Sie liegt bei einer höheren Instanz.«

Die Botschaft der neuen Regierung stieß bei den Menschen auf begeisterte Resonanz. Johan Svärd hätte sich nicht besser im politischen Parteiengefüge einordnen können: in der Mitte zwischen dem konservativen Lager und den Sozialdemokraten. Nahm man sich beim Wahlbarometer nicht in Acht, wurde man *par défaut* als Gesundheitsparteiler eingestuft. Nicht nur alte Liberal-Konservative wie Herr und Frau Thomson-Jæger verfielen dem Charme des jungen Politikers. Landon hatte linke Freunde, die jubelten, sobald der Ministerpräsident eine Rede hielt und die Verstaatlichung vorantrieb.

Die Universität war zu einer Gefahrenzone geworden. Die Gespräche in der Mensa drehten sich nur noch darum, was gegessen wurde und was nicht, oder wie viel man trainieren müsse, um es wieder zu verbrennen. Mittlerweile setzte sich Landon weg von den anderen, um den Gesprächsthemen zu entgehen. Das angeordnete Fitnessprogramm machte die Sache nicht besser. Bis tief in die Nacht sah man die Leute mit verschwitzten T-Shirts und roten Köpfen aus den neu eingerichteten Fitnessräumen der theologischen Fakultät kommen. Sie starrten planlos vor sich hin mit matten, leeren Augen.

Wie Rita, war sein Gedanke und dann dachte er nicht weiter darüber nach.

Er nahm eine der gehefteten Abschlussarbeiten aus dem Bücherkarton, der auf dem Boden stand, und unterschrieb das Vorsatzblatt. Ein neuer Kollege aus Stockholm wollte seine Dissertation lesen und Landon hatte nichts dagegen, das Archiv um einige Gramm zu erleichtern.

Er hatte mehrere Jahre lang nach seinem Vater gesucht. Die Dissertation war ein Vorwand gewesen und nur Rita kannte den wahren Grund. Im Nachhinein bereute er es beinahe, dass er sie eingeweiht hatte. *Schwedisch-Amerikanische Beziehungen 1968–1974.* Die endgültige Fassung trug den Untertitel *Das Problem Palme,* ein in sich geschlossener Teil innerhalb seiner Dissertation. Olof Palme kritisierte den

Vietnamkrieg, die Amerikaner reagierten gereizt. Es ging sogar so weit, dass Schweden auf dem besten Weg war, bei der Verteilung der Souvenirs vom Mond übergangen zu werden.

Landon hatte im Archiv in Washington drei Wochen damit verbracht, offizielle Dokumente durchzugehen. Fotos und Bildmaterial von der US-amerikanischen Armee. Listen über Truppenstationierungen. Das war im Februar gewesen, draußen war es eiskalt und der Schnee lag zwei Meter hoch. Jeden Abend um Punkt halb sechs hatte er sich in den Bus Richtung Jugendherberge gesetzt, Kaffee aus einem Pappbecher getrunken und ein paar klebrig-süße Biskuits mit Feigenmarmelade verdrückt.

Sein Doktorvater in Uppsala war von seinem Engagement und seinem Eifer begeistert, doch die Entwürfe, die er abends per Mail ablieferte, waren lediglich Ablenkungsmanöver. Nur er und die Bibliothekarin wussten, dass die Recherchen, mit denen er sich den größten Teil des Tages beschäftigte, nicht das Geringste mit dem ermordeten schwedischen Ministerpräsidenten zu tun hatten.

Am Ende hatte er das Foto gefunden. Der Kriegsheld Calen Logan Jackson. Flachsblonder Bürstenhaarschnitt. Orden am Revers.

Das war ein halbes Jahr, bevor er Rita getroffen hatte. Seine Eltern wussten nichts von dem Brief, den Ulrika ihm geschrieben hatte. Es gab niemanden, dem er davon erzählen konnte oder wollte. An diesem Abend war er mit dem Bus den ganzen Weg bis zum Washingtoner Kapitol gefahren und hatte sich dort auf die Stufen gesetzt. Die Straßenlaternen leuchteten schwach im Schneetreiben. Schneepflüge drehten ihre Runden auf dem leeren Platz.

Er erinnerte sich vor allem an die Kälte. Für das andere gab es keinen Platz. Am nächsten Morgen fuhr er zurück ins Archiv und vertiefte sich in die Dokumente. Die Korrespondenz über die radikale Haltung Olof Palmes und die besorgniserregenden Treffen der schwedischen Linken. Der Bericht über den Ersten-Mai-Umzug im Humlegården in Stockholm. Die Dissertation schritt unerwartet schnell voran. Die US-amerikanischen Armeen zogen zielstrebig aus Landons

Kopf ab und machten Platz für das Thema, für das er eigentlich hier war.

Sechs Monate später ging er zu der Universitätsfeier und verliebte sich in Rita.

Das Sieb im Abfluss der Duschkabine war rot von Blut. Das heiße Wasser brannte in den Wunden, die die Peitschenhiebe in ihre Haut gerissen hatten. Durch die alte Billardhalle am Sivia-Targ dröhnte die Musik so laut, dass der Boden vibrierte. Die nächste Trainingseinheit hatte schon angefangen.

»Ihr müsst kämpfen! *Kääämpfen!*«

Das Gebrüll der Frau war bis in die Duschkabine zu hören. Rita Peters hatte einen Vertrag unterzeichnet: auf eigene Verantwortung, für alle eventuellen Verletzungen haftet der Unterzeichner selbst, etc. Ihr war das einerlei. *Macht mit mir, was ihr wollt.*

Jetzt wurde das Wasser abgestellt. Sie blickte an ihren Schenkeln herab. Ein langer, blutroter Striemen. Als ihr schwarz vor Augen geworden war, hatte sie aufgehört – und sofort war der Peitschenhieb gekommen.

Ausreden gab es nicht.

»UND EINS UND ZWEI, UND EINS UND ZWEI ...«

Von allen da drinnen war sie die Dickste. Die jungen Frauen, die auf den Laufbändern vor ihr trainiert hatten, bestanden nur noch aus Knochen und heißen, pulsierenden Adern. Rita schämte sich. Sie hatte noch eine Einheit dranhängen wollen, aber es gab keinen freien Platz mehr. Und eine Stunde zu sitzen und zu warten – einfach nur zu *sitzen*, war für sie unvorstellbar. Sie hatte zu viel Wasser getrunken. Ihr Bauch spannte und drückte und fühlte sich gebläht an. Bald würden die Leute glauben, sie sei schwanger – und wenn es etwas gab, das unwahrscheinlicher war, verdammt ...

»UND LOS, WEIIITER!«

Fight-Or-Die-Bootcamp. In Hollywood machte das jeder. Die Trainer akzeptierten kein Nein. Wer die Fitnessgeräte verließ, erhielt sofort die Quittung.

Rita kaute fieberhaft. Sie hatte schon zwei Packungen zuckerfreies Kaugummi verbraucht, aber ihr Körper schrie nach Nahrung. Die aufgeplatzte Haut schmerzte, als das Wasser wieder zu fließen begann.

»Rita P.?«

Sie zuckte zusammen.

Eine blonde, stark geschminkte Frau schaute in den Duschraum. »Sie haben sich für eine weitere Trainingseinheit eingetragen? Ein Teilnehmer ist nicht erschienen. Wenn Sie wollen, können Sie einspringen.«

Rita blinzelte. Ihr Kopf bewegte sich automatisch auf und ab.

ACESULFAM-K, ASPARTAM, FRUKTOSE, GLUKOSE, HONIG, LAKTOSE, AHORNSIRUP, MAISSIRUP, SACCHARIN, SACCHAROSE, STEVIA, SUCRALOSE.

Helena Andersson nahm die Tabelle und warf sie zusammen mit Mollys anderen Hausaufgaben in den Mülleimer. *Hör nicht so genau hin, Kleines. Das ist nur Hokuspokus.*

Sie nahm die Nudelpackungen vom Küchenregal und packte sie in eine Papiertüte, die auf dem Fußboden stand. Mehl und Zucker kamen ganz nach oben. Sie blieb eine Weile vor dem Vorratsschrank stehen. Sollte sie auch Kakao mitnehmen? Und Vanillezucker?

Helena stopfte so viele Lebensmittel wie möglich in die Tüte und trug sie hinaus in den Flur. Der notwendigste Hausrat hatte in einem der Bananenkartons Platz gefunden. In der blauen Ikea-Tasche lagen ein paar Handtücher und Laken. Helena warf einen Blick auf die übervolle Flurgarderobe. Das hatte man davon, wenn man niemals Sachen aussortierte.

Sie nahm ein paar Jacken von den Kleiderbügeln. Eine Jacke für mich und eine für Molly, entschied sie, und dann noch Mollys Overall. Mützen und Schals konnten sie einfach mitnehmen. Dabei war es schon fast so kalt, sie zu tragen. Molly konnte ihre Tasche selbst packen, sobald sie von der Schule nach Hause kam. Ihre Tochter würde an nichts anderes denken als an ihre Kuscheltiere und ein paar Donald-Duck-Comics, aber das war kein großes Problem. Molly trug eh immer den Pullover mit dem Katzenkopf.

Sie lächelte traurig. *Meine kleine Motte.*

Als Helena das erste Mal von der geplanten Schulreform gehört hatte, war es für sie nichts weiter als ein Schreckgespenst und der neue Lehrplan ein größenwahnsinniges Projekt. Die Kernfächer waren radikal reduziert worden. Alle schwedischen Schulkinder hatten nachmittags Sportunterricht und Gesundheitskunde und die Übergewichtigen sollten ganztägig in Sonderklassen unterrichtet werden. Eine vorübergehende Maßnahme, hatte Johan Svärd erklärt, denn »akute Situationen erfordern akute Lösungen«, und so weiter. Sobald die betroffenen Kinder ein akzeptables Gewicht erreicht hätten, dürften sie auch wieder am normalen Schulunterricht teilnehmen.

Allein der Gedanke machte sie wütend. Was bildeten sich diese Menschen eigentlich ein? Neuerdings wurde schon in der Grundschule mit Diäten der Grundstein für spätere Essstörungen gelegt. Molly war acht Jahre alt und hatte bereits *Ernährungslehre* als Fach. Helena und ein paar andere Eltern hatten bei der Schulleitung protestiert, diese hatte die Verantwortung jedoch zurückgewiesen. Die Schule befolge lediglich nationale Richtlinien, es liege nicht in ihren Händen, bla bla bla.

Als man Molly in die neue Sonderklasse versetzt hatte, war Helena bereits seit einem halben Jahr arbeitslos gewesen. Drei Monate hatten sie ihr gegeben, drei Monate, in denen das kleine bisschen Selbstwertgefühl, das sie in ihrem Erwachsenenleben hatte aufbauen können, vollkommen zerstört worden war. Eine Probezeit. »Begreifen Sie es als Chance, endlich die Folgen Ihres bequemen Lebenswandels zu bekämpfen!«, hatte der Personalchef des medizinischen Versorgungszentrums in Gimo gesagt und dabei vielsagend auf ihren Bauch geblickt.

Sie nahm Mollys Winteroverall vom Haken und zog die Ärmel ein bisschen in die Länge. Sie würde doch wohl nicht noch vor Ende des Winters aus dem Overall herausgewachsen sein? Die rosa Daunenjacke war jetzt schon ein bisschen eng. Gestern hatte sie erzählt, dass sie ein Junge auf dem Schulhof deshalb gehänselt hatte.

Diese verdammte Schule. Letzte Woche war Molly mit einem neuen Buch nach Hause gekommen: »Lily macht Diät«. Auf dem Umschlag war ein in Tränen aufgelöstes Mädchen abgebildet, das vor dem Spiegel ein Speckröllchen betastete. Im Rückseitentext stand, es ginge um die siebenjährige Lily, die es nicht mehr länger ertragen konnte, ständig gemobbt zu werden, weil sie zu dick war. Sie wollte endlich wieder Freunde haben.

Helena hatte mehrere Minuten lang auf das dünne Buch gestarrt. *Altersempfehlung: 6–8 Jahre.*

Statt ihrem allerersten Impuls nachzugeben und das Buch wegzuwerfen, hatte sie es sich mit Molly zusammen angesehen. In der Schule würde man sie sowieso zwingen, es zu lesen. Die Klassenlehrerin ließ nicht mit sich diskutieren, und je schneller Molly das Buch gelesen hatte, desto besser. Mit Helenas Hilfe hatte Molly Abschnitte des Buchs erkannt, die intolerant und diskriminierend waren. Anschließend durfte Molly sich eine eigene Geschichte mit dem Titel »Wie Lily wieder glücklich wurde« ausdenken, in der die arme Lily lernte, dass es im Leben wichtigere und lustigere Dinge gab, als sich mit Essen und Aussehen zu beschäftigen. Mit einer solchen Art von Hausunterricht beschäftigte sie sich derzeit. Vorbeugende Maßnahmen, die beinahe lächerlich waren. Molly sollte jeden Tag erzählen, wie es in der Schule gewesen war. Sie sorgte dafür, dass eine ordentliche Zwischenmahlzeit auf dem Tisch stand, wenn Molly nach Hause kam, damit sie nicht bis zum Abendbrot hungern musste. Liebe geht nicht nur durch den Magen, dachte sie, aber es war ein Balanceakt. Ganz unbeschadet würde Molly aus dieser Sache nicht hervorgehen.

Sie selbst hatte in ihrer Jugend jahrelang versucht, jene vollen Kurven, die ihr vererbt worden waren, zu besiegen, und diese aussichtslosen Qualen wollte sie Molly am liebsten ersparen. Helena hatte der Schulkrankenschwester vergeblich zu erklären versucht, dass es in ihrem Fall nicht um schlechte Angewohnheiten ging. Alle Frauen in der Familie Andersson hatten breite Hüften und üppige Formen. All die Diäten und Kuren hatten im Endeffekt nur das Gegenteil bewirkt. Sie selbst war diesem Teufelskreis einigermaßen unbeschadet entkommen, aber wie würde es Molly ergehen? Wie lange würde sie gegen sich selbst kämpfen müssen?

Die Voraussetzungen waren mehr als schlecht. Die Schüler der Sonderklasse bekamen statt eines Mittagessens eine kalorienarme Mahlzeit, eigene Lunchpakete waren verboten. Molly und ihre Klassenkameraden durften nicht einmal in der Schulkantine sitzen. Die »normalen Kinder« sollten ihre Mahlzeiten nicht in Gegenwart der Andersartigen essen müssen.

So hatte es die Schule in ihrer Benachrichtigung, dass Molly in diesem Schuljahr die Sonderklasse besuchen würde, nicht formuliert – aber fast.

Wir möchten niemanden stigmatisieren. Molly hatte nur drei Sekunden gebraucht, um zu verstehen, worum es ging – die Kinder waren schließlich acht Jahre alt, nicht acht Monate – und Helena hatte sie nicht anlügen wollen. Sie hatte ihr gesagt, wie es war: dass es ein Experiment sei. Eine Maßnahme, vorgeschrieben von der neuen Regierung.

Du weißt schon. Das ist genauso wie mit meiner Arbeit. Aber es geht vorüber. Bald ist alles wieder so wie früher.

Das war vermutlich eine sehr großzügige Interpretation. Die Partei hatte zwar gesagt, dass es sich lediglich um eine Testphase handele, aber solche Formulierungen hatte Helena schon zur Genüge gehört.

Johan Svärds vorübergehende Maßnahmen hatten die Angewohnheit, alles andere als *vorübergehend* zu sein.

Sie ging zurück in die Küche und nahm die Post vom Eckschrank, um nachzusehen, ob es noch eine Rechnung gab, die sie vor ihrer Abfahrt begleichen musste. Als ihr Blick auf die Broschüre von Mollys Schulkrankenschwester fiel, fühlte sie einen Stich in der Magengegend. Das bunte Papier glänzte im Licht der Küchenlampe. Die Zeichnung auf der Vorderseite stellte ein rosa Schweinchen dar, das mit einem weißen Verband um den Bauch in einem Krankenhausbett lag.

WER SCHÖN SEIN WILL, MUSS LEIDEN.

Helena biss sich auf die Lippe. Genau das hatten sie mit Emil gemacht.

Sie wollte es immer noch nicht glauben. Selbst bei Erwachsenen hatten Magenoperationen oft emotionale Folgen. So hatte sie es während ihrer Krankenschwesterausbildung gelernt. Wenn man nie normale Portionen aß, wurden soziale Kontakte so gut wie unmöglich. Ganz zu schweigen davon, nichts mehr essen zu dürfen, wenn man es gewohnt war, dass es einem in bestimmten Lebenssituationen half.

Wie würde sich das alles erst bei einem Kind auswirken? Ein siebenjähriger Junge, dem man nur wenige Prozente seines Magens gelassen hatte.

Helena legte einen von Mollys Schals zusammen. Emils Operation war nicht gut verlaufen. Die Klassenlehrerin hatte es am Elternabend mitgeteilt. Helena hatte mehrere Minuten lang dagesessen, ohne die Worte zu verstehen. Irgendjemand hatte eine Gedenkstunde vorgeschlagen, aber die Lehrerin hatte abgewinkt. Mitten im Schuljahr war für so etwas keine Zeit. Vielleicht könne man das zu einem späteren Zeitpunkt arrangieren. *Im Grunde gebe es ja keine Eile.*

Helena schauderte. Der Brief, den Molly letzte Woche aus der Schule mit nach Hause gebracht hatte, hatte genauso kühl geklungen. *Wir würden es begrüßen, wenn alle Eltern in dieser Angelegenheit mit uns zusammenarbeiteten. Es wird erwartet, dass die Listen mit geeigneten Nahrungsmit-*

teln, Trainingsmethoden etc., die zu Beginn des Schuljahres ausgeteilt wurden, auch nach Ende des Schultages befolgt und eingehalten werden. Trotz dieser Maßnahmen zeigen sich bei Molly nicht die Ergebnisse, die wir uns erhofft haben. Wir fragen uns natürlich, woran das liegen könnte. Bemühen Sie sich in ausreichendem Maße bei der Essenszubereitung zu Hause? Auch zu Ihrem eigenen Besten? Um ein Vorbild zu sein?

Helena hatte innerlich gekocht. Sie musste sich zusammennehmen, um nicht in die Schule zu gehen und der Klassenlehrerin einen Schlag in ihr ausgezehrtes Gesicht zu verpassen.

Das war auch der Grund, warum sie an diesem Morgen so früh aufgestanden war und angefangen hatte, Mollys und ihre Sachen zu packen. Sie würden das Reihenhaus in Gimo verlassen. Die Broschüre von der Schulkrankenschwester war ein schlechtes Zeichen gewesen. Der Brief von der Klassenlehrerin ein noch schlechteres. Bei zwei Jungen aus Mollys Klasse hatte man bereits einen operativen Eingriff empfohlen. Einer von ihnen war tot. Es war Zeit zu verschwinden.

Zumindest vorübergehend.

In der Wohnung in der Skolgatan herrschte das reinste Chaos. Überall Bücher, Pizzakartons und schmutzige Kaffeebecher. Auf dem alten Holztisch, den Landon vor Jahren mithilfe eines Skateboards und eines Seils vom Secondhandladen bis nach Hause geschleppt hatte, lagen ein paar Dutzend Artikel in ungeordneten Stapeln. Er hatte den Auftrag für einen Schulbuchartikel über Schweden und den Vietnamkrieg erhalten. Und damit er ungestört arbeiten konnte, hatte er sich entschieden, zu Hause zu bleiben. Theoretisch eine gute Idee: Keine Studenten, die mit Fragen zur bevorstehenden Prüfung vor der Tür standen, sobald er sich in einen Artikel vertieft hatte. Niemand, der freitagnachmittags um fünfzehn Uhr mit einer verspäteten Semesterarbeit, die korrigiert werden musste, in sein Büro kam. Keine

Kollegen, die ihm eine gemeinsame Kaffeepause oder eine kleine Zwischenmahlzeit vorschlugen.

Letzteres war sowieso kaum realistisch – es war Monate her, seit er jemanden gesehen hatte, der sich am Kaffeeautomaten im Institut etwas anderes als einen Becher ungesüßten Zitronentee geholt hatte, und wenn er selbst während der Kaffeepause Schokoladenkekse anbot, sahen die Leute ihn an, als hätte er den Verstand verloren. Es war auch nicht besonders wahrscheinlich, dass Landon Thomson-Jæger nur konzentriert arbeitete, wenn ihn niemand ablenkte. Aber er brachte es einfach nicht über sich, in die bedrückende Arbeitsatmosphäre des Instituts zurückzukehren.

Das Problem war die Wohnung. Sie war zu groß. Er bekam keinen Überblick.

Nach einer Woche mit mäßigem Arbeitsfortschritt beschloss er, hinaus auf die Insel Kavarö zu fahren. Das elterliche Sommerhaus war in der Zeit, in der er an seiner Dissertation gearbeitet hatte, ein ausgezeichneter Rückzugsort gewesen, zumindest seiner Erinnerung nach, und seit der Scheidung seiner Eltern stand es leer. Bertil, genannt Beppe, war im ganzen letzten Jahr nicht einmal dort gewesen. Ohne Amber ertrug er es dort nicht. Und obwohl Familie Thomson-Jæger gern damit kokettierte, das rustikale Leben zu schätzen (Beppe war immer maßlos stolz auf seinen alten Volvo 240 gewesen), war Landon der Einzige, der sich auf Kavarö wohlfühlte. Das »Häuschen« in Juan-les-Pins wurde viel mehr genutzt. Mittlerweile hatte Amber sich dort häuslich niedergelassen (»Nur als Zweitwohnsitz«, behauptete sie zwar, aber Landon hatte sie seit dem letzten Weihnachtsfest nicht mehr auf schwedischem Boden gesehen), und Beppe saß als frischgebackener Rentner in seinem großen Haus und erging sich in endlosen Grübeleien über die Vergangenheit. Landon fand, dass er ein bisschen wunderlich geworden war. Er erzählte alte Anekdoten und löste Kreuzworträtsel.

Beppe hatte angeboten, dass Landon sich seinen Volvo leihen und im Sommerhaus wohnen könne. Er brauche keines von beiden und keines von beiden brauche ihn. Landon verspürte keine besonders große Lust, zu seinem Vater zu fahren, um die Schlüssel abzuholen. Das vergangene Mal hatten sie zwanzig Minuten lang stumm dagesessen und an Haferkeksen geknabbert, bis Landon einen Anruf auf dem Handy vorgetäuscht hatte und zum Telefonieren in den Garten gegangen war. Als er ins Haus zurückgekehrt war, hatte Beppe angefangen, etwas über den Dollarkurs und die schwedischen Immobilienpreise zu faseln. Vielleicht sollte er auch sein Haus verkaufen und ins Ausland ziehen? Darauf war Landon beim besten Willen keine Antwort eingefallen.

Jetzt sah er sich in der Wohnung um, stellte den Rucksack auf den Tisch und packte seinen Laptop, ein Ladegerät und den höchsten der Artikelstapel hinein. Da es im Sommerhaus keine zuverlässige Internetverbindung gab, musste er sich notgedrungen auf seine Papierausdrucke verlassen.

Lebensmittel, dachte er und begann eine Liste zu schreiben. Toastbrot, Butter, Honig ... Schinken. Parmesan. Toilettenpapier? Hoffentlich hatten sich keine Mäuse eingenistet. Das letzte Mal hatten die kleinen Nager in der Zeit, als das Haus unbewohnt gewesen war, ihr Unwesen getrieben.

Als er eine Stunde später seine Einkaufsliste mit Schalotten und Zwiebeln beendet hatte (denn wenn es etwas gab, für das er seine Arbeit gern aufschob, dann Delikatessen), ging er ins Schlafzimmer, um Socken und Unterwäsche einzupacken. Er betrachtete sich im Spiegel. Seine hellen Haare waren so lang, dass sie sich bereits lockten. Vom Bart ganz zu schweigen. Das Grübchen im Kinn, das Rita so gern gemocht hatte, war nicht mehr zu erkennen, und die Lachgrübchen ... Er verzog ein wenig den Mund. Schwer zu sagen.

Er hatte immer Pech mit den Frauen gehabt, bis er Rita begegnet war. Und danach war seine Pechsträhne weitergegangen. Er war gerade mal dreißig und dennoch kam es ihm vor, als wäre das Spiel vorbei und seine Zeit abgelaufen. Seine Mutter hatte ihm deswegen Vorwürfe gemacht. *Schau dir Rita an.* Ganz so, als ob sie ihr Leben auf die Reihe bekommen hätte und als wäre das der Grund für die Trennung gewesen.

Vielleicht war er zu unbeholfen. Er traute sich nicht, die Initiative zu ergreifen. Frauen wollten schließlich jemanden haben, der sie hart anfasste. Das hatte ihm nicht nur Rita deutlich zu verstehen gegeben. Frauen wollten einen Mann, der ihre Namen über die Dächer hinausbrüllte. Oder einen aalglatten Johan Svärd mit etwas Unergründlichem in seinen alles andere als blauen Augen. (Rita war Johan Svärd Hals über Kopf verfallen. Das würde ihm Landon niemals verzeihen.)

Er selbst hatte keine Lust, es zu versuchen, und seine mehr oder weniger ehrgeizigen Versuche, sich zu verstellen, hielt er eh nie lange durch. Und hatte sich Rita nicht gerade in seine sensible Seite verliebt? In sein Talent, genau den schmerzenden Punkt in ihrem Rücken zu finden oder die perfekte Zahl an Umdrehungen mit der Pfeffermühle? Aber mit der Geduld war es so eine Sache. Die Kunst abzuwarten mochte bei einer Tomatensauce oder einem Text Wunder bewirken, aber wenn es um die Liebe ging, waren Leidenschaft und Temperament gefragt.

Landon inspizierte den Kleiderschrank. Die nicht zu kleinen Hemden waren unpraktisch (Ambers Weihnachtsgeschenke waren in neun von zehn Fällen »gut gemeinte« Versuche, ihn dazu zu bringen, ein paar Kilo abzunehmen). Ein paar alte T-Shirts mussten genügen. Sollte er noch eine zusätzliche Jeans einpacken?

Er schob die Tür des Kleiderschranks zu. Saubere Sachen waren überbewertet. Zu dieser Jahreszeit hielt sich fast niemand auf Kavarö auf. Und seine Mutter würde ganz sicher nicht plötzlich von der Riviera eingeflogen kommen und von ihm verlangen, dass er sich anständig kleidete.

Jetzt musste er nur noch die Bücher abholen, die er in der Universitätsbibliothek bestellt hatte. Dann konnte er zu seinem Vater nach Kåbo fahren, den Volvo abholen und eine Weile den trübseligen Geschichten des Rentners zuhören.

Draußen war es kalt und ungemütlich. Landon holte sein Fahrrad, radelte die Skolgatan hinunter, bog auf die Sysslomansgatan ab und überquerte die Sankt Olofsgatan.

Er fuhr am Domplatz vorbei. Vor der Dreifaltigkeitskirche parkte ein Lastwagen. An der Seite stand in großen Lettern SCHWEDISCHE FITNESS. Zwei muskelbepackte Männer luden Kartons ab und trugen sie in die Kirche. Q-RUNNER. STAIR MASTER 4200. GX SUPER SPIN. Die Tür war weit geöffnet, draußen auf der Straße standen einige Holzbänke und ein paar hohe dunkle Gemälde.

Landon hielt am Obelisken an. Sie hörten nicht auf: Über die Hälfte der Kirchen in Uppsala waren im vergangenen Jahr zu Gesundheitszentren umfunktioniert worden. Vor einigen Monaten war er in die Michaelskirche gegangen, um sich das Ergebnis des Wahnsinns anzuschauen. Was würden sie als Nächstes tun? Jesus vom Kreuz holen und stattdessen eine Schautafel mit Stretchübungen aufhängen? Die Kanzel durch eine Hantelbank ersetzen?

Genau das hatten sie getan. Anstelle von Pfarrern hatten jetzt begeisternde Motivationsredner das Kommando übernommen. Kostenlose Fitnessstudios und Gesundheitsdienste lockten jede Woche Hunderte an.

Eine Frau kam auf ihn zu und drückte ihm etwas in die Hand. Bevor er begriff, worum es sich handelte, war die Frau schon wieder verschwunden.

Er las den mit der Schreibmaschine getippten Zettel.

Laßt euch von niemand auf irgendeine Weise verführen, denn dieser Tag kommt nicht, es sei denn, daß zuerst der Abfall komme und geoffenbart worden sei der Mensch der Sünde, der Sohn des Verderbens, welcher widersteht und sich selbst erhöht über alles, was Gott heißt oder ein Gegenstand der Verehrung ist, so daß er sich in den Tempel Gottes setzt und sich selbst darstellt, daß er Gott sei.

(2. Thessalonicher 2:3–4)

Am Ende des Blatts, unter einer Zeichnung, die irgendein Tier darstellte, stand ein weiteres Zitat.

> *Der Geist aber sagt ausdrücklich, daß in späteren Zeiten etliche von dem Glauben abfallen werden, indem sie achten auf betrügerische Geister und Lehren von Dämonen, die in Heuchelei Lügen reden und betreffs des eigenen Gewissens wie mit einem Brenneisen gehärtet sind, verbieten zu heiraten, und gebieten, sich von Speisen zu enthalten, welche Gott geschaffen hat zur Annehmung mit Danksagung für die, welche glauben und die Wahrheit erkennen.*
>
> *(1. Timotheus 4:1–3)*

Landon drehte den Zettel um, doch die Rückseite war leer. Die Frau war wie vom Erdboden verschluckt. Wenn es sich um die Wort-des-Glaubens-Bewegung oder die Zeugen Jehovas handelte, die ihre Botschaften unters Volk bringen wollten, gab es in der Regel einen Absender. Dieses Flugblatt sah eher selbst gebastelt aus. Er knüllte den Zettel zusammen.

Die beiden Möbelpacker kletterten auf die Ladefläche des Lkws und luden ein paar lange Eisenstangen aus. Der eine hielt sie in die Luft, als würde er trainieren, der andere grinste. Ein älterer Mann mit Bart stand in der Kirchentür und schaute ihnen zu.

Landon wollte zu ihnen hinübergehen und etwas sagen, aber er wusste nicht, was. Seit der Beerdigung von Ritas Vater hatte er keinen Fuß mehr in eine Kirche gesetzt, und er würde sich ganz sicher nicht querstellen, wenn die Partei beschließen sollte, den christlichen Glauben abzuschaffen. Trotzdem spürte er einen Anflug von Nostalgie. Wenn Johan Svärds Gesundheitsfanatismus tatsächlich zur Staatsreligion erklärt wurde, was geschähe dann mit all den wirklich Gläubigen?

Die Gesundheitsideologie war ein Glaube ohne Erlösung. Das Versprechen eines schlankeren und glücklicheren Lebens. Eine oberflächliche Hülle, die so stark glänzte, dass man schnell vergaß, dass nichts dahinter war. Landon spürte, wie das Unbehagen in ihm wuchs, je länger er den beiden Muskelprotzen bei ihrem Spiel mit den Kartons zusah.

Er stieg aufs Fahrrad und fuhr weiter zur Universitätsbibliothek. Es war nicht sein Problem. Nicht mehr.

Sie würden die Scheiße irgendeines fremden Menschen in sie reinspritzen. So hatten sie es in dem Formular, das sie ihr gegeben hatten, natürlich nicht ausgedrückt, aber Rita Peters konnte zwischen den Zeilen lesen. Zuerst bekam man eine starke Antibiotikakur verabreicht, die die Darmbakterien abtötete, dann erfolgte der eigentliche Einlauf, bei dem die Ausscheidungen eines untergewichtigen Menschen in den Darm injiziert wurden. Die neue Darmflora sollte einen besseren Stoffwechsel bewirken und dieser wiederum die Gewichtsabnahme beschleunigen.

»RePOOPulate«, wiederholte die Pharmaforscherin. Sie trug eine cremefarbene Rüschenbluse und hatte die Haare zu einem Zopf geflochten. Ihr amerikanischer Akzent war breit und übertrieben, als hätte sie zu viele Fernsehserien im Originalton gesehen.

»Wie schnell wirkt die Behandlung?«

»In zwei Wochen werden Sie einen positiven Unterschied merken – selbst bei Ihrem niedrigen Gewicht.«

Rita sah die Frau misstrauisch an. Ihr Gewicht war ganz offensichtlich noch nicht so niedrig, dass es – wie Landon immer behauptet hatte – *Wahnsinn* war.

»Und das tut nicht weh?«

»Natürlich nicht.«

Rita blickte auf das Informationsblatt, auf dem der Magen-Darm-Trakt abgebildet war. Ein sepiafarbenes Mikroskopbild von länglichen, stäbchenförmigen Bakterien. *Grundlagenforschung, erste Phase, medizinische Wirkung noch nicht erprobt.*

»Das Mittel ist auch in synthetischer Form erhältlich, aber wir arbeiten wie gesagt mit Spendern zusammen.«

Rita blickte vom Blatt hoch. »Ist das auch wirklich … sicher?«

»Wir überprüfen unsere Spender drei Mal.« Die Frau tippte etwas in ihren Computer.

Rita betrachtete sie genauer. Die Bluse hing lose über ihren Brüsten, als hätte sie erst kürzlich abgenommen. Ihre blonden Haare sahen trocken aus, fast schon strohig.

Die Frau reichte ihr ein neues Formular. »Hier. Alle Probanden müssen eine Einverständniserklärung unterschreiben.«

Rita griff nach dem Stift, der vor ihr auf dem Tisch lag. Fünf Minuten später verließ sie das Biomedizinische Zentrum mit einem weiteren Vertrag zur Gewichtsabnahme in der Handtasche. Die Spiegeltüren des Instituts für Pharmazeutische Mikrobiologie glänzten in der Herbstsonne.

Landon blickte hellwach zum abgedunkelten Fenster hinüber. Je länger er darüber nachdachte, desto sicherer war er, dass er sich das Klopfen nur eingebildet hatte. Als er gerade wieder einschlafen wollte, klopfte es wieder. Dieses Mal stand er auf.

Er öffnete die Tür und schaute hinaus. Auf der Vortreppe stand ein kleines Mädchen, das einen Pullover mit einem riesigen Katzenkopf darauf trug. Er blinzelte. Diese Katze konnte man beim besten Willen nicht mehr als süß bezeichnen; Furcht einflößend war da schon eine passendere Umschreibung.

»Hallo!«, begrüßte sie ihn. »Ich heiße Molly!«

Landon konnte sich ein Lächeln nicht verkneifen. »Hallo, Molly.«

»Und du heißt Thomson«, plapperte sie weiter. »Das steht am Briefkasten.«

»Der gehört meinem Vater … Aber ja.«

»Deinem *Vater*?«

Landon lachte. So alt sah er also schon aus. Daran war wohl der Bart schuld. »Landon«, sagte er und hielt ihr die Hand hin.

»Du magst wohl gerne Bananen, was?« Sie zeigte auf sein T-Shirt.

Er hatte in seinem alten Velvet-Underground-T-Shirt geschlafen. Die legendäre Warhol-Banane war mindestens genauso auffällig wie Mollys Katzenkopf.

Er nickte und zog seine Hand zurück. Sie hatte auf jeden Fall gelernt, dass man Fremden nicht die Hand geben durfte. »Ich esse jeden Tag mindestens drei Stück.«

»Was?« Molly sah ihn mit großen Augen an.

»Bananenbrei zum Frühstück, Bananenkuchen zum Mittagessen und Bananenpudding zum Abendbrot.«

Sie blickte ihn misstrauisch an. »Du lügst.«

»Nur ein kleines bisschen.«

»Mama sagt, dass man nicht einmal ein kleines bisschen lügen darf. Wer einmal lügt, dem glaubt man nicht …« Molly blickte ihn auffordernd an.

»Kann ich dir irgendwie helfen? Willst du Zeitschriften verkaufen oder …« Er suchte nach irgendetwas, das den Grund für ihr Auftauchen verraten würde. »Kekse?«

»Mama hat gesagt, dass ich dich zum Stückfrüh einladen darf, wenn du nett aussiehst.« Landon schaute sie verwirrt an. »*Stückfrüh?* Und deine Mutter ist …?« Landon blickte sich suchend um. Kein Auto.

»Wir wohnen doch hier!« Sie sah aus, als würde sie denken, er wäre genauso schwer von Begriff, wie sie es von Leuten in seinem Alter erwartete. »Wir sind deine Nachbarn, oder du bist *unser* Nachbar. Wir sind gerade erst hergezogen.«

»Du meinst fürs Wochenende?«

»Nein. Mama sagt, dass wir jetzt hier wohnen – also so lange, bis es sich wieder beruhigt hat. Aber das ist okay. Vielleicht bekomme ich eine Katze.«

Landon sah sie neugierig an. Es gab niemanden, der das ganze Jahr über hier draußen wohnte. Abgesehen von dem Bauern auf der anderen Seite des Waldes und dem alten Ehepaar unten am See, vorausgesetzt, sie hatten den Herbst überlebt. In diesem Teil von Kavarö gab es nur Ferienhäuser. Die Leute kamen hierher, um die Fassaden neu zu streichen und Krebse zu essen. Sobald es September wurde, kehrten sie zurück in die Stadt.

»In welchem Haus denn?«, fragte Landon. »In dem gelben bei der Weggabelung?«

»Dem roten«, antwortete Molly.

Sie meinte das Haus auf der anderen Seite des Schotterwegs. Landon war vor ein paar Jahren einmal da gewesen. Damals hatte dort ein alter Mann gewohnt, Edgar … Edwin oder so ähnlich. Beppe kannte ihn näher. Aber das Haus war doch gar nicht winterfest?

Molly hüpfte ungeduldig von einer Treppenstufe auf die nächste. »Kommst du mit?«

»Bist du wirklich sicher, dass …« Er zögerte. Durfte man am frühen Morgen einfach so bei wildfremden Leuten zu Hause aufkreuzen?

Aber genau das hatte dieses kleine fremde Menschenkind ja gerade getan.

»Es gibt belegte Brote mit Fleischklößchen«, verkündete Molly.

Landon lächelte. »Zum Frühstück?«

»Ja! Logisch. Aber Mama hat gesagt, dass wir um Punkt neun frühstücken.«

Landon drehte sich um und warf einen Blick auf die Uhr, die an der Wand hing. Also genau jetzt. Er wandte sich wieder Molly zu. Welcher Mensch, der im Vollbesitz seiner geistigen Kräfte war, würde auf die Idee kommen, seiner Tochter einen so irren Pullover zu kaufen? »Okay«, sagte er. »Ich zieh mir nur schnell was an.«

Die Pyjamahosen behielt er an, die Banane bedeckte er mit einem dicken Strickpulli. Dann schlüpfte er in die alten Holzpantinen, die an der Tür standen und seinem Vater gehörten, und lief Molly, die schon vorausgeflitzt war, über den Kiesweg nach.

»Mama! Mama!« Molly rannte die Treppe hoch und riss die Tür zum Sommerhäuschen auf. »Mama, er ist mitgekommen! Ich hab's doch gesagt!«

Landon blieb in der Tür stehen. Plötzlich wurde ihm bewusst, wie er aussah. Pyjamahosen und ein mottenzerfressener Pullover. Hier wohnte schließlich immer noch eine Frau. »Weißt du was, Molly. Ich sollte vielleicht nach Hause gehen und ...«

Da sah er sie. Sie war deutlich jünger, als er erwartet hatte, und trug eine weiße Bluse, über die sie eine Schürze gebunden hatte. Die langen braunen Haare waren zu einem losen Zopf geflochten. Sie war ziemlich mollig, aber die Kurven standen ihr gut.

Landon spürte, wie er gegen seinen Willen rot wurde. »Ich ...«, stammelte er. »Es tut mir leid, falls ich mich aufdränge.«

»Ach Unsinn, wir bekommen gerne Besuch. Und wie ich meine Tochter kenne, war wahrscheinlich eher sie diejenige, die sich aufgedrängt hat? Molly quengelt schon seit sechs Uhr früh, dass sie dich kennenlernen will. Oder eigentlich schon, seit sie gestern Abend den Volvo entdeckt hat. Ich konnte sie nicht länger aufhalten.« Sie betrachtete Landons unorthodoxen Aufzug. »Sie hat dich doch wohl hoffentlich nicht geweckt?«

»Nein, hat sie nicht.«

Ihr Lächeln verriet, dass sie ihm nicht glaubte. Sie hielt ihm die Hand hin. »Helena.«

Er nahm ihre Hand. »Landon.«

»Banane«, korrigierte Molly.

Helena sah sie ermahnend an.

»Das ist okay«, beschwichtigte Landon. »Wir haben schon darüber geredet.«

»Obwohl er gelogen hat«, sagte Molly.

Helena blickte erst ihre Tochter und dann Landon verwundert an.

Er schüttelte den Kopf. »Frag nicht.«

Die alte Küche sah genauso aus, wie er sie in Erinnerung hatte. Die Einrichtung war einfach: ein alter Kiefernholztisch, zwei Küchenstühle und ein Flickenteppich. Vor dem Fenster stand eine altmodische Küchenbank. Seine Großmutter hatte auch so eine gehabt. Sie hatte Gesellschaftsspiele darin aufbewahrt. In den Regalen leisteten Kaffeedosen aus Blech, Glasschalen und Kräuter einander Gesellschaft. Weiße Tüllgardinen von der Art, in die sich in den Sommermonaten gern Wespen verirrten, und ein karierter Flickenteppich, der unter einem der Tischbeine verschoben war. In der Ecke an der Tür standen übereinandergestapelte Bananenkisten, die noch niemand ausgepackt hatte. Helena holte ein Backblech mit goldbraunen Brötchen aus dem Ofen. Es duftete herrlich.

Landon warf einen Blick auf die Arbeitsplatte. Über der Spüle hing ein abgeschnittener grüner Gartenschlauch.

Helena trocknete sich die Hände an der Schürze ab. »Das ist nicht gerade eine Luxusvilla«, sagte sie.

»Was?« Er fühlte sich ertappt. »Habt ihr kein warmes Wasser?«

»Doch, im Badezimmer. Aber weiter bin ich noch nicht gekommen.«

»Ich glaube, ich war früher schon einmal hier. Aber damals hat hier ein älterer Mann gewohnt …« Er zögerte. »Edgar?«

»Edvard!« Helena strahlte. »Du hast meinen Vater kennengelernt!«

»Dein *Vater*. Also darum wohnst du … wohnt ihr …«

»Er kann sich nicht länger um das Haus kümmern.« Sie machte eine resignierte Geste. »Alzheimer.«

»Das tut mir leid.«

»Und du? Was machst du um diese Jahreszeit hier?«

»Das Gleiche. Also auch im Sommerhaus meines Vaters wohnen. Ich bin hier, um zu schreiben.«

»Bist du Autor?«

»Wissenschaftler. Nordamerika-Studien.«

»In Uppsala?«

»Ja, genau.«

Helena stellte einen Korb auf den Tisch, legte ein paar Brötchen hinein und schenkte Kaffee ein. Butter, Marmelade und Käse standen schon auf dem Tisch. »Zucker?«

»Gerne.«

Er schaute auf die Packung. Der Warnhinweis prangte ganz unten in unübersehbarem Schwarz. »Man sollte sich einen Vorrat anschaffen«, sagte er. »Gestern haben sie in den Nachrichten gebracht, dass die Zuckersteuer ab dem ersten Januar um zehn Prozent erhöht werden soll. Als habe alles nicht schon genügend Wirkung gezeigt.«

»Wenn es nach Johan Svärd geht, kann es niemals weit genug gehen. Die Gesundheitspartei wird erst zufrieden sein, wenn Zucker offiziell als Droge gilt.«

»Schlimmer. Koks macht schließlich dünn.«

Helena lächelte. »Wahrscheinlich bekommt man es bald gratis.«

Sie nahm die Teller von der Arbeitsplatte und setzte sich auf die Küchenbank. »Greif zu!«

»Sieht toll aus.«

»Ach, das sind doch nur ein paar Brötchen.«

Helena schnitt eins der Brötchen auf und legte es ihrer Tochter auf den Teller. Molly platzierte vier Fleischklößchen auf einer Brötchenhälfte und hielt sie mit den Händen fest. Dann legte sie ihre Kreation wieder hin.

»Ich kann die Fleischklößchen auch in Scheiben schneiden, Kleines. Dann kannst du das Brötchen leichter essen.«

Molly schüttelte den Kopf. Helena wirkte plötzlich besorgt.

Landon sah sie an. »Danke für die Einladung«, sagte er. Er wollte sie gern aufmuntern. »Ich hatte mit einer Woche Isolierhaft und trocken Brot gerechnet.«

Sie lächelte. »Komm einfach vorbei.«

Als er nach Hause ging, war es Nachmittag. Er hatte gar nicht gemerkt, wie die Zeit vergangen war. Erst hatte er zum Dank für das Frühstück darauf bestanden, Helena zu helfen, ein paar Kartons in die obere

Etage zu tragen. Dann hatten sie am Küchentisch gesessen und stundenlang Kaffee getrunken.

Sie hatte ihn für morgen wieder eingeladen. Sie wollte die Fensterlaibung vor dem ersten Kälteeinbruch abdichten. Landon wusste nicht einmal, was eine Fensterlaibung war (er wollte den Begriff sofort zu Hause nachschlagen), aber um nicht wie ein Volltrottel dazustehen, hatte er zugesagt. Es konnte schließlich nicht schaden, ein bisschen Nachbarschaftshilfe zu leisten.

Der Fernseharzt zeichnete mit schwarzem Filzstift Markierungen auf die blasse Bauchhaut, blähte das Abdomen mit Kohlendioxidgas auf und führte das Endoskop mit aufgesetzter Kamera in die Bauchhöhle ein. Dann nahm er das Skalpell in die Hand. Fünf schnelle Schnitte durch Haut- und Fettschichten. Nachdem er den weißen Silikonring korrekt angelegt hatte, war der obere Teil des Magens nicht größer als ein Ei. Er betrachtete das Ergebnis auf dem Monitor. »Perfekt.«

Das Mädchen auf dem Operationstisch war zwölf Jahre alt, und Rita fühlte, wie der Neid in ihr wuchs. Erst Fettabsaugung, dann Magenband. Sie hätte liebend gern eine solche Radikalkur bei sich vornehmen lassen.

Sie selbst hatte sich bei der medizinischen Versorgungszentrale mit einer Dosis *Purify* zufriedengeben müssen, dem Impfstoff gegen Fettleibigkeit, der auf Geheiß der Gesundheitspartei kostenlos war. Seitdem plagte sie ein Juckreiz im Analbereich, aber die Krankenschwester hatte ihr versichert, dass sich die Nebenwirkungen mit der Zeit geben würden. Der Magen würde sich wieder stabilisieren. *Es ist wie mit der Sonne. Am Anfang des Sommers hält man es kaum eine halbe Stunde in der Sonne aus, aber Ende August kann man sich den ganzen Tag draußen aufhalten, ohne dass es der Haut etwas ausmacht.* Bei Doktor Sten hatten sie gesagt, dass *Purify* eine Entgiftungskur für den Körper war, bei der die Toxine auf natürliche Weise vom Körper ausgeschwemmt wurden. Eine Frau im Publikum hatte gefragt, ob es wahr sei, dass es sich bei dem Medikament um einen Bandwurm handelte. Rita war vor Ekel ganz übel geworden. Aber sie hatten nur gelacht. *Purify* sei tatsächlich ein Parasit, hatte Doktor Sten erklärt, aber ein gutartiger. »Das Einzige, was er isst, ist Fett.«

Was sollte man glauben? Es war unwahrscheinlich, dass die Regierung Milliarden dafür ausgab, die Bevölkerung zu vergiften. (Landon würde eine solche Verschwörungstheorie vermutlich sogar glauben. Rita erinnerte sich daran, wie wütend er geworden war, als der schwedische Fernsehsender SVT seinen Namen zu GTV geändert hatte. Er hatte die Tageszeitung zusammengeknüllt und den Rest des Morgens vor sich hin geflucht. *Verdammtes Faschistenpack.* Es war fast lustig gewesen.)

Eine Woche später bekam sie die berühmte Gratisimpfung der Gesundheitspartei zu spüren. Rita hatte seit vier Tagen nicht auf die Toilette gehen können; ihr Magen war aufgebläht wie ein Ballon. Sie presste das Kissen hart auf ihr Zwerchfell. *Wie die Sonne.* Wenn das mal nicht die Untertreibung des Jahres gewesen war. Morgen sollte sie noch einmal ins Biomedizinische Institut kommen und sich die Antibiotika abholen. Sie würden ganz sicher nicht begeistert sein, dass sie zweigleisig experimentierte.

Sie sah auf die Uhr. Zehn vor. Ihr Blick fiel auf den Bücherstapel auf dem Fernseher. Ganz oben lag ein Flyer, der heute in der Post gewesen war.

VERGISS DIE KALORIENTABELLEN: JETZT ZUR BESTFORM MIT UNSERER EINFACHEN *SWAP*-METHODE!

UPPSALA FITNESS-EXPERTEN: WIR VERWANDELN DICH IN EINE *FATBURNING-MACHINE*.

UPPSALA-LIPOSUKTION:
SCHLANK IN FÜNFZEHN MINUTEN.

Die Subventionen der Regierung hatten dazu geführt, dass sich jeder zweite Bürger als Start-up-Unternehmer versuchte. In der Luthagsesplanaden türmten sich die Reklamesendungen, die tagtäglich durch den Briefschlitz in die Wohnung flatterten, schon beinahe zu einem kleinen Berg.

Sie sah wieder auf die Uhr. Der Tee wurde kalt, sie durfte ihn aber erst um Punkt sechzehn Uhr trinken.

Genauso war es auf dem Laufband: Sie durfte nicht mit dem Laufen aufhören, bevor im Display gerade Zahlen angezeigt wurden: 01:00:00. 44:44:44. Sie starrte mit leerem Blick auf den Fernseher. Sie fühlte sich, als ob ihr Gehirn keine Verbindung herstellte. Gott sei Dank würde in diesem Semester einer der Doktoranden ihren Kurs übernehmen. Sie war sechs Wochen lang für Forschungszwecke freigestellt. Bislang hatte sie noch nicht ein einziges Mal den Computer benutzt.

Es war schon merkwürdig. Sie hatte sich nichts sehnlicher gewünscht, als endlich den Doktortitel in ihrem Namen zu tragen. Jetzt machte ihr die Arbeit an der Universität nicht einmal mehr Spaß. Sie wusste ganz genau, dass sie eigentlich froh und dankbar sein sollte, dass sie die Nachfolge von Gloria Öster hatte antreten dürfen, und trotzdem fühlte es sich sinnlos an. Die Literaturstudenten waren lustlos und unmotiviert. Oder vielleicht war es ihre eigene schlechte Laune, die auf die Studenten abfärbte.

Rita spielte nervös mit der Fernbedienung. Gerade lief eine Sendung über Trainingslager für übergewichtige Kinder. Die Kamera schwenkte über das herbstliche Gelände. Im Hintergrund lief das Lied »A Letter from Camp« des schwedisch-niederländischen Liedermachers Cornelis Vreeswjk. Ungefähr zwanzig mollige Sechsjährige drehten unablässig ihre Runden um einen Kiesplatz. Ein Trainer tobte und brüllte. In der nächsten Einstellung wurde ein rundlicher Junge gezeigt, der in der Kantine einen Apfel schälte. Mit zarter Kinderstimme und rosigen Wangen erklärte er dem Reporter, dass die Kalorien in der Schale saßen. *Kalojien*, sagte er. *Die Kalojien.*

Rita kniff die Augen zusammen. Die Leute sollten sich keine Kinder anschaffen. Nicht, wenn sie sich nicht um sie kümmerten. Wie ihr Vater. *Du bist alles, was ich habe, Rita. Rita, ich habe doch niemanden außer dir, ach Rita, ach verdammte Scheiße. Scheiiiiße.* Und immer war sie es gewesen, die angerufen hatte. Obwohl er ihr schon seit zehn Jahren nicht mehr zum Geburtstag gratuliert hatte.

Drei Tage hatte er tot auf dem Boden zwischen Sofa und Couchtisch gelegen. Der rote Ikea-Teppich und ein Dutzend leere Flaschen. Ein Kollege schlug Alarm, nachdem Lennart am Montag nicht zur Arbeit gekommen war. Am Dienstag brachen sie die Wohnungstür auf und fanden ihn. In der rechten Hand hielt er das Telefon, Ritas Nummer war die letzte, die er gewählt hatte.

Sie war nicht ans Telefon gegangen. Sie hatte nicht die Kraft gehabt.

Du konntest es nicht wissen, Rita. Du darfst dir keine Vorwürfe machen.

Sie schaltete um. Auf GTV2 lief gerade Werbung für eine Dokumentation mit dem Titel »Extreme Diets«. Beim Anblick der Frau im Bild stieg Ekel in ihr auf, und sie musste unweigerlich an Gloria denken. Ohne die staatliche Reform der Arbeitsmarktpolitik hätte Rita die Stelle im Institut niemals bekommen. Dank Glorias ausgebliebener Gewichtsabnahme – falls sie überhaupt den Versuch unternommen hatte, abzunehmen – war Rita die Lektorenstelle von einem Tag auf den anderen angeboten worden. Natürlich »vorübergehend«, aber wie wahrscheinlich war es, dass eine hundert Kilo leichtere Gloria Öster zur Tür des literaturwissenschaftlichen Instituts hereinspazieren und ihre Stelle zurückfordern würde?

Arme Gloria. Sie war deutlich engagierter gewesen, als Rita es derzeit war. Kein Wunder, dass die Studenten die Motivation verloren. Sie hatte ihre Arbeit in der letzten Zeit ziemlich vernachlässigt. In der Mensa hatte einer der Doktoranden auf Ritas Salat gezeigt und sie darüber belehrt, dass Dosenmais neben Avocados das kalorienreichste Gemüse sei, das man überhaupt in sich hineinstopfen könne. *Wie purer Zucker.* Ein paar Maiskörner hatte sie auf der Toilette wieder herauswürgen können, aber es war zu spät. In der Zeitung hatte gestanden: Selbst wenn man das, was man zu sich genommen hatte, gleich wieder erbrach, hatte der Körper die Hälfte der Kalorien schon aufgenommen. Wenn man abnehmen wollte, dann half nur Fasten. Keine Tricks.

An dem Nachmittag hatte sie fast drei Stunden lang trainiert. Das schlechte Gewissen, aus diesem Grund nicht zur Arbeit zu gehen, hatte sie in der letzten Stunde angetrieben. Das Institut hatte ihre »Magen-Darm-Grippe« nicht infrage gestellt und es bei einer halbherzigen Ermahnung belassen; sie solle beim nächsten Mal bitte frühzeitig Bescheid geben. Aber Rita spürte, dass es erst der Anfang von etwas Unaufhaltsamen war. Wenn sie jetzt auch noch die Arbeit aufgab, alles andere hatte sie schon längst aufgegeben …

Die Digitaluhr am Fernseher zeigte sechzehn Uhr an.

Rita griff gierig nach dem Silbertee. Ein Teelöffel null-Komma-einsprozentige Milch. Ein Teelöffel Stevia. Dennoch schmeckte der Tee nur nach Wasser. Heißem Wasser. Sie schluckte mühevoll. Sollte sie sich lieber ein paar gefrorene Weintrauben holen? Bevor sie aufstehen konnte, kam wieder ein Arzt im weißen Kittel ins Bild. Sein breites Lächeln schien den ganzen Bildschirm einzunehmen.

»Hallo an alle Zuschauer zu Hause vor den Fernsehgeräten! Heute sprechen wir über die neue Five-A-Day-Diät. *Was* man essen soll, *wie* man essen soll und *wann* man essen soll.«

Molly ist mit einer Broschüre von der Schulkrankenschwester nach Hause gekommen, in der verschiedene operative Eingriffe zur Magenverkleinerung aufgeführt sind: Magenband, gastrischer Bypass. Das Übliche.«

»Aber diesen Mist machen sie doch wohl nicht bei Kindern?«

»Oh doch, sogar ganz besonders *gerne*! Sie empfehlen es.«

»Das ist doch vollkommenen krank.«

»Was glaubst du, weshalb ich mit Molly hergezogen bin?«

Landon schüttelte den Kopf. Eigentlich war er gekommen, um Helena mit den Fenstern zu helfen, sie waren aber bislang übers Kaffeetrinken nicht hinausgekommen.

»Ein Klassenkamerad von Molly hat den Eingriff nicht überlebt. Und als sie mir mitgeteilt haben, dass eine Operation bei Molly der nächste Schritt sei, wenn sie weiterhin keine ›Ergebnisse zeigen‹ würde …« Helena zuckte hilflos mit den Schultern. »Da habe ich mich entschieden.«

»Ich wusste, dass sie davon geredet haben, die Altersgrenze zu senken, aber *Achtjährige?*«

»Ich weiß nicht, warum die Ärzte das mitmachen. Sie bekommen bestimmt Fördergelder von Svärd. Das Institut für Ernährung besitzt ja mittlerweile halb Schweden.«

»Ich glaub es einfach nicht.«

»Hast du ihm nicht zugehört? Werde magersüchtig oder stirb.«

Landon biss sich auf die Lippe. Rita. Doch er wollte nicht über sie sprechen.

Helena seufzte. »Ich bin auf jeden Fall froh, dass du hier bist, Landon aus Uppsala. Es ist lange her, dass ich mit jemandem geredet habe, der etwas anderes im Kopf hat als Kalorientabellen.« Sie stellte ihre Tasse auf den Tisch. »Was meinst du, sollen wir mal die Fensterlaibung in Angriff nehmen?«

»Ich hab das Gefühl, dass ich nicht viel mehr tun kann, als dumm danebenzustehen.«

»Unsinn. Du bist jedenfalls eine größere Hilfe als Molly. Sie lässt mich meistens schon nach fünf Minuten für einen Donald-Duck-Comic im Stich.«

»Ach, habt ihr hier welche?« Landon sah sich suchend um.

Helena lächelte und stand vom Tisch auf. »Könntest du noch mehr Glasfaserwolle holen? Im Keller liegt eine ganze Rolle.«

»Klar.«

»Warte.« Sie gab ihm ein Paar Handschuhe, das auf der Fensterbank lag. »Hier. Pass auf deine Hände auf.«

Schon auf der Kellertreppe schlug ihm feuchte, muffige Luft entgegen. Als er unten ankam, rümpfte Landon die Nase. Lag irgendwo eine verweste Maus?

Er blinzelte ein paar Mal, damit sich seine Augen an die Dunkelheit gewöhnten. Von der Decke baumelte eine einsame Glühbirne. Werkzeuge hingen an Haken an der Wand, in einer Ecke stand eine alte, abgenutzte Tischlerbank. In den Regalen türmten sich Lacke, Ölfarben und Pinsel.

In der hintersten Ecke entdeckte er die gelbe Rolle. Landon zog die Handschuhe über und wollte die Rolle gerade hochheben, als sein Blick auf einen grauen Hochschrank fiel. War das ein Waffenschrank? Verwundert sah er auf die geschlossene Eisentür. War Helenas Vater Jäger gewesen? Oder …

Na klar.

Molly hatte ja schließlich auch irgendwo einen Vater.

Auf dem Weg nach oben entschloss er sich, nach Hause zu gehen und zu schreiben.

»Da bist du ja!«, rief Helena, als er die Rolle in die Küche trug. »Ich hab schon geglaubt, unser Hausgeist hätte dich bei lebendigem Leib aufgefressen.«

Da war es wieder. Dieses Lächeln.

Vielleicht konnte er doch noch ein paar Minuten länger bleiben.

»Wir haben uns einen harten Kampf geliefert, aber zum Schluss hab ich ihn übermannt.«

Sie kicherte. »Dein Glück.«

»Der Keller ist ja das reinste Warenlager … Ist dein Vater Tischler?«

»Er war Tischler. Er hat in der alten Tischlerei in Harg gearbeitet. In den Sommerferien habe ich da auch immer gejobbt.«

»Ich dachte, du bist Krankenschwester.«

»Zunächst habe ich als Tischlerin gearbeitet. Mein Vater hat mir alles beigebracht. Ich glaube, dass er eigentlich lieber einen Sohn gehabt hätte, aber …« Sie zuckte mit den Schultern.

»Warum hast du nicht weitergemacht?«

»Das ist eine lange Geschichte. Ich erzähl sie dir bei einer anderen Gelegenheit. Gibst du mir mal den Winkelhaken?«

Er schaute sich verwirrt in der Küche um. »Den Winkelhaken …«

Sie sah ihn belustigt an. »Du bist wirklich ein waschechter Akademiker.«

»Und du bist ein Bauernmädchen«, erwiderte Landon.

»Pass bloß auf. Vergiss nicht, wer den Hammer hat.«

Landon stellte den Computer aus. Noch eine leere Seite. Der Vormittag bei Helena hatte ihn erschöpft. Vielleicht war er soziale Kontakte einfach nicht mehr gewohnt. In Uppsala war er in den vergangenen Jahren nur wenig mit anderen zusammen gewesen. Wer nicht seinen Job verloren hatte, weil er zu dick war, hatte aufgehört, nett zu sein, weil er zu wenig aß. Johan Svärds hungerndes Schweden war verbitterter als jemals zuvor, dabei war die allgemeine Stimmung schon früher nicht gerade euphorisch gewesen. Keine Spur von der skandinavischen Leichtigkeit, von der in Reiseführern die Rede war.

Er dachte an Rita. Das erste Jahr ihrer Beziehung war magisch gewesen. Sie war so schön und hingebungsvoll, dass er sein Glück gar nicht fassen konnte. Es kam vor, dass er nachts aufwachte und sie einfach nur ansah. Doch nachdem ihr Vater gestorben war, hatte sich alles verändert. Nach und nach verkroch sie sich in eine harte Schale aus Haut, und jede Berührung schien ihr wehzutun. Wenn er im Bett die Hand nach ihr ausstreckte, rollte sie sich zur Seite, als hätte er eine ansteckende Krankheit.

Landon wollte nicht mehr daran denken. Er flüchtete aufs Sofa und stellte den Fernseher an. Mittlerweile lief nur noch Mist, aber zum Lesen fehlte ihm die Energie. Über weite Phasen hatten ihn nur seine *Schwedisch-Amerikanischen Beziehungen* interessiert, aber nach der Universitätsreform hatte diese Besessenheit nachgelassen. Die Ein-Themen-Politik der Gesundheitspartei hatte alle politischen Debatten ausgehöhlt. Wieso sollte man die Vergangenheit thematisieren, wenn das einzige Thema auf der politischen Agenda vom *Aussehen* der Bevölkerung handelte?

Es kam immer noch vor, dass er sich in einer Dokumentation über den Vietnamkrieg verlor, oder in einem neuen Anti-Kriegsroman, den ihm ein Postdoktoranden-Kollege aus den USA geschickt hatte. Aber es war sowieso nur noch eine Frage der Zeit, wann sie ihn rauswerfen würden. Immer weniger Forschungsmittel wurden bewilligt. Das halbe Kollegium hatte ein Kündigungsschreiben erhalten. Er hatte jedes Mal Bauchschmerzen, wenn er im Institut an sein Postfach ging.

Auf GTV1 liefen Nachrichten. Der Sprecher vermeldete die Nachricht vom nationalen Gewichtsregister, das Johan Svärd gerade eingeführt hatte. Der Sprecher der Gesundheitspartei verkündete, das Register solle zu kosteneffektiven Lösungen beitragen und das regionale Engagement steigern. Als der Reporter nachhakte, ob es nicht als kränkend empfunden werden könne, entgegnete der Regierungssprecher, dass von Zwang keine Rede sei. »Es ist zum Wohl der Bevölkerung, und für diejenigen, die sich dieser Neuerung entziehen wollen, wird es auf Dauer teuer.«

Landon wollte gerade umschalten, als der Reporter ans Studio übergab und Johan Svärds Visage im Bild erschien.

Die Fettepidemie ist eine tickende Zeitbombe. Schweden muss sich von Grund auf verändern, um eine Katastrophe dieses Ausmaßes bewältigen zu können. Das mag drastisch klingen, aber ich begreife es als natürliche Verteidigungsmaßnahme. Als Reaktion auf eine Bedrohung, für die wir zu neuen Waffen greifen müssen, um sie abzuwehren.«

Die Kamera schwenkte auf den Moderator. »Sie reden so, als würden wir vor einem Krieg stehen.«

»Ich denke, dass wir einen Kampf führen und wir uns ihm auf dieselbe Weise stellen müssen, wie wir uns auch einer Kriegssituation stellen würden. Die Fettepidemie ist alles andere als eine gewöhnliche Krankheit. Sie ist eine umfassende Bedrohung. Sie bedroht die physische und psychische Gesundheit eines jeden Einzelnen von uns. Für die schwedische Gesellschaft ist die Bedrohung in erster Linie wirtschaftlicher Natur. Ein krankes Land kann sich nicht auf die gleiche Weise im internationalen Wettbewerb behaupten wie ein gesundes Land. Ein krankes Land ist nicht produktionsfähig. Es ist ganz einfach: Ein bettlägeriges Schweden mit Hunderttausenden übergewichtigen Bürgern in seiner Mitte ist ein handlungsunfähiges Land, ein Land, das sich in den eigenen Schwanz beißt. Wir können unsere Produktionskapazitäten nicht aufrechterhalten, die Steuergelder landen direkt in den Taschen der Kranken, und als Konsequenz haben die Gesunden keine Gesellschaft mehr, der sie vertrauen und auf die sie sich verlassen können. Der Arbeitsmarkt leidet. Wir verlieren unsere Kaufkraft. Ich male hier nicht das schlimmstmögliche Szenario an die Wand, ich rede über Dinge, die bereits in unserem Land geschehen.«

»Sie bezeichnen die Fettepidemie als Krankheit. Viele übergewichtige Menschen würden sich selbst nicht als krank beschreiben. Was sagen Sie hierzu?«

»Massives Übergewicht *ist* eine Krankheit. Jedes überflüssige Kilo, das der Körper tragen muss, ist eine Krankheit. Eine Krankheit, die lebenswichtige Körperfunktionen beeinträchtigt. Eine Krankheit, unter deren Auswirkungen unsere Nation zu leiden hat. Wir alle kennen die ellenlangen Listen mit nicht enden wollenden Krankheiten. Es kann kein Zweifel darüber bestehen, dass Fettleibigkeit ein akutes medizinisches Problem ist. Wir haben eine ganze Generation von Fünfzig- und Sechzigjährigen, die Jahrzehnte zu früh sterben. Fünfjährige leiden an Diabetes, Fünfzehnjährige haben mit Herz- und Gefäßerkrankungen zu kämpfen. Völlig gesunde Menschen, die sich bewusst krankessen.«

»Sie betrachten es als eine bewusste Entscheidung?«

»Ich betrachte es als etwas, das eine bewusste Entscheidung sein sollte. Wenn die Gesellschaft dir keine Entscheidungsfreiheit ermöglicht, dann muss sich die Gesellschaft verändern. Das ist genau mein Punkt: Es geht nicht darum, ob Menschen falsche Entscheidungen treffen. Es geht darum, Möglichkeiten zur Veränderung anzubieten oder nicht. Aus diesem Grund setzt die Gesundheitspartei auf verstärkte staatliche Interventionen, um das Problem in den Griff zu bekommen. Sie brauchen nur auf die USA zu schauen und Sie verstehen das eigentliche Problem. Wenn der Staat Mais statt Äpfel subventioniert, wird Apfelsaft, der mit Maissirup gesüßt wird, deutlich billiger als reiner, naturbelassener Apfelsaft – und was tun Sie als Verbraucher? Sie kaufen das günstigere Produkt. Doch das ist noch nicht alles. Wenn es keine staatlichen Richtlinien für vertrauenswürdige Werbung und Etikettierung gibt, ist der Verbraucher seinen Gelüsten ausgeliefert und gibt seinem Verlangen nach. Wie heißt es so schön? Der Kunde ist König. Aber eigentlich ist er machtlos. Süße Donuts mit Marmelade oder süße Donuts mit Schokolade? Pest oder Cholera. Die Entscheidungsfreiheit ist eine abgekartete Sache.«

»Sie haben selbst einige Jahre in New York gelebt.«

»Das ist richtig. Dort habe ich das Problem zum ersten Mal bewusst wahrgenommen. Mittlerweile ist es ja schon ein gängiges Klischee – dicke Amerikaner, in den USA ist alles XXL – aber aus der Nähe betrachtet ist das nicht besonders lustig. Riesige Portionen und Fast-Food-Ketten, die rund um die Uhr geöffnet haben. Mühsam gewonnene Rohstoffe, die in Käse und Saucen, Zuckerguss und Sirup ertränkt werden. Ich ziehe immer wieder gern folgenden Vergleich heran: Jeder Schwede besitzt eine Kaffeemaschine, jeder Amerikaner eine Fritteuse. Und jetzt bekommen sie die Quittung dafür. Die Fettepidemie hat die USA schon seit vielen Jahren fest im Griff. Mittlerweile ist jeder zweite US-Amerikaner von ihr befallen. Die Kinder sind krank. Die Jugendlichen haben keine Zukunft. Als ich nach

Schweden zurückgekommen bin, habe ich hier dieselben Tendenzen erkannt. Schweden ist nicht nur übergewichtiger geworden, unsere ganze Kultur ist dabei, sich langsam, aber sicher zu verändern. Wir ernähren uns schlechter. Wir essen häufiger. Und deswegen werden wir krank.«

»Aber nichtsdestotrotz hinkt doch der Vergleich? Wir reden hier über hundertfünfzig Millionen übergewichtige Amerikaner, verglichen mit wie vielen Schweden … eine Million, eine halbe Million …«

»Fettleibige Patienten kosten den schwedischen Staat, die Krankenkassen und die Wirtschaft jedes Jahr fünfzehn Milliarden Kronen. Rechnet man Krankschreibungen und verlorene Erwerbstätigkeitsjahre hinzu, sind es sogar fünfunddreißig Milliarden. Über eine Million Schweden gelten als übergewichtig, sechshunderttausend als massiv übergewichtig – und diese Zahlen beruhen lediglich auf Schätzungen. Bislang fehlte uns ein zuverlässiges System, mit dem wir exakt ermitteln konnten, um welche Gewichtsgruppen es sich handelt und wo sie sich befinden. Und genau hier kommt das nationale Register ins Spiel. Endlich können wir gezielt dort ansetzen, wo Handlungsbedarf besteht.«

»Ein-Themen-Parteien kommen bei den Wählern in der Regel nicht gut an. Was unterscheidet Ihre Partei von anderen?«

Johan Svärd strich sich eine dunkle Haarsträhne aus der Stirn. »Sie wissen doch, wie man sich fühlt, wenn man ernsthaft krank ist? Wenn man mit hohem Fieber zu Hause im Bett liegt und nicht mehr klar denken kann? Oder wenn man mit einer Magen-Darm-Grippe vor der Toilette kauert und sterben möchte?«

Der Moderator lächelte. »Oh ja.«

»Was denkt man in diesen Situationen? Was wünscht man sich am allermeisten?«

»Gesund zu werden?«

»Genau. ›Ich würde *alles* dafür geben, um wieder gesund zu werden.‹ Oder? ›Das Einzige, was zählt, ist, dass ich wieder gesund werde.‹«

Der Moderator nickte zustimmend.

»Die Gesundheit ist das höchste Gut des Menschen. Das weiß eigentlich jeder. Wer hat die Kraft, sich seinen Eheproblemen zu stellen, wenn man in Fieberträumen vor sich hin dämmert? Wer hat Lust, Großmutter Gunnel eine Karte zu schreiben oder zum Elternabend zu gehen, wenn die Kinder krank sind? Alle Reformen und Verbesserungen, die wir auf den Weg bringen müssen – sei es im Schulsystem, in der Kulturarbeit, im öffentlichen Nahverkehr oder bei der Schaffung von Arbeitsplätzen – all das hängt davon ab, ob wir gesund sind. Alles hängt *zusammen* und setzt voraus, dass wir gesund sind. Die Gesundheitspartei ist keine Ein-Themen-Partei, wir sind die einzige Partei, die sich eindeutig darauf konzentriert, was heute das größte Problem in Schweden ist. Wir müssen eine unkontrollierbare Epidemie bekämpfen. Schweden steht vor dem Untergang. Die Gesundheitsfrage muss als Allererstes gelöst werden.«

»Aber ist die Gesundheit nicht in erster Linie Privatsache? Etwas, worum sich jeder eigenverantwortlich kümmern sollte?«

»Ist die Ausbildung meiner Kinder meine Privatsache, bei der die Schule kein Mitspracherecht hat? Sind meine zehn kläffenden Pitbulls im Hinterhof eine Privatsache, aus der sich meine Nachbarn rauszuhalten haben? Und warum soll ich meinen Müll trennen? Warum soll ich umweltfreundliches Benzin tanken? Wir leben nicht allein, wir leben *miteinander*. Auch wirtschaftlich sind wir aufeinander angewiesen: Die Krankschreibung des Nachbarn wird durch unsere Steuern finanziert. Das einzig Private daran ist, wie du dich als Kranker fühlst. Wie es sich aber auf uns andere auswirkt, ist eine politische Frage von allerhöchster Brisanz.«

»Es wurde in letzter Zeit viel von der sozialistischen Linie der Gesundheitspartei gesprochen. Einige rücken Sie ins rechte Lager und werfen Ihnen vor, intolerant gegenüber Krankgeschriebenen und Übergewichtigen zu sein, und unerbittlich gegen Beitragsempfänger. Was sagen Sie dazu? Auf welcher Seite des Parteienspektrums stehen Sie? Links oder rechts?«

»Wir haben uns bewusst dafür entschieden, uns nicht im klassischen Links-Rechts-Schema des Parteienspektrums einzuordnen, da wir mehr als bereit sind, über die Parteigrenzen hinweg mit den anderen zusammenzuarbeiten, sofern es für unsere verschiedenen Projekte relevant ist. Die Gesundheitspartei fährt eine strikte gesundheitspolitische Linie: Eine starke Regierung, für die das Gesundheitswesen oberste Priorität hat und die die Gesundheitsvorsorge für Privatpersonen und Unternehmen fördert. Die durch staatliche und kommunale Maßnahmen dafür Sorge trägt, dass jeder Bürger die Unterstützung bekommt, um sein oder ihr Gewicht auf einem akzeptablen Niveau zu halten. Wir werden außerdem an den Schulen ein wirksames präventives Gesundheitsmanagement zum Wohle der Kinder etablieren. In einer ersten Phase in Form von vorübergehenden, aber notwendigen Reformen, in einer zweiten Phase durch langfristige Kontrollmaßnahmen. Wir subventionieren Impfungen und Medikamente für Menschen mit schwerem Übergewicht.«

»Da wären wir wieder beim Punkt Intoleranz. Was sagen Sie all jenen, die der Meinung sind, dass das Programm der Gesundheitspartei zu einer Gesellschaft voller Vorurteile führt? Dass Ihre Parteipolitik zu einer Stigmatisierung von bereits stigmatisierten Menschen führt?«

»Wir sind nicht hier, um zu verurteilen, wir sind hier, um zu helfen. Abnehmen ist ein Kampf, das wissen wir alle, und alleine schafft man es nicht. Man schafft es nicht, wenn das System gegen einen ist. Wir sind hier, um das System zu ändern.«

»Hatten Sie erwartet, dass es so schnell gehen würde? Sie sind erst zum zweiten Mal im schwedischen Reichstag zur Wahl angetreten und haben die Wahl gewonnen. Wie haben Sie selbst auf die erstaunlichen Erfolge der Partei reagiert?«

»Das Land war bereit für eine Veränderung. Das ist ganz offensichtlich. Das schwedische Volk hat die Nase voll von leeren Versprechungen. Wir sind bereit, das Schweden zurückzubringen, auf das wir stolz sind. Das gesunde, starke Schweden.«

K*ahlköpfig.*

Rita ging das Wort nicht mehr aus dem Kopf. Heute Morgen in der Dusche waren ihr Haare ausgefallen. Dieses Mal waren es nicht nur einzelne Haarsträhnen, sondern ganze Büschel gewesen. Die Striemen vom Fitnessstudio heilten schlecht, und sie hatte ein Taubheitsgefühl in den Händen. Ab und zu spürte sie einen stechenden Schmerz, als ob sie etwas beiße.

Sie wedelte heftig mit den Armen. *Na los. Wacht auf.*

Auf der Sofalehne vibrierte das Handy. Es hatte in den letzten Tagen ständig geklingelt. Entweder war es ihre Mutter Monika, und für ein Gespräch mit ihr hatte sie keine Kraft, oder es war irgendein Kollege vom Institut. Sie wusste, was sie fragen würden. *Wie geht's dir, Rita? Geht es dir besser?*

Monika würde ganz sicher darauf bestehen, aus Sundsvall anzureisen und sie zu besuchen. *Es ist schon bald ein halbes Jahr her, dass wir uns gesehen haben! Was treibst du denn so Geheimnisvolles?*

Sie musste einen Besuch von Monika unbedingt verhindern. Ihre Mutter würde sie nur zwingen, zum Arzt zu gehen, genau wie Landon. *Du musst etwas essen, Rita. Du musst wieder zu Kräften kommen und gesund werden.*

Sie ballte die Hände zu Fäusten und öffnete sie wieder, damit der Blutkreislauf in Gang kam. Es kribbelte bis in die Ellenbogen. Sie hatte die Taubheitsgefühle bei ihrem zweiten Termin eigentlich erwähnen wollen, hatte sich aber nicht getraut. Vielleicht hätten sie ihr dann die Medikamente weggenommen.

Sie war seit Wochen nicht bei der Arbeit gewesen. Zählte man die E-Mails vom Institut und Monikas Nachrichten auf dem Anrufbeantworter nicht mit, hatte sie mit niemandem Kontakt gehabt. Gestern hatte sie Landons Nummer im Handy aufgerufen, aber sobald ihr Finger in die Nähe des grünen Hörersymbols kam, überfiel sie Panik.

Sie blätterte im Buch eine Seite zurück. Sie konnte nicht einmal mehr lesen. Die Wörter verschwammen auf dem Papier.

Als sie die Augen wieder aufschlug, war es dunkel. Rita blickte verwirrt in Richtung Fenster. War sie *eingeschlafen*?

Sie spreizte die Finger so, dass das schwache Licht von der Straßenlaterne durch ihre Finger fiel. Die Haut war beinahe durchsichtig. Die Fingernägel brüchig und rissig. Plötzlich fiel ihr auf, wie kalt es war. *Tee*, dachte sie. *Ich muss mir eine Tasse Tee machen.*

Aber sie bewegte sich nicht.

Landon und Helena saßen nebeneinander auf dem geblümten Sofa in Edvards Haus. Helena hatte es in die Mitte des Raumes geschoben. Es war Mollys Idee gewesen (*wenn man sowieso nicht fernsehen darf, kann man genauso gut aus dem Fenster gucken*) und Landon fand auch, dass es so gemütlicher war. Das Fernsehverbot hatte Helena eingeführt, nachdem sie Molly beim Schauen der Kindersendung »Warum man keine Torte essen soll« erwischt hatte; darin brachte eine riesige Giraffe in Sportkleidung den Kindern bei, wie man Versuchungen widerstand.

Helena hatte den Stecker gezogen und den Fernseher mit einem Laken abgedeckt. In der Grundschule in Gimo hatte man ihre Tochter zum Besuch eines Grundkurses über Anorexie gezwungen, und sie hatte kein Interesse daran, dass der staatliche Fernsehsender GTV Molly weiter bildete. Ihr erster Impuls sei gewesen, den Fernseher komplett abzuschaffen, erzählte sie Landon, aber letztendlich war es ihr doch überzogen erschienen. Falls es zu einem Weltkrieg kommen sollte, war es gut, die Nachrichten verfolgen zu können.

Landon kniff die Augen zusammen und blickte aus dem Fenster. Es war so dunkel, dass er nur die Spiegelungen auf der Scheibe sehen konnte. Er konnte sich gut vorstellen, wie schön es war, draußen in der Dämmerung zu sitzen und vielleicht den einen oder anderen Fuchs zu beobachten. Vorsichtig sah er aus den Augenwinkeln zu

Helena herüber. Von der Wärme des Feuers waren ihre Wangen ganz rosig.

»Möchtest du einen Kaffee?«

Landon fühlte sich ertappt. Er wurde rot. »Ich …« Er räusperte sich. »Gerne. Aber du musst für mich nicht extra welchen kochen.«

»Ich hab schon welchen gemacht.« Sie stand auf. »Ich hatte es nur vergessen.«

Er blieb sitzen und versuchte seine Gedanken zu sortieren. Wie viele Tage war es eigentlich her, dass er das letzte Mal etwas geschrieben hatte? Sein genialer Plan, sich in das Sommerhäuschen zurückzuziehen und konzentriert zu arbeiten, war gründlich in die Hose gegangen.

»Du nimmst Milch, oder?«

»Ja, bitte«, murmelte er. Er nahm ihr die Tasse ab. »Entschuldige, ich hätte dir helfen sollen.«

»Das ist schon in Ordnung. Du bist schließlich immer noch Gast.«

Immer noch? Wie meinte sie das denn? »Danke.« Er nippte am Kaffee. »Perfekt.«

Als sie sich wieder neben ihn setzte, ließ er seinen Blick über ihren Körper schweifen. Die zwei obersten Knöpfe der Bluse waren offen, und unter dem dritten spannte der Stoff.

Er senkte den Blick. Von ihr ging etwas Magisches aus. Je mehr er sah, desto weniger reizte ihn der Gedanke, nach Uppsala zurückzufahren. Eigentlich hatte er schon letzte Woche wieder dort sein wollen.

Er stellte die Tasse ab und nickte in Richtung Fenster. »Ich dachte, ich hätte eine Katze gesehen, als du in der Küche warst. Aber vielleicht war's eher ein Hase oder ein anderes Tier. Dort drüben am Waldrand.«

»Erzähl das bloß nicht Molly. Wenn sie auch nur ein Wort davon hört, wird sie die Katze wochenlang suchen.«

»Du hast aber nicht daran gedacht, ihr eine zu schenken? Sie redet ja kaum von was anderem.«

»Ich möchte nicht, dass sie glaubt, sie bekäme alles, worauf sie zeigt. Aber klar.« Helena nahm ihre Tasse und zuckte mit den Schultern. »Wenn wir hierbleiben, dann ja. Wir haben so viele Mäuse, dass mehrere Katzen davon satt werden könnten.«

»Sag Bescheid, falls du es dir mit den Fallen anders überlegst.«

Sie schüttelte entschieden den Kopf. Vor ein paar Tagen hatte er ein paar Mausefallen mitgebracht, aber Molly hatte sich erschreckt. Auch Helena hatte kein Verständnis für diese »Folterinstrumente«.

»Wie ich gesagt habe. Wenn man tötet, dann muss man einen Grund dafür haben. Eine Maus im Schrank ist noch kein Grund, nach einer Waffe zu greifen.«

»Und ich dachte immer, die Landbevölkerung sei nicht ganz so zart besaitet. Du weißt schon. Man verspeist zu Weihnachten das Hausschwein aus dem Stall und zu Mittsommer die Kaninchen aus dem Garten.«

»Landbevölkerung?« Sie lachte. »Und was bist du? Veganer?«

»Ja, genau.«

»Ich habe kein Problem damit, ein Reh zu erlegen, wenn ich Essen brauche. Falls es das ist, was du meinst. Aber wenn ich Pasta im Küchenschrank zu Hause habe, dann …« Sie machte eine unbestimmte Geste mit den Händen. »Und ganz ehrlich: An Mäusen ist nicht gerade viel Fleisch.«

»Also du bist diejenige, die auf die Jagd geht? Ich habe den Waffenschrank im Keller gesehen. Ich dachte, er hätte deinem Vater gehört.«

»Warum nicht mir?«

»Du scheinst mir nicht gerade der blutrünstige Typ zu sein.«

»Wenn du wüsstest.«

Landon schenkte ihr ein schiefes Lächeln und trank einen Schluck Kaffee. Er sah aus dem Fenster. Die Fensterrahmen waren vom Frost ganz weiß. Helena würde auch hier die Fenster abdichten müssen. Die Kälte hatte zugeschlagen. Schon jetzt im Oktober lag der Winter in der Luft. Oder war es bereits November? Er hatte seit zwei Wochen keine E-Mails mehr gelesen. Im Institut würden sie sich sicherlich schon wundern. Sie waren ziemlich kulant, was das Arbeiten von zu Hause aus anging, aber es gab Grenzen.

»Das hat mein Mann übrigens auch gemacht.«

»Was?« Hatte er etwas verpasst?

»Er hat gejagt. Oder er wollte damit anfangen.«

Er nickte vorsichtig. »Dein Mann?«

»Micke. Mollys Vater.«

»Ah ja.«

»Das alte Gewehr hat seit Jahren niemand mehr angefasst. Ich war das letzte Mal als Teenager auf der Jagd. Aber es ist eine gute Schrotflinte. Mein Vater hat sie sorgfältig gepflegt.«

»Wo ist dein Mann jetzt?«

Helena blickte ihn forschend an. »Das ist eine lange Geschichte.«

»Ich hab Zeit.«

Sie lächelte. »Als die alte Tischlerei in Harg geschlossen wurde, hat mir mein Vater einen Ausbildungsplatz bei einer Möbeltischlerei in Östhammar besorgt. Da war es ganz okay, aber es war nicht so wie in Harg. Ich hatte gerade Abitur gemacht. Alle anderen sind zum Studieren nach Uppsala oder Stockholm gegangen, aber ich hatte keine Lust dazu. Dann habe ich Micke kennengelernt. Ich war achtzehn, er zwanzig. Seine Eltern besaßen ein Ferienhaus in Grisslehamn und wir sind uns dort auf dem großen Mittsommerfest das erste Mal begegnet. Er hat mich mit seinen Schmeicheleien umgarnt. Du weißt schon, ›deine Augen sind wie die Sterne‹, solche Sachen … Ich war völlig überwältigt. So etwas hatte mir noch nie jemand gesagt. Hier draußen bringen die Leute nicht mal ein Hallo über die Lippen, sofern sie nicht ein paar Bier intus haben. Wir waren so jung!«

Sie schüttelte den Kopf und erzählte weiter: »Für mich war es in erster Linie eine Chance, von hier wegzukommen. Natürlich war ich auch verliebt, aber du weißt ja, wie das ist. Entweder so oder ein Leben lang Östhammar. Also bin ich mit ihm nach Stockholm gegangen, bin zu ihm in seine Wohnung in Johanneshov gezogen, und weil es für Tischler so gut wie keine Aufträge gab, habe ich eine Ausbildung zur Krankenschwester angefangen. Kurz darauf wurde ich schwanger und dann gab es kein Zurück mehr.«

Helena schwieg eine Weile, bevor sie fortfuhr. Sie habe sich in Stockholm nie wohlgefühlt. Sie habe raus aufs Land gewollt, raus in die Natur. Sie wollte Molly all das geben, was sie als Kind gehabt habe. Aber das Landleben sei nicht Mickes Ding gewesen.

»Was ist passiert?«

»Ich glaube, wir haben einfach aufgegeben. Wir haben uns nicht einmal gestritten. Ich hab nachts gearbeitet und tagsüber war ich bei Molly, während Micke arbeitete. Zum Schluss ging es einfach nicht mehr. Eine Freundin von hier hatte gehört, dass ein Reihenhaus in Gimo zu vermieten war und im medizinischen Versorgungszentrum eine Krankenschwester gesucht wurde. Das war fürs Erste ländlich genug. An den Wochenenden bin ich mit Molly raus nach Kavarö gefahren und habe meinem Vater mit dem Haus geholfen.«

Landon fiel nichts ein, was er hätte entgegnen können. Wie hätte er sich verhalten? Er hätte vermutlich die Stelle an der Universität angetreten und wäre dort geblieben. »Und Mollys Vater?«, fragte er schließlich.

»Er ist tot.«

»Was?«

»Es passierte, kurz nachdem wir uns getrennt hatten. Ich hatte es soeben geschafft, alle Umzugskartons in Gimo auszupacken, als der Anruf aus dem Krankenhaus kam.« Sie machte eine Pause. »Ein Autounfall. Einfach so. Er war auf dem Heimweg von der Arbeit gewesen. Er hat versucht, einen Lastwagen zu überholen, und ist dabei von der Straße abgekommen. Manchmal denke ich, es war ein Glück, dass Molly noch so klein war, als es passierte.« Sie zögerte. »Aber sie hätte natürlich gerne einen Vater gehabt wie andere Kinder auch.«

Sie schwiegen. Landon wollte von seinem leiblichen Vater erzählen, tat es dann aber doch nicht. Er griff nach seiner Tasse. Der Kaffee war mittlerweile kalt geworden.

»Jetzt bist du dran«, sagte Helena.

»Da gibt es nicht viel zu erzählen. Ich habe auf der Universität angefangen und sie bis heute nicht mehr verlassen.«

Sie sah ihn skeptisch an. »Und jetzt?«

»Was meinst du?«

»Wenn du schon keine Vergangenheit hast, dann hast du vielleicht eine Zukunft. Oder willst du einfach bleiben?«

»Ich denke schon.«

»Dann tu's doch einfach und bleib hier.« Er brauchte ein paar Sekunden, um zu verstehen, was sie meinte.

»Ich … ich habe leider fünfzehn A-Kurs-Studenten, die ich nächste Woche in Uppsala betreuen muss.«

Helena nahm seine leere Tasse und stellte sie auf das Tablett. Dann schaute sie auf die Uhr.

Er wusste nicht, wie er sie einschätzen sollte. Sollte er nach Hause gehen?

»Ich sollte mich vielleicht aufmachen …«

»Wie du willst.«

Eine Haarsträhne hatte sich in ihren Ausschnitt verirrt, genau an den Punkt, an dem der dritte Knopf kurz davor war, aufzuplatzen. Sie war unglaublich schön. Sie war wie eine *Urkraft*.

Er stand auf, um den Zauber zu brechen. »Ich muss einen Artikel lesen. Tagsüber kriege ich nichts auf die Reihe. Vielleicht geht es leichter, wenn es draußen dunkel ist.«

Helena stand abrupt auf, ohne etwas zu sagen. Landon versuchte, ihren Blick zu deuten. Aber sie war schon auf halbem Weg in die Küche. In der Türöffnung blieb sie stehen, als hätte sie es sich anders überlegt. Sie drehte sich um. »Wenn du morgen wiederkommst, kannst du Holz hacken.«

»Fällt dir nichts Verlockenderes ein?«

»Pfannkuchen?«

Er lächelte. »Abgemacht.«

Landon hatte sich gerade in den Artikel vertieft, als sein Handy klingelte. Als er die Nummer auf dem Display sah, spürte er einen stechenden Schmerz in der Brust. »Rita?«

»Entschuldige.« Ihre Stimme war nicht viel mehr als ein Flüstern. »Entschuldige, dass ich anrufe.«

»Alles okay.«

»Ich hab dir eine E-Mail geschrieben, aber ...« Sie sprach so leise, dass er sie kaum verstehen konnte. »Du hast nicht geantwortet.«

»Ich bin auf Kavarö.«

»Ach so.«

Landon spürte, wie alte Erinnerungen in ihm wach wurden. Allein ihre Stimme genügte. Die Nächte in dem quietschenden Einzelbett. Rita in Nachthemd und Gummistiefeln draußen auf dem Rasen. Szenen aus einer Vergangenheit, die er monatelang versucht hatte zu verdrängen.

Mit aller Kraft bemühte er sich, die Erinnerungen zu unterdrücken. »Nur vorübergehend«, sagte er. »Ich schreibe gerade an einem Artikel.«

Sie antwortete nicht.

»Wie geht's dir? Ist etwas passiert?«

»Ich weiß nicht.«

Ihre Stimme klang so zart und zerbrechlich, dass er sie fast nicht wiedererkannte. »Bist du krank?«

»Vielleicht«, presste sie angestrengt hervor. »Ich weiß nicht.«

Er konzentrierte sich auf den Bücherstapel, der vor ihm lag. Er wünschte sich, sie hätte nicht angerufen. Oder sein Handy würde auf der Stelle den Geist aufgeben. »Kann ich dir irgendwie helfen? Ich kann jemanden anrufen. Hast du mit deiner Mutter gesprochen?«

Sie gab keine Antwort.

»Rita?«

»Ich bin so müde.« Es klang, als hätte sie etwas genommen. »So unglaublich müde.«

Sie fing an zu weinen.

»Rita ... du. Sei nicht traurig.«

»Es tut mir leid.« Sie schniefte. »Ich hätte nicht anrufen sollen.«

»Natürlich kannst du mich anrufen. Es ist gut, dass du anrufst. Ich weiß nur nicht, wie ich dir helfen kann. Willst du, dass ich zu dir komme?«

Stille.

»Rita?«

»Entschuldige. Ich bin einfach einsam.«

»Du hast doch was gegessen?« Er spürte, wie sich sein Magen verkrampfte. Wie oft hatte er ihr diese Frage schon gestellt? Tausend Mal? *Zehntausend* Mal?

Sie räusperte sich.

»Ich komme, wenn du mich brauchst«, fuhr er fort. »Das meine ich ernst.« Er sah sie vor sich. Die scharfen, kantigen Wangenknochen. Die überdeutlich hervortretenden Hüftknochen. »Rita?«

»Ich muss jetzt Schluss machen.«

»Bist du sicher, dass du klarkommst?«

»Entschuldige, dass ich angerufen habe.«

»Du kannst immer anrufen. Ruf an, wenn es schlimmer wird.«

»Mmh.«

»Versprich es.«

Er wartete, aber in der Leitung war es still. Sie hatte aufgelegt.

Er lehnte sich auf dem Sofa zurück. Sie hätte nicht angerufen, würde es sich nicht um einen absoluten Notfall handeln. Das wusste er. Doch mitten in der Nacht zu ihr fahren? Es würde Stunden dauern und es war nicht einmal sicher, dass sie ihm überhaupt die Tür aufmachte.

Ich bin einfach einsam.

All die Male, die er versucht hatte, sie zu retten. All die Male, die sie sich von ihm abgewandt hatte.

Er hatte ihr angeboten zu kommen, und sie hatte Nein gesagt. Das hatte sie doch?

Der Himmel war fast weiß. In der Ferne hörte sie die Glocken des Doms, vielleicht waren es auch Vögel. Der Druck auf der Brust war immer noch unverändert, aber heute Morgen war ihr Mageninhalt plötzlich in einem Schwall hochgekommen. Am Ende war es nur noch Galle gewesen. Es war regelrecht unheimlich, wie es aus ihr rausgeflossen war. Schließlich hatte sie nichts mehr gegessen seit … dem letzten Wochenende? Dem vorletzten?

Es *war* ein Vogel. Jetzt hörte sie es deutlich. Tausend Vögel.

Die Dohlen.

Als Rita am Tag ihrer Immatrikulation auf dem Weg zur Universität gewesen war, hatten sie in großen schwarzen Schwärmen den Kirchturm umkreist, während die Morgensonne alles in Rosa tauchte. Damals hatte sie gedacht: *Jetzt beginnt die Zukunft*. Es war ganz klar gewesen. Ein neues Leben. Das Gefühl, dass alles möglich war. Ihre Mutter war zurück nach Sundsvall gezogen und hatte Rita mit Schlüsseln zu einem Studentenzimmer in der Sankt Olofsgatan zurückgelassen. *Du bist jetzt erwachsen,* hatte Monika gesagt. *Du brauchst keine Mutter mehr, die dich begluckt.* Das Zimmer lag im obersten Stock, ohne Aufzug. Rita hatte dieses Zimmer geliebt. Ihr kleines Reich, das nur ihr allein gehörte.

Dann hatte sie Landon getroffen. Ihr Vater war gestorben. Und plötzlich hatte sie kaum noch Luft zum Atmen gehabt.

Sie blickte in den Himmel und fühlte nichts. Ihr Körper war wie betäubt. Von Zeit zu Zeit schaute sie aufs Telefon. Sie hätte Landon nie anrufen dürfen. Er hatte so genervt geklungen, als ob sie ihn gestört hätte. Sie hatte ihn bitten wollen zu kommen, aber als er sie gefragt hatte, ob sie etwas gegessen hätte …

Die Vögel draußen kreischten wie verrückt. Rita blickte in den bleichen Himmel.

Zogen Dohlen auch in den Süden?

Sie kratzte sich an der Hand. Die Haut war trocken und gereizt. Die Fingernägel so dünn wie Schuppen. Sie brauchte eine Feuchtigkeitscreme, sie hatte sich schon lange nicht mehr eingecremt, aber der

Weg ins Badezimmer war so weit. Wenn sie sich nur noch ein bisschen ausruhte.

Als sie sich auf die Seite drehte, spürte sie einen krampfhaften, stechenden Schmerz in der Magengegend.

Helena lag im Bett und las die Tageszeitung. Sie war im Bademantel zum Briefkasten gegangen und schon nach dem kurzen Weg komplett durchgefroren. Das einzig Richtige war, wieder unter die warme Decke zu kriechen.

WENIGER SCHWEINEFLEISCH FÜR DAS VOLK. EU UNTERSTÜTZT SCHWEDISCHE LANDWIRTSCHAFTSREFORM: »EIN AUSNAHMEFALL«.

Die Schlagzeile auf der ersten Seite schrie sie förmlich an.

Die Gesundheitspartei hatte beschlossen, das Angebot an tierischen Fetten zu begrenzen. Der neue Feind im Kampf gegen die Fettepidemie. Die Produktion von Geflügel sollte laut Artikel auf dem bisherigen Niveau bleiben, doch die einheimische Produktion von Schweinefleisch, die man bereits reduziert hatte, sollte in den kommenden fünf Jahren um bis zu fünfundsiebzig Prozent sinken. Die Milchproduktion sollte ebenfalls gedrosselt werden. In Kombination mit der neuen Besteuerung von Importgütern – der »Ausnahmefall«, den die EU genehmigt hatte – wollte man mit diesen Maßnahmen den schwedischen Fettkonsum drastisch senken. Die begrenzte Verfügbarkeit von Fleisch und fetthaltigen Wurstwaren würde bewirken, was man mit der Zuckersteuer bisher nicht erreicht hatte, versprach der Landwirtschaftsminister. »Wenn wir hier den Gürtel enger schnallen, dann wird bald auch jeder Schwede im wahrsten Sinne des Wortes den Gürtel bei sich selbst enger schnallen.«

Helena seufzte. Landon hatte recht, wenn er sagte, dass man sich ein Zeitungsabo eigentlich sparen könne. Im Schweden der Gesundheitspartei waren alle Nachrichten schlechte Nachrichten.

Der Gedanke, den sie die ganze Zeit zu unterdrücken versuchte, meldete sich wieder. Sie hatte die Schule davon überzeugen können, dass Molly fürs Erste bei einer privaten Abnehmkur in guten Händen war, aber wie lange würde das gut gehen? Und was würden sie machen, wenn im Frühjahr das neue Schulhalbjahr begann und Molly nicht erschien? Es gab schließlich immer noch Schulpflicht. Sie würden doch nicht das Jugendamt einschalten?

Draußen auf dem Schotterweg fuhr ein Auto langsam vorbei. Sie erstarrte. Es war idiotisch, sich auf Kavarö zu verstecken. Im Sommerhaus ihres Vaters! Mit einem einfachen Knopfdruck im Grundbuchregister würde sie jeder finden können.

Der Gedanke, dass Landon nur einen Steinwurf weit entfernt war, beruhigte sie. Aber irgendwie war er schwer zu durchschauen. Oder vielleicht war er einfach nur vorsichtig. Wenn er sie ansah, dann war da etwas in seinem Blick, das spürte sie. Aber jedes Mal, wenn sie das Thema auch nur ansatzweise streiften, schreckte er davor zurück, als habe er einen Stromschlag bekommen. Sie bereute es fast, ihn für heute wieder eingeladen zu haben. *Pfannkuchen?* So was Dummes.

Sie faltete die Zeitung zusammen, ohne sie zu Ende gelesen zu haben. Na ja, immerhin hatte er zugesagt. Sie konnte genauso gut aufstehen und den Teig vorbereiten.

»Wir sollten uns ein eigenes Schwein zulegen.«

»Was?« Helena drehte sich vom Herd zu ihm um.

»Hier auf Kavarö«, sagte Landon. Er deutete auf den Zeitungsartikel. »Ein paar Schweine und eine Kuh. Dann haben wir genug Milch und Fleisch zum Leben.«

»Ich weiß nicht, wie du dafür die Genehmigung bekommen willst. Die Politiker in Brüssel finden es vielleicht interessant, die Schweden wie Versuchskaninchen zu behandeln. Wenn es funktioniert, können sie dann ihren eigenen Ländern ebenfalls eine staatliche Fastenkur verordnen.«

Sie wendete einen Pfannkuchen und ließ ihn aus der Pfanne auf einen Teller gleiten. Dann zerließ sie ein Stück Butter in der alten gusseisernen Bratpfanne und gab eine neue Portion Teig hinein. Es zischte.

Molly kam aus der oberen Etage in die Küche. Sie strahlte, als sie Landon sah. »Der Bananenschläfer!«

»Ich wünsche dir auch einen wunderschönen Tag, Molly.«

»Gibt es heute Pfannkuchen?«

»Helena drehte sich um. »Hast du dir die Hände gewaschen?« Molly zögerte. »Jaaa …«

»Wann?«

»Heute Morgen.«

Helena verdrehte die Augen. Landon lachte.

Nach dem Essen blieben sie zu zweit am Küchentisch sitzen. Landon war ungewöhnlich still. »Ich kann mir einfach nicht vorstellen, wieder nach Uppsala zu fahren«, sagte er schließlich.

Helena spielte mit ihrer Gabel. Dieses Mal würde sie ihn ausreden lassen.

»Ich komme mir vor, als sei ich in einem Zeitloch gelandet. Solange ich hier bin, existiert die andere Welt da draußen nicht, doch wenn ich zurückfahre …« Er seufzte. »Du weißt schon. Die Wirklichkeit.«

»Wann musst du wieder im Institut sein?«

»Nach Allerheiligen … also jetzt. Aber ich hätte schon vor zwei Wochen wieder vor Ort sein müssen. Ich schaffe es einfach nicht, mich ins Auto zu setzen.«

»Schaffst du es nicht, oder willst du es nicht?«

»Drei Mal darfst du raten.«

»Dann bleib hier.«

»Das geht nicht.«

»Dann fahr.«

Er sah sie frustriert an. »Nennst du das etwa Hilfe?«

»Ich finde, du machst eine größere Sache daraus, als es ist«, erwiderte sie. »Du kannst immer hin- und herpendeln. Es geht um Uppsala, nicht um Sibirien.«

»Es *fühlt* sich aber an wie Sibirien.«

Er sah richtig verzweifelt aus. Vielleicht war das ein Kompliment. Sie blickte auf den Pfannkuchenteller. »Sollen wir uns um den Letzten prügeln, oder bist du ein Gentleman?«

»Ich bin für die Prügelei.«

Sie lachte. »Du weißt nicht, worauf du dich einlässt.«

In den letzten vierundzwanzig Stunden hatte Monika im Halbstundentakt bei Rita angerufen. Sie wusste nicht, was sie tun sollte. Zuerst hatte sie sich keine großen Gedanken darüber gemacht, dass Rita nicht an ihr Handy ging und zurückrief – solche Phasen waren ganz normal –, aber mittlerweile dauerte es schon mehrere Wochen an.

Im Grunde genommen war Lennart an der ganzen Misere schuld. Davon war Monika überzeugt. Rita gab sich die Schuld am Tod ihres Vaters, und seither war sie nie wieder sie selbst geworden. Im Krankenhaus hatten sie vorgeschlagen, dass Rita mit jemandem reden sollte, aber sie wollte nicht. Sie hatte ja Landon.

Dann aber hatte sie Landon plötzlich nicht mehr. Monika hatte ihre Trennung nie verstehen können. Rita behauptete, er habe sie davon abhalten wollen, schlank zu werden. Er sei eifersüchtig, sagte sie, und könne es nicht ertragen, dass sie so viel Aufmerksamkeit bekomme. Landon wiederum hatte Rita die Schuld für die Trennung gegeben. *Sie ist wie eine Mauer. Man kommt einfach nicht an sie ran.*

Auch Monika war mit dem Kopf gegen diese Mauer gestoßen. Sie hatten sich seit ungefähr einem halben Jahr nicht mehr gesehen. Monika hatte angeboten, die Zugfahrkarten zu bezahlen, aber immer war etwas dazwischengekommen. Eine Konferenz. Aufsätze, die korrigiert werden mussten. *Ein anderes Mal, Mama.* Aber dieses andere Mal hatte es nicht gegeben.

Erneut wählte sie Ritas Nummer. Ihre Finger fanden die richtigen Tasten automatisch.

Monika beugte sich über die Arbeitsfläche und schaute durchs Küchenfenster auf den schneebedeckten Rasen. Der Hund bellte an der Tür. Es war der kälteste Herbst seit Jahrzehnten. In den Nachrichten hatten sie von einem Chaos bei der Bahn in Nordschweden berichtet. Sogar in Mittelschweden schneite es.

Sollte sie trotzdem fahren? Wenn es etwas gab, das ihre Tochter noch mehr hasste als Leute, die sich einmischten, dann waren es Überraschungen. Sie trommelte mit den Fingern auf der Arbeitsfläche. Allein der Gedanke daran, wie wütend Rita sein würde, stresste sie.

Sie zündete sich eine Zigarette an und beugte sich unter die Dunstabzugshaube. Sie schaute auf die Digitaluhr der Mikrowelle. Viertel vor zehn. Rita sollte mittlerweile zu Hause sein.

War es ihre Schuld? Immer zum Rückzug bereit, um nicht zu stören. *Mach es, wie du denkst, Schätzchen. Du weißt selbst am besten, was für dich gut ist.* Was für ein kümmerlicher Rat an eine Tochter, die Hilfe und Unterstützung brauchte. Und warum hatte sie das Feld geräumt, sobald Rita mit dem Studium anfing? Natürlich war es praktisch gewesen, das Haus in Sundsvall nach dem Tod ihrer Mutter zu übernehmen, aber das war nicht die ganze Wahrheit.

Lennart.

Lennart war an allem schuld. Sie hatte es nicht ertragen, dass ihr Exmann wie ein Obdachloser zwischen den Parkbänken umhergestrichen war und sie nach jedem langen Wochenende seine Scherbenhaufen hatte beseitigen müssen.

Sie war so stolz gewesen, dass sie gewagt hatte, Rita allein in Uppsala zu lassen. Ihre große, tüchtige Tochter. Die Privatsphäre eines Menschen zu respektieren, war eine Sache. Sich nicht für das Leben desjenigen zu interessieren, eine andere. Der Unterschied war haarfein. Sie war sich nicht einmal sicher, ob Rita selbst es so gesehen hatte.

Erst hatte ihr Vater sie im Stich gelassen, dann ihre Mutter. War es das, was sie empfand?

Die Dunstabzugshaube surrte, während sie sich die Tränen aus dem Gesicht wischte. Es waren nicht nur die offensichtlichen Vertrauensbrüche, die zählten. Ihre eigene Mutter hatte jeden Tag, wenn sie in der Schule war, ihr Zimmer inspiziert, nach ihren Tagebüchern gesucht und ihre Zigaretten weggeworfen. Schamlos hatte sie die geheimen Briefe und Zettel von Monikas erstem Schwarm gelesen. *Wer nichts zu verbergen hat, der hat auch nichts zu befürchten, Monika!*

Aber Monika hatte etwas zu verbergen: ihr Privatleben. Und sie hatte sich immer geschworen, ihre Tochter solle eines haben.

Sie griff wieder nach dem Telefon. Es klingelte drei Mal. Vier Mal.

Monika drückte die Zigarette im Aschenbecher aus. Vielleicht konnte Elisabeth den Hund ein paar Tage zu sich nehmen. Oder nur einen Tag. Wenn sie morgens mit dem ersten Zug nach Uppsala fahren und abends wieder nach Sundsvall zurückkehren würde? Nur um sich davon zu überzeugen, dass es Rita gut ging?

Sie holte das Telefonbuch. Während sie blätterte, fiel ihr eine Nummer ins Auge, die quer über eine Seite gekritzelt war.

LANDON 0705146828

Sie schaute die Nummer unschlüssig an. Konnte sie? Oder würde Rita …

Aber Rita musste es ja nicht erfahren.

Auch wenn sie keinen Kontakt mehr zueinander hatten, arbeiteten sie immerhin noch beide an der Universität. Landon konnte an ihrem Büro vorbeigehen und nachsehen, wie es ihr ging. Wenn sie nicht im Büro war, konnte er mit dem Fahrrad zu ihrer Wohnung fahren und klingeln.

Sie nahm das Telefon in die Hand. Als es am anderen Ende der Leitung tutete, setzte sie sich hin, um sich zu sammeln.

Es war schon fast neun Uhr abends, als sie nach draußen gingen. Vom Himmel fielen die ersten Schneeflocken, und Helena begleitete Landon ein Stück durch die jungfräuliche Winterlandschaft. Sie waren von dunklem dichten Wald umgeben. Eine einsame Laterne beleuchtete die Auffahrt zu Landons Haus. Landon war mit sich zufrieden. Er hatte ziemlich viel Holz gehackt, und er war sich fast sicher, dass er Helena damit beeindruckt hatte.

Sie hatten auch über viele Dinge geredet. Bevor sie das Haus verlassen hatten, war er so nah dran gewesen, sie zu küssen, dass seine Lippen immer noch zu brennen schienen. Heute Abend würde etwas passieren. Er spürte es.

»Danke für deine Hilfe mit dem Holz.«

»Ach, das war doch gar nichts«, wiegelte Landon ab. »Ich bin ja noch nicht einmal fertig geworden.«

»Meine Bitte war eigentlich nur ein Witz. Du hättest das nicht machen müssen.«

»Es macht aber Spaß, zur Abwechslung einmal mit den Händen zu arbeiten. Meine Arbeit ist so abstrakt. Es kommt mir immer so vor, als würde ich gar nichts schaffen. Ein Holzstapel ist aus irgendeinem Grund deutlich befriedigender als ein Haufen gestapelter Sätze.«

»Das nächste Mal kannst du stattdessen bei den Sätzen helfen. Molly könnte gut einen Schwedischlehrer gebrauchen.«

»Ich finde, dass sie ganz gut zurechtkommt. Sie hat einen ziemlich beeindruckenden Wortschatz.«

»Bananenschläfer?« Helena lachte.

»Ich bin nur objektiv.«

»Ach ja?«

»Ach ja? Zweifelst du etwa an meiner akademischen Neutralität?«

Helena blieb stehen. »Komm her.«

»Was …?« Sie waren fast an seinem Haus.

»Komm schon, Banane.« Sie winkte ihn zu sich. »Komm her.«

Landon tat, was sie sagte.

»Näher.«

Er machte noch einen Schritt auf sie zu.

»Noch näher! Komm schon.«

Er zitterte am ganzen Körper. Jetzt war ihr Gesicht nur noch einen Zentimeter von seinem entfernt. Was hatte sie …

»Akademische Neutralität? Dass ich nicht lache!« Sie trat abrupt einen Schritt zurück.

»Wirklich, Doktor Thomson-Jæger. Also *wirklich*.«

Er wurde rot. »Du hast gemogelt. Das gilt nicht.«

Sie lächelte.

Gerade als er auf sie zugehen wollte, um sich den verpassten Kuss zu holen, klingelte sein Handy.

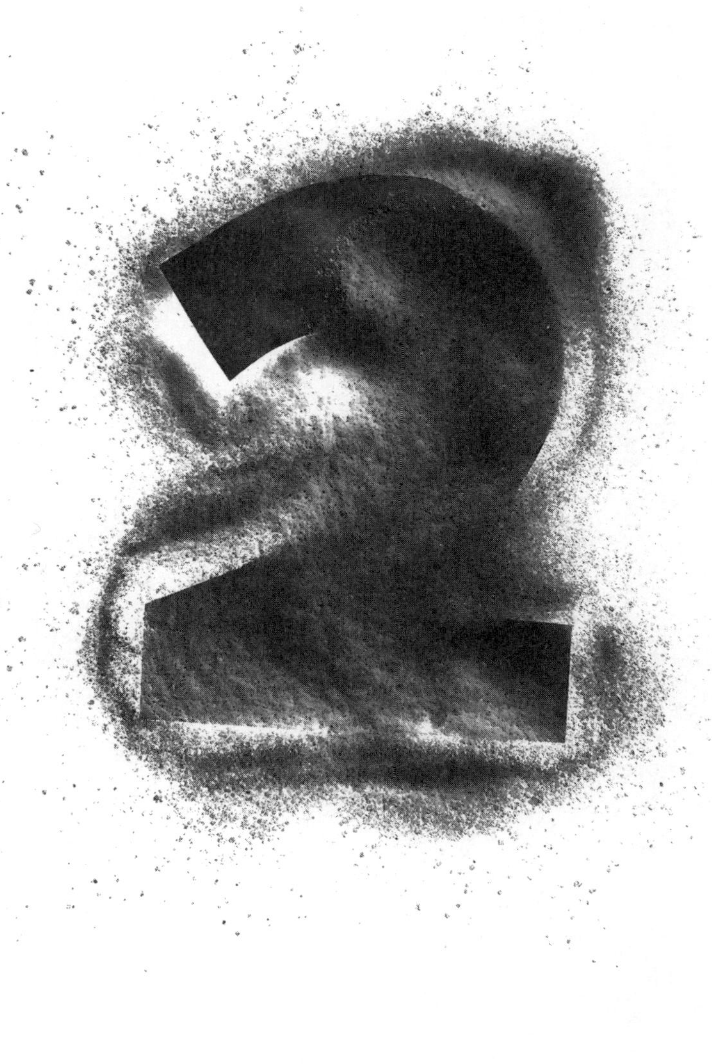
2

Der schwarze BMW bog in den Tegelbacken ein. Johan Svärd schaute aus dem Fenster. Das Wasser des Riddarfjärden war spiegelblank und die Frühlingssonne strahlte von einem tiefblauen Himmel. Es war ein erfolgreicher Tag gewesen.

Er hatte zwei der umgebauten Kirchen besucht, eine in Märsta, eine weitere in Sollentunna. Die Gesundheitsdienste waren seit einem Jahr eingerichtet und die Berichte belegten, dass sie »stärker als erwartet« frequentiert wurden. Im ganzen Land bot sich dasselbe Bild: sichtbarer Erfolg und verblüffte Geistliche. Wie immer war Johan der Einzige, den das alles nicht überraschte. Die Idee war von Beginn an perfekt gewesen. In Schweden gab es über dreitausend Kirchen und wenn nicht gerade Pfingsten, Heiligabend oder der Tag nach einer Naturkatastrophe war, dann waren sie genauso leer wie die Videotheken seit Netflix. Dreitausend Kirchen mit dazugehörigen Gemeindehäusern. Johan hatte das Potenzial sofort erkannt. Schon damals auf dem Weg von West Strawburn.

»Rosenbad zuerst?«

Johan nickte seinem Chauffeur zu. »Ja.«

Das Leder knirschte, als er sich auf dem Rücksitz zurücklehnte. Hätte es die Kirche in Buffalo nicht gegeben, würde er jetzt nicht hier sitzen. Ihr verdankte er seine Karriere. Vielleicht sollte er Pastor O'Brien ein Zehntel seines Ministerpräsidentengehalts zukommen lassen?

Während seiner Zeit in Manhattan hatte er das erste Mal von Robert O'Briens Gesundheitskirche gehört. Die radikalen Predigten des jungen Baptistenpastors, über die selbst die *New York Times* berichtete, hatten ihn fasziniert. Es war typisch amerikanisch, den christlichen Glauben in einen kommerziellen Werbejingle zu verwandeln – die Fernsehpfarrer taten es tagtäglich aufs Neue. Doch die christliche

Botschaft in eine Diätmethode umwandeln? Das hatte wie ein Witz geklungen. Er war gerade auf einer Konferenz in Buffalo gewesen und hatte die Gelegenheit genutzt, zur Kirche zu fahren und sich selbst ein Bild davon zu machen.

Er war am Sonntagmorgen um elf Uhr angekommen. Die West Strawburn Baptist Church war eine Kirche aus den Siebzigerjahren, die eindeutig schon bessere Zeiten gesehen hatte; im Innern erinnerte sie an ein abgewracktes American Diner. Schachbrettboden, Holzbänke mit Sitzpolstern, die in friedlicher Eintracht neben roten Metallklappstühlen standen. Im Chor hing ein vier Meter hoher, bunter Plastikjesus.

Als Johan die Kirche betrat, waren schon fast alle Plätze besetzt. Er sah sich im Kirchenraum um. Der Artikel in der *New York Times* hatte nicht zu viel versprochen. West Strawburn war tatsächlich eine extrem beliebte Kirche.

Eine schwarze Frau mit seidig glänzenden, rosa Jogginghosen klopfte auffordernd auf den freien Stuhl neben sich, damit er sich setzte. Er blickte in ihr amüsiertes Gesicht. Der Grund für ihr Lächeln lag klar auf der Hand. Johan war nicht nur hundert Kilo leichter als der Rest der Gemeinde, sondern auch der Einzige, der mitten im Sommer einen Anzug trug. Verlegen setzte er sich hin. Hätte er sich mehr Mühe geben sollen, um nicht so sehr aufzufallen? Amy hatte recht. Er hätte sich genauso gut einen Zettel auf die Stirn kleben können, auf dem EUROPÄER stand.

Die Stimmung war schon euphorisch, bevor der Gottesdienst überhaupt begann. Als Pastor O'Brien, begleitet vom Läuten der Kirchenglocken, den Chor betrat, brach ein ohrenbetäubender Jubel aus. Johan sah den Mann mit dem Beffchen forschend an. O'Brien war viel jünger, als er angenommen hatte. Die breiten Kieferknochen und der militärische Kurzhaarschnitt verliehen ihm jenes amerikanische Siegercharisma, das für Männer in diesem Land so erstrebenswert war. Der Sportler, der die Anführerin des Cheerleaderteams datet und am College ein Footballstipendium erhält. Der Abschlussballkönig der

Highschool, der ein Fotomodel heiratet und verzogene Söhne mit einem unerträglichen Geltungsbewusstsein in die Welt setzt. Aber Robert O'Brien war kein Footballstar geworden, er hatte sich für eine Laufbahn als Baptistenpastor entschieden.

Schon fünf Minuten nach Beginn der Predigt fielen die provokanten Thesen, die Johan aus dem Zeitungsartikel kannte. »Ihr tötet eure Kinder!«, rief der junge Geistliche mit weit ausholender Gestik. »Ihr tötet sie mit extra großen Portionen und riesigen Dessertbüfetts! Ihr tötet sie mit euren Fritteusen! Wie viele von euch haben dieses Wochenende beim Chicken-Wings-Büfett im Einkaufszentrum kräftig zugeschlagen? Seid ehrlich zu euch selbst! Wie oft durften sich eure Kinder bedienen und Nachschlag holen? Wie viele fetttriefende Beilagen habt ihr genommen?«

Die Gemeinde riss die Hände in die Höhe und jubelte. Der Prediger ließ sich nicht beirren. »Schluss mit KFC und Mickie D! Ich sage: Schluss jetzt! Habt ihr in den letzten Wochen mal Zeitung gelesen? Oder Nachrichten gesehen? Wir sind das fetteste Volk im fettesten Land der Welt. Hört ihr, was ich sage? Auf der ganzen Welt! Wie lange soll das noch so weitergehen? Wie viele unserer Kinder sollen an Diabetes erkranken, noch bevor sie in den Kindergarten kommen? Wie viele sollen an ihrem ersten Collegetag einen Herzinfarkt erleiden? Jesus sagt: *Lasset die Kinder zu mir kommen*. Ich sage: Lasset die Kinder *leben*. Die Fettepidemie ist keine Epidemie Gottes. Ich habe gehört, dass viele von euch das glauben. Aber es ist nicht wahr. Es ist nicht die von Gott geschickte Sintflut, die er über die Erde gebracht hat, damit wir in Fett und Öl ertrinken. Fettleibigkeit ist eine vom Menschen herbeigeführte Epidemie! Wir selbst haben sie geschaffen! Erinnert ihr euch an die Geschichte von Moses und dem Goldenen Kalb? Unser Goldenes Kalb ist mit Zuckerguss glasiert. Es badet in Käse und Sahne! Wir glauben, es zu essen, aber in Wahrheit frisst es uns. Es frisst uns bei lebendigem Leibe auf. Und es wurde nicht von Gott geschickt, der Teufel hat es gesandt. Hört genau hin! Hört ihr seine Stimme? *Genießt es*, zischt er. *Nehmt noch ein bisschen mehr. Es ist mehr als genug da!*«

Pastor O'Brien hielt die Hand ans Ohr, als würde er einer Stimme lauschen. »Hört ihr ihn? *Darf es noch ein kleiner Nachschlag sein? Ein XXL-Menü? Möchte die Dame ein Doggy-Bag mit nach Hause nehmen?* Wir müssen lernen, Nein zu sagen und den Verführungskünsten des Teufels zu widerstehen. Wir müssen lernen, was Gott uns lehren will – und was will uns Gott lehren? Kontrolle. *Kontrolle, Kontrolle, Kontrolle.* Ich sage es noch einmal: Kon-trol-le. Und ich sage es *wieder*! Kon-trol-le. Ich werde es tausend Mal sagen. Ich werde es sagen, bis ihr eines Tages hier sitzt und nur noch die Hälfte von dem seid, was ihr heute seid, *höchstens* die Hälfte! Dann habt ihr Grund zu klatschen und zu jubeln. Dann sollt ihr mit euren neuen Körpern aufstehen und applaudieren. Und wisst ihr, wem dieser Applaus gilt? Wisst ihr das?« Pastor O'Brien hob die Arme in Richtung Kirchendach. »Dem Leben!«

Die Gemeinde jubelte.

»Der Herr sagt uns, dass wir unseren Leib pflegen sollen. So steht es in der Bibel. Jesus sagt, dass die Sorge um unseren Körper ein heiliger Dienst ist. Versteht ihr, was er damit meint? Die Gabel hinzulegen ist ein heiliger Dienst. Den Cupcake abzulehnen, den eure Freundin euch anbietet, ist ein heiliger Dienst, ganz egal, wie viel Mühe und Zeit sie in das Backen gesteckt hat. Das einzige Gebet, das ihr braucht, lautet: Hilf mir, der Versuchung zu widerstehen. Hilf mir bei dem Kampf, den ich ausfechten muss, um ein neuer Mensch zu werden. Hilf mir, meiner Frau zu sagen, dass sie dieses Tortenstück, das sie jeden Abend vor dem Fernseher in sich hineinstopft, auf dem Teller liegen lassen soll. Hilf meinem Mann, dass er sich aufs Laufband stellt, statt mit dem Auto zum nächsten Schnapsladen zu fahren. Hilf den Kindern. Gütiger Gott, Herr im Himmel, hilf den Kindern! Hilf ihnen, den Versuchungen zu widerstehen, die der Teufel ihnen auftischt.«

Die Gemeinde riss die Arme in die Höhe und rief in Ekstase: »Amen! Amen!«

Johan hatte das Spektakel sprachlos beobachtet. Er hatte schon lange genug in den USA gelebt und kannte sowohl die guten als auch die schlechten Seiten der amerikanischen Mentalität, doch das war auch für ihn harter Tobak gewesen. Im Anschluss an seine Predigt lud der Pastor die Gläubigen ins Gemeindehaus – oder wie es mittlerweile hieß – ins »Gesundheitszentrum« ein. Es war rund um die Uhr für die Gläubigen da (»wie Gott«, sagte O'Brien) und für Kinder und Jugendliche gab es jeden Nachmittag nach der Schule spezielle Fitnessprogramme.

Johan war sowohl überrumpelt als auch beeindruckt. O'Briens Rhetorik wimmelte von frei ausgelegten Bibelzitaten bis zu salbungsvollen Beschreibungen von Speisen, mit denen der Teufel die Menschen verführte. Er spannte in seiner Predigt einen Bogen von der Fastenpraxis Jesu zu den gesundheitlichen Problemen, mit denen viele Gemeindemitglieder zu kämpfen hatten. Manchmal schlug er einen unbekümmerten, scherzhaften Ton an: *Buffalo hump* – der Büffelnacken, das Fettgewebe, das sich bei stark übergewichtigen Menschen im Hals und Nackenbereich bildete – *wird bald auf die Einwohner von Buffalo zurückgeführt werden!* Andere Male war sein Ton bedrohlich. Die Zahl der Beerdigungen, denen er jeden Monat vorstehen musste, war höher als je zuvor. Und schon bald würde die Anzahl der jungen Gemeindemitglieder, die unter der Erde des spartanischen Friedhofs der West Strawburn Church lagen, im dreistelligen Bereich liegen. *Ich übertreibe nicht, wenn ich sage, dass neunzig Prozent der Todesfälle hätten verhindert werden können.*

In Pastor O'Briens Religion war Besserung dasselbe wie Zurückhaltung. Je weniger seine Schäfchen aßen, desto zufriedener war Gott. Jedes verlorene Kilo war ein Schritt näher zur Erlösung. Die Himmelspforte ist gerade breit genug für *einen* Menschen, predigte O'Brien. *Wenn du doppelt so breit bist, wirst du nicht hindurchpassen.*

Nach dem Ende des Gottesdienstes war Johan langsam zu seinem Auto gegangen. Zwei Kinder waren laut schreiend an ihm vorbeigerannt. Er hatte gehört, wie sie sich darüber stritten, in welcher Eisdiele sie ihr Eis essen sollten. Pastor O'Briens Predigt war offenbar nicht bei allen Gemeindemitgliedern auf Gehör gestoßen.

Ihm war schwindelig. Er hatte schon einige amerikanische Gottesdienste besucht (Amy hatte eine Schwäche für das Spirituelle), aber das, was er soeben erlebt hatte, übertraf seine kühnsten Erwartungen. Selbst hier, in der Hochburg der Religiosität, verlor die christliche Religion zusehends an Anziehungskraft. Also hatte O'Brien zu etwas Größerem als der Bibel gegriffen.

Gottesglauben war nicht mehr zeitgemäß. Es gab nur noch einen universellen Wert mit dem Potenzial, alle Gesellschaftsgruppen zusammenzubringen: die Gesundheit.

Johan bezweifelte nicht, dass O'Briens Initiative auf guten Absichten beruhte. Ein Fünkchen Gesundheitsbewusstsein konnte bei Leuten, die in Gefahr waren, sich totzuessen, *per se* nicht schaden. Aber im neuen Jahrtausend ging es bei Gesundheit in neunzig von hundert Fällen ums Geld, und daraus zog auch der Pastor seinen Vorteil. Die Kollektenteller der West Strawburn Church waren ähnlich großzügig bemessen wie die Portionen der Fast-Food-Ketten.

Allein in den USA betrug der Jahresumsatz der Abnehmindustrie sechzig Milliarden Dollar. Unter den Jugendlichen bestand der Reiz einer Diät darin, jemanden zu daten, bei den Fünfundzwanzigjährigen, einen Ehepartner zu finden. Die Fünfunddreißigjährigen waren bereit, einen Großteil des staatlichen Kindergeldes dafür zu verwenden, die Schwangerschaftspfunde wieder loszuwerden. Und in den Seniorenstiften wimmelte es nur so von Achtzigjährigen, die auf ihre Figur achteten. Noch nie hatte das Gewicht eines Menschen eine so große Rolle gespielt. Noch nie war das Essen ein so großes Problem gewesen.

Pastor O'Briens Kirche war in Schweden undenkbar. Wenn es etwas gab, an das die Schweden noch weniger glaubten als an Gott, dann waren es exzentrische Evangelisten, die vom Teufel redeten. Aber wie wäre es, wenn man die Menschen im Sinne von O'Briens Bewegung auf ein und dasselbe Ziel einschwor und das Land darin einte, *Gesundheit als neuen Lebenssinn* zu erkennen?

Es konnte nicht schiefgehen.

You can't argue with health, hatte Johan triumphierend gedacht und seinen gemieteten Jeep aufgeschlossen. War das nicht der Spruch, den sie jeden zweiten Tag im Fernsehen brachten?

Er hatte gelächelt. Das war genial. Das war der Coup des Jahrhunderts.

Er hatte Gas gegeben und das Radio voll aufgedreht. Zum ersten Mal seit Monaten dachte er nicht an Amy. Er dachte an Schweden.

Als Johans Dienstwagen, zehn Jahre später, vor dem Sitz der schwedischen Regierung hielt, hörte er im Hinterkopf Pastor O'Briens exaltiertes *Amen.*

»Möchten Sie wie immer hier aussteigen?«

Johan nickte. »Ja danke. Perfekt.« Er richtete seinen Anzug und griff nach seiner Aktentasche.

Als er aus dem Wagen stieg, kam eine junge Frau mit nervösem Lächeln auf ihn zu. »Herr Ministerpräsident! Herr Ministerpräsident! Ich würde gerne ...« Sie hielt ihm eine weiße, glänzende Papiertüte mit der Aufschrift *AirFood* in silbernen Glitzerbuchstaben entgegen. »Unsere neuen Produkte. Ein Geschenk der Firma.«

Johan nahm die Tüte und sah hinein. Darin befanden sich ein paar schön verpackte Schachteln. AirSnacks-Brezeln. AirCandy-Lakritze. Er sah die Frau prüfend an. »Wollen Sie mir damit sagen, dass ich ein paar Kilo abnehmen muss?«

Die Frau wurde knallrot. »Nein, natürlich nicht! Auf keinen Fall, aber ...«

»Schon gut.« Johan lächelte und berührte sie leicht am Arm. »Es war nur ein Scherz. Das ist sehr freundlich von Ihnen.«

Sie wich seinem Blick aus und schaute verlegen zu Boden. Johan kannte das, die Leute waren in seiner Gegenwart häufig unsicher, er wusste nicht, weshalb. Er ging durch die Tür ins Gebäude hinein. Die Frau stand immer noch da mit gesenktem Kopf.

Gloria Öster schaltete das Frühstücksfernsehen aus. Olga James. In den furchtbaren Monaten, nachdem die Verwarnung in ihrem Universitätspostfach gelegen hatte, war Olga James' Kochshow Teil ihres abendlichen Fernsehprogramms geworden. Einmal hatte sie den Tipp der Fernsehköchin befolgt und zum Abendessen einen Salatkopf gekocht. *Ein kulinarisches Highlight!*, hatte Olga James verkündet, als sie das labberige, schlaffe Bündel aus dem Topf geholt hatte. Vor der Mattscheibe hatte Gloria pflichtbewusst auf ihrer eigenen geschmacklosen Kreation herumgekaut.

Gekochter *Salat*. Als sei es nicht schon mehr als genug, hatte sie zwei Packungen *AirFood* gekauft, eine mit Erdnuss-, die andere mit Schokoladengeschmack. Und sie hatte die Broschüre des Ernährungsberaters häufiger durchgeblättert, als sie sich eingestehen wollte. *Magenband Stockholm-Süd. Sind SIE bereit, Ihr Leben zu verändern?* Einmal war sie nachts aufgestanden und hatte alles in sich hineingestopft, was sie in der Küche an Essbarem hatte finden können. Cracker, Brot, tiefgefrorene Desserts.

Es war wie ein Déjà-vu aus der Hölle: Plötzlich lief die Essstörung Amok wie ein wild gewordenes Bärenweibchen, das man aus seinem Winterschlaf geweckt hatte. Es war das reinste Wunder, dass sie diesen Anfall geistig unbeschadet überstanden hatte. An dem Tag, als sie ihr Büro in Uppsala hatte räumen müssen, hatte sie abends zu Hause am Küchentisch gesessen und geweint, bis ihre Augen ganz rot und geschwollen waren. Noch Wochen später ging sie mit einem Gefühl der Unwirklichkeit an den Kartons im Flur vorbei. Jahrzehntelange Arbeit. In welches Regal sollte man sie einsortieren?

Gloria hatte die kleine Stadt geliebt. Den allmorgendlichen Spaziergang zur Universität. Die Fahrradfahrer, die im Winter auf den verschneiten Straßen ins Rutschen kamen. Seit ihrem Umzug nach Stockholm war Uppsala in ihrer Achtung eigenartigerweise gestiegen: Die Stadt mochte vielleicht klein sein, aber auf ihre ganz spezielle Art war sie dennoch etwas Besonderes. Gloria hatte geglaubt, sie könnte in ihrem Büro in der geisteswissenschaftlichen Fakultät bleiben bis zu ihrer letzten Ruhestätte auf dem gegenüberliegenden Friedhof.

Die wissenschaftliche Forschung und die Seminare hatten ihr Spaß gemacht. Sie hatte den Enthusiasmus der neuen Studenten zu Beginn des Semesters gemocht. Die einzigartige Begabung derer, die bei der Stange blieben. Als einer ihrer Romane mit dem August-Preis ausgezeichnet worden war, hatten ihre Doktoranden einen Kuchen für sie gebacken, den ganzen Raum mit Luftschlangen dekoriert und ihr einen Tortenheber aus Silber geschenkt. *Den können Sie auch beim Nobelpreis-Dinner benutzen.* Ihre A-Kurs-Studenten hatten sie mit stehenden Ovationen begrüßt, als sie in den Vorlesungssaal gekommen war, und die Kollegen hatten ihr gemeinschaftlich eine edle Flasche Champagner überreicht.

Die Erinnerung tat weh. Die Lust, in die Küche zu gehen und etwas zu essen, beherrschte sie mit gnadenloser Kraft. Das Bärenweibchen war wieder da. Sie verschränkte die Hände im Schoß und holte tief Luft. »Richte deine Wut auf das eigentliche Problem«, murmelte sie vor sich hin.

Aber Wut war auch keine Lösung. Gegen wen hätte Gloria sie richten sollen? Ihr war es immer noch ein Rätsel, wie der Reichstag die neuen Anstellungsgesetze der Gesundheitspartei hatte verabschieden können. Gewicht als Kündigungsgrund. Das war der reinste Wahnsinn.

Alle Angestellten im öffentlichen Dienst mit einem FMQ über 42 erhielten eine Frist von drei Monaten, um abzunehmen. Drei kostenlose Besuche bei einem zertifizierten Ernährungsberater und zwölf Wochen subventionierte Medikamente oder Behandlung. Wenn man Glück hatte, durfte man bleiben. Wenn nicht, musste man gehen.

Sie sah Svärd genau vor sich. Die Pressekonferenz mit der blau-gelben Fahne im Hintergrund. *Es ist von größter Wichtigkeit, dass unsere Kinder und Jugendlichen gesunde Vorbilder haben. Und wo verbringen sie die meiste Zeit? In den Schulen. In den Universitäten. Dort wird die nächste Generation geformt. Dort wird der Standard festgelegt. Und genau dort setzen wir die Zukunft aufs Spiel und riskieren es, sie uns zu verbauen. Das ist keine Drohung,* hatte Johan Svärd gesagt. *Das ist eine Motivation.* Ein paar Wochen später hatte die schriftliche Verwarnung in ihrem Fach gelegen. Ein dünner, doppelt eingeschweißter Zettel, der wie ein Knöllchen aussah.

> **Öster, Glora: FMQ 54**
> **Laut Register beträgt Ihr derzeitiger Fett-Muskel-Quotient 54. Ein FMQ über 42 liegt leider außerhalb des Toleranzbereichs. Sie haben drei (3) Monate Zeit, Ihren FMQ-Wert auf ein akzeptables Niveau zu senken, um Ihre derzeitige Anstellung an der Universität Uppsala weiterhin zu behalten.**

Kein Ph. D. Öster. Kein *Liebe Gloria, du hast seit über fünfzehn Jahren am Institut gearbeitet und bist in der ganzen Zeit nicht einen Tag krank gewesen.* FMQ 54, das war sie. Ein Messwert, der bis vor Kurzem noch nicht einmal existiert hatte und plötzlich das Maß aller Dinge war. Das Dokument trug keine Unterschrift. In der unteren Ecke leuchtete der rote Stempel des Instituts.

Auf der Zugfahrt nach Hause hatte sie das Schamgefühl überwältigt. Die Mädchen auf der anderen Seite des Gangs hatten den ganzen Weg bis nach Knivsta hysterisch gekichert. Als sie ihr Krabbenbaguette auspackte, das sie sich am Kiosk gekauft hatte, blickte sie der Mann neben ihr vorwurfsvoll an. So etwas passierte ihr nicht zum ersten Mal, aber dieses Mal spürte sie es deutlicher. Nur eine Woche später hatte ihr jemand in der U-Bahn einen Zettel zugesteckt:

> NICHT DEIN STOFFWECHSEL IST SCHULD, SONDERN DEINE VÖLLEREI. *Was ist dein Problem. Du musst nur aufhören zu essen. Mit freundlichen Grüßen, dasschwedischevolk.*

Plötzlich waren es keine vereinzelten Seitenhiebe und Sticheleien mehr, es war organisiert.

Also hatte sie wider besseres Wissens erneut eine Diät begonnen. Sie hatte noch immer Probleme, alte Jugendfotos von sich anzuschauen. Es waren nicht nur die verlorenen Jahre, die wehtaten, es waren auch die ausgebliebenen Reaktionen aus ihrem Umfeld. Weder ihre Familie noch ihre Freunde waren für sie da gewesen, als sie sie brauchte. Sie hatte so viele Jahre damit vergeudet, das kranke Bärenweibchen in ihrem Kopf hausen zu lassen, und nicht ein einziges Mal hatte ihr jemand eine helfende Hand gereicht.

Fünfzehn Jahre lang hatte die Essstörung Kommando über ihr Leben gehabt und sie hatte noch viele weitere gebraucht, um sich aus ihrem Klammergriff zu befreien. Zu guter Letzt hatte ihr ein Therapeut geholfen, Sigmund Eriksson. Erst hatte Gloria ihm zutiefst misstraut, angefangen von seinem Namen bis hin zu seinen Methoden (wer in Teufels Namen hieß Sigmund und wurde *Psychologe*?); doch im Grunde genommen war er ihre Rettung gewesen.

»Es gibt keine Verbote«, hatte Dr. Eriksson in der ersten Sitzung gesagt. Da es sich bei Essstörungen um Kontrollstörungen handele, seien Regeln die Ursachen des Problems. »Es gibt kein gutes oder schlechtes Essen. Es gibt keine Unterschiede beim Essen. Es gibt nur Lebensmittel, von denen der Körper Ihnen sagt, dass er sie braucht. Es gibt keinen Unterschied zwischen Schokolade und Brokkoli. Oder zwischen Süßigkeiten, Käse, Brot oder gekochtem Dorsch …«

Gloria lachte. Das klang verrückt. »Aber die Kalorien!«

»Es gibt keine Kalorien! Ich verspreche Ihnen, Gloria, wenn Sie damit aufhören, Essen zu bewerten, dann werden Sie es nicht mehr als Ihren Feind betrachten. An dem Tag, an dem sämtliche Lebensmittel in Ihrem Kühlschrank denselben Wert haben, werden Sie genau das essen, wonach Ihnen gerade ist. An einem Tag ist es Käsekuchen, am nächsten sind es Tomaten. Der Körper wird sich von selbst regulieren. Ebenso wie das Gewicht.«

»Wenn ich Käsekuchen zu Hause hätte, würde ich ihn sofort aufessen.«

»Und dann würden Sie merken, dass das nicht geht.« Sigmund Eriksson sah sie an. »Stellen Sie sich Folgendes vor: Wenn Sie essen dürften, wonach Ihnen gerade der Sinn steht, was würden Sie essen?«

»Das kann ich unmöglich sagen …«

»Kekse? Gebäck? Süßigkeiten? Pizza?«

»Ja, vermutlich.«

»Dann gehen Sie nach Hause und packen Sie den Küchenschrank voll damit. Wenn immer Essen im Haus ist, werden Sie sich auch nicht verpflichtet fühlen, es aufzuessen. Sobald Essen im Überfluss vorhanden ist, verliert es seinen Reiz. Ihr natürliches Hungergefühl ist angeboren, Gloria. Sie haben es in letzter Zeit nur ein bisschen aus dem Gleichgewicht gebracht, aber es wird sich wieder einpendeln. Es war die ganze Zeit da.«

»Ich weiß, wie es sein wird. Ich werde nie aufhören zu essen.«

»Ich verspreche Ihnen, dass Sie aufhören werden.«

Gloria schüttelte den Kopf. Der Mann war verrückt.

Sigmund Eriksson sah ihr ins Gesicht. »Was haben Sie zu verlieren?«

»Ich könnte dick werden.«

»Sie könnten gesund werden.«

Gloria hatte Sigmund Erikssons Praxis mit einem pastellfarbenen Selbsthilfebuch in der Hand verlassen. Sie hatte viel geweint. Sie hatte viel gegessen. Von einem auf den anderen Tag hatte sich ihr Essverhalten plötzlich geändert. Anstatt die ganze Eiscremepackung auf einmal aufzuessen, hatte sie sich mit einer Schale begnügt. Plötzlich hatte sie Appetit auf Kartoffeln. Porreequiche. Im Lauf der Zeit hatte sie aufgehört, sich selbst Vorwürfe zu machen. Statt negative Gefühle mit Essen zu kompensieren, hatte sie auf ihr Gefühl gehört.

Das Leben würde nicht neu beginnen, sobald sie schlank war. Das hatte sie mittlerweile begriffen. Das Leben war längst da. Und sie hatte verdient, es in vollen Zügen zu genießen, ganz gleich, wie viel sie wog.

So geht es den Männern, hatte sie manchmal gedacht. Die konnten ihre Energie auf die wirklich wichtigen Dinge im Leben lenken, statt sich um ihr Aussehen Gedanken machen zu müssen. Sie konnten sich die Zeit nehmen, um zu leben.

Sigmund Eriksson hatte es in ihren Sitzungen unendlich oft wiederholt: Menschen waren verschieden. Die Zahlen, die die Waage anzeigte, hatten nicht zwangsläufig etwas mit Gesundheit zu tun.

Dann war Johan Svärd aus seiner Höhle gekrochen und alles war zusammengebrochen. Schon allein der Anblick der Wahlplakate hatte genügt, dass sie sich in ihren eigenen vier Wänden verschanzte. Nicht lange nach der großen Pressekonferenz zur FMQ-Reform hatte sie mit ihrem frisch gekochten Salat vor dem Fernseher gesessen und sich Abnehmshows angesehen. Am Ende hatte das Eintreffen der Katastrophe sie gerettet.

Man hatte sie von der Universität verwiesen, weil sie zu viel wog! Früher oder später würde der Rest der Welt begreifen, was die Gesundheitspartei vorhatte, und Johan Svärd würde sein Kennedy-Lächeln noch vergehen, wenn er erst im Gefängnis saß. Bis es so weit war, würde sie ihr Bestes geben, um durchzuhalten. Wenn man ihr verbot, unter Leuten zu arbeiten, dann würde sie es eben von zu Hause aus tun. Was sollten sie schon dagegen machen? Sich gewaltsam Zutritt zu ihrer Wohnung verschaffen und ihr den Computer wegnehmen?

Sie konnten sie nicht vom Schreiben abhalten.

Also verschob Gloria ihre Romanpläne auf später und schrieb stattdessen über die reale Welt. Zur Fiktion würde sie früh genug zurückkehren, aber Svärd und seine Parteigenossen waren so widerwärtig, dass die Realität die Fiktion bei Weitem übertraf. Außerdem hatte sie nun etwas zu tun. Seit ihrer Kündigung hatte sie sich mit Alibi-Aufgaben über den Tag gerettet. Ihre Nachbarin Bibi hatte erzählt, dass sie in den ersten Wochen ihres Vorruhestands Listen mit Aufgaben an den Kühlschrank gehängt hatte, um durch den Tag zu kommen. Als ob die Notwendigkeit, Katzenfutter und Briefmarken einkaufen zu müssen, jemanden aus dem Bett triebe.

Die Nachbarin sah nach Glorias Wohnung, wenn sie sich während des Sommers in ihr Schreibdomizil zurückzog, und stand immer genau im passenden Moment mit frisch gebackenem Butterkuchen vor der Tür. Bibi war zehn Jahre älter als sie selbst, aber sie war jemand, mit dem man reden konnte. Die anderen Nachbarn bedachten sie nur mit abschätzigen Blicken.

Es klingelte an der Tür. Zögernd stand Gloria vom Sofa auf. Bibi klingelte normalerweise nicht. Pfadfinder, die Kekse verkaufen wollten, oder Schulkinder, die Geld für ihre Klassenfahrt sammelten, hatte sie nicht mehr gesehen, seit sie am Tag ihrer Kündigung aus Uppsala zurückgekommen war. In diesem Teil von Södermalm waren die Leute entweder unter dreißig oder über fünfzig. Plante man Familienzuwachs, dann ging der Umzugswagen nach Hägersten oder Tyresö, noch bevor der Kontrollstrich auf dem Schwangerschaftstest getrocknet war.

Gloria schaute auf die Uhr. Elf Uhr. Es musste der Lebensmittellieferant sein.

Sie strich ihre Bluse glatt und fuhr sich mit der Hand durch die kurz geschnittenen Haare. Heute hatte sie sich wenigstens angezogen. Die marineblaue Baumwollhose spannte am Bund. Sie hatte sich immer noch nicht an die Essenslieferungen gewöhnt. Dass ihr jemand das Essen ins Haus brachte, war ihr peinlich. Sie konnte Regale zusammenbauen und einen kaputten Wasserhahn reparierte sie fast genauso schnell, wie sie einen neuen Reißverschluss einnähte.

Konnte sie plötzlich nicht mehr zum Supermarkt gehen und wie ein normaler Mensch einkaufen?

Der Lieferant trug dieselbe weiße Schirmmütze wie beim letzten Mal. Er setzte ein erzwungenes Lächeln auf. »Sie hatten Lebensmittel bestellt?«

»Stellen Sie die Tüten einfach hier ab.« Sie nickte steif. »Ich trage sie selbst rein. Danke.«

Sie nahm einen Zwanzig-Kronen-Schein aus ihrem Portemonnaie. Es war derselbe Lieferant wie beim letzten Mal. Der gesagt hatte …

Gloria schluckte hart und reichte ihm hastig den Zwanziger. »Vielen Dank.«

Er nahm den Schein, ohne sie zu berühren.

Gloria horchte auf seine Schritte die Treppe hinab. Als die Haustür ins Schloss fiel, betrachtete sie die Tüten, die auf dem Boden standen. Das hätte er nicht sagen müssen. Dass es ihr guttun würde, das nächste Mal selbst in den Supermarkt zu *gehen*. Dass die Menge an Lebensmitteln ausreiche, um eine ganze Fußballmannschaft zu versorgen. Aber verglichen mit ihren Erlebnissen im Supermarkt waren solche Bemerkungen das Himmelreich. Das Geflüster hinter ihrem Rücken. Die musternden Blicke. Sie wusste, dass es falsch war. Aber sie konnte es einfach nicht ausblenden.

Sie hob die Tüten hoch und trug sie in die Küche. Als sie die Lebensmittel nach und nach auspackte und auf den Tresen stellte, fühlte sie sich ein bisschen besser. Beim Anblick der Schokoladenwaffelpackung lächelte sie. Diese geisterten ihr schon seit ein paar Tagen im Kopf herum. Und heute hatte sie auch das richtige Brot bekommen. Das letzte Mal hatte der Lieferant ihr geschnittenes Brot gebracht.

Als Gloria den Brotkasten öffnete, klopfte es an der Tür. Ihr Magen krampfte sich zusammen. Sie seufzte erleichtert, als sie Bibi vor der Tür stehen sah.

»Ist es schon Zeit für Kaffee?«

Die krausen Haare der Nachbarin schauten unter einem roten Kopftuch hervor. Sie trug eine weite geblümte Tunika und zahlreiche Armbänder in ebenso kräftigen Farben. »Ich wollte nur einmal kurz vorbeischauen und Hallo sagen.«

»Unsinn!« Gloria zog sie in den Flur. »Der Kaffee läuft schon durch. Ich räume nur noch schnell die Lebensmittel ein.«

Bibi folgte ihr in die Küche und blickte neugierig auf die Tüten. »Ich hatte auch schon überlegt, diesen Lieferdienst zu testen, aber ich weiß nicht … Ist das nicht teuer?«

»Das gleicht sich aus.«

Gloria stellte Milch und Joghurt in den Kühlschrank, ließ die übrigen Lebensmittel auf der Arbeitsplatte stehen und stellte die Kaffeekanne und zwei Tassen auf den Küchentisch.

Bibi hatte sich schon gesetzt. »Du nimmst nicht mehr diesen widerlichen Süßstoff?«, fragte sie und deutete auf die Packung mit Würfelzucker.

Gloria setzte sich ihr gegenüber an den Tisch. »Lass uns lieber über etwas anderes reden.«

Bibi lächelte. »Von mir aus gerne. Ich muss sagen, dass ich einen ganz schönen Schreck bekommen habe, als ich diese Luftzigarren gesehen habe, oder was auch immer das sein soll.«

Gloria lachte. »*AirFood*, Bibi! Die Lebensmittel der Zukunft! *Eine Geschmacksexplosion mit null Kalorien!*«

»Herr bewahre mich.«

»Mich auch. Aber jetzt Schluss mit diesem Blödsinn.« Gloria blies in ihren Kaffee. »Ach ja, das hätte ich fast vergessen!« Sie stand auf und ging zurück zum Tresen, auf dem die Lebensmittel lagen. »Ich habe ja Waffeln.«

»Mach dir keine Umstände.«

»Also, *ich* will jetzt welche.« Gloria legte sie in den Brotkorb und nahm sich gleich zwei.

Bibi nippte nachdenklich an ihrem Kaffee.

»Ist alles in Ordnung? Du siehst müde aus.«

»Meine Nichte …«

»Malin?«

Bibi starrte auf die Tischplatte und rührte nervös in ihrer Tasse. »Ach Gloria.« Sie schüttelte den Kopf. »Ich dachte, ich hätte es dir schon erzählt. In der letzten Zeit ist einfach so viel passiert … Ich weiß einfach nicht mehr, wem ich was erzählt habe und wem nicht.«

»Ist sie krank?«

Bibi zögerte. »Wir wussten nicht, dass es so schlimm um sie steht. Du weißt ja, wie sich die Jugendlichen heutzutage im Internet aufstacheln. Und Malin …«

»Oh nein.«

»Sie hat Tabletten genommen. Man musste ihr im Krankenhaus den Magen auspumpen.«

Gloria schluckte. *Nicht Malin.*

»Es tut mir leid«, sagte Bibi. Ich weiß, dass du … dass ihr …«

»Wann ist das passiert?«

»Vor zwei Wochen.«

Gloria schwieg. Sie hatte gewusst, dass Malin aufgrund ihres Gewichts mit Selbstzweifeln und mangelndem Selbstwertgefühl zu kämpfen hatte, aber …

Sie hätte es merken müssen. Sie als Allererste.

»Sie wollte doch immer Schriftstellerin werden«, sagte Gloria leise und dachte daran, wie Malin sie im letzten Jahr bekniet hatte, bei ihr ein Schulpraktikum machen zu dürfen. *Ich mach alles, was du willst, Gloria! Ich räume Schubladen auf, fülle Formulare aus, koche Kaffee! Das ist der einzige Beruf auf der ganzen Welt, der mich interessiert! Bitte, bitte, bitte. Es sind doch nur zwei Wochen!*

Bibi hatte Tränen in den Augen. »Ich weiß.«

»Ich hätte mit ihr reden müssen«, sagte Gloria.

»Meine Schwester sagt, dass niemand an sie rankommt. Sie kapselt sich komplett ab.«

»Wie alt ist sie jetzt? Sechzehn?«

»Fünfzehn.«

»Das ist furchtbar.«

Bibi sah sie entschuldigend an. »Ich sitze hier und rede über meine Probleme. Ich wollte dir nicht den Tag verderben.«

»Wenn ich ganz ehrlich sein soll, war der Tag auch schon vorher nicht gerade ein Zuckerschlecken.«

Bibi lachte bitter. »In was für einer Welt sind wir gelandet!«

»Ja, wer hätte geglaubt, dass die Dinge sich einmal so entwickeln würden?«

»Johan Svärd, nehme ich an. Und die bösen Mächte, mit denen er sich verbündet hat und mit deren Hilfe er seine unlauteren Machenschaften vorantreibt.«

»Weißt du, welcher Gedanke mir vor ein paar Tagen beim Schreiben gekommen ist? Dass alles sowieso passiert wäre. Erinnerst du dich nicht an das Gerede vor zehn Jahren über den Fettleibigkeitsboom? Im Fernsehen und in den Zeitschriften wurden am laufenden Band Diättipps serviert.«

»Das war etwas anderes. Damals konnte man dem Ganzen noch entgehen.«

»Ja, aber ich bin der Meinung, dass Svärd die Situation ausgenutzt hat, dass er an Fäden gezogen hat, die schon vor ihm hingen. Die Frage ist nur, warum?«

Bibi nahm ihre Tasse in die Hand. »Wenn du die Antwort auf diese Frage findest, dann gewinnst du den August-Preis bestimmt ein zweites Mal.«

»Ich glaube nicht, dass übergewichtige Schriftsteller überhaupt noch auf die Liste der potenziellen Kandidaten kommen.«

Bibi lachte herzlich. »Du musst dir eben ein Pseudonym zulegen.«

»Wir werden sehen.« Gloria nahm sich noch eine Waffel. »Ich habe so ein Gefühl, dass Kaiser Svärd schneller von seinem Thron stürzen wird, als wir ahnen. Dass jemand des Kaisers neue Kleider durchschaut.«

»Ich hoffe, du hast recht«, sagte Bibi und klopfte drei Mal auf den Tisch.

Landon setzte sich auf eine der grünen Bänke. Zu dieser Tageszeit war der Friedhof von Hammarby immer menschenleer. Das einzige Zeichen menschlichen Lebens waren zwei Jugendliche, die auf dem Parkplatz heimlich rauchten.

Das Familiengrab der Familie Peters lag auf der anderen Seite des kleinen Waldstücks, an der Steinmauer. Rita hatte ihren eigenen Grabstein bekommen, neben ihrem Vater. Landon hatte fast eine Stunde am Grab gesessen. Hatte auf den kleinen steinernen Vogel geschaut und auf die Rosen, die das Grab bedeckten. *Hätte ich doch nur …*

Rita hatte nach dem Tod ihres Vaters dasselbe gesagt. Jetzt verstand er sie.

Keiner konnte behaupten, dass er es nicht gewusst hätte. Ihre Leichenblässe, die Passivität, mit der sie vor dem Fernseher gesessen hatte. Wie sie sich zerstörte. Gegen das Leben kämpfte. Er hatte nach dem Tod ihres Vaters mit Taschentüchern neben ihr gesessen und versucht, ihre Trauer zu vertreiben. Als ihre Kraft nachließ, hatte er sie im Stich gelassen.

Die Ärzte im Universitätskrankenhaus hatten gesagt, es sei das Herz gewesen. Ihr Körper habe angefangen, seine eigenen Organe anzugreifen. Landon würde den Anblick nie vergessen. Als er Rita tot in der Wohnung aufgefunden hatte, hatte sie nicht wie jemand ausgesehen, der erst kürzlich gestorben war, sondern der schon seit *Längerem* tot war. Die schlaffe, gräulich-blaue Haut. Die dünnen, dichten Haare auf den Armen. Der Badezimmerschrank war vollgestopft mit diversen Diätpillen. In der Küche lagen ungeöffnete Packungen mit Nahrungsergänzungsmitteln und Proteinpulver. Und auf dem Herd stand eine Haushaltswaage mit einem unbenutzten Dezilitermaß darauf, wie eine Routine, die nicht mehr funktionierte. Die Ärzte meinten, sie habe seit Monaten keine richtige Mahlzeit mehr zu sich genommen und noch dazu *Purify* eingenommen, was für eine Person mit ihrem Gewicht in höchstem Maße unvernünftig sei.

So hatten sie es ausgedrückt. *Unvernünftig*. Als habe es sich um ein Missverständnis beim Gebrauch des geeigneten Medikaments gehandelt.

An die Zeit danach konnte er sich nur undeutlich erinnern. Es hatte wieder angefangen zu schneien. Es war Winter geworden. Ab und an hatte er vor seinen Studenten gestanden und kein Wort herausgebracht.

Er schloss die Augen und umklammerte das weiche Stofftier, das er in der Tasche hatte. Ein kleiner Hund mit gestreiftem Pullover.

Eigentlich hatte er vorgehabt, ihn aufs Grab zu legen (er hatte gedacht: *als Gesellschaft*), aber jetzt erschien es ihm albern. Ein Zeichen von Leben auf der letzten Ruhestätte für die Toten, als ob ein Kind beim Spielen sein Kuscheltier verloren hätte.

Er hörte Schritte auf dem Kiesweg und blickte auf. Eine ältere Frau mit einem karierten Rock und Strickjacke ging mit raschen Schritten zum hinteren Bereich des Friedhofs. In der einen Hand hielt sie einen Bund gelber Tulpen, in der anderen eine grüne Plastikvase. Die Frau nickte ihm freundlich zu. Ein Elternteil, der gestorben ist, dachte er neidisch. Eine ältere Freundin. Jemand, der zur rechten Zeit gestorben war.

Sein allererster Impuls war gewesen, sie zu verklagen. Die Universität. Johan Svärd. GTV und die Ärzte im medizinischen Versorgungszentrum. Dann hatte der Schmerz ihn übermannt. Den ganzen Winter über hatte die Trauer als dumpfer Schmerz auf seiner Brust gelastet, wie ein Herzfehler. Er brachte es nicht einmal über sich, nach Kavarö zu fahren und es Helena zu erzählen. Das war vor fünf Monaten gewesen.

Er blickte zur Frau mit den Tulpen hinüber. Sie beugte sich über eines der Gräber und stellte ihre Vase hin. Zwei Minuten später war sie wieder auf den Beinen.

Schnell und schmerzlos, dachte Landon. Und warum auch nicht? Er wusste, wie das war. Man hatte eine Großmutter, die die besten Plätzchen der Welt backte und plötzlich – von einem Tag auf den anderen – war sie nicht mehr da. Seine eigene Großmutter hatte den Sänger und Komiker Povel Ramel gemocht und gern Vögel beobachtet. Andere Großmütter besaßen einen braunen, flauschigen Hund oder zogen in der Weihnachtszeit ihre eigenen Kerzen. Einmal im Jahr zündete man ein Grablicht an und ging wieder. Der Tod gehörte zum natürlichen Kreislauf des Lebens, nicht mehr und nicht weniger.

Aber Rita gehörte noch nicht hierher. Das dachte er tagtäglich.

Die Frau ging wieder an ihm vorbei. Sie war auf dem Weg zum

Ausgang. Wenigstens sah sie jetzt nicht mehr ganz so unbekümmert aus. Landon stand auf und folgte ihr in Richtung Parkplatz. Die Jugendlichen saßen immer noch da und rauchten.

Joghurt? Oder das letzte Stück Schokoladenkuchen? Das war unnötig, das wusste sie, sie sollte wirklich damit aufhören …

Gloria verscheuchte den Gedanken aus ihrem Kopf. *Fang nicht damit an.*

Sie stand zum fünften Mal vor dem Kühlschrank. Den ganzen Tag über war sie immer wieder in die Küche gegangen, rein und raus. Rein und raus. Die Stimme im Kopf hatte sich wieder gemeldet. Das Bärenweibchen, das mit den Tatzen scharrte. Sie setzte sich auf einen der Küchenstühle und versuchte, sich die Stimme von Sigmund Eriksson ins Gedächtnis zu rufen. *Was wollen Sie* wirklich *haben, Gloria?*

Sie ließ ihren Blick über die Regale schweifen. Kekse. Butterwaffeln. Zwei Chipstüten.

Hier scheint ja ein richtiges Fest im Gange zu sein. Oder sind Sie der einzige Gast?

Der Lieferbote hatte den Zwanziger mit der äußersten Spitze von Daumen und Zeigefinger entgegengenommen, als sei sie ansteckend.

Sie schaute auf den Küchentresen. Das letzte Stück Schokoladenkuchen hatte sie in einen Plastikbeutel getan. Ganz hinten im Brotkasten lagen die Zimtschnecken, die Bibi das letzte Mal mitgebracht hatte.

Manchmal müssen Sie sich einfach auf Ihr Gefühl verlassen, Gloria. Lassen Sie es zu und akzeptieren Sie es so, wie es ist.

Es war schlimmer geworden, das konnte sie nicht bestreiten. Freitag war sie mitten in der Nacht aufgestanden und hatte die Küche geplündert. Die Zuckerspur hatte quer durch die Wohnung bis zu ihrem Bett geführt.

Sie saß einfach viel zu viel vor dem Fernseher. Das war das Problem.

Wie das Interview mit Gregor Søssel über die globale Fettleibigkeits-Explosion. »Alle Prognosen sind von der düsteren Wirklichkeit übertroffen worden.« Dieses breite, schmierige Grinsen. »Übergewichtige sind keine glücklichen Menschen. Es sind Menschen, die sehenden Auges in den *Tod* gehen.« Gloria verabscheute Gregor Søssel fast genauso sehr wie Olga James. Ein Landarzt, der sich selbst zur TV-Persönlichkeit erkoren hatte und nun die Botschaft unters Volk brachte, dass die Menschen auf ihre Gesundheit achten sollten. Hatte er dem Institut für Ernährung so große Summen gespendet, dass er es jetzt kontrollierte, oder hatte Svärd ihm dabei geholfen? Es war wie damals bei der Umbenennung des Fernsehsenders SVT in GTV; offiziell hatte es geheißen, es handele sich um eine *grundlegende Erneuerung des staatlichen Fernsehens.* Oder der obligatorische Gesundheitstest, der bei einem Antrag auf Einbürgerung nun vorgeschrieben war. Oder die Festlegung einer Gewichtsobergrenze auf Inlandsflügen. Es war kein Wunder, dass die Partei so erpicht darauf gewesen war, den Posten des Anti-Diskriminierungsbeauftragten abzuschaffen.

Glorias Gedanken wanderten wieder zum Essen. Wie viele Zimtschnecken lagen noch im Brotkasten? Drei? Vier? Sollte sie eine davon mit ein bisschen Butter im Ofen erwärmen?

Erst das Gefühl, Gloria. Dann dürfen Sie essen.

Sie griff nach Notizblock und Stift. Bislang war das Schreiben ihre Rettung gewesen, der Text hatte ihr geholfen, klarer zu denken, doch die erlösende Wirkung war seit einer Woche ausgeblieben. Sobald sie den Dingen auf den Grund ginge, redete sie sich ein, würde es ihr besser gehen. Denn nur wenn man seine Feinde kannte, verloren sie ihren Schrecken.

»Den Weg des Geldes zurückverfolgen«, lautete ein Gedanke, den sie in ihren gekritzelten Notizen eingekreist hatte. Die Abnehmindustrie hatte gigantische Summen verdient, lange bevor die Gesundheitspartei auf der Bildfläche erschienen war. Private Fachkliniken für Fettabsaugung und Magenband-OPs waren wie Pilze aus dem Boden geschossen und die Propaganda des Instituts für Ernährung hatte der Pharmaindustrie Einnahmen in Milliardenhöhe beschert. Aber Geld allein konnte nicht die Erklärung sein, das war unmöglich. Der Großteil des schwedischen Gesundheitswesens lag nach wie vor in den Händen der Steuerzahler. Svärds stärkstes Argument im Wahlkampf war natürlich, dass die Pflege fettleibiger Patienten zu hohe Kosten verursache; doch die eigentliche Ideologie dahinter war viel zu extrem, um sich allein darauf zu gründen. Man wurde nicht zum Fanatiker, weil man die Ausgaben senken wollte.

Gloria kaute auf ihrem Stift. Vor ihrem inneren Auge sah sie die Zimtschnecke vor sich, mit Zucker und zerlassener Butter.

Ihr fehlten Motive. Rationale Motive. Wodurch war diese Fettleibigkeits-Hysterie überhaupt in Gang gekommen? Warum tat sich die Gesellschaft im Umgang mit übergewichtigen Menschen so schwer? Als Johan Svärd zum ersten Mal die Rednerbühne betreten hatte, war ein erleichterter Seufzer durch ganz Schweden gegangen. Endlich sprach jemand aus, was alle dachten.

Gloria schlug eine neue Seite auf und machte sich Notizen. Vielleicht war das *Land* selbst das Problem? Die berühmte schwedische Zurückhaltung. Ein Land, in dem ein Auto mit Sicherheit und Zuverlässigkeit überzeugen konnte und ein Möbelhaus mit nichtssagendem und konturlosem Minimalismus. Wer außer den Schweden würde Zurückhaltung als eine Tugend betrachten?

Übergewichtig zu sein war so, als würde man alle möglichen Fehler auf einmal begehen. Ausladende Kurven genügten ja schon, um Aufmerksamkeit zu erregen. Der Ministerpräsident war auf eine wahre Goldgrube gestoßen. Die Pathologisierung von Übergewicht basierte auf ähnlichen moralischen Wertvorstellungen wie die der Homosexualität. Die aufmüpfige, widerspenstige Frau, die auf dem Scheiterhaufen verbrannt wurde. Die Gesellschaft: *Wir verbieten es. Es ist zu ihrem eigenen Besten.*

»Sündenbock«, notierte Gloria auf ihrem Block. Heute Abend würde sie sich an den Computer setzen und ihre Notizen ins Reine schreiben.

Sie schaute hoch. Anstatt mit einem Röntgenblick den Brotkasten nach Zimtschnecken zu durchleuchten, sah sie aus dem Fenster. Nach dem morgendlichen Regenschauer war der Himmel klar und wolkenlos.

Allmählich merkte sie, dass sie die Dinge deutlicher sah. Es half ihr einfach, ihre Gedanken in konkrete Worte zu fassen. Aus diesem Grund hatte sie als Jugendliche mit dem Schreiben begonnen. Wenn man über etwas schreiben konnte, dann konnte man es auch überleben.

Sie stand auf und holte die Butter aus dem Kühlschrank. Dann stellte sie den Backofen an.

Helena hatte ihn anrufen wollen. Schon nach einer Woche hatte sie im Internet nach seiner Telefonnummer gesucht, aber als der Namen *Thomson-Jæger, Landon* tatsächlich schwarz auf weiß vor ihr auftauchte, hatte sie es sich anders überlegt. Sollte sie nicht besser abwarten, bis er sich meldete? Wenn nichts dazwischenkam, würde er bestimmt bald zurück sein.

Dann waren die Wochen vergangen. Nach gut einem Monat hatte sie eingesehen, dass die akute Angelegenheit, die er in Uppsala zu erledigen hatte, genauso vorübergehend war wie die akuten Angelegenheiten des Ministerpräsidenten. Der Nachbar mit dem Doppelnamen war gekommen und wieder abgereist wie jeder beliebige Sommergast. Stadtmenschen sind unberechenbar, hatte ihre Mutter immer gesagt. Vor denen sollte man sich besser in Acht nehmen.

Gott sei Dank hatte Molly unter Landons Abwesenheit nicht allzu sehr gelitten. Eine Woche nach seiner Abreise hatte ein streunender Kater draußen auf der Treppe gesessen und sie hatte die ausgebliebene Verabschiedung vergessen. Das kleine Kerlchen war so mager und ausgehungert, dass Helena und Molly schon befürchteten, es würde nicht überleben, doch der Kater hatte viel gefressen. Momentan war

Mollys Findelkind so groß wie ein kleiner Hund. Gestiefelter Kater, so hatte sie ihn getauft, nahm nun also im Haus die Rolle der Banane ein.

»Was meinst du, Gestiefelter Kater?« Der Kater mit den zerfransten Ohren erwiderte ihren Blick von der Kellertreppe aus. »Ist das so in Ordnung?«

Sie knickte das Schleifpapier um und kontrollierte die abgenutzte Truhe. Sie hatte sie im Keller entdeckt und gedacht, dass sie sich gut für Blumentöpfe eignete, aber je mehr von dem alten Holz zum Vorschein kam, desto schäbiger sah sie aus. Vielleicht konnte sie sie neu streichen und in Mollys Zimmer stellen? Oder Molly strich sie selbst. Sie könnte eine Aufgabe gut gebrauchen.

Der Winter war lang gewesen. Der Gestiefelte Kater war eines der wenigen Lebewesen, die ihnen hier draußen begegnet waren – abgesehen von der Kassiererin im Supermarkt in Öregrund und der Nachbarin, als sie nach der Wohnung in Gimo gesehen hatten. Den obligatorischen Besuch im medizinischen Versorgungszentrum versuchte sie mit aller Macht zu verdrängen. Noch Wochen danach hatte sie wie auf heißen Kohlen gesessen. Sie hatten behauptet, dass es um die Gewichtserfassung für das nationale Register ging, aber Helena hatte gespürt, dass es nur ein Vorwand war. Jedes Mal, wenn sie die Post holte, machte sie sich auf das Schlimmste gefasst (eine offizielle Verwarnung? Eine Aufforderung zur Zwangsoperation?); doch nichts davon traf ein. Nicht einmal die Broschüren über Fettabsaugungsmethoden waren häufiger eingegangen.

Manchmal fühlte sie sich wie in einem Gefängnis. Sobald sie aus dem Haus ging, sah sie sich immer um. Bislang schien die Schule Mollys Abwesenheit zu akzeptieren, aber das würde nicht bis in alle Ewigkeit so gehen. Molly zuliebe versuchte sie, positiv zu denken und den Mut nicht zu verlieren, aber die Angst saß ihr im Nacken. Sie wagte es kaum, ihren Vater Edvard im Altersheim zu besuchen, obwohl es ihm immer schlechter ging. Was sollte sie tun, falls das Pflegepersonal Molly sah und es den Behörden meldete?

Helena fuhr härter mit dem Schleifpapier über die Truhe. Bald war sie im Finden von Ausreden fast so gewieft wie ihr verschwundener Nachbar. Wie hatte er sich noch einmal ausgedrückt? Eine Exfreundin, die »ihn brauchte«?

Molly hatte darauf bestanden, nach seiner Post zu sehen. Jeden Nachmittag lief sie zum Briefkasten und holte die Werbesendungen raus. Das meiste landete direkt im Altpapier, aber Post, die wichtig aussah, sammelten sie in einem Schuhkarton im Flur. Bislang enthielt er nur vier Briefe. Helena vermutete, dass es auch nur Werbung war, dennoch hatte sie sie liegen gelassen. Nur einmal war private Post gekommen. Die mit der Hand geschriebene Ansichtskarte lag ganz oben in Mollys Schuhkarton, wie ein ganz besonderes Lebenszeichen.

Liebster Beppe!
Hier auf Zypern entfaltet der Frühling mitten im tiefsten Winter seine volle Pracht! Und das Meer leuchtet in blauen Farben. Ich wünschte, du wärst hier.

Sonnige Grüße, fühl dich umarmt,
Barbro

Helena musste lachen. Landons Vater hatte eine Verehrerin! Mit poetischen Ambitionen! Manchmal wünschte sie sich Landon allein aus dem Grund zurück, seine Miene sehen zu können. Sie war sich nicht sicher, ob es klug war, Molly Hoffnungen zu machen (sie holte seine Post, weil sie davon ausging, dass er zurückkommen würde), aber so hatte sie wenigstens eine Aufgabe. Comics lesen und mit einer Katze spielen reichten als Zeitvertreib nicht aus, wenn man weit und breit die einzige Achtjährige war.

Helena wollte am liebsten gar nicht weiter darüber nachdenken. Sollte sie darauf bestehen, dass sich Molly mehr ihren Schulbüchern widmete und regelmäßig Hausaufgaben machte? Unter der Woche betätigte sie sich jeden Tag ein paar Stunden als Hauslehrerin, damit

Molly in der Schule nicht den Anschluss verlor, fraglich war jedoch, ob das reichte. Andererseits hätte Molly noch viel mehr Unterricht verpasst, wenn sie in Gimo geblieben wären. Wenn alles vorbei war, würde Molly auf jeden Fall mehr können als alle anderen Kinder in ihrer Klasse.

Wenn es vorbei sein würde.

Der Kater streckte sich, lief die Treppe runter, kam auf sie zu und rieb sich an ihren Beinen. Bevor sie ihn davon abhalten konnte, wälzte er sich unter der Truhe im Schleifstaub.

Sie stupste ihn mit dem Fuß an.

Das Tier stand auf, aber sein Fell war voller Staub. Es sah so komisch aus, dass sie einfach lachen musste. »Molly!«, rief sie. »Komm runter und mach deine Katze sauber!«

Molly kam sofort in den Keller geflitzt. Sie staunte, als sie die schmutzige Katze sah. »Was hast du gemacht?«

»Ich? Wer ist hier wohl der Schuldige?«

»Armer Gestiefelter!« Molly beugte sich zu ihrem Kater runter und begann ihn abzubürsten, aber er wich ihr aus und machte sich aus dem Staub.

»Gute Idee«, sagte Helena. »Geh nach oben und lass den kleinen Schmutzfinken nach draußen.«

Molly sah ihre Mutter vorwurfsvoll an. »Du solltest vielleicht sauber machen.«

»Pass auf, dass du nicht gleich im Schleifstaub landest.«

Molly drehte sich wortlos um.

Helena blickte ihrer Tochter hinterher. Ihr Aufmunterungsversuch hatte seine Wirkung verfehlt. Molly war in der letzten Zeit so trotzig geworden.

Oder vielleicht langweilte sie sich auch einfach nur. Den ganzen Winter lang mit seiner Mutter in einem kleinen Häuschen zu hocken; da konnte man schon bei ganz anderen Dingen empfindlich reagieren.

Sie hob das Schleifpapier vom Boden auf. Vielleicht sollte sie mit Molly einen Tag nach Öregrund fahren, um ein bisschen dem Alltag zu entfliehen. Sie konnten mit der Fähre nach Gräsö übersetzen. Ein Lunchpaket mitnehmen und die Vögel füttern. Mutter und Tochter auf einem Wochenendausflug – wer würde dabei schon etwas Auffälliges vermuten? Sie musste aufpassen, dass sie nicht paranoid wurde.

Helena klopfte sich den Staub aus den Sachen und ging die Treppe hinauf. Sie würde es Molly sofort erzählen. »Molly? Bist du da?«

Keine Antwort.

KINDER, DIE FÜR IMMER SCHLANK BLEIBEN

Gloria traute ihren Augen nicht, als sie den Aufmacher der Zeitung sah. Auf dem Bild war ein Baby zu sehen, das auf einer Krankenhausdecke lag. Es hatte große runde Augen und die kleinen Hände waren zu Fäustchen geballt. Am Bauch über der weißen Windel trug es einen Verband. Im Artikel hieß es, die Operationen seien in der Karolinska-Universitätsklinik in Stockholm durchgeführt worden. Hunderte zukünftiger Eltern hätten schon Interesse an dem Projekt ungemeldet und die ersten Kinder seien bereits operiert worden.

Gloria schnürte sich der Hals zu. Draußen vor dem Wohnzimmerfenster war der Asphalt nach dem letzten Regenguss schwarz und am Himmel kündigte sich die nächste Gewitterfront an.

In dem Artikel wurde betont, dass zwischen übergewichtigen Eltern und übergewichtigen Kindern ein eindeutiger Zusammenhang bestand. Kinder fettleibiger Eltern besaßen die genetische Veranlagung, selbst dick zu werden. Weder bessere Aufklärungsarbeit über Ernährungsgewohnheiten noch Diäten während der Schwangerschaft hatten zu zufriedenstellenden Ergebnissen in den Gewichtskurven der Kinder geführt. Aus diesem Grund hatte man begonnen, mit frühzeitigen Präventivmaßnahmen zu experimentieren.

Die Pilotstudie war von Wissenschaftlern des Instituts für Ernährung durchgeführt worden. Der Arzt, der die ersten Kinder operiert hatte, war ebenfalls im Bild zu sehen. Gloria fröstelte, als sie sein kaltes Lächeln sah. Die Bildunterschrift lautete: Stefan Mård, Kinderarzt.

»Wir sind heute in der Lage, frühzeitig zu erkennen, wer später übergewichtig sein wird und wer nicht. Dabei handelt es sich keinesfalls um grobe Schätzwerte, ganz im Gegenteil. Übergewichtige Mütter bekommen mit neunzigprozentiger Sicherheit auch übergewichtige Kinder. Es ist nur eine Frage der Zeit. Diese Entwicklung müssen wir im Keim ersticken, sonst überträgt sich die genetisch bedingte Fettleibigkeit von einer Generation auf die nächste und die Epidemie breitet sich immer weiter aus.«

Bei dem Eingriff handelte es sich um eine einfachere Magenbandmethode. Zwölf bis vierzehn Monate nach der Geburt wurde den Babys ein Teil des Magens abgebunden, damit dieser keine überflüssige Nahrung mehr aufnehmen konnte. Nach einem Jahr wurde der Magen ein weiteres Mal abgebunden, damit er sich richtig entwickelte.

»Dieses Projekt ist einzigartig in der Welt und bedeutet einen enormen Fortschritt für die schwedische Volksgesundheit. Wir erreichen nicht nur, dass die nächste Generation gesünder sein wird als die vorherige, ihr wird auch die psychische Belastung erspart bleiben, unter der so viele Übergewichtige heutzutage leiden. Die Menschen *können* einfach nicht mehr zu viel essen.«

Die Risiken einer solchen Magenbandoperation seien gering, versicherte Dr. Mård. Der Eingriff dauere nur eine knappe halbe Stunde. »Ich bin mir über den kontroversen Charakter dieses Experiments durchaus im Klaren, aber als Arzt kann ich versichern, dass es deutlich schlimmer klingt, als es ist. Wir sind es einfach nicht gewohnt, operative Eingriffe bei unseren Allerkleinsten durchzuführen. Wir glauben, dass ihre Körper perfekt sind. Aber genau hier müssen wir lernen umzudenken. Diese Kinder sind genetisch zum Übergewicht verurteilt. Mit unserem Eingriff setzen wir dieses Urteil außer Kraft. Durch uns werden sie gewissermaßen zu einem unbeschriebenen Blatt und haben dieselben Chancen wie alle anderen Kinder.«

Sobald die Pilotstudie abgeschlossen sei, könne der Patientenstamm erweitert werden, versprach Mård. Alle frischgebackenen Eltern würden ausgewertet, und Kinder, die im Risikobereich lägen, könnten operiert werden. Zusätzlich sollten künftig auch normalgewichtige Eltern die Möglichkeit bekommen, Fettleibigkeit bei ihren Kindern zu verhindern. »Natürlich ist das in diesem frühen Stadium noch nicht aktuell, aber lassen Sie es mich so formulieren: Alle Eltern haben das Recht, bessere Voraussetzungen für ihre Kinder zu schaffen. Wenn genügend normalgewichtige Eltern an einem solchen Eingriff Interesse zeigen, werden wir uns eingehend mit den Möglichkeiten befassen, das Projekt in dieser Richtung voranzutreiben. Nicht nur den Fettleibigen soll es vorbehalten sein, schlanker sein zu dürfen.«

Johan Svärd äußerte sich ebenso positiv über das Projekt. Über das Institut für Ernährung hatte die Regierung das Projekt finanziell unterstützt. »Wir möchten unsere Kinder mit den bestmöglichen Zukunftsaussichten auf dieser Welt willkommen heißen. Wir wollen sie vor Krankheiten schützen und ihnen die idealen Voraussetzungen für ein glückliches Leben bieten. Indem wir sie auf diese Weise gegen Fettleibigkeit ›impfen‹, wird eine neue Generation heranwachsen, in der jeder die Möglichkeit hat, ein vollkommenes Leben zu führen. So ermöglichen wir Menschenwürde. Ein besseres Geschenk können wir unseren Kindern nicht machen.«

Gloria knüllte die Zeitung zusammen. Ihr ganzer Körper verkrampfte sich vor Abscheu. Die runden, rosigen Bäckchen, das zahnlose Lachen. Letztes Jahr hatten sie Jugendliche operiert. Im Winter hatte sie gehört, dass auf Empfehlung der Schule bei Grundschulkindern Fettabsaugungen vorgenommen wurden. Aber Magenbandoperationen bei Neugeborenen? Sie hatte Johan Svärd viel zugetraut, aber nicht das.

Draußen donnerte es wieder. Der Himmel wurde immer dunkler. »Wo soll das noch hinführen?«, murmelte sie leise.

Es war unfassbar. Dass panische Eltern ihre Kinder operieren ließen, um ihnen »einen kleinen Vorsprung im Leben« zu verschaffen, war eine Sache (die Schreckenspropaganda der Gesundheitspartei konnte bei jedem dafür sorgen, dass der gesunde Menschenverstand aussetzte), aber dass Ärzte sich dazu bereit erklärten? Menschen, die einen Eid darauf geschworen hatten, der Gesundheit ihrer Patienten oberste Priorität einzuräumen?

Gloria las erneut die Aussage des Ministerpräsidenten.

Menschenwürde.

Von ihrem Sessel aus blickte sie auf die Ölandsgatan, die vor Regenschirmen wimmelte. Seit ihrem letzten Besuch im medizinischen Versorgungszentrum hatte sie ihren Fuß nicht mehr vor die Tür gesetzt.

Sie wollte nicht einmal mehr daran denken, an die Krankenschwester mit ihrer geheuchelten Sympathie. *Das ist natürlich nichts, was Sie nicht schon längst selbst wissen.* Sie hatte mehrere Minuten damit verbracht, Glorias Gewicht in den Computer einzugeben, als müsse sie dabei so viele Ziffern tippen, dass schon Zeilenumbrüche nötig waren. Die Broschüren, die sie ihr aufzwangen, ähnelten jenen, die sie vom Ernährungsberater nach ihrer Kündigung in Uppsala bekommen hatte. Adressen von Kliniken, die Magenbandoperationen durchführten. Kalorientabellen im Taschenformat.

Die Krankenschwester, die für das Wiegen zuständig war, hatte zuerst in den Computer geschaut, bevor sie Gloria anblickte. *Gloria Öster? Die Autorin Gloria Öster?* Gloria wäre am liebsten im Boden versunken. Schon allein die Tatsache, zur Gewichtskontrolle erscheinen zu müssen, war erniedrigend. Aber dabei auch noch erkannt zu werden, war hundert Mal schlimmer.

Sie legte die Zeitung weg. Sie würde keine weitere Zeile der schwedischen Presse lesen, bevor Johan Svärd nicht eine Fahrkarte ohne Rückfahrt nach New York gekauft und geschworen hatte, niemals zurückzukehren. Die schiefe Bahn, vor der die Leitartikel zu Beginn der Wahlkampagne gewarnt hatte, war innerhalb weniger Jahre zu einem steilen Abhang geworden. Das einzige Gegenmittel war, so zu tun, als ob die Gesundheitspartei nicht existierte. Die besten Tage waren die, an denen Bibi vorbeikam und sie gemeinsam so taten, als würde es die Welt dort draußen nicht geben. Sie spielten Poker oder hörten sich alte Stones-Platten an, bis die Welt um sie herum verschwand. Manchmal backten sie einen Zuckerkuchen oder tranken bis in die frühen Morgenstunden Rotwein. Bibi hatte wieder angefangen zu rauchen. *Wenn die Welt doch sowieso untergeht.*

Manchmal war Gloria derselben Ansicht. Es war einerlei. Doch dann erschienen die Zeitung oder ein unfreundlicher Nachbar auf der Bildfläche und schon ließ sich die Wirklichkeit nicht mehr ignorieren.

Sie zuckte zusammen, als ein Blitz das Wohnzimmer erhellte. Gloria zählte die Sekunden bis zum Donner, um festzustellen, wie weit das Gewitter entfernt war. Wenigstens hatte sie keine Kinder, dachte sie. Es war nicht nur Malin, die der Ideologie der Gesundheitspartei zum Opfer gefallen war. Bibi hatte von der Tochter einer Freundin erzählt, die Diätpräparate eingenommen hatte, bis sie sich kaum noch auf den Beinen halten konnte. Es waren zahlreiche Komplikationen aufgetreten und die Ärzte hatten keinen Rat gewusst. Jetzt wog sie nur noch fünfundvierzig Kilo und keiner wusste, ob sie überleben würde.

Es war das Einzige, worüber sie nicht sprachen. Nicht einmal, als Wissenschaftler den Nachweis erbrachten, dass Menschen mit leichtem Übergewicht in der Regel länger lebten als Untergewichtige, protestierte das Establishment. Diabetes! Herz- und Gefäßerkrankungen! Dann doch lieber Mitbürger mit Essstörungen, die sich leicht lenken ließen. Anorektiker und Bulimiker, die lieber ihre Körper zerstörten, anstatt der Welt den Kampf anzusagen. Was war mit den Revolutionen geschehen, für die ihre Generation so hart gekämpft hatte? Jetzt reihten sich die Leute freiwillig auf den Friedhöfen aneinander: magere, blasse Frauenleichen, die die patriarchalischen Kreise nicht ins Wanken brachten. Johan Svärd hätte sich keine fügsameren Untertanen erträumen können.

Nicht, dass sie selbst so viel besser gewesen wäre. Sicher, sie versuchte zu schreiben, aber es war eine Illusion zu glauben, dass sich jemand dafür interessierte. Ratgeber und Ernährungsbibeln waren die einzigen Verkaufsschlager. Sie hatte von einer kalifornischen Initiative für die Akzeptanz von Fettleibigkeit gelesen, deren Webseite jede zweite Woche gehackt wurde. Die Mitglieder erhielten anonyme Drohbriefe, Interviews wurden abgesagt, weil die Fernsehsender »einem ungesunden Lebenswandel« keine Plattform bieten wollten. Im Briefkasten der Geschäftsstelle hatte eine Schachtel mit glasierten Donuts gelegen, die jemand mit Fäkalien gefüllt hatte.

Wagte man sich mit der Meinung an die Öffentlichkeit, der Diät- und Schlankheitswahn sei das eigentliche Problem, hatte man sofort sämtliche Ärzteverbände und Weight-Watchers-Organisationen gegen sich. Bat man um Toleranz, wurde man öffentlich verhöhnt.

Gloria wurde schlecht, wenn sie daran dachte. Sie sollte protestieren. Vor zehn Jahren wäre sie die Erste gewesen, die den Mund aufgemacht hätte. Die alte Gloria wäre ganz vorn im Demonstrationszug mitmarschiert. Sie hätte lautstark ihre Meinung geäußert und wäre auf die Barrikaden gegangen. Jetzt traute sie sich nicht einmal mehr, dem Lieferanten offen zu begegnen, wenn er die Lebensmittel brachte.

Sie ging ins Schlafzimmer und zog ihren Schlafanzug aus. An manchen Tagen schaffte sie es nicht, sich vor dem Mittag anzuziehen. Es war an der Zeit, endlich etwas zu ändern. Sie nahm ein hellblaues Hemd aus dem Schrank und betrachtete sich im Spiegel. Vielleicht sollte sie einen Termin beim Friseur vereinbaren.

»WIR MACHEN KEINE KOMPROMISSE.«
DER MINISTERPRÄSIDENT ÜBER SEINE HARTE LINIE

VERDAMMT STARK. SVÄRD LÄSST AUF DEM TREFFEN
IN KOPENHAGEN DIE MUSKELN SPIELEN.

»HOTTEST POLITICIAN« AWARD TO SWEDISH PRIME(TIME) MINISTER.

Die Pinnwand in Johan Svärds Büro war voll mit Zeitungsausschnitten. Am Anfang hatten sich Lob und Kritik die Waage gehalten, mittlerweile überwogen eindeutig die positiven Stimmen. Die Reaktionen der Presse waren so wohlwollend, dass er sich schon gefragt hatte, ob sein Pressestab die Ausschnitte vorsortierte, bevor er sie zu sehen bekam, aber seine Sekretärin hatte das vehement abgestritten. *Die Presse liebt Sie, Johan. Es ist einfach so.*

Er ging durch seine Post und überflog die Dokumente. Ganz oben lag die letzte Statistik vom nationalen Register. Bei den jüngsten Kindern war die Zahl der Übergewichtigen zwar rückläufig, aber noch lange nicht so signifikant wie erwartet. Laut der letzten Gewichtserhebung waren immer noch eine halbe Million Schweden stark übergewichtig. Das waren weniger als früher, aber diejenigen, die noch immer über dem Durchschnitt lagen, stachen umso deutlicher heraus. Sie schienen sogar – Johan starrte fassungslos auf die Zahlen – noch fetter geworden zu sein.

Er folgte den Säulen des Diagramms mit dem Finger. Wie war das möglich? Schon die gesamte Woche über waren die Berichte mehr als niederschmetternd gewesen. Seit der Einführung der Zuckersteuer war der Verkauf von Süßigkeiten um zwei Prozent zurückgegangen. Zwei armselige Prozent! Das entsprach ungefähr welcher Menge? Einer Tüte Geleefrüchte? Einem Stück Mäusespeck pro Tag? Die Fettsteuer hatte sich marginal auf das Kaufverhalten ausgewirkt, aber rechnete man den gestiegenen Grenzhandel hinzu, dann konsumierten die Schweden sogar mehr Fett als zuvor.

Nach vier erfolgreichen Jahren kam auf einmal die Stagnation. Machten die Leute keine Diäten mehr? War das die Erklärung? Sie schienen zu futtern, als würde man sie dafür bezahlen.

Johan krampfte die Finger um das Papier. Er konnte die Leute nicht mit dieser Statistik im Hinterkopf an die Wahlurnen gehen lassen.

Das Wahlversprechen der Gesundheitspartei lautete, Schweden zum schlanksten Land in Europa zu machen. Und dieses Versprechen würde er vor dem Ende seiner jetzigen Amtszeit einlösen. Selbst bei mildernden Umständen war es unhaltbar, mit einer halben Million Fettsäcken in der Bilanz zur Wiederwahl anzutreten.

Johan schob die Statistik zur Seite. Er brauchte dringend eine durchschlagende Strategie. Einen *game changer*, wie es hieß. Die Krux an der Sache war nur, dass ihm die Rolle zufiel, die Dinge in diesem Land zum Laufen zu bringen, und ihm waren die Ideen ausgegangen.

Verstärkte regionale Maßnahmen? Mehr Operationen?

Er ging die anderen Dokumente durch. Wie erwartet waren in der Stockholmer Region gute Ergebnisse erzielt worden. Die schlechtesten Zahlen kamen aus Gävle und Örebro. Bei den Kindern hatte sich die Kurve leicht stabilisiert, aber die dicksten Jugendlichen schienen weiter zuzunehmen. Dasselbe galt für übergewichtige Männer und Frauen über vierzig.

Johan unterstrich mit einem roten Filzstift den letzten Gesamtwert auf der Liste. Die Zahlen ergaben kein stimmiges Bild. Die Kurven belegten gewisse wirtschaftliche Tendenzen – Niedrigverdiener aßen mehr Fett und Zucker als Besserverdiener und trieben weniger Sport –, aber die weiteren Ursachen waren nicht so leicht zu entschlüsseln. Die Medien quollen über vor Informationen. Das Institut für Ernährung schickte fast wöchentlich Broschüren raus. Selbst die Preise für Magenbandoperationen waren deutlich gesenkt worden.

Er hatte sämtliche Register gezogen. Restriktionen und Belohnungen. Subventionierte Medikamente. Trotzdem gab es eine Gruppe im Land, die gegen sämtliche Propagandamaßnahmen immun zu sein schien. Er musste nicht einmal die Zahlen aus dem Vorjahr zum Vergleich heranziehen. Er wusste genau, um welche Gruppe es sich handelte. FMQ 50 und darüber. Die Allerschwersten.

Machten sie sich über ihn lustig? Sie saßen vor dem Fernseher auf ihren durchgesessenen Sofas mit Süßigkeiten und zwei Litern Cola und lachten ihm höhnisch mitten ins Gesicht. Antriebslose Faulpelze mit einem Bett voller eingetrockneter Fettflecken; deren einziges Interesse darin bestand, dass er versagte. Es kümmerte sie keinen Deut, dass sie eine Schande für ihr Land waren. Es kümmerte sie nicht einmal, dass sie eine Schande für sich selbst waren. Das war nicht nur abstoßend, es war unmoralisch. Das war ein Verbrechen gegen das Wohl der Allgemeinheit.

Johan biss in seinen Stift. Ein Verbrechen, dachte er. Wäre nicht eine angemessene Strafe denkbar? Einzelner Individuen habhaft zu werden war aussichtslos, die Gruppe war über das ganze Land verteilt. Wenn man sie aber auf irgendeine Weise an zentralen Orten *sammeln* könnte …

Er stand auf und ging zum Fenster. Der Regen hatte aufgehört. Ein einsamer Mann ging mit seinem Dackel zwischen den Regenpfützen spazieren.

Hunderttausende Schweden, die in weniger als sechs Monaten aus den Statistiken verschwinden mussten. Es war ein Wettlauf gegen die Zeit. Es hatte keinen Sinn, sich darauf zu verlassen, dass die Kategorie 50+ aus eigenem Antrieb abnehmen würde. Nicht einmal die Androhung von Arbeitslosigkeit hatte Wirkung gezeigt. Sollte er die Schrauben noch ein wenig weiter anziehen? Zwangsumsiedelungen vielleicht? Es gab bereits Hausverwaltungen, die nicht an Raucher oder Haustierbesitzer vermieteten. Allergiefreies Wohnen wurde propagiert – warum dann nicht *fettfreies* Wohnen?

Zwangssterilisierungen? Doch das hätte nicht nur in der öffentlichen Meinung einen unangenehmen Beigeschmack, sondern wäre zudem ein Endlosprojekt. Er hatte nicht die Zeit, eine Generation lang auf Ergebnisse zu warten. Er hatte nur sechs Monate.

Sechs verdammte *Monate.*

Johan seufzte und ging zurück zu seinem Schreibtisch. Er brauchte eine effektivere Methode. Etwas, mit dem er diese letzten fetten Schweine in eine Ecke trieb, aus der sie nicht entkommen konnten.

Wie angewurzelt blieb er mitten im Zimmer stehen.

NYU. Cornell University. Columbia.

Die Broschüren waren über Landons Schreibtisch verstreut. Neben dem dicken Stapel mit Universitätskatalogen lagen ein alter, zerfledderter Stadtplan von Manhattan und eine *New York Times* vom Vortag, die er gekauft hatte, um sich in die richtige Stimmung zu versetzen. Sein Mailprogramm war geöffnet, aber seit heute Morgen hatte sich im Posteingang nichts mehr getan.

Er sah auf die Uhr in der rechten unteren Ecke des Bildschirms. Wie spät war es drüben? Sechs Stunden Zeitverschiebung. Der Professor war wahrscheinlich gerade erst aufgestanden.

Landon schnitt ein paar Käsescheiben ab und legte sie auf das getoastete Stück Baguette. Abgesehen von ein paar gelieferten Pizzas hatte er in den letzten Wochen morgens, mittags und abends nichts anderes als Käsebrote gegessen. Es gab wenige Dinge, die er so zu schätzen wusste wie gutes Essen, aber nach Rita hatte ihn das Interesse daran verlassen. Gestern hatte er am Kiosk ein paar Sojawürste gekauft, um den abfälligen Blicken im Supermarkt zu entgehen.

Außerdem war es nur vernünftig, die Vorräte im Haus aufzubrauchen, redete er sich ein. Sobald er Antwort aus New York bekam …

Er kontrollierte seinen Posteingang. Nichts.

Seit Wochen arbeitete er von zu Hause aus, aber jedes Mal, wenn er ins Institut fuhr, um sein Postfach zu leeren, erwartete er dort eine offizielle Verwarnung oder die Aufforderung zur nächsten Gesundheitskontrolle. Nicht einmal eine Aufforderung zu einer Magenbandoperation würde ihn noch überraschen. Der Zettel im Treppenhaus hatte das Fass zum Überlaufen gebracht. Er hielt es keinen Tag länger in diesem Land aus.

ACHTUNG!!!
Zusätzliche Eigentümerversammlung am
Donnerstag, den 16.04.
Versammlungsraum NB 19:00 Uhr

Tagesordnungspunkt:
Andere Eigentümergesellschaften der Skolgatan haben den Vorschlag zum Thema »Fettfreies Wohnen« bereits angenommen.
Wie sollen wir von Nummer 12 uns verhalten?
Die Anwesenheit aller Eigentümer ist erwünscht, da es eventuell zu einer Abstimmung kommen kann.
(Weitere Informationen gibt es auf gesundheitspartei.se/fettfreieswohnen)
Millan

Landon schnitt sich noch ein paar Käsescheiben ab. Mit ein bisschen Leberpastete oder einer Scheibe Prosciutto würde das Brot zweifellos besser schmecken. Aber Schweinefleisch war nur noch schwer zu bekommen. Die Bauern hatten monatelang vor dem Reichstagsgebäude Protestkundgebungen abgehalten, aber sie hätten ihre Schweine genauso gut gleich abschaffen können. Beim letzten Mal hatte im Supermarktregal, in dem normalerweise der Speck lag, gähnende Leere geherrscht.

Wieder aktualisierte er seinen Posteingang. Wenn ihm der Professor von der Columbia-Universität nicht bald antwortete, würde er es an der Cornell University versuchen. Letztes Jahr hatte es Martin, einer der anderen Doktoranden vom Institut, an die Cornell geschafft, und falls der schwedische Forschungsrat Landon die Zuschüsse bewilligte, würden sie ihn bestimmt auch nehmen. Martin hatte behauptet, niemand lehne eine kostenlose Arbeitskraft ab.

Der Pulitzerpreisträger Gary Stahlberg war als möglicher Opponent für Landons Abhandlung im Gespräch gewesen. Ihn überhaupt zu fragen war natürlich der reinste Größenwahnsinn (*Der Mann ist verdammt noch mal eine Berühmtheit*, hatte Landon zu seinem Doktorvater gesagt). Stahlberg hatte zwar abgesagt, aber dennoch geschrieben, er verfolge Landons Werdegang mit Interesse. Keine weltbewegenden Worte, aber aus Gary Stahlbergs Mund kamen sie der Verleihung des Nobelpreises gleich.

Er schaute wieder auf die Uhr. Sechs Stunden und ein Meer zwischen ihm und Johan Svärd. Der Gedanke war unwiderstehlich. Außerdem war es Amerika. Die Antithese zur schwedischen Zurückhaltung. Natürlich hatten die Amerikaner ihre politischen und religiösen Widersprüche, aber bei der individuellen Freiheit machten sie keine Kompromisse.

In den USA würde er in Sicherheit sein. Dort herrschte Toleranz und Offenheit. Die Überzeugung, dass jeder Mensch ein Lächeln verdiente.

So war es zumindest in Landons Fantasie und er hatte nicht vor, etwas anderes zu denken, bis er eines Besseren belehrt wurde. Die Prospekte mit den rotbraunen Ziegelgebäuden und Campus-Rasenflächen voller lesender junger Leute lagen vor ihm wie eine Fata Morgana zwischen dem Stadtplan und der Zeitung. Und auch wenn die amerikanische Freiheit sich als schöner Schein entpuppen sollte, war es unmöglich, ihr zu widerstehen. Schon seit einigen Wochen war der Gedanke daran der einzige Grund für ihn, jeden Morgen aufzustehen.

Landon klickte ein weiteres Mal auf »Aktualisieren«.

Hatte er sich ungeschickt ausgedrückt? Gary Stahlberg war eine Koryphäe auf seinem Gebiet und in seinem Buch über den Vietnamkrieg hatte er in dem aufrüttelnden Vorwort geschrieben, er sei »aus purem Zufall« auf das Dokument gestoßen, das die Verfehlungen der amerikanischen Regierung enthüllte (*Ich war gerade dabei, die Formulierungen im Schriftwechsel zwischen den Botschaften zu untersuchen. Es war wie mit Newtons Apfel*); das Vorwort war als eines der wichtigsten Beiträge zu diesem Thema in die Geschichte eingegangen.

Mittlerweile war es über dreißig Jahre her, dass sein Buch mit dem Pulitzerpreis ausgezeichnet worden war, und Stahlberg selbst hatte das Rentenalter erreicht. Wenn Landon es richtig verstanden hatte, hatte der preisgekrönte Autor bereits vor vielen Jahren seine Laufbahn als berühmter Auslandskorrespondent zugunsten eines ruhigeren Daseins als Universitätsdozent beendet. Trotzdem war er nervös. Er versuchte sich damit zu beruhigen, dass Stahlberg seine letzte Anfrage beantwortet hatte. Außerdem hatte er schwedische Vorfahren. Und auch wenn die Familie Stahlberg schon vor vielen Generationen den Kringel über dem A in ihrem Nachnamen entfernt hatte, war es nicht ausgeschlossen, dass der alte Professor eine Schwäche für seine Wurzeln hatte.

Landon seufzte frustriert. Wem wollte er eigentlich etwas vormachen? Der Professor hatte bestimmt wichtigere Dinge zu tun, als die Bewerbungen von Postdoktoranden durchzugehen.

Er vergaß die Mail für einen Moment und rief stattdessen die Webseite der Columbia-Universität auf und klickte in der Liste der Mitarbeiter unter Gary Stahlbergs Namen. Wie auf Bestellung blinkte der Tab auf, in dem er sein Mailprogramm geöffnet hatte.

Lieber Dr. Thomson-Jæger,
natürlich kann ich mich noch an Sie erinnern. Ich freue mich, Ihnen mitzuteilen, dass wir Ihre Qualifikationen eingehend geprüft haben …

Landon schnappte nach Luft. Sie hatten Interesse!

Wir würden uns freuen, wenn Sie eine Gastvorlesung halten würden …

Ende Mai, lautete der Vorschlag des Professors, kurz vor den Abschlussprüfungen? Landon nickte dankbar, während er Stahlbergs E-Mail las. Er klickte auf »Antworten«, noch bevor er die abschließende Grußformel gelesen hatte. Alles würde gut werden, dachte er, als er *selbstverständlich* und *sehr gern* tippte.

Endlich.

Zum Wohl!« Hans Christian Mikkelsen, genannt HC, legte die Füße auf den Glastisch und ließ den Blick durch Johans Ministerpräsidentenwohnung schweifen. »Nobel, nobel. Das muss ich schon sagen.«

Johan sah ihn an und nippte an seinem Champagnerglas. »Es ist okay.«

»Gehört das alles dir? Darf man die Möbel hinterher mitnehmen? Wenn einen Volkes Stimme abgewählt hat?«

»Ich habe vor zu bleiben.«

»Ah!« Johans alter Schulfreund grinste und hob mit einer triumphierenden Geste sein Glas. »Der Herr Ministerpräsident ist fest von sich überzeugt! Wie üblich, sollte man wohl hinzufügen.«

»Ich bin nur realistisch. Die Wähler werden mich im Amt belassen, bis wir fertig sind.«

»Fertig ...?«

»Gesund«, sagte Johan. »Das schlankste Land Europas.«

»Sind uns die Franzosen da nicht um Längen voraus?«

»Letztes Jahr haben wir die Norweger überholt. Und die Niederländer.«

»Vergiss die Niederlande. Wir reden hier über Frankreich, Johan. Frankreich, das Land von Dior und Co.«

Johan zuckte mit den Schultern. »Wir werden sehen.«

»Spielt es überhaupt eine Rolle, ob ein Land vor Schweden liegt? Abgesehen davon, dass die Franzosen Herrn Svärd generell ein Dorn im Auge sind?«

Johan biss die Zähne zusammen. HC spielte auf Amy an. Amy, die ihn in New York verlassen hatte, um mit ihrem neuen französischen Liebhaber quer durch Europa zu reisen. *Ich kann nichts dagegen tun, Johan. Bei ihm fühle ich mich als Frau.* »Es geht nicht um Frankreich«, sagte Johan brüsk. »Es geht darum zu gewinnen.«

HC sah ihn skeptisch an. »Ehrlich gesagt glaube ich nicht, dass es dir gelingen wird. Die Leute haben so viel abgenommen, dass sie bald wieder zunehmen werden. Außerdem scheißen recht viele darauf.«

»Ja.« Johan musterte HCs Bierbauch. »Das sehe ich.«

HC hob mit einem spöttischen Grinsen sein Glas. »Prost, du alter Miesmacher.«

Die Geste, mit der Johan den Trinkspruch erwiderte, war weit weniger enthusiastisch.

»Und dann?«

Johan sah ihn an. »Und dann was?«

»Ja, auf lange Sicht gesehen. Die Leute werden dünn, und … wie sieht der langfristige Plan aus?«

»Das ist der langfristige Plan.«

»Und die Schulen, Jobs, die ganzen Industriezweige, die geschlossen werden?«

»Alles zu seiner Zeit.«

»*Alles zu seiner Zeit?* Nimm's mir nicht übel, Johan, aber ich wundere mich schon, was sich die Leute gedacht haben, als sie dir ihre Stimme gegeben haben. ›Langfristige Pläne? Nee, haben wir nicht. Aber ihr werdet *schlank*!‹«

»Liest du keine Zeitungen? Ich bin der Held der Nation.«

»Was mehr über die Nation aussagt als über dich.«

»Was willst du damit sagen?«

»Ich meine nur.«

Johan trank noch einen Schluck Champagner. Eigentlich war es noch zu früh für Alkohol, aber sei's drum. Wenn er diese Unterhaltung überstehen wollte, ohne verrückt zu werden, brauchte er Alkohol.

Er schluckte den Kommentar, der ihm auf der Zunge lag, herunter. »Und selbst?«, fragte er. »Was hat Starfotograf Mikkelsen in der letzten Zeit so getrieben?«

»Wale gefilmt. Ich war letzte Woche oben in Nordnorwegen und habe eine Reportage für den norwegischen NRK gemacht. Ziemlich cool.«

»In Narvik?«

»Tromsø. Verdammt schöne Stadt, aber wie die Leute dort saufen können …« Er schüttelte den Kopf. »Da merkt man, dass man nicht mehr der Jüngste ist.«

»So alt sind wir nun auch nicht.«

»Nur weil du zum ›Sexiest Man‹ Schwedens gekürt worden bist.«

»›Sexiest *Politician*‹«, korrigierte Johan. »Ehrlich gesagt war die Konkurrenz nicht gerade groß.«

HC lachte.

Johan nahm noch einen Schluck. Endlich zeigte der Alkohol Wirkung, seine Laune wurde zusehends besser. Auch wenn er und HC *wie Brüder* füreinander waren (wie sie nach ein paar Bier immer beteuerten), brauchten sie mittlerweile bei jedem Treffen eine Vorlaufphase, bis sie wieder einander vertrauten.

Seine erste Begegnung mit Hans Christian Mikkelsen lag fast vierzig Jahre zurück. HC und seine Mutter waren gerade umgezogen und wohnten ein paar Straßen von Johan entfernt. Als HC die neue Umgebung auf eigene Faust erkundete, war er auf dem Weg zum Spielplatz in die Fänge von Johans Nachbarhund Tusse geraten, einem in die Jahre gekommenen Golden Retriever, der nach allem zu schnappen pflegte, was sich zu schnell bewegte.

Das Gebrüll war bis in Johans Kinderzimmer gedrungen. Der Lärm auf der Straße stammte weder von einem Krankenwagen noch vom Eisverkäufer (die einzigen Geräusche, die er als Siebenjähriger für aufsehenerregend hielt), aber es war außergewöhnlich genug, dass er sein Spiel mit dem Modellflugzeug unterbrochen hatte. Er flitzte aus dem Haus in den Garten und sah Hans Christian, der mit seiner Hand im Hundemaul über dem Gartenzaun hing.

Johan rannte auf die Straße, brüllte energisch »Aus!« und zog den Jungen in einer dramatischen Befreiungsaktion am Arm. Tusse ließ los, aber Hans Christian hörte nicht auf zu heulen. Johan baute sich dicht vor ihm auf und legte den Zeigefinger auf den Mund. »Schhh!«

Es war sofort mucksmäuschenstill gewesen.

Johan lächelte und sah seinen neuen Freund feierlich an. »Gut. Sehr gut.«

Eine Woche später kam HCs Mutter mit einem Blumenstrauß in der einen und ihrem bandagierten Sohn an der anderen Hand zu ihnen nach Hause. Johan hörte das Geklacker ihrer Stöckelschuhe auf den Gehwegplatten und sah von seinem Modellbaukasten auf.

Neugierig inspizierte er Hcs Bandage. »Wie war es beim Arzt?«

»Gut«, piepste Hans Christian. »Aber ich hab zwei Spritzen gekriegt.«

»Ja, ich hab auch schon mal welche bekommen.«

»Echt?«

»Ich hab keine Angst vor Spritzen. Die tun gar nicht weh. Man darf nur nicht verkrampfen.«

Hans Christian sah ihn mit großen Augen an. Der Schreck verwandelte sich in stumme Bewunderung. Das gefiel Johan.

»Willst du das Grab sehen?«

»Das Grab?«

»Ja, Tusses Grab. Der Hund, der dich gebissen hat. Unsere Nachbarn haben die Asche im Garten vergraben. Auf dem Grab steht sogar ein Kreuz.«

»Haben sie den Hund *verbrannt*?«

»Sie haben ihn einschläfern lassen.«

»Mama hat gesagt, dass sie ihn zu Leuten auf dem Land gegeben haben. Damit er lernt, dass er Menschen nicht beißen darf.«

»Nein, ich schwöre. Der Hund ist mausetot. Komm, ich zeig's dir.«

Johan hatte Hans Christian in den Garten geschleift. Am Gartenzaun waren sie stehen geblieben und er hatte auf einen der Bäume auf dem Nachbargrundstück gezeigt. »Siehst du es? Da bei dem großen Baum? Das schmale Kreuz?«

Der Junge hatte andächtig auf die frisch aufgeworfene Erde geblickt. »Ein richtiges *Grab*.«

Tusses Schicksal war der Beginn einer langen und loyalen Freundschaft gewesen. Selbst wenn sich die anfänglichen Machtverhältnisse zwischen den Jungen im Laufe der Jahre verändert hatten, waren sie von Beginn an ein unschlagbares Team gewesen. Der Prinz und das hässliche Entlein. Johan war der Wagemutige und Weltgewandte, HC der treue Diener. Nur ein einziges Mal hatte sich die Rollenverteilung ins Gegenteil verkehrt; das war in jenem Herbst, als Johan von Amy sitzen gelassen wurde. Als HC ihn ein paar Wochen später in Washington besucht hatte, war der zukünftige Ministerpräsident nur noch ein Häuflein Elend gewesen. Johan hatte New York noch am selben Tag verlassen – die Stadt sei »befleckt«, behauptete er –, und in dem kleinen Ein-Zimmer-Apartment, das er in Washington DC angemietet hatte, herrschte das reinste Chaos.

In der Küche stapelten sich Pizzakartons und Styroporverpackungen vom Lieferservice und überall lagen Bierdosen. Johan lag auf dem Sofa im Wohnzimmer und betrank sich. Er habe ein *break* genommen, wie er es ausdrückte. *Er habe einfach keine Kraft mehr für den ganzen Mist.*

HC hatte die Wohnung aufgeräumt und Johan unter die Dusche gezerrt. *Wenn du dich schon totsäufst, dann mach es wenigstens mit Stil,* hatte er gesagt. Und dann waren sie durch die Bars in der Nähe des Kongresshauses gezogen und hatten heimlich die Gespräche von Politikern und deren gelifteten Freundinnen mit Silikonbrüsten belauscht, bis die schlimmste Angst vorüber war. Zum ersten Mal war HC bei den Frauen besser angekommen als Johan.

So war es nicht geblieben, aber es hatte das Kräftegleichgewicht ein wenig verändert. Johan war HC ewig dankbar dafür, was er in diesen Wochen für ihn getan hatte. Er hatte Amy zwar nicht vergessen, aber als sein alter Jugendfreund zurück nach Stockholm fuhr, war der schlimmste Schmerz verklungen. Sie hatten nie wieder darüber gesprochen. Aber sie wussten es.

»Ist das echtes Gold?« HC deutete auf den Spiegel über dem Kaminsims.

»Ich leite die Geschicke des Landes. Was denkst du denn?«

»Dass du Ministerpräsident bist. Nicht König.«

»Das kommt aufs Gleiche hinaus.«

HC grinste breit. »Lass das nur nicht den alten Carl Gustav hören.«

Das Telefon klingelte und Johan ging ins Nebenzimmer, um das Gespräch anzunehmen. Als er zurückkam, war HC verschwunden. Johan bemerkte, dass die Tür zu seinem Büro angelehnt war. HC stand mitten im Zimmer und las in einem Aktenordner.

Mit einem lauten Knall ließ Johan die Tür ins Schloss fallen. »Aus!«, knurrte er und riss HC den Ordner aus der Hand.

HC wich überrascht zurück. »Mach dich mal locker!«

Johan besah sich den schwarzen Aktenordner genauer. *Maßnahmen 50+*. Er wusste genau, welche Dokumente in diesem Ordner waren. »Was hast du gesehen?«

»Was ich *gesehen* habe? Herrgott noch mal, Johan! Komm runter. Was hätte ich denn *nicht* sehen sollen?

Johan stellte den Aktenordner an seinen Platz zurück ins Regal. »Verdammter Schnüffler.«

»Verflucht, Johan. Für wen hältst du mich? Ich war nicht länger als drei Sekunden hier drin. Ich weiß, du glaubst, du wärst interessanter als die Unterhosen des Papstes, aber uns normale Menschen interessiert es einen Dreck.«

»Außenstehende haben hier keinen Zutritt.«

»Die Tür stand offen.«

Johan machte eine abwehrende Geste und ging zur Tür. »Lass gut sein. Wir vergessen die Sache.« Er ließ HC den Vortritt.

»Sorry.«

»Vergiss es.«

Sie gingen wieder in das größere Amtszimmer.

»Noch ein Glas, bevor du dich auf die Reise nach Süden machst?« Johan deutete auf die Flasche, die auf dem Tisch stand.

»Hast du denn noch Zeit?«

»Ach. Um diese Tageszeit regiert sich das Land von selbst.«

»Solange ich nicht die Sicherheit des Reiches gefährde.«

»Nicht mehr, als du es sonst tust.«

HC grinste.

Gloria Öster FMQ 54*
* Fällt in die Gruppe FMQ >50
Aufforderung wird verschickt

Gloria stand im Flur und las das Schreiben immer wieder. Es sah aus wie die Mitteilungen der Laborergebnisse, die das medizinische Versorgungszentrum regelmäßig verschickte, mit Zucker- und Cholesterinwerten, aber noch weitaus detaillierter. Außerdem kam das Schreiben nicht vom Versorgungszentrum, sondern vom Institut für Ernährung. Schon als sie das schwarze Logo auf dem Briefumschlag gesehen hatte, hatte sie ein ungutes Gefühl bekommen.

Sie war zu dick, das stand fest. Der Gruppe 50+ anzugehören, war in diesem Zusammenhang wenig schmeichelhaft, so als ginge es um ihr Alter. Aber was bedeutete es, dass sie ihr eine Aufforderung zuschicken würden?

Gloria drehte den Brief um. Keine weiteren Informationen.

Sie holte tief Luft. Es spielte keine Rolle, redete sie sich ein. Sie konnten so viele Aufforderungen schicken, wie sie wollten. Sie dachte gar nicht daran, zum Arzt zu gehen. Was glaubten die eigentlich? Dass sie aufgeben und *abnehmen* würde? Ihre Methoden waren genauso lächerlich wie ihr erfundener Fett-Muskel-Quotient. »Ihr existiert nicht«, sagte sie laut und knüllte das Schreiben zusammen.

Sie hatte die Schurken vom Institut für Ernährung schon mehrere Male im Fernsehen gesehen. Sie waren nicht besser als die Rassenforscher, die in den Dreißigerjahren Schädel vermessen hatten. Machthungrige Nazis mit gerahmten Diplomen an den Wänden. Wenn sie bei ihr eine Zwangsfettabsaugung vornehmen wollten, dann war es deren Problem. Sie dachte gar nicht daran, auch nur einen Fuß in den Empfangsbereich eines Krankenhauses zu setzen, solange Johan Svärd nicht seinen gebührenden Platz in den Geschichtsbüchern bekommen hatte: *21. Jahrhundert, Unterrubrik: Politische Katastrophen.*

Sie sah auf ihre Armbanduhr. Es war Zeit, sich an den Schreibtisch zu setzen und zu schreiben.

Auf dem Weg ins Wohnzimmer hörte sie draußen auf der Straße ein Kinderweinen. Vor dem Fenster stand eine kräftige Frau, die sich über einen Kinderwagen beugte. Die Frau nahm das Kind aus dem Kinderwagen und wiegte es vor der Brust hin und her. Nach nicht einmal einer Minute hatte sich das Baby wieder beruhigt, die Frau ging weiter. Gloria schaute Mutter und Kind verwundert nach. Es war lange her, dass sie jemanden gesehen hatte, der den gleichen Körperumfang hatte wie sie. Eine weitere »Kranke«, wie Johan Svärd es ausdrücken würde.

Sie war kurz davor gewesen, das Fenster zu öffnen und die Frau anzusprechen. Sie zu fragen, ob sie auch Angst hatte. Und das Kind! Sie hatten doch wohl nicht versucht …

Gloria sah die Zeitungsbilder von den operativen Eingriffen bei Babys vor sich. Die kleinen runden Bäckchen.

Sie floh in die Küche und blieb vor dem Kühlschrank stehen.

Lange stand sie einfach nur da und schaute ihn an.

Landon bremste verwundert, als er auf den Domplatz einbog. Vor der Domtreppe parkten fünf Taxis und vor dem Eingang warteten Hunderte Menschen. Als ihn eine junge Frau mit vorwurfsvollem Blick bedachte, fiel ihm auf, dass er die Menschenmenge ungeniert anstarrte.

Das war nicht normal, es musste irgendetwas zu bedeuten haben.

Für einen regulären Gottesdienst an Christi Himmelfahrt war dieser Auflauf von Menschen erstaunlich, gewöhnliche Kirchgänger waren das nicht. Konnte es sich um irgendeine Art von Versammlung handeln? Vom Landesverband der Übergewichtigen vielleicht? Von der Bewegung zur Akzeptanz von Fettleibigkeit? Aber als Johan Svärd das politische Ruder übernommen hatte, waren all diese Organisationen in den Untergrund gegangen.

Landon stieg vom Fahrrad und schob es in Richtung Gustavianum.

Er drehte sich noch einmal zu der wartenden Menge um. Eine Ansammlung dieser Größe hatte er seit vielen Jahren nicht mehr gesehen.

Er blieb stehen, um eine Mutter mit ihrer Tochter über die Straße zu lassen. Das Mädchen trug eine rosa Jacke. Landon spürte einen leichten Stich im Herzen.

Mutter und Tochter verschwanden im Gedränge. Kurz darauf bog ein Polizeiauto von der Biskopsgatan auf den Domplatz ein und parkte hinter den Taxis. Landon beobachtete das Geschehen misstrauisch. Ihm fiel wieder die Frau ein, die ihm vor der Dreifaltigkeitskirche den Zettel mit den Bibelzitaten in die Hand gedrückt hatte. Ein paar Tage später hatte er in der Zeitung gelesen, es handele sich um eine christliche Gruppierung, die Johan Svärd als Abgesandten des Teufels sah, der den bevorstehenden Untergang ankündigte. Aber die Bewegung hatte sich aufgelöst.

Landon kniff die Augen zusammen und versuchte, hinter der Windschutzscheibe des Polizeiautos ein Gesicht auszumachen. Vielleicht war es ja eine Massenkundgebung. Schon allein die Möglichkeit machte ihm Hoffnung. Allerdings sahen die meisten Gesichter eher ängstlich aus, beinahe beschämt. Wenn es tatsächlich eine Protestbewegung war, dann schien sie auf jeden Fall noch in den Kinderschuhen zu stecken.

Er stieg wieder auf sein Fahrrad und fuhr in Richtung St. Eriks Torg, bog an der Markthalle links ab und hielt auf der Sankt Olofsgatan vor einer roten Ampel. Der Dom war die einzige Kirche der Stadt, die von den Reformen verschont geblieben war (am Nein des Erzbischofs war selbst Johan Svärd nicht vorbeigekommen), doch wie lange das so bleiben würde, stand in den Sternen. War das der Grund für die Demonstration? Weil der Umbau wieder ein Thema war? Oder war es Johan Svärd gelungen, das Erzbistum zu überreden, die dicksten Einwohner von Uppsala zu einem Gesundheitsdienst in die Kathedrale einzuladen?

Ein Fitnessstudio im Dom, allein beim Gedanken daran wurde ihm schlecht. Allerdings war dieses Szenario zweifellos wahrscheinlicher als sein glorreiches Hirngespinst über eine Revolution der Fettleibigen.

Die Ampel wurde grün. Landon fuhr an der verlassenen Konditorei Ofvandahls vorbei. Er hatte gerade alle seine Papiere und Dokumente aus dem Institut geholt. Der dicke braune Umschlag in seinem Rucksack enthielt seine Zeugnisse und Diplome in beglaubigter, abgestempelter Übersetzung, die er für die Columbia-Universität benötigte.

In zwei Wochen würde er drüben sein. Diesmal war es nur ein einwöchiger Aufenthalt, aber im Herbst brauchte er kein Rückflugticket mehr. Stahlberg hatte ihm versprochen, dass er die Stelle im September antreten könne. Wenn er wolle, könne er auch schon im August kommen. Landon konnte es kaum erwarten.

In den USA würde alles anders sein. Niemand würde ihn anstarren wie ein Monstrum, nur weil er ein paar Kilo zu viel auf den Rippen hatte. Niemand würde einen Kommentar darüber fallen lassen, was er aß oder nicht aß.

Er musste es nur noch Helena sagen. Über Pfingsten würde er nach Kavarö fahren, kurz vor seinem Abflug. Im Kopf hatte er sich Hunderte mögliche Formulierungen zurechtgelegt. Rita, der Job, die Pläne für New York. In der Reihenfolge. *Ich hatte keine andere Wahl,* würde er sagen. *Genau wie du.*

Falls Helena nichts mehr von ihm wissen wollte, konnte er wenigstens noch mal nach dem Ferienhaus sehen. Als Ritas Mutter ihn an jenem Abend im November angerufen hatte, hatte er in Windeseile das Nötigste in die Tasche geworfen und war überstürzt nach Uppsala gefahren.

Ihm war immer noch schleierhaft, wo die Zeit geblieben war. Der Boden auf dem Friedhof in Hammarby war gefroren und wieder aufgetaut. Bei seinem letzten Besuch an Ritas Grab hatte der Huflattich in voller Blüte gestanden. Er hatte ein paar Blumen gepflückt und sie auf Ritas Grabstein gelegt.

Er begann zu verstehen, wie sie sich nach dem Tod ihres Vaters gefühlt haben musste. Die schleichende Lähmung, die alle Verpflichtungen unüberwindbar erscheinen ließ. Die Schlinge, die sich unaufhaltsam zusammenzog, bis alle Sinne betäubt waren. Rita war vor dem Schmerz in eine Welt geflohen, in der sie sich zurechtfand, und das hatte er gewissermaßen auch getan, als sie krank geworden war. Er war abgestumpft, hatte sich der Verantwortung entzogen.

Landon bog in den Hinterhof ein und stellte sein Fahrrad ab. Im Treppenhaus ignorierte er die Aushänge am Schwarzen Brett geflissentlich. In der Wohnung nahm er den Umschlag mit seinen Zeugnissen aus dem Rucksack, kramte seinen Pass und das Flugticket hervor und legte alle Unterlagen neben die Biografie über den amerikanischen Präsidenten, die er gerade las. Als er den lächelnden Mann auf dem Umschlag betrachtete, begriff er, dass er bald dort sein würde, in New York.

In der *Freiheit.*

Der Gedanke war schwindelerregend.

Gloria hielt das sonderbare Schreiben in der Hand und dachte darüber nach, wie sie sich verhalten sollte. Sie konnte hingehen und sich registrieren lassen, nur um zu sehen, worum es dabei ging (wenn es sich um die übliche Propaganda der Gesundheitspartei handelte, konnte sie immer noch auf dem Absatz kehrtmachen). Oder sie konnte die Aufforderung ignorieren und zu Hause bleiben. So, wie sie es immer tat.

Sie las das Schreiben noch einmal durch. Die Formulierungen waren so schwammig und vage! Die beiliegende Broschüre sah aus wie eine gewöhnliche Werbesendung. *Fühlen Sie sich benachteiligt? Sagen Sie Nein zu Diskriminierung auf dem Arbeitsmarkt! Ihre Stimme zählt!*

Das persönliche Anschreiben (sofern man einen Brief, der »An alle Bürger mit einem FMQ über 50« adressiert war, überhaupt als persönlich bezeichnen konnte) klang ein wenig seriöser. Alle Teilnehmer sollten von einem Sachbearbeiter betreut werden, der sie bei der Wiedereingliederung in den Arbeitsmarkt unterstützen würde, etc., etc. Es würden Mitarbeiter von der Arbeitsagentur und Juristen anwesend sein, die Fragen zu Entschädigungszahlungen beantworten würden.

Ein Treffen für mehr Toleranz.

Handelte es sich um irgendeine Art von Messe? Eine Marketingveranstaltung für ein neues Produkt? In die Vermarktung von *Purify* und *AirFood* hatte man Millionen investiert. Aber würden sie dafür gleich das Hovet in Stockholm mieten? Das klang dann doch zu aufwendig. Außerdem war auf dem Umschlag das Logo vom Institut für Ernährung, der stilisierte Menschenkörper mit erhobenen Händen über dem Kopf.

Gloria hatte absolut keine Lust, in der Hochburg der Gesundheitspartei zu landen, ganz gleich, wie herzlich man sie dazu einlud. Allerdings wäre es auch nicht falsch, den professionellen Rat eines Juristen einzuholen. Hatte die Universität wirklich das Recht, sie ohne Abfindung zu entlassen? Wie sollte sie sich verhalten, wenn sie ihr die Stelle wieder zurückgaben? Konnte sie das Angebot ablehnen, aber dennoch eine Entschädigung verlangen?

Juristische Beratung zu Problemen, die durch Kündigungen verursacht wurden u. Ä.

Konnte sie diese Verbrecher vielleicht verklagen?

Im Radio sprachen sie seit Tagen von nichts anderem. Johan Svärd machte sich Sorgen aufgrund sinkender Umfragewerte. Viele unfreiwillige Arbeitslose würden sich im Wahlkampf nachteilig auswirken, vor allem wenn es Branchen gab, die unter akutem Personalmangel litten. Es war nicht ausgeschlossen, dass die Regierung gezwungen sein würde, einige ihrer radikalsten Reformen wieder rückgängig zu machen.

Das klang plausibel, aber sie zweifelte daran. Wenn sie den Ministerpräsidenten richtig verstanden hatte, würde er eher eine Wahlniederlage riskieren, als Übergewichtige wieder in den Arbeitsmarkt zu bringen.

Oder? Könnte er sich geändert haben?

Sie sah auf das Datum. Vierundzwanzigster Mai. Kommender Sonntag, Pfingsten.

Die Wahrheit war, dass sie Angst hatte. Nicht nur vor der Veranstaltung selbst, sondern auch davor, auf die Straße zu gehen. In den letzten Jahren hatten sie alle Leute angestarrt, als wäre sie ein Monster. Und es gab keinen Grund, warum das im Hovet anders sein sollte. Hunderte Menschen am helllichten Tag. Auch wenn ausdrücklich Leute mit ihrem Körperumfang eingeladen waren, konnten auch Normalgewichtige unter den Teilnehmern sein.

Die soziale Scheu war bei ihr schon immer vorhanden gewesen (*Ich bin eine Einzelgängerin*, hatte sie in ihrem Autorenporträt geschrieben) und war im Laufe der Jahre stärker geworden. Die ständigen Lästereien und Schmähungen, die sie bei öffentlichen Anlässen immer wieder erlebte, hatten sie verletzt, und ihre Fähigkeit, derlei einfach an sich abprallen zu lassen (ich bin Schriftstellerin, die Lästerer Idioten), hatte einen gravierenden Knacks erlitten. Sie war ihren Nachbarn schon lange vor dem Vorfall mit dem Lieferanten aus dem Weg gegangen. Selbst in der Gesellschaft von Bibi fühlte sie sich nicht immer wohl. Es war ihr fast *unangenehm*, sich mit einem anderen Menschen im selben Raum aufzuhalten. Wohin mit ihren Händen? Wohin sollte sie schauen?

Vielleicht sollte sie Bibi fragen, ob sie Lust hatte mitzukommen. Stand in dem Schreiben etwas darüber, ob …

Persönliche Registrierung beim Einlass.

Sie seufzte. Das klang nicht nach »inklusive Begleitung«.

Sie nahm die zweite Seite des Schreibens in die Hand. Das erste Mal seit vier Jahren las sie das Wort Diskriminierung in einem offiziellen Schreiben, ohne eine direkt daran anschließende, beschönigende Formulierung. Es klang so vielversprechend, dass es sie skeptisch machte.

Wenn es sich um einen geschickten Schachzug handelte, dann war er ziemlich direkt formuliert. Johan Svärd hatte den politischen Diskurs vom ersten Tag an manipuliert. Die vagen Anglizismen. Die Vermeidung von Begriffen, die die Unterdrückung offenkundig machten.

Diskriminierung auf dem Arbeitsmarkt. Es erinnerte sie an feministische Versuche, das Pronomen »man« durch »frau« zu ersetzen. Sprache hatte die Macht, Revolutionen auszulösen oder zu verhindern.

Gloria faltete den Brief zusammen und steckte ihn in ihre Handtasche. Es bestand nicht die Spur einer Chance, dass sie es ernst meinten. Für wie dumm hielten sie die Leute eigentlich? Sie würde am Sonntag hingehen, aber nur um herauszufinden, was sie vorhatten.

Sie fühlte sich fast beschwingt. Sie konnten sie nicht mehr täuschen.

Landon konnte ein Lächeln nicht unterdrücken, als er mit dem Volvo auf dem Schotterweg zum Haus fuhr. Der Rasen war voller Leberblümchen. Die Treppe mit Wildblumen überwuchert. Wie hatte er nur so lange wegbleiben können?

Er stieg aus dem Auto und sah zum Dach hinauf. Auf den ersten Blick keine Katastrophen.

Im Haus war es nasskalt und feucht und es roch leicht nach Schimmel. Landon öffnete das Küchenfenster, um frische Luft ins Haus zu lassen. In den Gardinen hingen tote Fliegen. Er sah in der Speisekammer nach, was die Mäuse angerichtet hatten, doch das Ausmaß war bei Weitem nicht so schlimm wie befürchtet. Diesmal musste er nur aufräumen, die Speisekammer putzen und ein paar neue Fallen aufstellen.

Er ließ das Fenster offen stehen und ging nach draußen, um die Post aus dem Briefkasten zu holen. Zu seiner Verwunderung war er bis auf einen dünnen Reklameflyer leer. Er drehte den Flyer um, aber es wurde nicht deutlich, wie alt er war. Hatte der Postbote bemerkt, dass das Haus leer stand, und jemand anderen in den Genuss der Werbebroschüren kommen lassen? Das wäre ihm mehr als recht. Er hatte in Uppsala so viele »Bist du bereit abzunehmen«-Flyer ins Altpapier geworfen, dass man daraus recyceltes Klopapier für die halbe Stadt herstellen konnte. Je weniger Haushalte sie damit behelligten, desto besser.

Er blieb eine Weile auf der Treppe stehen. Die Sonne schien so warm wie im Sommer, die Vögel zwitscherten wie verrückt und in der Tanne hinter dem alten Schuppen jagten sich zwei Eichhörnchen. Diese Idylle hatte schon beinahe etwas Lächerliches.

Fehlte nur noch Kinderlachen, dachte er. Und im nächsten Moment kam tatsächlich Molly auf ihn zugelaufen. »Banane!« Sie strahlte, und ihre Wangen glühten vor Eifer. »Ich hab's gewusst!«, rief sie triumphierend. »Ich hab dein Auto gehört!«

»Hallo, Molly.«

Molly sah ihn vorwurfsvoll an. »Wo warst du so lange?«

Genau wie ihre Mutter, dachte Landon, keine Ausschweife, immer direkt zur Sache. Er schluckte. Mit einer Entschuldigung würde er hier nicht davonkommen. »Ich bin ein bisschen länger in Uppsala geblieben als geplant ...«

»Ich habe jetzt einen Kater! Mama hat gesagt, dass wir ihn auch behalten können, wenn wir zurück nach Gimo fahren. Er gehört jetzt uns, weil er schon lange bei uns ist. Alles andere ist sozusagen bejährt.«

»Verjährt«, korrigierte Landon. »Das ist ja toll.«

»Er heißt Gestiefelter. Oder eigentlich Gestiefelter Kater.«

»Dann habt ihr ja mit Mäusen bestimmt keine Probleme mehr.«

Molly bedachte ihn mit einem kritischen Blick. »Wir mögen Katzen UND Mäuse.« Als wäre ihr gerade ihre erste Frage wieder eingefallen, betrachtete sie ihn voller Misstrauen. »Wo bist du gewesen? Hast du Bananen gepflückt?«

»Den ganzen Winter«, sagte Landon. »Im Kofferraum habe ich eine ganze Kiste.«

Molly lachte. »Na klar.«

Er suchte den Weg hinter ihr ab, aber sie war allein. »Wie geht es deiner Mutter?«

»Gut.«

»Ich war mir nicht sicher, ob ihr noch hier sein würdet.«

»Nur bis zum Herbst. Dann gibt es keine Sonderklassen mehr, sagt Mama. Nach der Wahl.«

Landon nickte. Hoffentlich würde sich das tatsächlich bewahrheiten.

»Das klingt gut.«

»Gibt es in Uppsala jetzt wieder normale Schulen?«

»Na ja …« Was für eine Antwort sollte er Molly geben? Die Lage hatte sich eher verschlimmert. »Es ist immer noch so wie vor eurer Abreise. Die gleichen Regeln und so. Zumindest bis jetzt.«

»Ach so.«

»Bald wird es sich ändern.«

Molly seufzte, als würde sie schon der Gedanke daran langweilen. »Kommst du mit? Du musst dem Gestiefelten Hallo sagen.«

»Ich muss nur kurz …« Landon hielt inne. Was musste er schon erledigen? Er hatte sich noch keine überzeugende Entschuldigung zurechtgelegt, aber es weiter hinauszuzögern machte die Sache nicht leichter. »Ich muss nur kurz etwas erledigen«, sagte er und blickte zu seinem Haus hinüber. »Ich bin gerade erst angekommen.«

»Langweiler.« Molly schnitt eine Grimasse. »Langweilige Banane!«, rief sie und lief weg.

»Ich komme heute Nachmittag vorbei.« Er bereute den Satz, bevor er ihn ausgesprochen hatte. Jetzt hatte er Molly ein Versprechen gegeben.

Molly blieb am Briefkasten stehen und drehte sich um. »Ich hab deine Post!«

»Ach, dann verstehe ich.«

»Was?«

»Danke!«

Sie winkte und flitzte davon.

Ein paar Stunden später saß Landon in Helenas pastellfarbener Achtzigerjahre-Hollywoodschaukel mit einer Tasse Kaffee in der einen und der Hinterpfote vom Gestiefelten Kater in der anderen Hand. Der ehemalige Streuner (dessen Leibesfülle mittlerweile so enorm war, dass er bestimmt bald Post vom Institut für Ernährung bekommen würde) hatte Landon sofort in den Kreis seiner Auserwählten aufgenommen. Landon spürte, wie die Pfote in seiner linken Hand zuckte. Konnten Katzen träumen? Darüber hatte er noch nie nachgedacht.

Helena saß mit geschlossenen Augen neben ihm, ohne ein Wort zu sagen.

»Wusstest du, dass sie damit begonnen haben, die Leute aus bestimmten Wohngebieten zu vertreiben?«

Sie nickte mit geschlossenen Augen. »Ich habe davon gehört.«

»Fettfreies Wohnen. In meiner Hausgemeinschaft wurde darüber abgestimmt.«

»Widerlich.«

»Ja, finde ich auch.«

»Wie wollen sie weiter vorgehen? Äußern sie sich dazu? Wo sollen die ganzen Leute denn hin?«

»Die Idee ist wohl, dass die Leute Angst bekommen, ihre Wohnungen zu verlieren, und deshalb abnehmen.«

Helena schüttelte den Kopf.

»Oder andersrum«, sagte Landon. »Wenn du schlank bist, kriegst du eine bessere Wohnung. Johan Svärd dreht und wendet die Dinge ja gern so, wie sie ihm am besten ins Konzept passen. Gib den Leuten einen Anreiz und schon ändern sie sich.«

»Eine Politik der Ultimate.«

»Eine Politik der Anreize klingt doch viel wählerfreundlicher.«

Sie lachte laut und sah ihn von der Seite an. »Du hast ja nicht gerade gute Neuigkeiten aus der Zivilisation im Gepäck.«

»Die Zivilisation ist ein schlechter Scherz. Nimm dir ein Beispiel am Gestiefelten. In seiner Welt ist alles Friede, Freude, Eierkuchen. Es sind die Menschen, die alles kaputt machen.«

Landon biss sich auf die Lippen. »Es tut mir leid. Es tut mir leid, dass ich nicht angerufen habe.«

»Du konntest nicht anders.«

»Doch, aber ich hab's einfach nicht geschafft. Ich hatte nicht die Kraft.«

Helena gab keine Antwort.

»Man ist wie gelähmt«, sagte Landon. »Ich kann es nicht besser erklären. Nach Ritas …« Er stockte und setzte neu an. »Es ist, als hätte ich den ganzen Winter irgendwie neben mir gestanden, außerhalb der Welt sozusagen. Nicht mal bei der Arbeit war ich richtig anwesend. Ich habe oben auf dem Dach gesessen und alles nur beobachtet.«

»Und jetzt?«

»Jetzt?«

»Ja, jetzt bist du wieder hier in der Gegenwart. Was hat sich verändert?«

Er überlegte. »Die Zukunft, nehme ich an.«

Sie drehte sich zu ihm um und sah ihn fragend an.

Er wollte nicht über New York reden. Nicht jetzt. Vielleicht morgen.

»Bald sind Wahlen«, sagte er stattdessen. »Es geht irgendwie immer weiter.«

»Toi, toi, toi«, erwiderte Helena und klopfte auf die Armlehne.

»Ich befürchte, dass es bei Typen wie Johan Svärd nicht allzu viel bringt, auf Holz zu klopfen.«

»So wie die Lage aussieht, würde ich sogar bei Neumond einen Zettel mit meinen Wünschen verbrennen oder jedes andere Ritual durchführen, um Johan Svärd loszuwerden. Ich halte es keine weiteren vier Jahre mit diesem Verrückten aus.«

»Das verstehe ich.« Sollte er es ihr jetzt beichten? Kurz und schmerzlos. *Ich muss dir noch was sagen. Ich gehe aus Schweden weg.* »Wer kann das schon.«

Molly kam mit dem Gartenschlauch in der Hand angelaufen. »Mama, darf ich den Rasensprenger anmachen?«

»Jetzt? Ich weiß nicht, Kleines. Zum Baden ist es noch ein bisschen früh.«

»Aber es ist total warm!«

»Ich weiß nicht einmal, wo wir deinen Badeanzug hingepackt haben.«

»Ich kann doch einfach meine Regenjacke anziehen.«

Landon grinste. »Verfehlt das nicht seinen Zweck?«

Molly wedelte ungeduldig mit dem Gartenschlauch hin und her. »Bitte! Ich mach auch ganz, ganz schnell!«

Helena zögerte. »Na gut, Schätzchen. Wenn du deinen Badeanzug findest. Aber ich habe jetzt keine Zeit, dir beim Suchen zu helfen. Ich unterhalte mich gerade mit Landon.«

»Ich weiß, wo er ist.«

Helena blickte Landon an und zuckte mit den Schultern. »Wo wir gerade beim Thema Zukunft sind. Es scheint so, als wäre der Sommer plötzlich da.«

Er nickte. »Umso besser.«

Ein paar Minuten später kam Molly im Badeanzug aus dem Haus gelaufen. Helena sah ihre Tochter erstaunt an. »Manchmal ist es offensichtlich gar kein Problem, die Sachen selbst zu finden«, murmelte sie, ging zu ihr und half beim Aufstellen des Rasensprengers. Sie trug ihn in die Mitte des Rasens, als Molly plötzlich den Wasserhahn an der Hauswand aufdrehte. Das Wasser spritzte in alle Richtungen.

Helena schrie auf und warf den Schlauch zur Seite. »*Molly!*«

Einen Augenblick später fingen beide an zu lachen. Molly sprang jubelnd durch die Wasserstrahlen und tanzte um ihre Mutter herum. Helena wirbelte sie durch die Luft. »Du verrücktes Huhn!«

Als sie zu Landon zurückkam, war sie klatschnass. Er traute sich kaum, sie anzusehen. Die weiße Bluse war durchsichtig. Durch den Stoff waren die Konturen ihrer Brüste deutlich zu sehen. Er wurde rot.

»Bist du neidisch?«

»Was?«

»Wolltest du auch baden?«

Er starrte verlegen auf den Boden. »Ich fürchte, dass ich für Wasserspritzereien ein wenig zu alt bin.«

»So ein Quatsch. Wenn ich das kann, kannst du es auch.« Helena wrang ihre nassen Haare aus und setzte sich neben ihn. »Es ist schön, dass du wieder hier bist«, sagte sie. »Sogar wenn du noch einmal bei Einbruch der Dunkelheit sang- und klanglos verschwinden und nie wieder zurückkommen würdest.«

»War es so schlimm?«

»Lass es mich so ausdrücken: Solltest du einen deiner gläsernen Schuhe verlieren, werde ich nicht durch das ganze Königreich fahren, um dich zu finden.«

»Dass du ausgerechnet mich mit Aschenputtel vergleichst, ist schon Rache genug.«

»Ich gehe davon aus, es war nicht meine Schuld, dass du gefahren bist. Das ist mir nach einer Weile klar geworden.«

»Es ist deine Schuld, dass ich zurückgekommen bin.«

Sie lächelte, aber ihr Blick war traurig. Landon schämte sich. Er sollte nicht so hochstapeln. Er sollte nicht einmal hier sitzen. *Es gibt noch eine Sache, die ich dir noch nicht erzählt habe.*

»Also …« Er suchte nach einem unverfänglichen Thema. »Wie war Weihnachten?«

»Wie *Weihnachten* war?«

»Ich versuche nur ein bisschen zu plaudern.«

Helena sah ihn belustigt an. »Und wie war es bei dir?«

»Weihnachten?«

»Ja.«

»Schrecklich.«

»Aha …« Dann lachte sie wieder.

Bei ihrem Lachen wurde ihm ganz warm ums Herz. So war es schon bei ihrer allerersten Begegnung gewesen. Das unmittelbare Gefühl von Zusammengehörigkeit. Warum hatte er so viel Angst vor einem Wiedersehen gehabt? Sie kannten sich doch.

Plötzlich beugte sie sich vor, griff nach seinem Arm und zog ihn zu sich. Landon zuckte zusammen.

»Marienkäfer«, flüsterte Helena. Sie strich mit einem Finger zart über sein Handgelenk. Ihr Gesicht war nur ein paar Zentimeter von seinem entfernt.

Dann ließ sie sein Handgelenk los und zeigte mit dem Finger in den Himmel. *»Flieg, flieg, Marienkäfer, flieg! Flieg hoch hinaus, vorbei an meinem Haus. Du hast mal sieben Punkte und mal hast du zwei, doch hast du auch immer dein Kleidchen dabei.«* Landon war enttäuscht. Es war nur ein Marienkäfer gewesen.

»Das ist albern, ich weiß. Aber jedes Mal, wenn ich einen Marienkäfer sehe, muss ich diese Liedstrophe aufsagen, sonst bedeutet es Unglück.«

»Ich glaube, ich habe im Biologieunterricht beim Thema Insekten nicht allzu genau aufgepasst.«

»Meine Großmutter hat immer gesagt, dass der Marienkäfer ein Glücksbringer und Himmelsbote der Mutter Gottes ist. In der nordischen Mythologie gilt er als Bote der Liebesgöttin Freya.«

»Und was bedeuten die Punkte? Sagen sie etwas über das Alter?«

»Nein, eigentlich geht es um Glück und Liebe.« Helena sah ihn für einen Moment an, dann blickte sie zu Molly und dem Rasensprenger hinüber. »Ich glaube, es wird Zeit, Molly vor einer Erkältung zu retten.«

Eine halbe Stunde später waren sie alle drei im Haus. Molly hatte Landon seine gesammelte Post überreicht und Helena und Landon mit einer Tasse Kaffee in der Küche allein gelassen. Er sah die Briefe ohne echtes Interesse durch und behielt nur die Ansichtskarte von Barbro. Beppe konnte eine Aufmunterung gut gebrauchen. »Neunzig Prozent der Post, die ich in den letzten Jahren bekommen habe, waren Werbebroschüren. Entweder Reklamesendungen, die einem das Abnehmen nahegelegt haben, oder direkte Aufforderungsschreiben von der Regierung, es zu tun.«

»Haben sie dir auch einen Auszug an deine Meldeadresse geschickt? Vom nationalen Register?«

»Mit meinem FMQ und diesem ganzen Kram? Ja, den habe ich auch bekommen.«

Helena ging zum Küchenschrank und nahm einen Umschlag vom obersten Regal. »Du meinst das hier, oder?«, fragte sie und gab Landon den Brief.

Er faltete das Blatt auseinander und las:

Helena Andersson FMQ 52*
Molly Andersson (<18) FMQ 51*
***Fällt in die Gruppe FMQ >50**
Aufforderung wird verschickt

Landon zuckte mit den Schultern. »Das sind doch nur Werte aus dem Register. Kein Grund zur Panik, oder?«

»Was ist damit gemeint, dass sie eine Aufforderung schicken wollen?«

»Ach so, ja ... ich habe keine Ahnung. Glaubst du nicht, dass es sich um irgendeine lokale Sache handelt? Zum Beispiel eine Aufforderung zum Gesundheitscheck in Gimo?«

»Meinst du?«

Landon konnte ihre Besorgnis gut nachvollziehen. Jedes Schreiben vom Institut für Ernährung war unheimlich.

»Außerdem habe ich eine Einladung zu irgendeinem Informationstreffen bekommen. Ich hab schon überlegt, ob es die Aufforderung sein könnte. Aber ich bin nicht hingegangen.«

»Worum ging es?«

»Irgendeine Veranstaltung in der Kirche von Östhammar an Christi Himmelfahrt. Aber Molly hatte an dem Tag Bauchschmerzen und ich wollte sie nicht mitnehmen.«

Im selben Moment stürmte Molly in die Küche. »Ich kann den Gestiefelten nicht finden!«

Helena nahm Landon den Brief aus der Hand und ließ ihn schnell verschwinden. »Mach dir keine Sorgen, Kleines. Er ist bestimmt nur draußen.«

»Er hat noch nichts gefressen.«

»Er frisst die ganze Zeit, Molly. Er ist dick genug, um mehrere Wochen ohne Fressen auszukommen.«

»Er ist gar nicht dick! Er ist der beste Kater der Welt!«

Landon musste unwillkürlich lächeln. Der Winter war vergangen, aber nichts hatte sich geändert. Er sah aus dem Fenster. Die Sonne ging schon unter.

Genau das hatte er vermeiden wollen. Er hatte sich schon einmal zu viel in ihr Leben gedrängt. Dennoch konnte er sich nicht von den beiden losreißen und nach Hause gehen. Dieser Tag war zweifellos der beste seit einem halben Jahr.

»Hallo?« Molly knuffte ihn in die Seite. »Erde an Landon!«

Landon wurde aus seinen Gedanken gerissen und sah sie fragend an.

»Du musst deine Frage wohl wiederholen, Molly«, sagte Helena.

»Was?«

»Kann ich bei dir nachschauen?« Molly sah ihn an. »Ob Gestiefelter Kater bei dir ist?«

Landon nickte. »Na klar. Ich wollte sowieso gerade gehen.«

»Ich werde mit dem Abendessen anfangen«, sagte Helena. »Außerdem muss ich noch ein paar Unterlagen fürs Finanzamt ausfüllen, die morgen in die Post müssen. Sie brauchen offenbar noch irgendwelche Zusatzinformationen von mir.«

Sie wandte sich erneut an Landon. »Kannst du Molly bitte spätestens um sechs Bescheid geben, wenn sie nicht freiwillig nach Hause geht?«

»Ich kann selbst die Uhr lesen!«, protestierte Molly.

»Na klar«, sagte er zu Helena. »Kein Problem.«

»Danke. Und schick sie nach Hause, wenn sie dich stört.«

»Ich glaube kaum, dass das nötig sein wird.«

Molly zog ihn am Arm. »Komm jetzt. Wir müssen den Gestiefelten finden.«

Als sie im Flur waren, rief Helena Landon noch hinterher: »Du bist natürlich eingeladen, falls du Hunger bekommen solltest!«

Vielleicht. Er nickte. Auch zum Abendessen. Obwohl er das besser nicht tun sollte.

»Öster, Gloria?«

»Ja.«

Der Wachmann, der eine schwarze Uniform trug, strich ihren Namen auf der Liste durch. Sie bekam ihren Führerschein zurück und ein Faltblatt, das wie ein Programm aussah. Gloria steckte es in ihre Handtasche und ging in die Halle hinein. Der Besucherandrang war größer, als sie erwartet hatte.

Sie sah sich misstrauisch um. An der Decke leuchteten Spruchbänder in Grün und Rosa um die Wette. HERZLICH WILLKOMMEN ZU IHREM NEUEN ICH. JETZT BEGINNT EINE NEUE ZEIT. Plakate an den Wänden verkündeten ähnliche Botschaften. SIND SIE ES LEID, GEGEN DIE SCHWERKRAFT ANZUKÄMPFEN?

Eine junge Frau drängelte sich an ihr vorbei, Gloria blieb verwundert stehen. Ihr fiel gar nicht auf, dass die meisten Anwesenden dicker waren als sie, so sehr war sie von dem Andrang beeindruckt.

Ein Türsteher, der einen Ordner in der Hand hielt, schob sie zur Seite. »Entschuldigen Sie bitte! Entschuldigen Sie!« Höflich, aber bestimmt. Er machte mit dem Kopf eine Bewegung nach rechts, um ihr zu zeigen, in welche Richtung sie gehen sollte; dann warf er einen Blick auf die Listen in seinem Ordner. Waren darauf die Namen der Anwesenden?

So viele Menschen konnten unmöglich gleichzeitig in die Halle passen.

Jemand rempelte sie von hinten an. »Entschuldigung«, stöhnte der

Mann. Gloria konnte seinen schlechten Atem riechen. »Hier sind einfach viel zu viele Menschen.«

Gloria verzog das Gesicht und ging einen Schritt zur Seite, um den Mann vorbeizulassen, stieß dabei aber gegen jemand anderen. Gereizt murmelte sie eine Entschuldigung. Sie hatten viel zu viele Leute in die Halle gelassen. Schon im Eingangsbereich war die Stimmung angespannt gewesen. Überall gestresste und ausweichende Blicke. Ihr gemeinsamer Nenner war nicht der Körperumfang, sondern die Scham darüber.

Sie schaute über die Schulter. Der Mann, der sie angestoßen hatte, war verschwunden. Sie versuchte, einen Blick auf Messestände oder Informationstafeln zu erhaschen, aber sie sah nur Menschen und ließ sich von den Massen in Richtung der großen Bühne schieben. Sie war schon einmal bei der Liveübertragung einer Musikshow hier gewesen, zu der sie eine Kollegin eingeladen hatte. Gloria fielen die jungen Männer wieder ein, die als Anheizer arbeiteten und das Publikum mit Smiley-Plakaten in Stimmung bringen sollten. Während der Show hatten sie die Leute immer wieder zum Lachen aufgefordert. Aus irgendeinem unerklärlichen Grund war ihre Laune dadurch immer schlechter geworden. Schon beim Einlass hatten sie einen Schokoladenriegel aus ihrer Handtasche konfisziert, denn das Mitbringen von »Verpflegung« war nicht gestattet. Als sie protestierte, hatte der junge Sicherheitsmann sie frech angegrinst. *So schnell verhungern Sie schon nicht.*

In der Halle wurde sie mit einem Schlag in die Gegenwart zurückversetzt. Der Großteil der Ränge war schon voll besetzt. Im Innenraum irrten die Menschen auf der Suche nach freien Sitzplätzen umher.

Von hinten drängelten noch mehr Besucher nach. Gloria ließ sich auf eine Tribüne zutreiben, auf der es offenbar noch freie Plätze gab. Vom ersten Treppenabsatz aus warf sie einen Blick hinunter auf die Bühne. Wo waren die Veranstalter? Die Arbeitsagentur und die persönlichen Sachbearbeiter? Wo befand sich eigentlich der Messebereich? Kein einziger Mensch in der Halle sah aus, als sei er im Auftrag einer offiziellen Behörde hier. Alle schienen genauso fehl am Platz wie sie. Die uniformierten Sicherheitskräfte wirkten als Einzige so, als würden sie zum Arrangement gehören. Sie waren alle muskulös und trugen eine schwarze Uniform mit breitem Gürtel. Blass und brutal. Wahrscheinlich dachten sie, sie seien mitten in einer Freakshow gelandet.

Wieder wurde sie angerempelt. Sie drehte sich ungehalten um. Warum hatten die Leute es so verdammt eilig? Hinter ihr stand eine Frau in geblümter Bluse. Ihre üppigen Brüste drückten sich in Glorias Rücken.

»Gehen Sie weiter«, fauchte sie Gloria an.

»Warum diese Panik?«

»Wir müssen unsere Plätze einnehmen, damit die Veranstaltung endlich beginnen kann.«

»Aber worum geht es eigentlich? Ich habe immer noch nicht verstanden, worum …«

»Lesen Sie doch Ihr Programm.«

»Johan Svärd soll eine Rede halten«, sagte eine männliche Stimme hinter ihnen.

Gloria drehte sich um und sah den Mann an. »Johan Svärd? Kommt er wirklich?«

»Das habe ich auch gehört«, pflichtete ihm die Frau in der geblümten Bluse bei. »Das ist nur ein Gerücht«, ließ sich ein älterer Herr vernehmen, der ein paar Reihen über ihnen stand. »Davon steht nichts im Programm.«

Gloria fand einen freien Platz, klappte den Sitz herunter und setzte sich. Die geblümte Bluse ging weiter und suchte sich einen Platz in der Reihe hinter ihr. *Damit sie mich nicht ertragen muss,* dachte Gloria aufgebracht. Was waren das eigentlich für Menschen hier? Die Leute waren geradezu demonstrativ unfreundlich.

Ein Treffen für mehr Toleranz.

Bislang schien dieses Konzept kaum aufzugehen.

Sie streckte ihren Rücken durch, atmete tief aus, machte die Augen zu und dehnte den Nacken erst zur linken, dann zur rechten Seite.

»Es sieht so aus, als würden Sie sich für dieselbe Sache wappnen wie ich.«

Gloria machte die Augen wieder auf. Der ältere Herr, der sich eben in die Diskussion eingemischt hatte, hatte sich neben sie gesetzt und lächelte sie an. »Ich nehme an, Sie haben gehört, dass Johan Svärd kommen soll«, sagte er und blickte auf seine Füße. »Ich habe für alle Fälle einen Karton mit faulen Eiern dabei.«

Sie sah ihn verwundert an und fing an zu lachen.

Die Reaktion schien ihm zu gefallen. »Wenn ich mich vorstellen darf, Hassler«, sagte er und reichte ihr die Hand. Er hatte einen langen, gepflegten Bart, der schon die ersten grauen Ansätze zeigte. »Valdemar Hassler.«

Sie nahm seine Hand. »Gloria.«

Er ließ ihre Hand nicht los und blickte sie forschend an. »Kennen wir uns?«

»Das glaube ich nicht.«

»Hm …« Er ließ ihre Hand los, musterte sie aber weiter. »Ich bin mir hundertprozentig sicher, dass wir uns schon einmal begegnet sind.«

Vermutlich hatte er ihr Bild in der Zeitung gesehen, dachte Gloria. Oder auf einem Buchumschlag. Aber sie wollte auf keinen Fall, dass die Leute sie als die Autorin Gloria Öster erkannten. Nicht heute. Nicht in dieser Situation.

»Was haben Sie über Johan Svärd gesagt?«, erkundigte sie sich, um das Thema zu wechseln.

»Nur ein Gerücht, das die Runde macht«, erwiderte er. »Es wird so viel geredet. Die Leute wollen wissen, worum es bei dieser ganzen Sache überhaupt geht.«

Gloria gefiel seine Stimme und seine Art, sich auszudrücken. Es war nicht nur sein melodiöser Göteborger Dialekt, da war auch noch etwas anderes. Auf den zweiten Blick wirkte er nicht annähernd so alt, wie sie zunächst angenommen hatte. Sechzig, schätzte sie, ein paar Jahre mehr oder weniger.

»Bekomme ich die Hälfte ab?«

Valdemar Hassler sah sie überrascht an. »Wovon?«

»Von den Eiern«, erklärte Gloria. »Ich habe mein Ziel noch nie verfehlt. Ich treffe immer ins Schwarze.«

Er lachte. »Selbstverständlich.«

Gloria lehnte sich zurück. Valdemar hatte recht. Wenn der Ministerpräsident seinen Fuß auf diese Bühne setzte, hätte er so viele faule Eier im Gesicht, dass er in seinem eleganten Dienstwagen auf dem Rückweg nach Rosenbad sitzen würde, noch bevor er auch nur »Liebe Mitbürgerinnen und Mitbürger« hatte sagen können. Die Leute hier schienen nicht zu seinen treuesten Anhängern zu gehören.

Oder?

Gloria sah sich um. Das war also das Ergebnis von vier Jahren unter Johan Svärd. Eine Halle voller Menschen, deren Selbstbewusstsein und Selbstwertgefühl systematisch zerstört worden waren. Tausende Schweden, die so viel mehr waren als nur ihr FMQ – jetzt saßen sie hier und ließen sich förmlich von ihrem eigenen Gewicht erdrücken. Es war erstaunlich, dass so viele gekommen waren. Sie mussten dieselben Ängste ausgestanden haben wie sie. Verspottet und erniedrigt zu werden.

Sie mussten immer noch einen kleinen Funken Hoffnung haben, eine andere Erklärung dafür gab es nicht. Gloria sah Valdemar an. »Ich glaube nicht, dass er hier erscheint«, sagte sie.

»Nein, und darüber können wir auch froh sein.«

»Haben Sie ihn schon einmal live erlebt?«

»Johan Svärd ist genauso makellos, wie er vorgibt zu sein.«

»Darauf wollte ich nicht hinaus.«

»Schönheit und Gesundheit, Gloria! Das ist das Einzige, was zählt.«

Sie seufzte. »Ich nehme an, deswegen sind wir hier.«

»Damit wir über unsere Gesundheit nachdenken? Vermutlich. Aber vor allem, damit wir *nicht* anfangen, an all die anderen Dinge zu denken – Arbeitslosigkeit, Staatsverschuldung, den Mangel an Arbeitskräften in den Pflegeberufen und so weiter. Ganz abgesehen von dem unwesentlichen Problem, wer den schwedischen Wohlfahrtsstaat in der kommenden Generation verwalten soll, wenn die Schulreform unsere Jugendlichen zu ungebildeten Lebensmittel- und Essensphobikern gemacht hat.«

Gloria staunte über diese ehrliche und unverblümte Meinungsäußerung. Es kam nicht häufig vor, dass jemand aussprach, was sie selbst dachte.

»Die nächste Generation wird aus eitlen, selbstgefälligen Plastikpuppen bestehen, die so lange an sich herumoperieren lassen, bis ihre Körper dem gängigen Ideal entsprechen, und deren einzige Sorge das Fettpolster an ihrem Bauch ist«, fuhr Valdemar fort. »Vorausgesetzt, sie überleben es. Wenn man an all die Diätpräparate denkt, die die Leute blind in sich hineinstopfen, ist das ja nicht unbedingt selbstverständlich.«

Gloria musste an Malin denken. Ihr fröhliches Lachen. »Das Schlimmste ist die logische Konsequenz dahinter«, sagte sie. »Es hat sich schon lange abgezeichnet.«

»Ja, ein Überwachungsstaat«, sagte Valdemar. »Die ganzen Datenerhebungen der Gesundheitspartei werden letzten Endes dazu führen, dass sich jeder Bürger einen Schrittzähler in den Arm operieren lässt. Außerdem ist es eine Frage der sozialen Schicht, auch wenn das natürlich niemand offen ausspricht. Die meisten haben wenig Macht. Aus diesem Grund kann man sie auch kränken und erniedrigen, ohne dass jemand reagiert. Wenn ein paar dabei auf der Strecke bleiben, ist das ein notwendiger Verlust. Ein bisschen Schwund gibt es eben immer.«

Gloria spürte, wie sich ihr Magen verkrampfte.

Valdemar Hasslers Blick war messerscharf. »Johan Svärd kann sich noch so oft Sozialist nennen, hier entpuppt er sich eindeutig als Kapitalist.«

»Ich glaube nicht, dass er sich noch Sozialist nennt.«

Valdemar lachte laut auf. »Da haben Sie vermutlich recht. Wenn ich mich richtig entsinne, hat er sich in seiner letzten Rede selbst als die *Zukunft* bezeichnet.«

»An Größenwahn hat es ihm noch nie gemangelt.«

Valdemar schüttelte den Kopf und berührte ihre Hand. »Wissen Sie, was? Für eine Veranstaltung der Gesundheitspartei ist die Gesellschaft hier ausgesprochen nett.«

Gloria spürte, wie sie rot wurde. Es lag an der Nähe. Schon seit Jahren war sie einem Mann nicht mehr so nahe gewesen.

Gloria sah sich um. Das Gespräch hatte sie von den Geschehnissen um sie herum abgelenkt. »Warum haben sie so viele Menschen in die Halle gelassen?«

Weiter unten versuchten die Leute, die letzten freien Sitzplätze zu ergattern. Vom nächsten Ausgang her drang ein verzweifeltes Wimmern, das Gloria erschrocken als das Weinen eines Babys identifizierte.

»Das ist nicht gut.« Valdemar schüttelte den Kopf. »Das ist ganz und gar nicht gut.«

Gloria spürte es auch. Irgendetwas stimmte nicht.

Ein Mann aus der Reihe hinter ihnen beugte sich zu ihnen vor. »Wir dachten, dass Johan Svärd kommen würde. Aber jetzt heißt es plötzlich, die Veranstaltung sei abgesagt.«

Warum verbreiteten die Leute auch laufend so unsinnige Gerüchte? Gloria sah den Mann frustriert an. Es war doch klar gewesen, dass Johan Svärd nicht kommen würde! Wenn es um eine Rede von Johan Svärd gegangen wäre, hätten sie hier nicht dieses Publikum versammelt.

Dann begriff sie plötzlich: Doch, genau das hätten sie getan.

Diese Leute hier *waren* Anhänger der Gesundheitspartei. Das schwedische Volk hatte Svärd nicht gewählt, weil er versprochen hatte, es werde bald keine übergewichtigen Bürger mehr geben, sondern weil er ihnen versprochen hatte, sie schlank zu machen. Seine Wahlversprechen waren für übergewichtige Wähler mindestens genauso attraktiv wie für normalgewichtige. Die GP hatte die Wahl nicht nur gewonnen, weil die Schlanken die Übergewichtigen hassten; sie hatten gewonnen, weil die Übergewichtigen sich selbst hassten.

Sie war selbst einmal an diesem Punkt gewesen. Die junge, magersüchtige Gloria, immer dazu bereit, für ein paar Kilo weniger dem Teufel ihre Seele zu verkaufen. Auch sie hätte hier sitzen und auf Johan Svärds Allheilmittel warten können.

Plötzlich überkam sie eine Woge von Empathie. Die Menschen hier waren nicht dumm, sie hatten sich verleiten lassen. Hatten sie nicht einfach nur das getan, was ihnen überall vorgebetet wurde? Auf Fernsehärzte gehört, die ihnen versicherten, dass Kontrolle die einzige Lösung sei? Den Werbebroschüren vertraut, die behaupteten, dass das Leben nichts wert sei mit ein paar Zentimetern mehr Taillenumfang?

Gloria spürte, wie ihr die Luft wegblieb. Das hätte auch auf sie zutreffen können.

Großer Gott, es traf auf sie zu.

Plötzlich wollte sie nur noch weg. Sie hatte genug gesehen. »Wir gehen«, sagte sie.

Am Ausgang hatte sich bereits eine lange Schlange gebildet, sie kamen nicht mehr weiter. Hinter einem Absperrseil hatte sich etwa ein Dutzend Sicherheitsleute postiert. Gloria sah Valdemar verwirrt an. »Werden wir in einer Schlange nach draußen geleitet?«

Einer der Wachmänner hielt sie auf. »Sie müssen warten. Wir dürfen keine Leute aus der Halle lassen, bevor die Veranstaltung begonnen hat.«

Neben Gloria stand eine Mutter mit ihrer kleinen Tochter. Das Mädchen kniff die Beine zusammen. »Mama, ich muss mal!« Jetzt hüpfte es ungeduldig auf und ab. »Ganz dringend!«

Die Frau wandte sich Hilfe suchend an die Sicherheitskraft. »Entschuldigung, aber meine Tochter muss zur Toilette. Sie hat Diabetes. Bitte … Haben Sie vielleicht einen Stempel oder etwas in der Art?«

Die Wachposten ignorierten sie. Gloria spürte, wie die Leute von hinten zu drängeln begannen. Es hatten also einige mehr die Geduld verloren. Der Schweiß lief ihr den Nacken hinunter. Valdemar wirkte ebenso gestresst wie sie. »Was geht hier vor sich?«, fragte sie. »Verstehen Sie das?«

»Es sieht so aus, als hätten sie den Ausgang gesperrt.«

Sie gingen zurück zur Tribüne. Gloria drehte sich um. Die Sicherheitskräfte verließen die Halle. Sie hörte laute Knalle, als die Türen hinter ihnen zufielen. Direkt danach hörte sie von draußen einen weiteren Schlag.

Sie erstarrte. Sie *verriegelten* die Türen.

»Zum anderen Ausgang!«, zischte Valdemar und nahm sie am Arm. »Kommen Sie!«

Vor der nächsten Tribüne blieb er plötzlich stehen. »Haben Sie ein Handy?«

Aus den Augenwinkeln sah Gloria die Menschenmasse, die auf die Ausgänge zuströmte. Sie bemühte sich, ihre Angst zu unterdrücken. Wenn hier drinnen unter den Leuten eine Panik ausbrach …

»Gloria? Haben Sie ein Handy?«

Sie griff nach ihrer Handtasche. *Natürlich.* »Daran habe ich gar nicht gedacht.«

Ein untersetzter Mann lief polternd die Treppe runter und rempelte sie so unsanft an, dass ihr die Handtasche aus der Hand fiel. Als sie sich vorbeugte, um die Tasche aufzuheben, bekam sie einen weiteren Stoß. Dieses Mal gelang es ihr nicht, das Gleichgewicht zu halten, sie stürzte zu Boden.

Valdemar schrie auf. »Gloria!«

Keuchend kam sie wieder auf die Beine.

»Sind Sie in Ordnung?«

»Die Leute drehen durch.« Sie kramte in ihrer Handtasche und holte das Handy hervor. Sie versuchte, eine Nummer zu wählen. »Kein Empfang.«

»Das habe ich befürchtet.«

Gloria hielt das Handy hoch über den Kopf, aber nichts passierte.

»Ich verstehe nicht, warum es nicht funktioniert.« Sie drückte auf alle Tasten gleichzeitig. »Es geht sonst immer …«

Valdemar berührte sie am Arm. »Es spielt keine Rolle.«

Gloria schlug wütend auf die Tasten.

»Gloria.« Valdemar fasste sie resolut am Arm. »Vergessen Sie es. Wir versuchen es stattdessen auf der anderen Seite.«

Sie folgte ihm, trat aber auf irgendeinen Gegenstand, der auf dem Boden lag.

»Au!« Die Frau, die vor der ersten Bankreihe stand, schrie zornig auf und zog ihren Fuß zurück. »Du fette Kuh!«

Gloria sah die Frau erstaunt an, sie war doppelt so dick wie Gloria.

»Kümmern Sie sich nicht darum«, sagte Valdemar.

»Haben Sie gehört, was sie …«

»Wir müssen uns beeilen.«

Auf der anderen Seite der Halle blieb Valdemar abrupt stehen.

Vor der großen Stahltür stand ein einzelner Mann in einem blauen Trainingsanzug und hämmerte wild gegen die Tür. Sein Gesicht war vor Anstrengung hochrot. Er sah aus, als würde er gleich explodieren. »Was zum Teufel treibt ihr hier!«, brüllte er. »Zum Teufel!« Er warf sich mit seiner ganzen Körpermasse immer wieder gegen die Tür und schrie dabei jedes Mal vor Schmerz laut auf.

Gloria sah sich um, wie die anderen reagierten, aber niemanden schien es nennenswert zu interessieren. Er muss das schon eine ganze Weile machen, dachte sie. Die Leute waren es leid.

Der Mann brüllte wie ein Tier. Sein Gesicht war wie entstellt. Er wird es nicht mehr lange durchhalten, dachte sie noch, als der Mann mitten in einem Schrei erstarrte, sich an die Brust griff und zu Boden fiel.

Valdemar war sofort an seiner Seite. »Ist hier irgendwo ein Arzt?«, rief er und kniete sich neben den Mann. Er sah nervös zu Gloria hoch. »Kennen Sie sich mit Herzrhythmusmassage aus?«

Sie schüttelte den Kopf.

Valdemar drückte ungeschickt auf den Brustkorb des bewusstlosen Mannes und schlug ihm gegen die Wangen, doch nichts passierte.

»Hallo!«, rief Gloria. »Kann uns jemand helfen? Gibt es hier irgendwo einen Arzt? Es ist ein …« Sie verstummte.

Valdemar legte vorsichtig seine Hand auf die feuchte Stirn des Mannes und murmelte etwas. Dann schloss er ihm die Augen.

Gloria beobachtete die Szene voller Entsetzen. Der Mann war tot. Man hatte Tausende Menschen im Hovet mitten in Stockholm eingeschlossen und jetzt war einer von ihnen tot.

Sie konnte den Blick nicht abwenden. Die Hose spannte an den Oberschenkeln des Mannes, sein T-Shirt war hochgerutscht und entblößte seinen dicken Bauch. Das war genau das Schreckensszenario, das Johan Svärd und seine Gefolgschaft immer entwarfen. Gefäßverkalkungen und Herzinfarkte.

Sie blickte nach oben an die Hallendecke. Das waren doch wohl keine …

Es schien, als würden die schwarzen Kameras ihren Blick erwidern. Gloria schluckte. War etwa alles *arrangiert*?

»Kommen Sie.« Valdemar nahm ihre Hand und führte sie an die Wand. »Wir setzen uns hier hin«, sagte er.

Als sie sich neben ihm niederließ, zitterte sie am ganzen Körper. »Ist er …«

»Versuchen Sie, nicht daran zu denken.«

»Sehen Sie es nicht?«, flüsterte sie. »Alle sitzen einfach nur da. Und als wir nach einem Arzt gerufen haben, hat niemand reagiert.«

»Es hätte überall passieren können.«

»Aber …«

»Sehen Sie die Notausgänge dort oben?« Valdemar deutete auf den oberen Teil der Arena. »Vielleicht kommen wir da raus. Die Notausgänge haben sie hoffentlich noch nicht abgesperrt.«

Sie sah ihn zornig an. »Sollen wir nicht versuchen, Hilfe zu holen? Jetzt liegen die Dinge schließlich ganz anders. Wenn wir durch die Türen nach den Sicherheitsleuten rufen und sie informieren, dass jemand gestorben ist?« Sie sah ihn flehend an. »Glauben Sie nicht, wenn wir …«

An die Türen hämmern.

Genau das hatte der tote Mann getan.

»Ich glaube nicht, dass sie die Türen öffnen würden.«

»Aber der Mann ist tot, um Himmels willen!« Jetzt kamen die Tränen, sie konnte sie nicht mehr länger zurückhalten.

Valdemar streichelte ihre Hand. »Es war ein tragischer Unfall. Trauern können wir, wenn wir wieder zu Hause sind. Jetzt ist das Wichtigste, dass wir hier rauskommen.«

Sie holte tief Luft. »Okay.«

Gloria wusste, dass er recht hatte. Wenn sie hier herauskommen wollten, musste sie sich zusammenreißen. Es half niemandem, wenn sie sich auf den Boden legte und ebenfalls starb.

»Sobald Sie bereit sind, gehen wir hoch.«

Sie stand auf. »Lassen Sie uns sofort gehen.«

Vor der Treppe blieb Valdemar stehen. Gloria sah, dass er die Kameras beobachtete.

Helena stellte ein Backblech und eine Flasche Olivenöl auf die Küchenablage und begann, Kartoffeln zu schälen. Sie dachte an die Aufforderung, die sie Landon gezeigt hatte. Ihm hatten sie keine geschickt. Die Veranstaltung in der Kirche von Östhammar war »An alle Bürger mit einem FMQ über 50« gerichtet gewesen. Auf sie traf das zu, aber nicht auf Landon. Er war zwar korpulent, aber nicht fett. Er hatte seine Arbeit nicht verloren und es schien ja Sinn und Zweck der Veranstaltung gewesen zu sein, die Menschen wieder in den Arbeitsmarkt einzugliedern. Was auch immer das heißen sollte.

Sie hätte sowieso keine Zeit gehabt, zu einer Versammlung nach Östhammar zu fahren, egal, worum es dort gegangen wäre. Zwar hatte im Brief der Hinweis »obligatorisch« gestanden, aber nichts über mögliche Konsequenzen für diejenigen, die nicht erschienen. Vielleicht war es die Arbeitsagentur, die eine Anwesenheit einforderte, damit man weiter im System erfasst und bezugsberechtigt blieb.

Das Schreiben ließ sich nur schwer deuten. Entweder war das Ganze ein Bluff (nicht ausgeschlossen, dass ein weiß gekleidetes Begrüßungskomitee die Leute in die nächste Klinik zu einer Magenband-Operation verfrachtete), oder Johan Svärd hatte kalte Füße bekommen. Wenn sich die Situation nicht änderte, würden alle Arbeitslosen die Opposition wählen, was dem Ministerpräsidenten sicherlich nur allzu bewusst war. In einem Radiointerview hatte er versprochen, die Arbeitslosenzahlen vor der Wahl »drastisch« zu senken. *Je schneller wir die Leute wieder arbeitsfähig machen, desto besser.*

Es hatte einen unangenehmen Unterton. Im Sprachgebrauch der GP war *arbeitsfähig* nämlich gleichbedeutend mit schlank. Und falls die Veranstaltung damit zu tun hatte, konnte es sich ebenso gut um eine Informationsveranstaltung für all jene handeln, die »wieder zu produktiven Mitgliedern des Arbeitsmarkts« werden sollten – wie eine Messe, bei der Magen-OPs zum halben Preis angeboten wurden.

Helena lief es kalt den Rücken hinunter. Sie war froh, dass sie nicht hingegangen war. Heutzutage waren die Ärzte genauso verrückt wie die Regierung.

Sie schnitt die Kartoffeln zu Ecken und legte sie auf das Backblech. Anschließend machte sie es ebenso mit einem Bund Möhren und verteilte die Stifte zwischen den Kartoffeln. Jetzt fehlten nur noch ein wenig Öl und ein paar Kräuter, ehe sie sich ihrer Steuererklärung widmen konnte, solange das Essen im Ofen brutzelte.

Sie sah auf die Uhr. Fast fünf.

Es war merkwürdig, dass Molly nicht im Haus war. Sie hatte schon so lange keinen Babysitter mehr gehabt, dass sie schon fast vergessen hatte, wie es sich anfühlte. Auch Molly war nicht daran gewöhnt. Ihre Freude über den Besuch mit anzusehen war beinahe schmerzlich gewesen. Und das, obwohl Landon sie Knall auf Fall im Stich gelassen hatte. Aber so war Molly eben. Immer bereit, zu verzeihen. Vielleicht waren Kinder wirklich Engel. Molly war auf jeden Fall ein deutlich besserer Mensch als sie, so viel stand fest.

Sie träufelte Öl über das Gemüse und schob das Blech in den Ofen. Worüber sich die beiden wohl so lange unterhielten? Hoffentlich erzählte Molly nicht zu viel. Obwohl sie es schon selbst ganz gut hingekriegt hatte, ihren Ruf zu zerstören. Sie bereute, dass sie Landon den Auszug aus dem Register überhaupt gezeigt hatte. Als wäre es etwas, mit dem man angeben konnte. Massives Übergewicht – das perfekte Thema, um Leute zu beeindrucken? Man merkte wirklich, dass sie schon lange nicht mehr unter Menschen gewesen war.

Helena setzte sich an den Küchentisch und nahm sich den großen Umschlag vom Finanzamt vor. Wenn sie Glück hatte, würde sie mit den Unterlagen durch sein, bevor Molly nach Hause kam. Und wenn sie noch mehr Glück hatte …

Hatte sie aus den vergangenen Monaten eine Lehre gezogen, dann die, dass man sich auf Landon Thomson-Jæger nicht verlassen konnte. Dennoch wünschte sie sich ihn zurück an ihre Seite und sie wusste, dass es ihm genauso ging. Er war heute Nachmittag bei der Sache mit dem Marienkäfer knallrot geworden, und im Schritt seiner Jeans hatte sie gesehen …

Sie zuckte erschrocken zusammen, als es im Ofen knackte.

Um Himmels willen. Kaum war Molly fünf Minuten aus dem Haus, gab sie sich wie ein verknallter Teenager irgendwelchen Tagträumereien hin. Sie betrachtete die gelblichen Seiten, die vor ihr auf dem Tisch lagen. Zurück in die Wirklichkeit.

Oder besser gesagt: in den Albtraum.

Widerwillig setzte sie den Kugelschreiber in das erste freie Feld. Name, Geburtsdatum, Anschrift. Vorläufige Einkommensschätzung. Der nächste Punkt war bereits eingetragen: FMQ 52, das Kreuz hatte man schon für sie gesetzt. Zusatzsteuer für Übergewichtige.

Gloria war schweißgebadet. Da sie ihre Wohnung in den letzten Wochen kaum verlassen hatte, war sie das Treppensteigen nicht mehr gewohnt. Die Tribüne ganz nach oben zu klettern kam der Gipfelbesteigung des Mount Everest gleich. Der weite Weg an sich war nicht das Problem (sie war häufig genug zum Zug nach Uppsala gehetzt, um zu wissen, dass sie durchhalten konnte, wenn sie dazu gezwungen war). Ihre *Gesundheit* war es, die ihr Sorgen bereitete. Immer wieder sah sie den Mann im Trainingsanzug vor sich. Die rot angelaufenen Wangen.

Hatten sie in der medizinischen Versorgungszentrale ihr Herz kontrolliert? Sie erinnerte sich an die Waage. Aber die Krankenschwester hatte ihren Blutdruck gemessen.

Sie versuchte das Bild zu verscheuchen. Sie war jünger als der Mann und vor allem war sie nicht so dick wie er. Oder? Sie warf einen Blick nach unten auf die Menschenmenge. Anfangs war es ihr so vorgekommen, als sei sie dünner als alle anderen, aber jetzt erschien es ihr genau umgekehrt. Sie hatte sich schon lange nicht mehr so aufgedunsen gefühlt. Ihre Oberschenkel rieben aneinander …

Sie riss sich zusammen, Sigmund Erikssons Stimme hallte in ihrem Kopf. *Was wollen Sie wirklich, Gloria?*

Heute musste er nicht zwei Mal fragen.

Man hatte Tausende hier zusammengepfercht und eingesperrt. Gloria konnte es sich vorstellen: Big Brother im Hovet – Fat Edition. Noch nie hatte die gesamte schwedische Nation so herzhaft gelacht. Oder saß der Ministerpräsident sogar höchstpersönlich hinter den Kameras und führte Regie? Stand Johan Svärd plötzlich der Sinn nach Belustigung der Massen im klassischen Stil? Hatte er sein persönliches Kolosseum geschaffen? Vielleicht würde er jeden Augenblick die Tiger in die Arena lassen.

Sie lehnte sich an das Geländer und holte Luft.

Valdemar drehte sich zu ihr um. »Wir sind gleich oben.«

Die Treppen schienen kein Ende zu nehmen. Gloria konnte nicht verstehen, warum er so sicher war, dass die Notausgänge nicht verriegelt waren. Sie hatte die grünen Pfeile auch gesehen, aber es war höchst unwahrscheinlich, dass die Wachmänner dieses Detail übersehen hatten. Eigentlich spielte es auch gar keine Rolle. Er hatte ihr eine Aufgabe gestellt und es war genau das, was sie brauchte. Alles war besser, als untätig dort unten neben dem toten Mann zu sitzen.

Sie stiegen zwei weitere Treppen empor. Dieses Mal war es Valdemar, der stehen blieb.

Gloria sah ihn besorgt an. »Geht es Ihnen gut?«

»Ich muss mich nur …«, er räusperte sich, »einen kurzen Moment ausruhen.«

Valdemar fuhr sich mit der Hand durch die verschwitzten Haare und betrachtete die Menge dort unten. »So viele Menschen«, sagte er und schüttelte den Kopf. »So unglaublich viele Menschen.«

»Es ist schon stickig in der Halle«, meinte Gloria. »Wenn sie die Türen weiter geschlossen halten …« Wie viel Sauerstoff gab es hier drinnen? Doch ein solches Risiko konnten sie nicht eingehen, das war unmöglich. Das würde einen Skandal verursachen.

Oder etwa nicht? Konnte man sich tatsächlich sicher sein? Sie konnte Olga James' heuchlerisches Gegacker hören. Wer würde protestieren? Dieselben Leute, die Einspruch erhoben, wenn man bei Babys eine Magenverkleinerung durchführte? Dieselben, die dagegen demonstrierten, dass man Schülern die Ausbildung verweigerte oder dass Tausende auf der Straße saßen, weil ihre Häuser und Wohnungen in fettfreien Wohngebieten lagen? Dort unten lag ein toter Mann vor verriegelten Türen und nicht einmal die Leute in der Sitzreihe daneben schien das auch nur ansatzweise zu kümmern.

Gloria spürte, wie sich ein Abgrund vor ihr auftat.

»Wir können hier nicht länger stehen bleiben«, sagte Valdemar. »Da oben ist der Notausgang. Hinter dem letzten Rang. Nur noch eine Treppe.«

Das grüne Notausgang-Schild leuchtete an der Decke. Als sie hinter Valdemar die Treppe hochsteigen wollte, spürte sie plötzlich einen stechenden Schmerz in der Brust. Sie blieb ruckartig stehen.

Bitte nicht.

Es dauerte eine Sekunde. Ihre Hand krampfte sich um das Treppengeländer.

Eine gefühlte Ewigkeit später schlug ihr Herz wieder im Takt. Sie legte die Hand auf ihre Brust. *Ganz ruhig. Tief einatmen. Lange, tiefe Atemzüge.*

Vorsichtig hob sie das linke Bein an, dann das rechte.

Als sie den nächsten Treppenabsatz erreichte, war Valdemar verschwunden. Sie ging zum Notausgang und griff nach der Türklinke.

»Gloria.«

Sie drehte sich um. Hinter ihr auf dem Boden saß Valdemar. Er schüttelte den Kopf.

»Es tut mir leid.« Valdemar sah sie schuldbewusst an. »Es war sinnlos, hier hochzugehen.«

Sie setzte sich neben ihn. »Sie konnten es nicht wissen.«

Er zitterte vor Erschöpfung. Das helle Hemd war schweißdurchtränkt. »Ich hätte wohl besser daran getan, mich zu verhalten, wie sie es verlangt haben. Mich den lieben langen Tag auf dem Laufband abzumühen, statt zu leben. Wenn sie nicht ununterbrochen davon geredet hätten, dass man abnehmen soll, wäre ich niemals auch nur in die Nähe meines jetzigen Körperumfangs gekommen. Erst durch die Diät wurde ich so hungrig. Je weniger ich essen durfte, desto mehr habe ich in mich hineingestopft.«

Gloria nickte. »Die älteste Geschichte der Welt.«

»Was für eine maßlose Übertreibung!«

Sie lächelte. »Sind Sie nicht der Ansicht, dass der Jo-Jo-Effekt einen Platz in den Geschichtsbüchern verdient hat? Irgendwo zwischen – sagen wir – den Kreuzzügen und der Pest?«

»Schon die alten Griechen wussten, dass man nach einer erfolgreichen Diät wieder ein paar Kilos zunimmt.«

»Mein Gott«, seufzte Gloria und lehnte ihren Kopf an die Wand. »Wie um alles in der Welt sind wir bloß hier gelandet?«

»Durch göttliche Fügung.«

»Ja, das wird es gewesen sein. Dem Herrn sei Dank.«

»Er tut, was er kann. Es ist der Glaube, der fehlt. Es ist nicht leicht, Fäden zu ziehen, wenn die Leute nicht mehr länger der Meinung sind, dass sie füreinander moralische Verantwortung tragen.«

Gloria schaute ihn fragend an. Meinte er das ernst?

»Ich bin Pfarrer.«

Das überraschte Gloria. »Das hätte ich nicht gedacht.«

»Aus tiefster Überzeugung und mit Leib und Seele.«

Er hat vorhin gebetet, dachte Gloria. Er hat für den toten Mann ein Gebet gesprochen.

»Vierzig Jahre«, sagte Valdemar. »Vierzig lange, bereichernde Jahre. Dann fiel ihnen plötzlich ein, die Katharinenkirche sei ein hervorragender Platz für ein Fitnessstudio, und alle, die nicht dieser Ansicht waren, mussten gehen.«

»Das tut mir leid.«

»Ich war nicht derjenige, den es am schlimmsten getroffen hat. Die Kirche blieb tagsüber nicht leer, selbst wenn es ihnen am liebsten gewesen wäre. Es gab immer noch Leute, die zur Andacht kamen.«

»Haben sie alle üblichen Gottesdienste gestrichen?«

»Im Prinzip ja. Aber vor allem haben sie alle Bänke, Bilder und Gemälde rausgerissen, um Platz für ihre Fitnessgeräte zu schaffen. Den Anblick werde ich nie vergessen: Laufbänder und Hanteln vor sakralen Glasmalereien.«

Gloria wusste nicht, was sie erwidern sollte. Sie ging nur zu Konzerten in die Kirche und nicht einmal das kam besonders häufig vor. Seit den Gesundheitsprogrammen der Regierung hatte sie keinen Fuß mehr in die Nähe einer Kirche gesetzt.

»Ich hätte sowieso bald aufgehört«, sagte Valdemar. »Ich werde dieses Jahr fünfundsechzig. Wäre mein Alter der ausschlaggebende Grund gewesen, hätte ich mich mit Freude in den Ruhestand verabschiedet.«

»Ich verstehe, was Sie meinen. Bei mir war es genauso.«

»Wo haben Sie gearbeitet?«

»An der Universität Uppsala. Ich habe Literaturwissenschaft unterrichtet.«

»Bald wird es in diesem Land keine Lehrer mehr geben.«

»Haben Sie nicht gehört, was Johan Svärd gesagt hat? *Eine Ausnahme führt zu vielen Ausnahmen, dadurch wird die Ausnahme zur Regel.*

»Hat er sich so ausgedrückt?« Valdemar lachte. »Welch unbestechliche Logik!«

»Möglicherweise hat er es etwas weniger philosophisch formuliert.«

»Alles, was ich jemals aus dem Mund dieses Mannes gehört habe, klang wie Sprüche von Autoaufklebern.«

Gloria nickte zustimmend. *»Ich war es nicht, es war die Gabel.«*

Valdemar verzog das Gesicht. »Sie haben sich ins gemachte Nest gesetzt. All die Dinge, die jetzt in Schweden passieren, haben sich abgezeichnet, lange bevor Johan Svärd und seine Spießgesellen an die Macht gekommen sind. Die Leute waren schon lange unruhig.«

»Unruhig?«

»Entwurzelt. Ohne Halt im Glauben.«

»Aber …« Gloria zögerte. »Ich glaube nicht, dass der Mangel an Religiosität die Erklärung ist. Ich kann verstehen, dass Sie als Pfarrer …« Sie dachte kurz nach. »Der Hass auf die Übergewichtigen entsteht sicher nicht dadurch, weil die Leute nicht mehr in die Kirche gehen.«

»Seien Sie da nicht so sicher. In einer Gesellschaft ohne Autorität hält man sich an den greifbaren Dingen fest. So wie das hier.« Valdemar schlug auf seinen Bauch. »Unser Körper. Er ist das Einzige, das wir kontrollieren können. Und auch das Einzige, für das es Regeln gibt. Insbesondere seitdem die Leute, wie Sie sagen, nicht mehr in die Kirche gehen. Warum gibt es in allen religiösen Kulturen Speisegebote? Verse und Gebetstexte, die man auswendig lernen muss, und bestimmte Rituale, die man ausführt?«

»Menschen brauchen Strukturen.«

»Und Erlösung«, pflichtete Valdemar bei. »Aber noch interessanter ist: Die Menschen brauchen den Teufel. Sie brauchen das Böse. Vor allem brauchen sie jemanden, dem sie die Schuld zuschieben können.«

»Sündenböcke.« Gloria nickte. Diesen Gedanken hatte sie auch schon gehabt. »Das klassische Erklärungsmodell.«

»Die Theorie hat durchaus ihre Berechtigung.«

»Dann ist sie also der Grund, warum wir hier sind? Glauben Sie das wirklich? Um bestraft zu werden?«

»Ich weiß, dass das absurd klingt. Aber gerade deshalb ist es plausibel.«

»Und wenn sie zu weit gehen? Sie haben bereits mehr Schaden angerichtet, als es einer von uns für möglich gehalten hätte.«

»Manchmal könnte man meinen, dass Gott uns verlassen hätte. Ich bin der Erste, der das zugibt. Aber wenn man am wenigsten damit rechnet …«

Seine Stimme wurde von lauten Rufen auf den unteren Rängen übertönt. Die Leute hatten sich erhoben und blieben nicht mehr auf ihren Plätzen. Gloria hörte wütende Männerstimmen.

»Es sieht ganz so aus, als hätte es begonnen«, sagte Valdemar.

Unten in der Arena bewegte sich die Menschenmasse auf die Ausgänge zu. Das Geschrei wurde immer lauter. Gloria sah Valdemar fragend an.

»Wie ich angenommen hatte«, sagte er. »Johan Svärd musste nicht einmal herkommen.«

Können wir nicht einfach reingehen?« Molly hüpfte ungeduldig von einem Bein auf das andere.

»Wir sind eingeladen worden«, sagte Landon. »Denk daran, was ich über die Blumen gesagt habe.« Molly hielt pflichtbewusst den Blumenstrauß in die Höhe und verdrehte die Augen. Aber Landon sah, dass ihr die Inszenierung Freude bereitete. Sie hatte schon lange niemand anderen als ihre Mutter zum Spielgefährten gehabt.

Landon drückte seinen Rücken durch, stellte sich kerzengerade hin und forderte Molly auf, dasselbe zu tun. Danach klopfte er feierlich an die Tür.

»Sie lässt uns bestimmt nicht rein«, flüsterte Molly. »Sie wird glauben, dass wir verrückt geworden sind.«

Landon lächelte. »Vermutlich.«

Nach dem zweiten Klopfen öffnete Helena die Tür. »Warum klopft …«

Molly überreichte ihr den Strauß mit frisch gepflückten Wiesenblumen und machte einen dramatischen Knicks.

»Guten Abend, Frau Andersson!«, sagte sie in übertriebenem Tonfall.

»Was zum …«

»Bitte schön!« Molly knickste so eifrig, dass Helena lachen musste.

Landon wurde bei ihrem Anblick ganz warm ums Herz. Wie sie strahlte.

Kaum hatte Helena ihren Blumenstrauß entgegengenommen, zupfte Molly Landon am Ärmel. »Ich war gut, oder?«, flüsterte sie stolz.

Landon lächelte sie an. »Du warst perfekt!«

Helena roch überrascht an den Blumen und warf Landon einen dankbaren Blick zu. Molly war schon auf halbem Weg in die Küche. »Was gibt's zu essen?«

»Selbst gemachte Kartoffelecken und Möhrenstreifen. Hackbällchen für das junge Fräulein. Und noch die eine oder andere Leckerei.«

Landon kam hinter ihnen in die Küche. Der Tisch war schon fertig gedeckt. »Gestiefelter Kater war bei Landon«, erzählte Molly ihrer Mutter. »Wir haben versucht, ihn nach Hause zu locken, aber er wollte nicht.«

»Er scheint Landon zu mögen.« Helena sah ihn an. Ihr Blick sagte mehr als ihre Worte.

Sie wandte sich an Molly. »Hast du dir die Hände gewaschen?«

Ihre Tochter verschwand wortlos in Richtung Badezimmer.

Helena bat London, Platz zu nehmen.

»Bist du mit deinem Papierkram fertig geworden?«, fragte er.

»Ja, ein lästiges Übel. Aber jetzt bin ich auf jeden Fall durch. Danke, dass du auf Molly aufgepasst hast.«

»Ach, ich musste gar nichts machen. Also wortwörtlich. Der Kater hat sich um alles gekümmert.«

»Aber trotzdem. Eine Stunde für sich zu haben ist Gold wert.«

»Ich wünschte, ich könnte ...« *Es wiederholen?* Das war gelogen. Wonach er sich sehnte, hatte rein gar nichts mit Kinderbetreuung zu tun.

Sie setzte sich ihm gegenüber und sah ihm in die Augen. »Ich bin froh, dass du wieder da bist, Landon aus Uppsala. Und nicht nur, weil du auf Molly aufgepasst hast.«

»Ehrlich gesagt hatte ich gedacht, du wärst stinksauer auf mich.«

»Das bin ich auch! Du weißt ja nicht, was ich dir ins Essen gemischt habe.«

Er lachte.

»Willst du wieder fort?«, fragte sie. »Ohne ein Wort zu sagen?«

»Nein, wenn ich fahre, werde ich meine Abreise mit Pauken und Trompeten ankündigen und ein Abschiedsfest veranstalten, mit Champagner und Abschiedsgeschenken. Mit Torte und selbst gemachten Pralinen.«

»Die kannst du dann selber essen.« Helena wirkte nicht besonders amüsiert. »In diesem Haus feiern wir Wiedersehen, keine Abschiede.«

»Ich werd's mir hinter die Ohren schreiben«, sagte er und verfluchte seine Wortwahl. »Auf jeden Fall kein Abschied heute Abend«, versuchte er es erneut.

Helena machte mit der Hand eine abwehrende Geste. »Versprich lieber nicht zu viel.«

Es war schon nach elf, als Landon von Helena zurückkam. Sie waren zu weit gegangen. Zumindest hatte es Helena so formuliert, als sie seine Hand sanft von ihrer nackten Brust genommen hatte und vom Sofa aufgestanden war. *Was ist, wenn Molly ...*

Sie waren zu weit gegangen, das fand er auch, aber nicht aus demselben Grund wie Helena. Auf seinem Schreibtisch in Uppsala lag ein Flugticket nach New York. Er hatte all das zugelassen, ohne auch nur ein Sterbenswörtchen davon zu erwähnen. Er hatte ihr nichts versprochen, aber das war auch nicht der Punkt. Sein Körper hatte hingegen ein Versprechen gegeben.

Er ging direkt ins Schlafzimmer, zog sich aber nicht aus. Er konnte jetzt unmöglich schlafen.

Das war typisch. Es war denkbar ungünstig. Wenn er gewusst hätte, dass sich die Dinge so entwickeln würden … Aber was hätte er dann gemacht? Die Zukunft über den Haufen geworfen und zu Helena ins Reihenhaus nach Gimo gezogen? Hätte er Molly adoptiert und zugelassen, dass Gary Stahlberg einen engagierteren Postdoktoranden unter seine Fittiche nahm?

Er warf sich aufs Bett. Helena war einfach eine unglaubliche Frau! Sein ganzer Körper bebte, wenn er an sie dachte. Ihre Leidenschaft, wie gierig ihre Hände nach ihm gegriffen hatten.

Sein ganzes Leben schien mit einem Mal auf den Kopf gestellt. Die steigende Zahl fettfreier Wohnbezirke und das drohende Kündigungsschreiben vom Institut, das nur noch eine Frage der Zeit war, lasteten täglich auf seinen Schultern. Er wäre lieber heute als morgen abgereist, aber Helena jetzt zu verlassen … Wieder sah er sie vor sich. Er blickte an die Decke und versuchte, sich zu beruhigen. Morgen, hatte sie gesagt. Morgen. Er könnte auch jetzt sofort zu ihr gehen, aber …

Auf gar keinen Fall.

Am besten wäre es, direkt nach Uppsala zu fahren. Er sollte sich einfach ins Auto setzen und abhauen. So ein Verhalten war sie schließlich von ihm gewohnt.

»Verdammter Mist«, murmelte er. Aber was war die Alternative? Bleiben und zulassen, dass die Gefühle immer stärker wurden? Er war ihr schon am allerersten Tag verfallen und sie wusste es genau. Nur aus diesem Grund hatte sie ihn ein zweites Mal in ihr Leben gelassen.

Das Problem war nur, dass er nicht *deshalb* zurückgekommen war.

In seinem Kalender stand der Vermerk: Kavarö, und auf der nächsten Seite: Zurück aus Kavarö. Und ein paar Tage später: NEW YORK in großen Druckbuchstaben und daneben die genaue Uhrzeit, an der das Flugzeug abheben würde, so als hätte er keine Geduld mehr.

Er bohrte den Kopf ins Kissen und versuchte, sich zu entspannen, aber es nützte nichts. Er wollte zurück zu Helena. Und gleichzeitig nur noch fliehen.

Sollte er sie mitnehmen? Doch das war absurd. Sie hatte einen Vater, der im Altersheim in Östhammar lebte. Und wovon sollten sie leben? Wie sollte sie ein Visum bekommen?

Es gab nur einen Plan und an diesem musste er festhalten. Vielleicht konnte er den Sommer mit ihr verbringen, bevor er im Herbst wieder in die USA fliegen würde. Doch er bezweifelte, dass Helena mitspielen würde. Sobald sie das Wort USA aus seinem Mund hörte, würde sie ihn zum Teufel wünschen.

Landon starrte auf die alte Pendeluhr. Sie stand seit dem letzten Herbst still, aber es war bestimmt schon Mitternacht. Um diese Zeit noch einmal bei Helena anzuklopfen war ausgeschlossen. Man sollte niemals um diese Uhrzeit übereilte Entscheidungen treffen. Amber hatte ihm nicht viel beigebracht, aber das hatte sie immer wieder gesagt. Es war klüger, eine Nacht darüber zu schlafen. Nichts war so wichtig, dass es nicht bis zum Sonnenaufgang warten konnte.

Nachdem er sich selbst davon überzeugt hatte, die Entscheidungsfindung zu vertagen, war er eingeschlafen. Er träumte, dass er draußen auf dem Kiesweg Motorengeräusche hörte und dass sein Vater mit einem Abschleppwagen vorfuhr, um seinen Volvo abzuholen. *Ihr seid zu weit gegangen!*, rief er Landon zu und drohte ihm mit der Faust. *Viel zu weit gegangen!*

Als Landon antworten wollte, waren Beppe und das Auto spurlos verschwunden.

Um halb drei in der Nacht ging der Alarm los. Gloria und Valdemar saßen auf einer Begrenzung mitten in der Halle. Nachdem das passiert war, mieden sie die Bereiche in der Nähe der Ausgänge. Schon allein der Gedanke versetzte Gloria in Panik. Die Menschenmassen, die in Richtung der Stahltüren drängten. Die Schreie derjenigen, die eingeklemmt oder gegen die Türen gedrückt wurden.

Sie waren unter eine Sitzreihe gekrochen, um Schutz zu suchen. Dort hatten sie gesessen und einander fest umklammert. *Es ist gleich vorbei,* hatte er immer wieder geflüstert. *Gleich ist es vorbei.*

Dann war plötzlich ein lautes Signal aus den Lautsprechern an der Decke erklungen. Nach einer Weile wurde es von einer hallenden Männerstimme abgelöst. *»Große Teile von Stockholm waren von einem flächendeckenden Stromausfall betroffen. Wir bedauern die entstandene Verzögerung.«*

Gloria sah Valdemar an. Er sah verwirrt aus.

»Der Ausgang A1 wird in Kürze geöffnet. Wir bitten um Ihre Mitarbeit, damit wir die Halle so schnell wie möglich räumen können.«

Es blieb einige Sekunden still.

Gloria suchte Valdemars Blick. »Ich verstehe das nicht.«

Er biss die Zähne zusammen. »Ich auch nicht.«

»Wir bitten alle Anwesenden, die Halle umgehend zu verlassen. Gehen Sie nach draußen und blockieren Sie nicht den Ausgang.«

Valdemar schien eher besorgt als erleichtert. Gloria sah ihn an. »Sollen wir runtergehen?«

»Lassen Sie uns lieber hierbleiben und abwarten, was passiert. Das ist sicherer.«

»Es besteht kein Grund zur Panik …«

Unten in der Halle wurde eine Stahltür geöffnet. Das Gedränge war nicht so stark, wie Gloria es befürchtet hatte. Der halbe Tag in Gefangenschaft schien die Menschen erschöpft zu haben. Sie blickte zu den oberen Rängen hinauf. Die Leute, die dort gesessen hatten, bewegten sich langsam nach unten. Es würde nicht lange dauern, bis sich alle auf derselben Fläche drängten.

»Kommen Sie«, sagte Valdemar plötzlich. »Wir gehen jetzt los.«

»Sind Sie sicher?«

»Ich habe so ein Gefühl.«

Sie folgte ihm hinein in den Menschenstrom. Die Schlange bewegte sich langsam. Die wiegende Vorwärtsbewegung hatte etwas Organisches.

Die Mitteilung durch die Lautsprecher wurde wiederholt.

»*Verzögerung?*«, sagte Gloria zu Valdemar, als sie auf einem Treppenabsatz zu stehen kamen. »Was für eine maßlose Untertreibung. Ich bezweifle, dass sie zehntausend Schlanke zehn Stunden lang hätten warten lassen, bevor die Rettungskräfte alarmiert würden. Glauben Sie, dass sie bluffen?«

»Wir müssen davon ausgehen, dass sie das nicht tun.«

Ihre Schlange hatte sich jetzt bis unten in die Halle vorgearbeitet. Von hier aus konnte Gloria den Ausgang fast sehen. Eine Frau vor ihr stolperte und blieb auf dem Boden liegen. Sie sah hilflos zu Gloria, die jedoch von den anderen nach vorn geschoben wurde.

Sie musste wieder an den Mann im Trainingsanzug denken. Der breite, verschwitzte Rücken. Die Fäuste, die verzweifelt gegen die Tür gehämmert hatten. Plötzlich wurde sie wieder unruhig. »Die Tür ist doch wohl auf? Ich kann nichts sehen.«

Sie blieben eine Weile stehen, bevor sich die Schlange wieder in Bewegung setzte. Gloria rümpfte die Nase. In diesem Teil der Arena stank es nach Urin und Fäkalien.

Die Menge umschloss sie immer dichter, ihr Stresspegel stieg unweigerlich in die Höhe. Sie hielt ihre Handtasche krampfhaft umklammert und drehte sich zu den Rängen hin. Die kräftigen Körper walzten sich voran wie in den boshaftesten Satirezeichnungen der Gesundheitspartei.

»Weitergehen!«, schrie jemand hinter ihr.

Als Gloria sich wieder umdrehte, war Valdemar verschwunden. Sie stellte sich auf die Zehenspitzen, um besser sehen zu können, doch er war wie vom Erdboden verschluckt.

Jetzt waren sie fast da. Sie wurde in den länglichen Korridor gepresst. Das Einzige, was sie sehen konnte, war ein schwaches rotes Licht an der Decke. Sie tastete sich langsam vor. Warum brannte hier kein Licht? Herrschte immer noch Stromausfall? In dem Moment fiel es ihr wie Schuppen von den Augen. Das Licht hatte die ganze Zeit über funktioniert.

Große Teile von Stockholm waren von einem flächendeckenden Stromausfall betroffen.

Sie hörte, wie hinter ihr eine Tür zufiel. In dem schwachen Licht konnte sie Absperrgitter und Polizeibeamte erkennen. Jemand griff nach ihrer Handtasche. Sie wickelte den Schulterriemen um ihre Finger, um die Tasche nicht zu verlieren, doch als sie einen harten Tritt gegen das Schienbein bekam, fiel sie ihr aus der Hand. Der Schmerz durchfuhr sie wie ein Pfeil. Sie versuchte zurückzugehen, aber es war unmöglich. Sie war eine der Letzten gewesen, bevor die Tür wieder geschlossen wurde.

Im Dämmerlicht sah sie den Lastwagen. Den Lastwagen und die Rampe.

L*andon. Das* war Helenas erster Gedanke, als sie das Klopfen an der Tür hörte. Sie war hellwach, setzte sich im Bett auf und fuhr sich mit der Hand durch die Haare. Sofort flatterten Hunderte Schmetterlinge durch ihren Bauch. Sollte sie … obwohl Molly im Haus war?

Ein erneutes Klopfen, fordernder. »Hab ein bisschen Geduld«, flüsterte Helena. »Wenn du so lange warten konntest, dann …«

Plötzlich wurde an der Türklinke gerüttelt. Sie zögerte. Warum war er so ungeduldig?

Das Klopfen wurde zu einem lauten Hämmern. War ihm denn nicht klar, dass er Molly damit aufweckte? Sie griff nach ihrem Bademantel und spürte, wie Angst sie überkam. Sie ging ans Fenster und sah nach draußen.

Vor dem Haus stand ein Lastwagen. Wenn es sich um Einbrecher handelte, dann hatten sie einen größeren Beutezug geplant.

»Mama!« Molly kam ins Schlafzimmer gerannt und schlang ihre Arme um sie. »Mama, da draußen versucht jemand, ins Haus zu kommen!«

Helena nahm sie auf den Arm. »Du brauchst keine Angst zu haben, Kleines.«

Molly riss die Augen auf. »Was ist, wenn das Einbrecher sind?«

Wieder rüttelte es an der Tür. Helena setzte Molly ab, die vor Angst wimmerte. »Ich habe Angst ...«

»Es ist keine Gefahr.« Helena streichelte ihrer Tochter über den Kopf, bevor sie ihr die Hände auf die Schultern legte und sie ernst anschaute. »Du gehst jetzt hoch auf den Dachboden, Molly, und ziehst die Luke hinter dir zu. Okay? Und da oben bleibst du, bis ich dich hole.«

»Aber da oben ist es so dunkel.«

»Trotzdem. Versprich mir, dass du da bleibst und dich nicht vom Fleck rührst.«

»Ich trau mich nicht!«

»Doch, du bist doch meine mutige Tochter.« Helena schob sie in den Flur. »Beeil dich und sei *mucksmäuschenstill*.«

Jetzt konnte Helena draußen Männerstimmen hören. Sie zog den Bademantel fester um ihre Taille und ging nach unten an die Haustür. In dem Moment, als sie den Schlüssel im Schloss herumdrehte, wurde die Tür von außen aufgerissen. Vor ihr stand ein breitschultriger Mann in Uniform und Mütze. Hinter ihm hatte sich ein weiterer Mann in gleicher Montur postiert. *Militärpolizei*, fuhr es ihr durch den Kopf.

Der erste Mann polterte in den Flur. »Helena Andersson?«

»Das ist doch offensichtlich«, zischte der andere.

»Helena Andersson?«, wiederholte der Mann mit der Mütze.

Sie wich zurück und dachte an das Gewehr unten im Keller.

»Es wird für alle leichter sein, wenn Sie kooperieren.«

»Ich verstehe nicht, wovon Sie sprechen.« Sie zog ihren Bademantel fester um sich und wich in den Flur zurück. Selbst wenn sie es nach unten in den Keller schaffen würde, hätte sie niemals genug Zeit, um den Waffenschrank aufzuschließen. Sie hielt sich an dem Stuhl fest, der in der Ecke stand. »Was wollen Sie?«

Der Mann mit der Mütze machte einen Schritt auf sie zu. Sie hob abwehrend den Stuhl. »Lassen Sie mich in Ruhe!«

Er wandte sich an seinen Kollegen. »Geht es nur um sie, oder sind noch weitere Personen im Haus?«

»Sie hat noch ein Kind.«

Der Mann sah sie misstrauisch an.

»Sie ist in Grisslehamn«, stotterte Helena. »Bei ihrem Vater … über Pfingsten … Sie wollten mit dem Boot rausfahren.«

Der Mann trat gegen den Stuhl und griff nach Helenas Arm.

Er stieß sie zu seinem Kollegen hinüber. »Kümmer du dich um sie. Ich schaue nach, ob die Kleine zu Hause ist.«

Der andere hob seine Pistole. »Du kommst mit mir.«

Sie rührte sich nicht.

»Los! Setz deine Fleischmassen in Bewegung.« Er machte eine auffordernde Geste mit der Waffe.

Helena ging vor ihm aus der Tür. Als sie das taunasse Gras unter ihren nackten Füßen spürte, schickte sie ein Stoßgebet zum Himmel. Noch nie in ihrem Leben hatte sie so flehentlich um etwas gebetet wie in diesem Augenblick und das Gebet würde bis ans Ende ihrer Tage in ihrem Kopf widerhallen.

Mach, dass sie Molly nicht finden. Bitte, lieber Gott, mach, dass sie Molly nicht finden.

0*5:15 Uhr: Sanierung. Anzahl 582, siehe Anlage. Keine Verspätungen.*

Johan Svärd hatte gerade die erste Tageszeitung aufgeschlagen, als das Fax aus Krusbacka auf seinem Schreibtisch landete. Er überflog die Spalten von links nach rechts. Die Tasse Kaffee, die er sich auf dem Weg zum Schreibtisch geholt hatte, stand unberührt vor ihm.

Er nahm sich die nächste Zeitung vor und wiederholte den Ablauf. Dann holte er tief Luft und streckte den Rücken durch. Er beugte den Nacken nach hinten und wieder nach vorn.

Der Stress, der ihn seit einem Monat auf Schritt und Tritt begleitete, forderte seinen Tribut. Er schlief nie vor vier Uhr morgens ein, heute Nacht hatte er überhaupt kein Auge zugetan. Das allmorgendliche Lesen der Tagespresse war so unangenehm, dass er nicht einmal seinen Kaffee trinken konnte, bevor er damit durch war. Es half auch nicht, dass Max Rossi Leute hatte, die sämtliche Artikel kontrollierten, bevor sie in den Druck gingen. Oder dass sein Pressereferent Tom Bradke mit jedem Chefredakteur im Land per Du war. Jede Nacht geisterten Skandalschlagzeilen durch seine Albträume.

Es war äußerst unwahrscheinlich, dass die Presse davon Wind bekam. Selbst wenn Gerüchte die Runde machen sollten, war es möglich, dass alles nach Plan verlief. Niemand interessierte sich für das Wohlergehen der Fettsäcke, nicht einmal dann, wenn es in der Zeitung stand. Rossi hatte ganze Arbeit geleistet. Im Internet war kein einziges Wort über die Transporte vom Hovet aufgetaucht, obwohl es die halbe Nacht gedauert hatte, alle zu verladen und abzutransportieren.

Die Abendzeitungen würden wahrscheinlich als Erste über die jüngste Maßnahme der Partei berichten, aber Rossi hatte den Tenor der Artikel in die gewünschte Bahn gelenkt. *Fat Camps.* Das ging leicht über die Lippen.

Er las die erste Seite mit einem Bild vom Treffen in Oslo. *Fettsteuer im Nachbarland? Die Norweger lassen sich vom »schönsten Mann der Welt« inspirieren.*

Das Zitat stammte von einer norwegischen Abgeordneten und wie üblich nahm Johan solche Äußerungen über ihn eher verlegen als geschmeichelt wahr. Vor allem aber hatte er die Berichterstattungen satt. Es war nicht nur das ständige Gerede über seinen »magischen Blick«, sondern auch das nicht enden wollende Interesse der Medien an allem, was mit Gewicht zusammenhing. Wenn sie nicht über die

Fettsteuer berichteten, dann brachten sie eine sentimentale und emotional aufgeladene Vorher-Nachher-Story über operierte Kinder. HC hatte es bei ihrem letzten Treffen auf den Punkt gebracht: Alle Zeitungen schreiben dasselbe. *Das wollen die Leser haben, sagen sie, aber es ist nur dummes Gewäsch. Sie sind bloß feige.*

Er wollte gerade die Zeitung zur Seite legen und zum weniger unangenehmen Teil des Tages übergehen, als sein Blick auf die Überschrift einer der Gesundheitsbeilagen fiel. IST FETTLEIBIGKEIT EINE PSYCHISCHE KRANKHEIT? WISSENSCHAFTLER AN DER HARVARD-UNIVERSITÄT HABEN HERAUSGEFUNDEN: »ÜBERGEWICHT BEGINNT IM KOPF.«

Die Studie eines amerikanischen Forscherteams hatte nachgewiesen, dass das Belohnungszentrum des Gehirns bei übergewichtigen Menschen größer war als bei normalgewichtigen. Das erklärte nicht nur, warum sie so viel aßen – ihr Glücksgefühl durchs Essen war stärker –, sondern auch, warum sie ihre Kilos schwieriger wieder loswurden. Mithilfe einer chirurgischen Methode namens »deep brain stimulation«, bei der Bereiche des Gehirns mit elektrischen Impulsen stimuliert wurden, konnten die Wissenschaftler die Aktivität des Belohnungszentrums bei den Übergewichtigen hemmen. Die Ergebnisse hätten alle Erwartungen übertroffen, stand dort, und die Ärzte zeigten sich optimistisch.

Johan sah sich das abgebildete MRT-Bild genauer an. Ein roter Pfeil zeigte auf einen millimetergroßen Punkt im Gehirn. NUCLEUS ACCUMBENS, war am Anfang des Pfeils zu lesen.

Dass dieser winzige Punkt im Gehirn die Ursache für die Epidemie sein sollte, die er seit vier Jahren bekämpfte, kam ihm wie Hohn vor. Man musste also nur ein wenig manipulieren und schon »verlor sich die Lust aufs Essen«? Seine eigenen Methoden erschienen ihm plötzlich grob und primitiv. Falls die Theorie der amerikanischen Wissenschaftler stimmte, war sein und Max Rossis Plan nicht nur unnötig, sondern sogar *irrational.*

Ihm wurde übel. Warum hatte man das nicht schon früher herausgefunden? Am Institut gab es einen ganzen Forscherstab. Hätte er das geahnt …

Doch er hatte es nicht geahnt und alles in seiner Macht Stehende getan, um die Epidemie zu stoppen. Er hatte die Steuern erhöht. Das Fleisch war teurer geworden. Die Nährwertkennzeichnung auf den Lebensmitteln war reglementiert worden und die Restaurants hatten auf ihren Speisekarten Fett- und Zuckerangaben vermerkt. Die Lehrpläne waren reformiert worden. Fitnessstudios wurden vom Staat subventioniert. Impfungen waren kostenlos und die neuesten Methoden zur Gewichtsreduzierung wurden schon in den Kinderkrankenhäusern praktiziert.

Er überflog den Rest des Artikels. »Derzeit befindet sich die Forschung noch im Anfangsstadium, die Ergebnisse stützen sich auf Experimente mit Mäusen.«

Mäuse. Er entspannte sich. Er hätte also gar keine Chance gehabt, diese Methode einzusetzen. Die Wahl war im September. Es war undenkbar, die Fetten bis dahin auf natürlichem Wege zum Abnehmen zu bringen.

Einer der Wissenschaftler vertrat die Ansicht, man solle Übergewicht auf dieselbe Art diagnostizieren und behandeln wie jede andere psychische Erkrankung. Es sei eindeutig bewiesen, dass das Problem im Gehirn liege.

Johan konnte ein Lächeln nicht unterdrücken. Die Möglichkeiten, die sich hier eröffneten, waren ungeheuerlich. Wenn es sich bei Übergewicht um eine psychische Erkrankung handelte, waren Spezialkliniken an abgelegenen Orten abseits der Großstädte ein denkbares Szenario? Wenn man darüber hinaus frühzeitig erkennen würde, welche Menschen eine Veranlagung zu Fettleibigkeit besaßen …

Früherkennung durch obligatorische Gehirnscans bei Vorschulkindern? Erst das Klassenfoto, dann ein MRT.

Er lachte laut. Das war brillant. Das würde seine politische Zukunft sichern. Ein Erste-Klasse-Ticket für vier weitere Amtsjahre als Ministerpräsident.

Er griff nach einem Post-it. *Übergewicht als psychische Krankheit klassifizieren*, schrieb er. *Gesundheitsbehörde/DMS: diagnostischer Leitfaden psychischer Störungen; Psychiatrien ausbauen? Stillgelegte/ungenutzte Kliniken.*

Selbst drastischere Maßnahmen waren denkbar, ohne dass jemand Einspruch erheben würde – und vielleicht wäre man sogar in der Lage, sie zu *heilen*? Ausgeschlossen war es nicht. Die neue, freundlichere Gesundheitspartei. Das war der perfekte Wahlkampf-Schachzug.

Euphorisch riss er die Seite aus der Zeitung. Er würde den Artikel als Erinnerung an seinen Geniestreich aufbewahren.

»Hast du kein Feuerholz mehr?«

Johan drehte sich überrascht um. »Das hässliche Entlein!«

»Hätte ich gewusst, dass dir das Klopapier ausgegangen ist, hätte ich noch schnell beim Supermarkt angehalten.«

»An dem Tag, an dem ich mir den Hintern mit der Tagespresse abwische, ist sowieso alles zu spät.«

»In den Zeitungen steht ohnehin nur Mist.«

Johan feixte. »Immer noch derselbe alte HC. Nieder mit der Bourgeoisie! Es lebe das Proletariat! Wie war das noch mit dem Porsche, den ich mir deiner Meinung nach zulegen sollte?«

»Ja, ein roter würde gut passen.«

Johan lachte und bot ihm einen Platz an. »Schon so früh auf den Beinen?«

»Auf dem Weg ins Bett trifft es eher.« HC ließ sich in den Ledersessel fallen und gähnte laut.

»Ich hatte keine Ahnung, dass du immer noch so ein ausschweifendes Leben führst.«

»Ich bin mit dem Nachtzug gekommen.«

»Ach ja, genau!« Johan setzte sich ihm gegenüber aufs Sofa. »Du warst ja auf dem Kontinent und hast Wespen gefilmt.«

»Bienen.«

»Besteht da ein so großer Unterschied?«

»Sie sind dicker und behaarter.«

»Dann warst du ja in guter Gesellschaft.«

HC rang sich ein pflichtschuldiges Grinsen ab. »Ist der Herr Ministerpräsident während meiner Abwesenheit ein Stand-up-Comedian geworden? Oder übst du schon für die Bewerbungsgespräche im kommenden Herbst?«

»Ich habe nur gute Laune. Die lasse ich mir von dir nicht verderben.«

HC legte die Beine auf den Tisch. »Wusstest du, dass die Honigbienen in Europa vom Aussterben bedroht sind? Sie sterben und niemand kennt die genaue Ursache.«

»Existenzangst?«

»Das ist wirklich ein ernsthaftes Problem. Ohne Bienen werden die Pflanzen nicht mehr bestäubt und das hätte fatale Folgen, glaub's mir.«

Johan zuckte mit den Schultern.

HC deutete auf die Seite, die Johan aus der Zeitung gerissen hatte. »Worum geht's da?«

Johan nahm den Artikel vom Tisch. »Optionen«, sagte er und wedelte mit dem Artikel in der Luft herum. »Neue Forschungsergebnisse. Das Fett sitzt im Gehirn.«

HC schüttelte den Kopf. »Du treibst es mit jedem Jahr schlimmer. Pass nur auf, dass du im Herbst nicht vom Thron gestürzt wirst.«

»Keine Gefahr. Ich habe alles im Griff.«

»Das ist dein Standardspruch, ja.«

»Was willst du damit sagen?«

»Nichts. Ich bin nur der Meinung, dass du dir langsam Gedanken über all die arbeitslosen Wähler machen solltest, die in der einen Hand ihre Fettsteuererklärung halten und in der anderen ihren Wahlschein.«

Johan sah ihn misstrauisch an. »Was hast du gehört?«

»Allgemeine Unzufriedenheit«, sagte HC. »Was hast *du* denn gehört?«

Johan schwieg.

»Die süßen Jahre sind vorbei«, fuhr HC fort. »Du musst harte Überzeugungsarbeit leisten, wenn du sie wieder für dich gewinnen willst. Während der Zugfahrt habe ich die Leute reden hören. Arbeitslosigkeit, Jugendliche, die nicht zur Schule gehen … Das ganze Programm. Die Leute haben es langsam satt.«

»Manche sind einfach nur schwer von Begriff«, erwiderte Johan.

»Genau diese Einstellung musst du aufgeben, wenn du die Wahl gewinnen willst, Johan. Die Wähler wollen nicht bevormundet werden.«

»Ich habe offiziell nie etwas Unangemessenes gesagt.«

»Da hast aber auch nie etwas *Angemessenes* gesagt.«

»Ich habe die Wahl gewonnen!«

»Du hast gewonnen, weil du neu warst. Du hast gewonnen, weil die Leute dich cool fanden und weil sie darauf vertraut haben, dass du ihnen helfen würdest. Und vier Jahre später sitzen sie immer noch in derselben Scheiße.«

»Ich liebe Menschen!«

HC brach in schallendes Gelächter aus. »Menschen lieben? Du?« Er schüttelte den Kopf. »Das glaubst du doch wohl selber nicht. Du liebst doch nur, dass die Leute dich lieben. Weiter geht deine Nächstenliebe nicht.«

»Unsinn.«

»Du wärst ein schlechter Superheld geworden, Johan. Du hättest die Häuser gerettet, aber die Leute darin vergessen. So machst du es schon dein ganzes Leben lang.«

Johan biss die Zähne zusammen. Das ging unter die Gürtellinie. »Ich habe sie tatsächlich gerettet«, zischte er. »Das wird dir jeder bestätigen. Ich habe die Zahlen gesenkt, ich habe sie auf einen Bruchteil reduziert.«

»Das ist nicht das Einzige, was zählt.«

»Es liegt in der Natur von Zahlen, dass sie zählen, HC. Sie zählen per Definition.«

»Und wenn man die Definition mal ausklammert?«

»Die Gesundheitspartei hält sich an die gängigen Definitionen.«

HC zog die Augenbrauen hoch, als wollte er widersprechen. Stattdessen lächelte er. »Du bist so verdammt stur. Und genau aus diesem Grund kommst du bei den Wählern an.«

»Aus diesem Grund werde ich gewinnen.«

»Das Schlimmste ist, dass ich es dir beinahe glaube.«

Johan lächelte zufrieden. Er schaute aus dem Fenster. »Was sagst du? Sollen wir diese Bruchbude verlassen und die Stadt nach Bibliotheken durchforsten, die wir in Fitnessstudios umfunktionieren können?«

»Solange du mich nicht in deine Machenschaften reinziehst. Ich will in ein paar Jahren nicht auf der Liste der Schuldigen stehen, wenn künftige Generationen ihre Dissertationen darüber schreiben, was aus der schwedischen Kultur zu Beginn des 21. Jahrhunderts geworden ist.«

»Sie hat sich verabschiedet«, sagte Johan. »Sie hat eingesehen, dass es cleverere Arten gibt, mit denen sich Geld verdienen lässt.«

»Clever ist nicht gerade das passende Wort.«

»Wer ist hier der Ministerpräsident?«

»Seit wann geht es um Intelligenz?«

Johan lachte spöttisch. »Gut beobachtet«, sagte er und stand auf. »Wie wär's mit einem Frühstück, bevor du fährst? Der Staat zahlt.«

HC grinste. »Das ist wohl das erste Mal, dass der Staat Geld für *Essen* ausgibt.«

Landon wurde von einem Schrei geweckt. *Molly*.

Er sprang aus dem Bett und lief zur Tür. Sie stand in ihrem rosafarbenen, gepunkteten Schlafanzug draußen auf der Treppe. Tränen liefen ihr übers Gesicht.

»Was ist passiert? Warum weinst ...«

Sie klammerte sich an ihm fest. »Sie haben Mama mitgenommen!« Molly weinte so heftig, dass sie kaum Luft bekam.

»Ist Helena etwas zugestoßen?« Mollys Anblick machte ihm Angst. Sie zitterte am ganzen Körper.

»Mama hat gesagt, dass ich auf dem Dachboden bleiben soll, und ich hab's ihr versprochen …«

Landon beugte sich zu ihr hinunter. Sie schluchzte so laut, dass er sie kaum verstehen konnte.

»… und dann sind sie nach oben gekommen, aber ich hab mich versteckt … Mama hat gesagt …«

»Ich verstehe nicht, Molly. Wer ist nach oben gekommen?«

»Sie haben Mama mitgenommen«, wimmerte sie. »Ich hab alles gehört! Aber sie hat gesagt, dass ich nicht rauskommen darf, und ich hab's versprochen …« Sie weinte noch heftiger. »… und versprochen ist versprochen und wird nicht gebrochen …«

Langsam verlor Landon die Geduld. »Molly!«

»Sie hatten einen großen Lastwagen und dann haben sie Mama einfach mitgenommen.« Sie hörte auf zu weinen und sah Landon so hilflos an, als würde sie begreifen, dass er ihr kein Wort glaubte.

Landon stand auf. »Ich sehe nach, was …«

»Neeein!«, schrie Molly und klammerte sich fester an seine Beine. »Geh nicht!«

Er nahm sie auf den Arm. Ihre Finger bohrten sich in seinen Rücken. »Ich muss nachsehen, Molly«, flüsterte er. »Bitte.«

»Sie werden dich auch mitnehmen! Nein, nein, nein … Du darfst nicht gehen!« Sie hämmerte mit den Fäusten auf ihn ein und strampelte panisch mit den Beinen.

Er streichelte ihr beruhigend über den Rücken. »Alles wird gut, Molly … Alles wird gut.«

»Es sind Männer gekommen, die haben an der Tür gerüttelt …«, schluchzte sie. »Wir dachten, es sind Einbrecher. Mama hat gesagt, dass ich mich auf dem Dachboden verstecken soll und nicht rauskommen darf, bevor sie mich holt. Aber sie ist nicht gekommen. Ich hab sie draußen schreien gehört, aber …«

»Wann war das? Ist es eben erst passiert?«

»Ich weiß nicht«, sagte Molly. Sie vergrub das Gesicht an seiner Schulter.

»Molly, ich muss rübergehen und nachsehen. Leg dich ins Schlafzimmer, ich schließe die Tür ab. Hier drinnen kann dir nichts passieren.«

»Ich will nicht alleine bleiben.«

»Es geht ganz schnell. Ich bin gleich wieder da.«

Landon setzte Molly ab und griff nach seiner Jacke und den Hausschlüsseln. »Siehst du die Uhr?« Er deutete auf die Küchenuhr an der Wand. »In zehn Minuten bin ich wieder zurück.«

»Aber was ist, wenn sie …«

»Ich versprech's dir, Molly.«

»Lauf durch den Wald. Auf der Straße fährt vielleicht der Lastwagen.«

Landon drehte sich der Magen um. Hatte er nicht einen Lastwagen gehört? Im Traum? Draußen auf dem Weg?

Er schloss die Tür hinter sich ab. Draußen war es diesig, Helenas Haus war im Nebel kaum zu sehen. Wie Molly nahm er den Weg durch das Waldstück. Vor dem Haus lief er über den Rasen. Die Tür stand offen.

Im Flur blieb er vor dem zusammengeschobenen Flickenteppich stehen. Auf dem Boden lag ein umgefallener Stuhl, ein Bein war abgebrochen. Er rannte die Treppe hinauf ins Obergeschoss. Im kleinen Schlafzimmer waren die Gardinen zugezogen, das Bett war zerwühlt.

»Helena?«, rief er. Die Luke zum Dachboden stand nach wie vor offen. Er suchte im Wohnzimmer und lief in den Keller hinunter. Auf der Kommode im Flur lagen Helenas Portemonnaie und ihre Schlüssel, ihre Jacke hing an der Garderobe. Selbst ihre Schuhe standen auf der Fußmatte an der Tür.

Sie haben Mama mitgenommen.

Er trat auf die Vordertreppe. Der Himmel über der Wiese war noch dunkel. Dann sah er sie im Gras in der Einfahrt: Reifenspuren. Tiefe, breite Reifenspuren.

Er fing an zu rennen. Als er sein Haus erreichte, war er so außer Atem, dass er kaum Luft bekam und Geschmack von Blut im Mund hatte. Er musste sich am Treppengeländer festhalten, um nicht zusammenzubrechen. Dann schloss er die Tür auf und ging schnell ins Haus.

Er schaute sich besorgt um. »Molly?«

Das Schlafzimmer war leer. Sein Herz hämmerte bis zum Hals.

Dann hörte er plötzlich ein gedämpftes Schluchzen unter dem Bett. »Ich bin wieder da«, flüsterte er liebevoll. »Es ist alles in Ordnung.«

Das Gesicht, das ihn ängstlich anblickte, war vom Weinen verquollen. Die Augen waren weit geöffnet und starr wie bei einem verängstigten, kleinen Tier.

»Hast du es gesehen?«, flüsterte sie. »Hast du gesehen, dass ich die Wahrheit gesagt habe?«

»Sie war nicht da, Molly. Niemand war da. Aber weißt du, was, Molly, ich glaube nicht, dass etwas Schlimmes passiert ist …«

»Ich habe Mama schreien gehört«, sagte Molly.

Landon schluckte. »Und diese Männer? Konntest du hören, was sie gesagt haben?«

»Sie hatten einen großen Lastwagen. Ich konnte ihn durchs Fenster sehen.«

»Das war vielleicht nur …« Landon zögerte. »Ich werde die Polizei alarmieren«, entschied er dann. »Okay?«

»Sie müssen sich beeilen«, murmelte Molly. »Richtig doll beeilen.«

»Ich werde ihnen sagen, sie sollen so schnell kommen, wie sie nur können.«

Es war so, wie Landon befürchtet hatte. Die Polizistin, mit der er zuletzt gesprochen hatte, wies ihn mit der schroffen Bemerkung ab, dass verschwundene Personen häufig gar nicht verschwunden seien, sondern »lediglich verheimlicht«. Vielleicht habe Helena nur einen

Morgenspaziergang unternommen, um den Kopf freizubekommen. *Kinder kommen auf die merkwürdigsten Ideen.*

Jetzt saß er neben Molly auf dem Bett. Sie hatte aufgehört zu weinen. Er wusste, dass es ihn eigentlich beruhigen sollte, stattdessen machte es ihm Angst. Es schien, als ob irgendetwas in ihr resigniert hätte.

»Mach dir keine Sorgen.« Er streichelte ihr vorsichtig über den Kopf. »Alles wird wieder gut.«

»Kommen sie?«

»Die Polizei?«

»Ja.«

»Sie haben gesagt, es sei noch zu früh für eine Suchaktion. Wir müssen abwarten.«

»Es ist genau wie mit Emil. Sie bringen nie die Leute zurück, die sie mitgenommen haben.«

Landon sah sie verwirrt an. »Was meinst du damit?«

»Sie nehmen die Leute einfach mit und dann verschwindet man. Deshalb sind wir weggegangen.«

Eins der Kinder ist gestorben. Was glaubst du, warum ich mit Molly hergezogen bin?

Landon spürte, wie sich alles in ihm verkrampfte. »Aber«, versuchte er. »Das bedeutet nicht, dass …«

»Wir hätten uns besser verstecken müssen.«

»Was in der Schule passiert ist, hat nichts mit Helena zu tun.«

Molly schloss die Augen. Landon sah, dass sie ihm nicht glaubte.

Helena Andersson, hatte die Polizistin gesagt. *Einen Augenblick.*

Plötzlich nahm Mollys Monster auch vor seinen Augen konkrete Formen an. Warum hatte sich die Frau so ausgedrückt? Warum hatte sie Helena in der Datenbank gesucht?

Das war eben ihre übliche Vorgehensweise, redete er sich ein. Es gab keinen Grund, etwas anderes anzunehmen.

Er sah wieder zu Molly, sie war eingeschlafen.

»Komm schon, kleiner Troll.« Er weckte Molly, indem er ihre Wange streichelte. »Wir können hier nicht einfach nur sitzen und Däumchen drehen.« Er reichte ihr die Hand.

Sie sah ihn an, ohne sie zu nehmen. »Wohin wollen wir?«

»Wir fahren los und suchen deine Mutter.«

»Aber *wo* denn?

»Ich weiß nicht. Überall.«

Sie zögerte.

»Ich meine es ernst«, sagte Landon. »Wir fahren so weit, wie wir fahren müssen.«

Tatsächlich hatte er nicht die geringste Ahnung, wo sie hinfahren sollten, nachdem sie sich ins Auto gesetzt hatten. Aber irgendetwas musste er unternehmen. Molly musste erkennen, dass er etwas unternahm.

Zuerst fuhren sie zu Helenas Haus, um Molly frische Kleidung zu holen. Während Molly sich umzog, ging Landon in den Keller. Die Glühbirne an der Decke brannte, doch der Raum erschien Landon ungemütlicher als jemals zuvor. Die Luft war abgestanden und feucht. Er ging an den hohen Eisenschrank. Vorsichtig tastete er mit der Hand die Oberkante ab.

Seine Hoffnung wurde nicht enttäuscht. Er holte den Schlüssel herunter und steckte ihn ins Schloss.

Seit dem Wehrdienst hatte er keine Waffe mehr in der Hand gehalten. Edvards alte Jagdflinte war Gott sei Dank bei Weitem nicht so betagt wie befürchtet. Die zwei Patronenschachteln waren nicht angebrochen. Er legte das Gewehr vorsichtig in das weiche Futteral und schloss den Schrank.

Eine halbe Stunde später parkte Landon vor einem Café in Öregrund, um für Molly und sich etwas zum Frühstück zu kaufen. Auf dem Weg zur Kasse fiel sein Blick auf den Zeitungsständer. Er starrte auf die gelben Schlagzeilen.

SVÄRD ZIEHT HÄRTERE SEITEN AUF: OBLIGATORISCHE FAT CAMPS FÜR DIE LETZTEN COUCH-POTATOES

Er griff nach der erstbesten Zeitung und blätterte sie durch.

Fragen Sie sich, ob Ihr Nachbar vergessen hat, den Briefkasten zu leeren? In sechs Monaten wird er als neuer Mensch zurückkommen.

Die letzten übergewichtigen Schweden sollten zum Abnehmen in »obligatorische Bootcamps« geschickt werden, meldete die Zeitung. Frauen und Männer mit einem FMQ über 50 seien bereits auf dem Weg in Trainingslager im ganzen Land, um im Rahmen einer zwei- bis sechswöchigen Kur ihre Gesundheit zu verbessern. In »bahnbrechenden« Kurs- und Sportzentren der Gesundheitspartei sollen Detox- und Ernährungsworkshops im Wechsel mit hartem Training und Übungen für Selbstkontrolle stattfinden. Sie seien eine Kombination aus Gesundheitszentrum und Fitnesslager mit dem erklärten Ziel: Gewichtsreduktion.

Laut dem von der Regierung beauftragten Projektleiter Max Rossi werden die betroffenen Personen abgeholt und …

»Was zum Teu …«

»Was ist?« Molly zupfte ihn am Ärmel. »Was steht da?«

Landon faltete die Zeitung zusammen und ging weiter zur Kasse. Im Auto las er den Artikel gründlich. Je mehr er las, desto sicherer war er: Sie hatten Helena abgeholt.

Er ließ das Auto an. »Ich glaube, dass wir jetzt wissen, wo wir suchen müssen.«

»Warum? Steht das in der Zeitung?«

»Nein.«

Molly sah ihn verwirrt an. »Ich verstehe kein Wort.«

»Ich erklär's dir später.« Er deutete auf die Tüte, die Molly auf dem Schoß hatte. »Willst du nichts essen?«

Sie zögerte. »Nicht alleine.«

»Ach so …« Landon nahm die Hände wieder vom Lenkrad. »Wir

sollten frühstücken, bevor wir weiterfahren«, sagte er und stellte den Motor ab. »Dann bekommen wir beide etwas in den Magen.«

Molly nickte und machte die Tüte auf. Sie nahm die zwei verpackten Sandwiches heraus und betrachtete sie.

Landon streckte die Hand aus. »Gibst du mir das größte Sandwich?«

Molly verzog leicht den Mund. »Eigentlich war die Banane für dich.«

Landon lächelte. Endlich war wieder ein wenig Leben in ihr.

Bibi war es leid. Der Anrufbeantworter sprang schon wieder an. Gloria war noch immer wie vom Erdboden verschluckt. Sie hatte schon hundert Mal an ihre Tür geklopft. Zuletzt hatte sie durch den Türbriefschlitz gespäht und zur Sicherheit laut gerufen, ob Gloria nicht bewusstlos in der Wohnung lag. Das war natürlich sinnlos – falls Gloria bewusstlos war, konnte sie schließlich nicht antworten –, aber ihr fiel nichts Besseres ein.

Jetzt hatte sie eine Nacht darüber geschlafen und war zu dem Entschluss gekommen, dass sie nicht mehr länger warten konnte. Sie legte das Telefon zur Seite und ging an ihr Schlüsselschränkchen. Gloria schützte ihr Privatleben beinahe krankhaft und unter normalen Umständen benutzte Bibi ihren Haustürschlüssel nur, um die Blumen zu gießen, wenn Gloria verreist war, doch inzwischen waren die Umstände alles andere als normal. Gloria hätte gestern Abend vorbeikommen und ihr mit dem Computer helfen sollen. Es war nicht ihre Art, einfach nicht aufzutauchen, wenn sie es versprochen hatte.

Sie nahm den Schlüssel vom Haken, steckte ihn in die Tasche ihres knallbunten Malkittels, schlüpfte in ihre Filzpantoffeln und verließ die Wohnung.

Sie klingelte ein paar Mal, ehe sie aufschloss. Als sie den Flur betrat, schlug ihr das Herz bis zum Hals.

»Gloria?«

Keine Antwort.

Sie ging weiter. Die Wohnung war leer. Auf dem Bett im Schlafzimmer lagen zwei achtlos hingeworfene Seidenblusen, als hätte Gloria sich im letzten Augenblick eilig umgezogen. Im Wohnzimmer war der Computer im Stand-by-Modus. Auf der Schwelle zur Küche blieb Bibi stehen. Die Fensterbank quoll vor Blumen förmlich über.

Das sind meine Haustiere, pflegte Gloria immer zu sagen. *Und das Gute ist, dass sie nicht haaren.*

Das erste Mal, als Glorias Blumen in Bibis Obhut waren, hatte sie ihr eine detaillierte Liste darüber gemacht, wie viel Wasser jede Blume bekommen sollte, welche Pflanzen bei starkem Sonnenschein gedreht werden mussten und bei Regenwetter miteinander den Platz tauschen sollten. Dennoch hatte Bibi (die mit vierbeinigen Haustieren mehr Erfahrung hatte) eine Pflanze ertränkt, die Gloria auf ihrer Liste vergessen hatte (*Ich wäre nie auf die Idee gekommen, dass ein halbwegs intelligenter Mensch eine Orchidee ersäufen könnte!*). Aber nachdem Bibi ihr Missgeschick mit einem Bonsaibaum aus dem Blumengeschäft in den Markthallen wiedergutgemacht hatte, war die Geschichte aus der Welt gewesen.

Gloria wäre niemals weggefahren, ohne jemanden zu bitten, ihre Blumen zu gießen. Es sei denn, man hatte sie dazu gezwungen.

Zurück im Wohnzimmer sah sie nach, ob Gloria auf dem Schreibtisch vielleicht eine Nachricht hinterlassen hatte. Der Schreibtisch war unaufgeräumt. Es kam ihr wie ein unerlaubtes Eindringen in Glorias Privatsphäre vor. Neben der Tastatur lag ein dicker Papierstapel. Vorsichtig hob sie das erste Blatt hoch.

Bericht über eine Epidemie
von
Gloria Öster

Bibi ließ das Blatt fallen, als hätte sie sich verbrannt. Glorias Manuskript. Außer ihrem Verleger durfte es niemand lesen und schon allein das war für Gloria unerträglich. Wenn es etwas wirklich Privates in dieser Wohnung gab, waren es Glorias unveröffentlichte Texte. Sie verriet nicht einmal den Titel, wenn das Buch längst vom Verlag angenommen worden war. Nie im Leben hätte Gloria das Manuskript offen auf dem Schreibtisch liegen lassen, sofern sie nicht vorhatte, bald wieder zurück zu sein.

Bibi ließ sich auf den Stuhl fallen. Alles deutete darauf hin, dass etwas passiert war. War Gloria einkaufen gegangen und auf dem Weg zum Supermarkt verunglückt? Hatte sie einen Herzinfarkt bekommen? Aber nein, Gloria ließ sich ihre Lebensmittel ja schon seit einiger Zeit ins Haus liefern.

War sie vielleicht krank geworden? Hatte sie sich mit einem Taxi ins Krankenhaus fahren lassen und musste sie dort länger bleiben als erwartet? Bibis Blick fiel auf das Telefon. Sie konnte nur herumtelefonieren und fragen. Sie würde sich bei sämtlichen Notaufnahmen im Umkreis erkundigen, ob in den letzten Tagen eine Frau in Glorias Alter eingeliefert worden war, mit oder ohne Personalien. So machten sie es immer in den Fernsehserien. Wenn auch das nichts half, würde sie die Polizei verständigen und Gloria als vermisst melden. Sie wählte die Nummer der Telefonauskunft, überlegte es sich dann aber plötzlich anders.

Die Blusen auf dem Bett. Gloria hatte sich bewusst elegant angezogen. Hatte sie eine Einladung zu einer literarischen Veranstaltung erhalten? Zu einem Verlagsfest oder zu irgendeiner Autorenlesung? Bei der Verleihung des August-Preises war es zu einem peinlichen Zwischenfall gekommen und seither vermied sie solche öffentlichen Anlässe eher. Es schien unwahrscheinlich, dass sie zu einem offiziellen Termin gehen würde, wo sie sich kaum noch aus der Wohnung wagte.

Ein spontanes Treffen im Verlag? Gloria betonte immer wieder, dass sie an einer ausgeprägten »Familienphobie« leide. Aber zu ihrem Verleger hatte sie ein sehr persönliches Verhältnis. Er hatte ihr sein Sommerhaus im Stockholmer Schärengarten als Schreibdomizil überlassen – dort hielt sie sich jedes Jahr auf, wenn Bibi ihre Blumen goss – und es gab niemanden, über den Gloria mit solcher Hochachtung sprach wie über diesen Mann.

Stig, fiel Bibi ein. *Und irgendwas mit sjö.*

Sie zog die oberste Schreibtischschublade auf. Neben einem Stapel Visitenkarten lag Glorias Telefonbuch. Bibi nahm es heraus und begann darin zu blättern.

Stig *Ekerö*. Natürlich. Sie griff nach dem Telefon und wählte die Nummer.

»Ich verstehe nicht ganz, wen suchen Sie?«

Bibi seufzte. Die Verlagsassistentin am anderen Ende der Leitung war unglaublich umständlich.

»Stig Ekerö?« Sie zögerte. Sie war sich so sicher gewesen, dass sie mit ihrer Vermutung richtiglag. »Er soll Glorias Verleger sein.«

»Gloria wer?«

»Öster. Gloria Öster. Aber es geht nicht um …«

»Wir vermitteln keine Autorenkontakte.«

Zehn Minuten lang der Warteschleifenmusik zu lauschen war deutlich angenehmer. Bibi räusperte sich und versuchte es erneut. »Ich würde gerne mit Stig Ekerö sprechen. Können Sie mich mit ihm verbinden?«, wiederholte sie so entschlossen wie möglich. »Ich dachte, es wäre seine direkte Durchwahl.«

»Worum geht es denn?«

»Das habe ich Ihnen doch schon gesagt. Es geht um eine seiner Autorinnen. Wenn Sie mich verbinden könnten …«

»Geht es um einen Auftritt? Dann sollten Sie sich an den Schriftstellerverband wenden.«

»Nein. Bitte, verstehen Sie doch. Ich habe zehn Minuten in der Warteschleife gehangen. Ich muss wirklich dringend mit …«

»Stig ist diese Woche nicht im Haus.«

»Ach so?« Bibi schnaubte wütend. Das fiel der Frau *jetzt* ein. »Wann ist er wieder zu erreichen?«

»Er ist nächste Woche Dienstag zurück im Büro. Möchten Sie eine Nachricht hinterlassen?«

»Dienstag? Wenn das so ist, möchte ich mit jemand anderem sprechen. Glorias Lektor vielleicht? Oder jemandem von der … Presseabteilung?«

»Sind Sie Journalistin?«

»Nein, nein. Ich möchte nur …«

»Wir vermitteln leider keine Autorenkontakte an Privatpersonen.«

Herrgott noch mal. »Es ist wirklich dringend. Ich muss mit jemandem sprechen, der in Kontakt mit ihr steht.«

»Die meisten Mitarbeiter haben heute frei.«

»An einem Montag?«

»Heute ist Pfingstmontag.«

Manche Feiertage ließen sich offensichtlich nicht aus dem Kalender verbannen. »Aha … Ja, dann möchte ich doch eine Nachricht hinterlassen.«

»Einen Augenblick, bitte.«

Nach zwei Signalen hörte Bibi Stig Ekerös Ansage auf seinem Anrufbeantworter. Bibi verstand sofort, warum Gloria ihn so sympathisch fand. Er sprach langsam und andächtig, seine Artikulation erinnerte an einen Schauspieler. Selbst auf dem Band hörte es sich an, als würde er jedes Wort sorgfältig abwägen.

Als der Piepton ankündigte, dass sie ihre Nachricht aufs Band sprechen konnte, räusperte sie sich. »Mein Name ist Bibi Lindvall, ich bin eine Freundin von Gloria Öster. Ich wollte mich erkundigen, ob Sie in den letzten Tagen mit ihr gesprochen haben, und …«

Aus einem Impuls heraus legte sie hastig auf. Konnte es sein, dass *das* die Erklärung war? Gloria und Stig?

Stig ist diese Woche nicht im Haus.

Es war unwahrscheinlich, aber …

Die eleganten Seidenblusen auf dem Bett. Das Manuskript, an dem sie bis zuletzt gearbeitet hatte. War er hier gewesen? Oder hatte er sie abgeholt?

Stig besitzt ein Sommerhaus auf Runmarö, in dem ich schreiben und arbeiten kann, wann immer ich möchte. Du müsstest es mal sehen, Bibi! Die Bü-

cherregale reichen vom Fußboden bis an die Decke und man ist nahezu allein da draußen. Es ist ein Paradies.

Gloria hatte ihr Liebesleben nie erwähnt, was Bibi als Zeichen gewertet hatte, dass es nicht existierte. Doch es war durchaus möglich, dass Gloria ihr Intimleben absichtlich nicht an die große Glocke hängte. Stig Ekerö war ihr Verleger. Beziehungen zwischen Kollegen waren immer etwas heikel, man konnte schon für weniger beschuldigt werden. Außerdem ging es um Gloria, eine hundertfünfzig Kilo schwere Frau. Vielleicht wollte der große Verleger die Beziehung aus Scham geheim halten.

Bibi legte das Telefon beiseite. Plötzlich kam es ihr so vor, als hätte sie etwas Ungehöriges getan. Die Sorgen, die sie sich in den letzten Tagen gemacht hatte, erschienen ihr mit einem Mal übertrieben. Von ihrem Eindringen in Glorias Wohnung ganz zu schweigen.

Vorsichtig schob sie die Schublade mit dem Telefonbuch zu und legte die erste Seite des Manuskripts zurück auf den Stapel. Sie blickte sich suchend im Wohnzimmer um. Hatte sie noch etwas anderes angefasst? Natürlich würde sie Gloria erzählen, dass sie in ihrer Wohnung gewesen war, aber Gloria brauchte ja nicht zu erfahren, wie lange. *Ich habe nur schnell nachgesehen. Ich hatte Angst, du könntest vielleicht unglücklich gestürzt sein.*

Bibi ging in die Küche. Ihr Blick fiel wieder auf die Blumen auf der Fensterbank.

Das war die perfekte Ausrede. Gloria würde es ihr nie verzeihen, dass sie in ihrer Wohnung gewesen war, ohne sich um ihre Blumen zu kümmern.

Bibi öffnete den Putzschrank und nahm die grüne Gießkanne heraus. Nachdenklich ließ sie Wasser hineinlaufen. Trotz alledem war es merkwürdig, dass Gloria so spontan abgereist war und ihre Blumen im Stich gelassen hatte; ganz gleich, wie verliebt sie war. Aber es war eine plausible Erklärung. Es war um einiges wahrscheinlicher, dass Gloria mit ihrem heimlichen Geliebten Hals über Kopf zu einer Reise aufgebrochen war, als dass jemand sie entführt hatte. Keine Nachrichten sind gute Nachrichten, hieß es ja. Und in diesem Fall war es angemessen, diesem Motto zu vertrauen. Gloria würde zurückkommen.

Dienstag, dachte Bibi. *Nächste Woche Dienstag würde sie weitersehen.*

Sie drehte den roten Hibiskus um hundertachtzig Grad und goss die Blumen.

Es war nur noch wenig Verkehr auf den Straßen, als Landon die Silhouette des Doms von Uppsala wahrnahm. Hinter den Türmen hatte sich der Himmel aufgehellt. Unweigerlich musste er an Rita denken. Wenige Menschen liebten ihren Heimatort so sehr, wie Rita Uppsala geliebt hatte. Man konnte fast den Eindruck haben, ihr gehöre die Stadt. Sie hatte so viele Geschichten gekannt, die sich um sie rankten. Bei Studentenversammlungen war es vorgekommen, dass sie völlig unerwartet aufgestanden war und eines der traditionellen Studentenlieder der Uppsala-Universität angestimmt hatte. Und nichts hatte sie glücklicher gemacht, als wenn die anderen in ihren Gesang einstimmten. Landon konnte sie beinahe singen hören: *»So göttlich schön ist das Leben …«*

Er schaute auf die hohen, rötlichen Kirchtürme. Manchmal wünschte er sich, es gäbe tatsächlich einen Himmel. Kein Gottesreich mit Engeln und Harfenklängen, nur einen Ort, an dem Rita in Ruhe und Frieden in ihrem gestreiften Pullover ihr Dasein genießen und Plätzchen backen konnte wie in den guten alten Zeiten, bevor der ganze Wahnsinn begonnen hatte. Ein Ort, an dem sie wieder mit ihrem Vater vereint war.

Beinahe hätte er die Ausfahrt zur E4 verpasst. »Mist!« Er bremste abrupt und wechselte unvermittelt die Fahrbahn. Das Auto machte einen Schlenker.

Molly schrie vor Schreck auf und hielt sich am Türgriff fest.

Landon blinzelte erschrocken. An Molly hatte er gar nicht mehr gedacht. »Entschuldige«, sagte er. »Ich habe geschlafen.«

»Geschlafen? Beim Autofahren?«

»Nein, also …« Er atmete tief aus. *Reiß dich zusammen. Konzentrier dich.* »Ich habe nur nicht aufgepasst.« Die Grübeleien taten ihm nicht gut. Heute war definitiv nicht der Tag, um in Erinnerungen zu versinken. Er sah Molly an.

»Hast du Hunger?«

Molly schüttelte den Kopf.

»Wir können unterwegs nicht anhalten, um etwas zu kaufen. Bis wir in Stockholm sind, dauert es noch ungefähr eine Stunde.«

»Was wollen wir da?«

»Wir wollen Helena finden.«

»Das verstehe ich nicht.«

»Ich habe in der Zeitung etwas über eine Sache der Regierung gelesen …« *Max Rossi,* dachte er. Wenn es ihm irgendwie gelang, an die Adressen dieser Fat Camps zu kommen, könnte er dorthin fahren und Helena holen. »Telefonisch konnte ich niemanden erreichen, also fahren wir hin und fragen nach.«

»Fahren wir zur Regierung?«

»Genau.«

»*Darf* man das?«

Landon konzentrierte sich auf den Straßenverlauf. Das war eine gute Frage, die Antwort hätte er selbst allzu gern gewusst.

»Und ich dachte, wir würden gleich mit der Suche anfangen«, sagte Molly.

»Ja, aber wir können nicht einfach so ins Blaue fahren. Zuerst müssen wir wissen, wo wir suchen sollen. Wir müssen jemanden finden, der uns helfen kann, sonst suchen wir noch in hundert Jahren.«

Molly sah auf das Autobahnschild, an dem sie gerade vorbeifuhren. »Wie weit ist es noch?«

»Es dauert nicht mehr lange. Nur noch die E4. Ich fahre so schnell ich kann.«

»Schlaf bloß nicht wieder ein.«

»Ich habe nicht geschlafen.«

Molly lehnte sich zurück und legte die Füße auf das Armaturenbrett. Sie blinzelte in die Sonne. »Hoffentlich geht es Mama gut«, sagte sie.

Landon schluckte. »Ganz bestimmt«, erwiderte er. »Mach dir keine Sorgen.«

»Ich bin zu dick«, sagte Molly plötzlich, als sie die Abfahrt zum Flughafen Arlanda passierten. »Das ist der Grund. In der Schule war es genauso.«

»Nein, nein ...« Landon suchte nach den richtigen Worten. »Du bist absolut nicht zu dick, Molly. Außerdem ist Dicksein keine schlechte Eigenschaft, genauso wenig wie Schlanksein.«

»Aber alle anderen sind schlank.«

Ihr Blick flackerte zwischen den Plakaten am Straßenrand hin und her.

Plötzlich begriff Landon, was ihr aufgefallen war. Er hatte so sehr an Helena gedacht, dass er die Reklameschilder an der Autobahn gar nicht bemerkt hatte. Je näher sie Stockholm kamen, desto mehr wurden es.

BIST DU ÜBERFLÜSSIGES KÖRPERFETT LEID?
IN DER BERGA-KLINIK ERZIELST DU IN 30 MINUTEN
UNGLAUBLICHE ERGEBNISSE!

DEIN WEG IN EIN SCHLANKES LEBEN. *GO FIGURE* AM
NÖRDLICHEN MÄLARSTRAND.

SWEDISH BEAUTY – DAUERHAFTE HAARENTFERNUNG.
GLATTE, SAMTWEICHE HAUT IN NUR 15 MINUTEN!

Landon las die aufwendigen Plakate mit Widerwillen. Wenn es nicht um Laserbehandlungen in der Mittagspause ging, dann um Magenband-OPs am Wochenende zum halben Preis. Die Bilder zeigten halb nackte Frauen mit eingefallenen Wangen und Oberschenkeln, die so schmal wie Handgelenke waren. Die haarlose Frau von *Swedish Beauty* sah aus wie eine lebendige Leiche.

»Schau dir diesen Unsinn nicht an«, sagte er zu Molly. »Das ist nur Reklame.«

»Aber alle sind superschlank.«

»Ich finde, dass sie krank aussehen. Als würde es ihnen sehr schlecht gehen.«

Molly befühlte kritisch ihren Bauch. »Igitt!«

Landon umklammerte das Lenkrad. Helena hatte völlig richtig gehandelt, als sie Molly aus ihrer gewohnten Umgebung genommen und in ein verlassenes Haus im Wald gebracht hatte, wo ein riesiger Kater ihr einziger Spielkamerad war.

»Molly«, sagte er und versuchte, ihre Aufmerksamkeit zu erreichen.

Ihr Gesicht klebte immer noch am Autofenster, von den Hochhäusern leuchteten die Reklameschilder.

AUCH KLEINE KÖRPER KÖNNEN ZU DICK SEIN:
LASER-LIPOSUKTION MÄLARHÖJDEN. AB 5 JAHREN.

»Molly?«

»Mmh.«

»Was ist mit deinen Tierarztplänen?«

Sie zuckte zusammen. »Was?«

Landon sah sie an. *So ist's richtig. Komm zurück.* »Willst du nicht Tierärztin werden?«

Endlich drehte sie sich zu ihm um. »Auf Katzen spezialisierte Tierärztin«, erklärte sie.

»Ach ja, genau. Was für Fächer muss man dafür in der Schule belegen?«

Molly zuckte mit den Schultern. »Vor allem Mathe ist wichtig … und … hm … Biologie. Aber das ist okay. Ich schaff das.«

»Na klar schaffst du das. Und dann musst du Tiermedizin studieren.«

»Ja, das kann man in Uppsala.«

»Das ist gut. Du weißt ja, dass ich in Uppsala wohne.«

»Dann kann ich bei dir wohnen.«

Landon lächelte. »Das können wir besprechen, wenn es so weit ist. Vielleicht überlegst du es dir bis dahin ja noch anders.«

Molly schüttelte den Kopf. »Ich will meine eigene Tierklinik haben.«

»Okay. Nur mit Katzen?«

»Vielleicht auch Hunde. Und Meerschweinchen. Hamster mag ich auch, aber keine Kaninchen. Die sind immer so böse. Außerdem klopfen die ständig mit ihren Hinterläufen auf den Boden …« Sie klopfte auf das Handschuhfach. »So, total laut.«

»Ja, das stimmt.«

Er spürte, wie der Druck auf seiner Brust langsam nachließ, und warf einen Blick auf die Uhr. Wenn es nur klappte. Er wollte Mollys Zivilisationsflucht nicht mit einem sinnlosen Ausflug ins Nirgendwo unterbrechen.

Vor der Ausfahrt nach Solna wurde der Verkehr dichter. Ein großer Lastwagen überholte Landons Volvo. An der Seite prangte das Bild einer Zimtschnecke mit Hagelzucker.

AIRFOOD. JETZT AUCH ALS ZIMTSCHNECKE!

»Weißt du, was, Molly? Als ich in deinem Alter war, hatte ich auch einen Kater.«

Bei diesem Thema biss Molly sofort an. »Wie hat er ausgesehen?«

Landon lächelte. »Er hatte rötliches Fell und hieß Tiger.«

Als Landon am Kai in der Nähe des Regierungsgebäudes parkte, war seine Euphorie zu Resignation geworden. Was würde er schon groß ausrichten können? Wegen eines Zeitungsartikels war er voller Tatendrang den ganzen Weg von Öregrund hergefahren, aber jetzt kam er sich nur noch naiv vor.

Selbst Molly wusste es besser. Man konnte nicht einfach so in die Regierungskanzlei hineinspazieren, weil man eine Frage hatte. So etwas machten nur Rechthaber oder Querulanten. Herrgott noch mal, er war Wissenschaftler. *Ein Jæger!*, wie seine Mutter Amber sagen würde.

Er stellte den Motor aus und sah aus dem Autofenster. Es gab kein Zurück mehr. Widerwillig stieg er aus und öffnete Molly die Tür. Er warf einen kurzen Blick auf den Kofferraum. Sollte er? Aber nein. Rosenbad mit einem Gewehr auf dem Rücken zu betreten, war der reinste Selbstmord.

»Willst du deine Jacke nicht anziehen?«

»Mir ist warm genug.«

Er musterte ihren engen Pullover. Sie behauptete steif und fest, dass er ihr Glück brachte (*Ich hatte ihn auch an, als ich den Gestiefelten Kater gefunden habe*). Und er konnte es einfach nicht übers Herz bringen, sie zu bitten, sich umzuziehen. Als er die Autotür zuschlug, betrachtete er sein Spiegelbild in der Fensterscheibe. So, wie er aussah, würden sie ihn wahrscheinlich nicht einmal durch die Tür lassen. Sie würden ihn für einen Terroristen halten, einen untersetzten, bärtigen Terroristen.

Er nahm Molly an die Hand. Langsam gingen sie am Kai entlang in Richtung Regierungsviertel. Molly staunte fasziniert über die Steinhäuser. Während der Fahrt hatte sie Landon erzählt, dass sie bisher nur zwei Mal in Stockholm gewesen war. Das erste Mal hatten sie einen Tag im Zoo und Freilichtmuseum Skansen verbracht, aber daran konnte sie sich kaum noch erinnern; und bei ihrem zweiten Stockholmbesuch waren sie in den Vergnügungspark Gröna Lund gegangen.

»Da wollen wir hin«, sagte Landon, als sie den prunkvollen Steinbogen des Reichstagsgebäudes durchquert hatten. Er deutete auf Rosenbad. »Dort sitzt die schwedische Regierung.«

Molly blickte auf und machte eine andächtige Miene. Auch Landon war beeindruckt. Das pompöse Gebäude auf der anderen Uferseite wirkte unheimlich. Die dunklen, undurchdringlichen Fenster. Die Flagge auf dem Dach, die im Wind flatterte.

Rita, dachte er. Diese Menschen hatten sie auf dem Gewissen.

Molly zog an seiner Hand. »Kommst du?«

Er zuckte zusammen. Er hatte gar nicht bemerkt, dass er stehen geblieben war.

Molly sah ihn mit ihren großen Augen an. Als ihre Haare im Wind wehten, sah sie ihrer Mutter verblüffend ähnlich. Er drückte ihre Hand. Als sie das andere Ende der Brücke nach Rosenbad erreichten, holte er tief Luft, als machte er sich auf den Untergang gefasst.

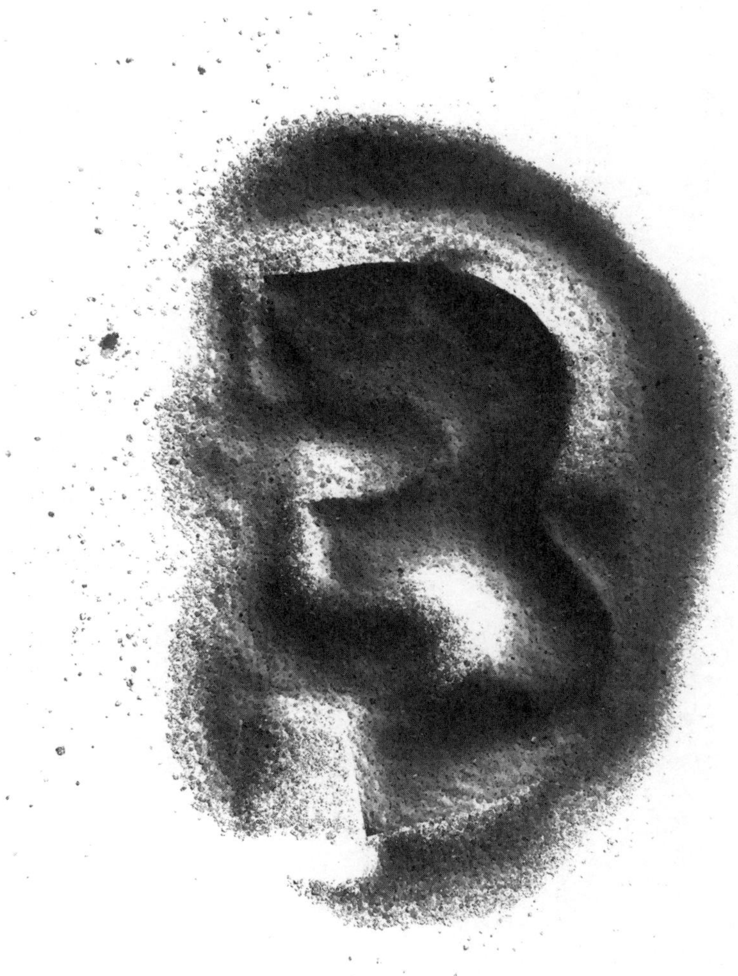

Landon ließ seinen Blick lustlos durch den Raum schweifen. Auf dem Küchentisch lag oben auf den Universitätsbroschüren sein zugeklappter Laptop. Daneben standen vom Frühstück zwei Gläser, eine Milchtüte und eine Packung Brot, die Molly und er sich geteilt hatten. Sein dunkelroter Reisepass lag daneben. Zwischen die oberen Seiten hatte er vor einigen Wochen sein Flugticket gesteckt. *ARN 10:15 – JFK 01:05. Wednesday May 27.*

Heute war der achtundzwanzigste Mai.

Molly saß auf dem Fußboden und schnitt etwas aus, er konnte nicht sehen, was. Vermutlich waren es wie immer Zeitungsbilder. Sie trennte die Köpfe von den Körpern und klebte sie in einer anderen Kombination wieder zusammen. Er hatte keine Ahnung, warum sie das tat.

Er sollte die Milch in den Kühlschrank stellen. Oder war die Packung leer? Hatte er sie deswegen auf dem Tisch stehen lassen?

Als er draußen auf der Straße Sirenen hörte, zuckte er zusammen. Er vergewisserte sich, dass die Jalousien immer noch heruntergelassen waren, und lauschte zum Hausflur. Die Tür hatte er doch abgeschlossen, oder? Und Molly war …

Versteckt.

Die Polizeisirenen entfernten sich. Molly wirkte davon völlig unberührt. Er streckte seinen Nacken und versuchte, sich zu entspannen. Jedes Mal, wenn er Sirenen hörte, erstarrte er vor Schreck. Die Mitarbeiterin in der Regierungskanzlei hatte nach Mollys Namen und Geburtsdatum gefragt, doch er hatte ihr die Auskunft verweigert. Nach zehn Minuten war ein Sicherheitsbeamter erschienen und hatte ihm eine Hand auf die Schulter gelegt. *Was ist das Problem? Worum geht es?*

In dem Moment hatte er ihn gesehen. Der dunkle Anzug. Die akkurat nach hinten gekämmten Haare.

»Ich habe eine Frage an den Ministerpräsidenten«, hatte er gesagt und Molly hinter sich hergezogen.

Der Sicherheitsbeamte hob die Hand.

Johan Svärd drehte sich um und betrachtete ihn und Molly einige Sekunden lang.

»Ich habe eine Frage«, wiederholte Landon. »Im Namen meiner Tochter.«

Johan Svärd nickte seinen Sicherheitsleuten beschwichtigend zu, er schien beinahe amüsiert. »Und die wäre?«, fragte er.

Landon wollte seinem Blick ausweichen, war aber wie paralysiert. »Ich wüsste gerne …«, sagte er mit zittriger Stimme. »Ich wüsste gerne …«

»Ja, so weit waren wir schon.«

Landon spürte, wie er vor Zorn rot wurde, doch Johan Svärds Blick war unbezwingbar. »Die Mutter des Mädchens ist verschwunden«, brachte er schließlich heraus. »Ich glaube, dass sie auf dem Weg in eines eurer Lager ist.« Johan Svärds Augen waren finster geworden. »Ach ja?«

»Man hat sie mit einem Lkw abgeholt und wegtransportiert«, fuhr er fort.

Der Gesichtsausdruck des Ministerpräsidenten war unergründlich.

»Ich weiß, was ihr treibt«, redete er weiter. Er sprach für Rita. Und für Helena. »Bald wird es jeder wissen«, sagte er.

»Ich befürchte, dass ich Ihnen nicht weiterhelfen kann, Herr …?«, erwiderte Svärd.

Landon zitterte vor Wut: »Damit werdet ihr nicht durchkommen!«

Der Ministerpräsident hatte die Hand gehoben und seinen Sicherheitsbeamten ein Zeichen gegeben. »Kümmern Sie sich lieber mal um Ihre Tochter«, hatte er Landon angezischt, bevor er gegangen war. »Sie sieht aus, als könne ihr ein Lageraufenthalt nicht schaden.«

Das war alles, woran er sich erinnern konnte. Der Rückweg nach Hause lag ebenso im Nebel wie die darauf folgenden Tage. Als sie nach Kavarö gefahren waren, um den Kater zu holen, hatte Molly die ganze Fahrt über geweint. Er hatte es nicht geschafft, sie zu trösten.

Der Besuch in der Regierungskanzlei war ein Reinfall gewesen. Es spielte keine Rolle, wie viele Gewehre er im Kofferraum hatte oder wie viele Silberpokale Familie Thomson-Jæger in ihrer Vitrine aufbewahrte. Johan Svärd hatte eine ganze Partei auf seiner Seite. Ihn zu besiegen würde nichts bewirken. Nicht der Mann war das Problem, sondern die allgemeine Stimmung im Land.

Molly riss eine neue Seite aus der Zeitung. Landon sah sie hilflos an. Drei Tage waren vergangen. Helena konnte alles Mögliche zugestoßen sein.

Sein Blick fiel wieder auf die Milchpackung. Sollte er vielleicht einkaufen gehen?

Molly sah ihn fragend an. »Was machst du?«

Landon blinzelte. »Ich weiß es nicht.«

Sie schien sich mit der Antwort zufriedenzugeben und schnitt weiter Papier mit ihrer Schere.

»Was schneidest du da eigentlich aus, Molly?«, fragte er.

»Menschen.«

»Okay. Und wie willst du …« Er zögerte. »Was hast du mit ihnen vor?«

»Ich mache sie besser.«

»Besser?«

»Ja.« Sie drehte den letzten Zeitungsausschnitt um und strich Kleber auf die Rückseite. Landon rutschte vom Sofa und setzte sich neben sie. Im Schoß hatte sie einen ganzen Stapel Gesichter. Neben ihr auf dem Boden lag ein weiterer mit ausgeschnittenen Beinen und Armen. Vor sich hatte sie einen Bogen Papier, auf dem sie ihre Puzzleteile zusammenfügte. Eine Figur bestand aus drei zusammengeklebten Gesichtern. Eine andere hatte acht Beine, die in unterschiedliche Richtungen gespreizt waren. Sie sah aus wie ein Stern. Landon konnte kein Muster erkennen.

Was sollte er tun? Was hätte Helena getan?

Molly nahm einen ausgemergelten Frauenkopf und klebte ihn über einen anderen. Sie sah ihn frustriert an.

»Ich muss einkaufen gehen«, sagte er und stand auf. »Kommst du hier eine Weile alleine klar?«

»Ja.«

Er ging in den Flur und zog seine Schuhe an.

»Pass auf, dass der Gestiefelte nicht nach draußen läuft!«, rief ihm Molly aus dem Wohnzimmer hinterher.

Der große Kater hatte sich zu einem Ball zusammengerollt und es sich auf Mollys einzigem Paar Schuhe bequem gemacht. Nachts maunzte er ohrenbetäubend, aber um diese Tageszeit schlief er offenbar ausgezeichnet. So konnte es nicht mehr weitergehen. Die eingesperrte Freigangkatze machte es nur noch offenkundiger. Sollten sie nur in der Wohnung sitzen und *warten*? Bei der Polizei hatte man Landon versichert, dass nach Helena gesucht wurde, aber es war deutlich gewesen, dass ihr Verschwinden keine hohe Priorität hatte.

Er schloss die Tür hinter sich ab und horchte, bevor er die Treppe nach unten ging. Seit seine Hausgemeinschaft für Fettfreies Wohnen gestimmt hatte, wollte er keine Aufmerksamkeit auf sich ziehen. Vorsichtig schlich er auf die Straße. Der Himmel war grau und schwer. In der Ferne donnerte es.

Der Donner erinnerte ihn an Helena. Konnte sie ihn auch hören? Er sah die Szene vor sich. Eine Sporthalle mit Hunderten Menschen in Trainingsanzügen. Personal Trainer, die brüllten und sie antrieben.

Helena zählte auf ihn. Sie und Molly zählten auf ihn.

Die plötzliche Verantwortung erdrückte ihn ebenso wie das Unwetter. Er blickte hinauf in den grauen Himmel. *Wenn es anfängt zu regnen, bevor ich den Supermarkt erreicht habe, fahre ich morgen früh los und fange an zu suchen. Wenn nicht …*

Aber ein solcher Wenn-Dann-Plan war sinnlos. Es gab keine Alternativen, die er hätte gegeneinander abwägen können.

Mitten in der Nacht fiel es ihm plötzlich ein. Hellwach setzte er sich im Bett auf.

Die Militäranlagen.

Als sich in der Öffentlichkeit einmal Protest gegen Johan Svärds Maßnahmen regte, hatte er die Zuschüsse für die Streitkräfte gekürzt. Man beschuldigte ihn, die nationale Sicherheit zu gefährden. Die Debatte hatte monatelang angedauert. Landon selbst hatte sich viel mehr über das Protestgeschrei als über die eigentlichen Kürzungen aufgeregt. Als es um die Abtreibung von übergewichtigen Föten gegangen war, hatte die schwedische Bevölkerung geschwiegen, aber wenn es um Einschnitte im Wehretat ging …

Dennoch hatte sich der Ministerpräsident durchgesetzt. Etwa ein Dutzend Militäranlagen waren geschlossen worden. Die Zeitungen hatten Bilder der verlassenen Luftwaffenstützpunkte auf Seite eins gebracht.

Leer stehende Gebäude, dachte er. Genau wie die Kirchen. Wenn es etwas gab, wovon Ministerpräsident Svärd nicht die Finger lassen konnte, dann waren es leer stehende Gebäude. Und wofür sollte er die Militäranlagen sonst nutzen, wenn nicht für seine Projekte? Sie boten viel Platz, waren diskret und für solche Zwecke geradezu ideal. Was hatte im Interview mit Max Rossi noch mal gestanden? *Eine Kombination aus Gesundheitszentrum und Fitnesslager.*

Landon sah Helena in einem dieser Stockbetten vor sich, in denen er während seines Wehrdienstes sieben Monate geschlafen hatte. Ob sie auch Einheitskleidung tragen mussten? Ihre Schuhe und ihre Jacke hatte sie jedenfalls nicht mitgenommen, die waren im Flur im Haus auf Kavarö.

Sie hatten einen großen Lastwagen und dann haben sie Mama einfach mitgenommen.

Plötzlich hörte er auf der Kommode neben dem Bett einen leisen Aufprall. Ein Paar große leuchtende Augen starrte ihn an. Der Regen prasselte gegen das Fenster.

Es war bloß eine Vermutung, aber er würde ihr auf jeden Fall nachgehen. Er musste herausfinden, wo sich in der Umgebung von Östhammar verlassene Militäranlagen befanden. Molly würde er nicht mitnehmen. Vielleicht würde er Helena noch vor dem Abend finden.

Landon machte die Augen zu. Morgen um diese Zeit könnte sie wieder an seiner Seite sein.

Bibi starrte abwesend auf Glorias kahle Orchidee. Sie hatte keine Kraft mehr. Stig Ekerös aufgebrachte Stimme hallte in ihrem Kopf nach. *Ich weiß nicht, wovon Sie sprechen. Ich bin gerade in Frankreich.*

In dem Moment war die *Amour fou*, die sie sich zusammengereimt hatte, wie eine Seifenblase zerplatzt. Er hatte ihre Nachricht auf seinem Anrufbeantworter abgehört. Natürlich hatte er Gloria nicht spontan auf seine Schäreninsel entführt. Natürlich hatte er die letzten Tage nicht damit verbracht, ihr tiefgründige Tranströmer-Gedichte ins Ohr zu flüstern. Stig Ekerö war nicht Glorias heimlicher Geliebter, er war ihr Verleger.

Wie hatte sie sich nur derart verrennen können? Gloria hatte nicht nur immer wieder betont, dass sie mit der Literaturwissenschaft verheiratet war – und es gab keinen Grund, diese Behauptung anzuzweifeln –, in den letzten Jahren war sie außer für die Zugfahrten nach Uppsala, wo sie ihre Seminare leitete, kaum noch vor die Tür gegangen. Seit der Kündigung hatte sie ihre Wohnung nicht mehr verlassen. Das Regime der Gesundheitspartei war ihre inoffizielle Ausgangssperre. Bibi hatte ihr zu erklären versucht, dass sie eine soziale Phobie entwickeln würde, wenn sie den Menschen weiter aus dem Weg ging, doch Gloria hatte ihre Bedenken mit ihrer üblichen Unbekümmertheit zerstreut. *Ich bleibe hier in meinen eigenen vier Wänden und schreibe, während ich darauf warte, dass die Regierung stürzt.*

Bibi trommelte mit den Fingern auf dem Tisch. Nichts deutete darauf hin, dass sich jemand gewaltsam Zutritt zur Wohnung verschafft hatte. Die Tür war abgeschlossen gewesen und Glorias Handtasche fehlte. Also hatte Gloria das Haus freiwillig verlassen. Das einzige Problem bestand darin, dass sie nicht wieder zurückgekommen war.

Ein Unfall wäre die einzige plausible Erklärung oder hatte sie vielleicht …

Bibi verwarf den Gedanken sofort wieder. Nicht zum ersten Mal seit Glorias Verschwinden musste sie an Malin denken. Aber Malin war jung und labil, redete sie sich ein. Malin war nicht Gloria.

Sie betrachtete den Zimmerefeu, der an der Gardine emporrankte. Die rosafarbene Geranie wurde an den Blatträndern schon braun. Sie streckte sich in Richtung Fensterbank und drehte den Blumentopf um hundertachtzig Grad. Falls Gloria ihre Wohnung freiwillig verlassen hatte, hatte sie bewusst in Kauf genommen, dass ihre Pflanzen sterben würden. Es war ein schlechtes Zeichen. Ein extrem schlechtes Zeichen. Aber Selbstmord?

Bibi stand auf. So konnte es nicht weitergehen. Sie holte den gesammelten Stapel Post. Ganz oben lag der Registerauszug vom Institut für Ernährung.

Gloria Öster FMQ 54*
***Fällt in die Gruppe FMQ >50**
Aufforderung wird verschickt

Bibi betrachtete verwundert das Schreiben. So hatte ihr eigener Registerauszug nicht ausgesehen. Sie drehte das Blatt um, doch auf der Rückseite standen keine weiteren Informationen. Dann sah sie die restliche Post durch, aber nur ein weiterer Briefumschlag trug das Logo des Instituts für Ernährung in der linken Ecke, und der war leer.

Sie setzte sich im Wohnzimmer an den Computer. Nach der peinlichen Andeutung gegenüber Stig Ekerö hatte sie nichts mehr zu verlieren, und wenn Gloria zurückkam, würde sie so viel zu erklären haben, dass der Zugriff auf ihren Computer eine Lappalie war.

Sie drückte auf die Tastatur. Der schwarze Bildschirmschoner wurde von einer leuchtend blauen Oberfläche abgelöst. Bibi gab auf gut Glück mehrere Passwörter ein, musste sich aber nach einigen missglückten Versuchen eingestehen, dass es ein aussichtsloses Unterfangen war. Es war völlig ausgeschlossen, dass sie Glorias Passwort erraten würde. Frustriert drückte sie alle Tasten gleichzeitig und hegte die leise Hoffnung, auf diese Weise das System zu überlisten (schließlich kam das Fernsehbild auch manchmal zurück, wenn man auf den Fernseher schlug), aber nichts passierte.

Sie blieb am Schreibtisch sitzen und starrte auf das verflixte Eingabefeld.

»Um Himmels willen, Gloria«, murmelte sie. »Bitte, gib mir einen Hinweis.«

Der Bildschirm wurde wieder schwarz.

Niedergeschlagen griff sie nach dem Telefon und schloss die Augen. Hoffentlich fand sie Gloria nicht im Leichenschauhaus.

Um kurz vor sieben machte sich Landon auf den Weg. Molly hatte er auf dem Feldbett in der Wohnung zurückgelassen, aber mit Comics versorgt, und zudem leistete ihr der Kater Gesellschaft. *Im Kühlschrank liegen belegte Brote. Versprich mir, dass du frühstückst, sobald du aufgestanden bist.* Verschlafen hatte sie genickt. Auf den Küchentisch hatte er Papier zum Malen hingelegt, falls ihr langweilig werden sollte. *Joghurt ist auch da. Und Schokoladenpudding.*

Er bog in die Sysslomansgatan ein. Molly würde schon zurechtkommen, beruhigte er sich. Und er würde ja nicht lange weg sein.

Im Auto warf er einen Blick auf die Karte, die auf dem Beifahrersitz lag. Zuerst die Garnison direkt nördlich von Östhammar, dann die beiden kleineren Militäranlagen in der Region Roslagen. Er hatte alle Standorte auf der Karte markiert. Falls nötig, würde er auf dem Rückweg am ehemaligen Militärflugplatz des F-16-Geschwaders vorbeifahren.

An der Kreuzung zur Luthagsesplanaden musste er an einer roten Ampel halten. Er stellte die Scheibenwischer langsamer und fuhr an der Polizeiwache vorbei. Nach dem Unwetter der letzten Nacht fiel immer noch leichter Nieselregen, der beim Fahren jedoch nicht störte. In der Zeitung hatte der Wetterbericht einen schönen Tag vorhergesagt. Strahlender Sonnenschein und fünfundzwanzig Grad. Perfektes Frühsommerwetter.

Noch mehr rote Ampeln. Ungeduldig trommelte er mit den Fingern auf das Lenkrad. Er war noch keinen Kilometer gefahren und wurde schon nervös. Vorausgesetzt, er würde Helena überhaupt finden – wie sollte er es bloß anstellen, sie mit nach Hause nehmen zu dürfen?

Sein Plan war, sich dumm zu stellen. Er wollte anklopfen und sich so weit wie möglich an die Wahrheit halten. Er würde sagen, dass er aus Uppsala käme und Nachforschungen über die Fettepidemie anstellte. *Wir möchten die neue Gesundheitsinitiative auswerten.* Wenn er die Teilnehmer nicht persönlich interviewen durfte, würde er um eine Namensliste bitten, um nach dem Ende der Studie mit den Teilnehmern Kontakt aufzunehmen.

Es war an den Haaren herbeigezogen, aber es konnte funktionieren. Die Alternative war, sich unbemerkt Zutritt zu verschaffen. Aber durch eine Hintertür einzubrechen oder ein Loch in einen Drahtzaun zu schneiden war unnötig riskant. Es würde auch voraussetzen, dass die Anlage nicht gut bewacht war, und das war sie ganz bestimmt. Wenn es etwas gab, worauf Johan Svärd ganz besonders viel Wert legte, dann Diskretion.

Die Frage war, was geschehen würde, wenn sie seinen Vorwand durchschauten. Er hatte zwar das Gewehr, aber …

Die ganze Situation kam ihm plötzlich unwirklich vor. Vor ein paar Tagen hatte er noch auf Helenas Sofa gesessen. Sie hatten sich zum ersten Mal geküsst. Jetzt saß er im Auto und im Kofferraum lag das alte Jagdgewehr ihres Vaters. Wie konnte er sicher sein, dass sie ihn nicht auch einsperren würden? Allein sein Aussehen war Grund genug.

Er schaltete die Scheibenwischer aus. Weiter nördlich war der Himmel fast komplett blau. Er fuhr an Gränby vorbei und erreichte die dünn besiedelte Ebene von Uppsala. Ein erster Sonnenstrahl kämpfte sich durch die Wolkendecke. Aus dem Augenwinkel sah er einen Traktor, der von einem der umliegenden Höfe kam. Das reinste Postkartenidyll.

Neben ihm tauchte ein Lkw auf. Sein Herz setzte kurz aus, aber als er das Ikea-Logo an der Seite sah, entspannte er sich wieder.

Als ob der Lkw, den Molly auf Kavarö gesehen hatte, genau dann auf der Bildfläche erscheinen würde, wenn er nach ihm suchte! Er sah dem Lastwagen nach. Plötzlich kamen ihm Zweifel. Würde er ihn überhaupt erkennen? Schließlich würde er kaum mit dem Schriftzug »Gesundheitspartei« durch die Gegend fahren.

Der Möbeltransporter nahm die nächste Ausfahrt. Landon wollte das Radio anstellen, überlegte es sich aber anders. Ein bisschen Ruhe vor dem Sturm würde ihm guttun.

In keinem Krankenhaus war eine Gloria Öster eingeliefert worden. Und bei der Polizei hatte der junge Mann in der Telefonzentrale Bibi mitgeteilt, dass »kein Hinweis auf ein Verbrechen vorläge«. *So was passiert immer wieder*. Er hatte versichert, dass sie sich melden würden, falls sich etwas ergeben sollte. *Sie müssen nicht noch einmal anrufen.*

Als sie die Ausgabe der Morgenzeitung zur Hand nahm, fiel ihre Laune auf den Tiefpunkt. Das Porträt des lächelnden Ministerpräsidenten auf der ersten Seite machte es nicht besser. Schnell blätterte sie weiter.

FAT CAMPS SOLLEN SCHWEDEN RETTEN.
GP-PRESSESPRECHER MAX ROSSI:
»ES IST KEINE STRAFE, ES IST EIN RETTUNGSANKER.«

Das Foto zeigte ein Fitnessstudio, in dem ein paar übergewichtige Personen auf Laufbändern trainierten. Bibi zuckte zusammen, als sie rechts im Bild eine Frau mit Kurzhaarfrisur entdeckte, die Gloria auffallend ähnlich sah.

Dem Artikel nach sollte es ungefähr dreißig Lager geben, die über das ganze Land verteilt waren. Alle Schweden, die immer noch einen FMQ über 50 hatten, sollten dort in den Sommermonaten ein »wünschenswertes Gewicht« erreichen. Max Rossi teilte mit, dass die ersten Personen bereits vor Ort seien. Sie wohnten und trainierten zusammen, die Mahlzeiten würden unter Beobachtung gemeinsam im Speisesaal eingenommen. »Es ist wie in einem Ferienlager für *große* Kinder.«

Für Bibi hatten die Abnehmcamps der Gesundheitspartei rein gar nichts mit einem Ferienlager zu tun. Der Tag begann mit einem obligatorischen, sechs- bis achtstündigen Konditionstraining. Die Teilnehmer bekamen jeden Tag drei knapp bemessene, kohlenhydratarme Mahlzeiten serviert und mussten sich Entgiftungskuren unterziehen. Das Modell orientierte sich an amerikanischen Fat Camps, aber der vorgegebene Gewichtsverlust war höher. Es sei die letzte Maßnahme im Krieg gegen die Fettepidemie, hatte Rossi verkündet. »Wir rechnen ganz fest damit, dass die schwedische Bevölkerung bis zur Wahl im Herbst um Hunderttausende Kilo leichter sein wird.«

»Wir können jetzt nicht auf Nachzügler warten«, so Rossi gegen Ende des Artikels.

Bibi erstarrte. Glorias Registerauszug. Die Aufforderung.

Das würde nicht nur ihre Abwesenheit erklären, sondern auch, warum sie nichts gesagt hatte. Die Erniedrigung musste einfach zu groß gewesen sein. Doch warum hatte sie ihre Wohnung so überstürzt verlassen?

Irgendetwas stimmte nicht. Wenn man auf dem Weg in ein Fitnesslager war, zog man sich doch Sportkleidung an und nicht seine eleganteste Seidenbluse? Bibi schüttelte den Kopf. Entgiftungskuren und Konditionstraining. Nie im Leben hätte sich Gloria freiwillig auf so etwas eingelassen.

»Ich verstehe nicht ganz, was Sie meinen«, sagte die Frau in der Telefonzentrale des Instituts für Ernährung. »Normalerweise werden die Werte der Patienten von den medizinischen Versorgungszentren an das nationale Register geschickt.«

»Aber diese Aufforderung kommt vom Institut für Ernährung.«

»Wenn Sie die Angaben im Register ändern lassen möchten, müssen Sie sich an Ihr medizinisches Versorgungszentrum wenden.«

»Darum geht es nicht!«

»Es tut mir leid. Mehr kann ich nicht für Sie tun.«

Bibi gab auf und beendete das Gespräch. Es weiter zu versuchen war sinnlos. *Plan C*, dachte sie und wählte die Nummer der Regierungskanzlei.

»Informieren Sie sich auf unserer Homepage – slash fat camps«, sagte die Mitarbeiterin an der Rezeption.

»Wie bitte?« Die junge Frau redete so schnell, dass Bibi sie kaum verstehen konnte. Ihre Art zu sprechen war genau das Gegenteil von Stig Ekerös übergenauer Artikulation.

»Sie haben doch bestimmt Internet?«

»Na ja …«

»Gesundheitspartei punkt se. Slash fat camps.«

Die Frau ließ Bibis Puls in die Höhe schnellen. »Können Sie mich bitte mit dem Mitarbeiter oder der Mitarbeiterin verbinden, die sich um diese Angelegenheit kümmert? Ich muss wirklich mit …«

Am anderen Ende der Leitung wurde es still. Die Frau hatte aufgelegt.

»Danke«, murmelte Bibi enttäuscht. Was sollte sie jetzt tun? Sie hatte keinen Internetanschluss und Glorias Computer war mit einem Passwort geschützt.

Nach einer Weile stand sie auf und holte ihre Handtasche. Sie nahm ihr rotes Telefonbuch heraus und ging zurück zum Telefon. Gloria würde sie nach ihrer Rückkehr sicher dafür hassen, was sie jetzt vorhatte. Aber was war die Alternative? Abwarten und Tee trinken?

Sie hatte lange genug gewartet.

Als Landon die Baracken am Waldrand sah, verlangsamte er. Die Sonne fiel schräg auf die Straße. Er klappte die Sonnenblende herunter und beobachtete das Militärgebiet. Seit der Ausfahrt war ihm so gut wie kein Auto mehr begegnet und die verrammelten Baracken sahen alles andere als bewohnt aus. Konnte er sich geirrt haben? Gestern Nacht waren ihm seine Theorien vollkommen logisch erschienen, jetzt kamen sie ihm nur noch albern vor.

Auf dem überwachsenen Schotterweg waren keine Reifenspuren zu sehen.

Er fuhr bis zum Wendeplatz vor und ließ das Fenster herunter. Das flache, dunkle Gebäude sah aus wie eine stillgelegte Fabrik. Der Gitterzaun war mit rostigen Ketten und Hängeschlössern versperrt. Das rote Absperrband mit der Aufschrift ZUTRITT VERBOTEN hatte sich im Stahldraht verfangen. Das Aussteigen konnte er sich sparen, hier war niemand, der Ort war wie ausgestorben.

Er wendete und fuhr zurück zur Kreuzung. Dort blieb er stehen.

Auf seiner Karte waren noch drei weitere Adressen eingezeichnet. Es war nicht ausgeschlossen, dass dort etwas vor sich ging, auch wenn ihm sein Gefühl sagte, dass er sich getäuscht hatte. Die Anlage hier schien nicht einmal bewacht zu sein. Er fühlte sich mutlos. Eine sinnlose Autofahrt in die Einöde. Dafür hatte er Molly allein gelassen?

Er warf einen Blick auf die Karte. Die nächste Militäranlage lag ungefähr zehn Kilometer östlich von hier, näher an der Küste.

Er fuhr auf die Landstraße und stellte das Radio an. Ein Arzt aus Göteborg sprach über Pränataldiagnostik bei übergewichtigen Müttern. Das sei keine Lösung, die bei allen auf Gegenliebe stoßen würde, sagte er, aber es sei ein Schritt in die richtige Richtung.

»Wir müssen frühzeitig ansetzen. Und wenn wir von Anfang an die größten Probleme für die Gesellschaft eliminieren …«

Eliminieren? Bei der Wortwahl zuckte Landon unweigerlich zusammen. Im selben Moment tauchte im Rückspiegel ein großer Lastwagen auf. Der Fahrer hupte wie verrückt, bevor er ihn in rasendem Tempo überholte. Vor Schreck schlug Landon das Herz bis zum Hals. Der hohe Lkw verschwand hinter der nächsten Kurve.

War das ein Viehtransporter gewesen? In dieser abgelegenen Gegend lag vermutlich hinter jedem zweiten Waldgebiet ein Schlachthof. Die Industrie siedelte die Schlachtbetriebe gern weit entfernt von größeren Ortschaften an, damit sie gar nicht erst ins Bewusstsein der Leute drangen. Rita hatte immer gerne Paul McCartney zitiert: Wenn Schlachthäuser Glaswände hätten …

Landon ließ seinen Blick über die Felder schweifen. Wenn es einen Ort gab, an dem der Einfluss der Gesundheitspartei bedeutungslos erschien, dann hier. Es war genau wie auf Kavarö. Die Natur war das Einzige, das in diesem Land immer unberührt blieb.

Der Lastwagen, den Molly Andersson ein paar Tage zuvor durch das Schlafzimmerfenster ihrer Mutter auf Kavarö gesehen hatte, stand hinter Ola Sjögrens Scheune auf Falunda, nördlich von Östhammar. Maxi Rossi hatte allen Mitarbeitern die Anweisung erteilt, dass die Fahrzeuge zwischen neun und dreiundzwanzig Uhr nicht benutzt werden durften, ganz gleich, was sie zu erledigen hatten. *Keine Ausnahmen.* Tagsüber hielten sich meistens nur zwei Männer dort auf, abgesehen von dem Bauern selbst. Sie saßen auf ihren Campingstühlen beim Gatter der Hofeinfahrt und ließen ein Transistorradio laufen. Sie »bewachten die Einfahrt«, hieß es, aber mit Ausnahme der Transporter, die in der Nacht kamen, war Ola Sjögrens silbergrauer BMW das einzige Auto, das dort seit mehreren Wochen stand.

Das verblichene, neonrosa Blechschild, das auf dem verwitterten Hausgiebel angenagelt war – FALUNDA SCHWEINEZUCHT: SCHWEDENS BESTES SCHWEINEFLEISCH –, hatte seine beste Zeit in den Achtzigerjahren gesehen. Die zwei anderen Reklameschilder aus der Blütezeit des Hofs waren mindestens genauso veraltet. *Glückliche Schweine geben besseres Fleisch,* stand auf dem ersten. Im Hintergrund lugte eine kecke rosa Schweineschnauze hervor. Das zweite zeigte eine schwedische Fahne mit dem Slogan: *Falunda. Auf uns können Sie sich verlassen!*

Nachdem einer der größeren Mastbetriebe der Region die letzten Kunden abgeworben hatte, hatte Ola Sjögren sein Unternehmen schließen müssen. Die Familie hatte einige Jahre von ihren Ersparnissen gelebt, bis Sjögren es sich in den Kopf gesetzt hatte, die Schweinezucht wieder aufzunehmen. Dieses Mal hatte er sowohl den Werbespruch als auch das Design des nicht mehr zeitgemäßen grünen Schilds erneuert: FALUNDA. MIT REGIONALEM & ÖKOLOGISCHEM FLEISCH!

Als auch dieses Projekt gescheitert war (die Inspektoren waren zu dem Schluss gekommen, dass Falundas »regional produziertes« Schweinefleisch nicht ökologisch sei), hatten die beiden erwachsenen Söhne das Handtuch geworfen und waren nach Stockholm gezogen.

Nicht lange danach wurde dem Antrag der Gesundheitspartei auf Drosselung der schwedischen Fleischproduktion stattgegeben und Frau Sjögren hatte als letztes Familienmitglied das sinkende Schiff verlassen. Ola Sjögren hatte seine nicht ökologischen Schweine im Internet verkauft und sich stattdessen dem Alkohol zugewandt. Nicht selten wachte er morgens im Schlamm vor einer der Scheunen auf.

Ein paar Wochen nach Ostern, als Max Rossi zum ersten Mal auf dem stillgelegten Hof aufgetaucht war, hatte Ola Sjögren gedacht, es handele sich bei dem Mann in dem teuren Anzug um den Gerichtsvollzieher. Eine andere mögliche Erklärung wäre gewesen, dass es sich um den Scheidungsanwalt seiner Frau handelte, aber Ola bezweifelte, dass sie sich einen Rechtsbeistand überhaupt leisten konnte. Max Rossi ging auf ihn zu und sah ihn fragend an. »Ola Sjögren?«

Misstrauisch betrachtete Ola den Mann, der eine goldene Uhr im Wert eines neuen Autos trug. Er räusperte sich. »Worum geht es?«

»Max Rossi«, stellte sich Rossi vor und streckte ihm die Hand hin. »Von der Gesundheitspartei.«

Nach dem zwanzig Minuten langen Gespräch mit Johan Svärds rechter Hand stand Ola auf, um eine Whiskyflasche zu holen. Er kramte zwei verkalkte Gläser aus dem Küchenschrank und spülte sie aus. Verstohlen beobachtete er Rossi. Das Angebot klang zwielichtig, aber es schien um viel Geld zu gehen. Und der Typ war extra aus der Hauptstadt angereist, um ihn zu überzeugen.

»Darf ich Ihnen ein Glas anbieten?«

Rossi lehnte höflich ab. »Nein danke, ich muss noch fahren.«

»Jaja, das ist vernünftig.« Ola zuckte mit den Schultern und goss sich selbst einen Schluck ein.

»Wie gesagt«, fuhr Rossi ungeduldig fort. »Das Wichtigste ist, dass die ganze Angelegenheit vertraulich behandelt wird. Keine Fragen, kein Besuch von außerhalb. Keine neuen Mitarbeiter, die nicht von uns überprüft und genehmigt worden sind.«

»Früher hatte ich gute Leute hier auf dem Hof«, erwiderte Ola. »Die kämen also nicht infrage?«

»Na ja, sie müssten als Fahrer arbeiten. Aber das ist gut zu wissen. Ich melde mich bei Ihnen, falls wir noch mehr Männer brauchen.«

»Tja, den ältesten Lastwagen hätte ich sogar noch hier, die anderen beiden wurden mir weggenommen.«

»Die Zeiten waren für alle nicht leicht«, sagte Rossi.

Ola trank einen Schluck Whisky. »Eine Sache verstehe ich nicht«, sagte er. »So, wie ich es verstanden habe, wolltet ihr die schwedischen Mastbetriebe doch in den Ruin treiben. Und jetzt wollt ihr die Höfe plötzlich wieder in Betrieb nehmen?«

»Es war nie unsere Absicht, den Bauern ihre Lebensgrundlage zu nehmen, Ola. Glauben Sie nicht alles, was die Medien verbreiten. Der Schutz der Landwirtschaft ist der Gesundheitspartei sehr wichtig. Außerdem ist ein Großteil der Produktion in größere Fabriken verlagert worden.«

»Fabriken!« Ola hob sein Glas mit einer beinahe drohenden Geste und schüttelte zornig den Kopf. »Das kann ich Ihnen nach all meinen Jahren in der Branche mit Bestimmtheit sagen. In diesem Punkt habt ihr unrecht. Da seid ihr komplett auf dem Holzweg. Die Leute wollen regionale Produkte. Regionales, urschwedisches Schweinefleisch.«

»Für Sie ist das Wichtigste, dass wir den Laden hier wieder zum Laufen kriegen, Ola, nicht wahr?« Rossi nahm einige Papiere aus seiner Aktentasche. »Unsere derzeitige Planung sieht vor, dass es um einen Zeitraum von sechs Monaten geht. Weil wir unsere eigenen Leute einsetzen, zahlen wir Ihnen eine doppelte Aufwandsentschädigung.« Er schob die Dokumente über den Tisch. »Doppelt – sprich steuerfrei.«

Ola betrachtete das oberste Blatt skeptisch und überflog die Formulierungen misstrauisch. »Meine Verträge sehen normalerweise anders aus. Das kann ich Ihnen schon auf den ersten Blick sagen.«

»Das sind nur Formalitäten. Eine Sicherheitsmaßnahme, wenn Sie so wollen. Eine Garantie, dass das Geld auch wirklich in die richtigen Hände gelangt.« Rossi lächelte. »In Ihre Hände.«

Ola gluckste. »Ja, darin ist Platz genug!«

»Davon bin ich überzeugt.«

Ola warf wieder einen Blick auf den Vertrag. »Steuerfrei, sagten Sie?«

»Es geht vor allem um Nachtarbeit. Davon werden Sie am meisten betroffen sein. Wir werden rund um die Uhr Leute hier vor Ort haben. Und die Anlieferungen erfolgen zwischen vier und fünf Uhr morgens.«

»Das ist kein Problem.« Ola trommelte mit den Fingern auf seinem Glas. »Morgenstund hat Gold im Maul, wie mein Vater immer zu sagen pflegte. Hier auf dem Land springen wir schon beim ersten Hahnenschrei aus den Federn.«

»Noch etwas«, sagte Rossi ernst. »Sie haben nur auf dem Papier die Verantwortung für den Hof. Die Arbeit erledigen unsere Leute.«

»Sie meinen, ich muss mir nicht die Hände schmutzig machen.«

»Nein, auf keinen Fall.« Rossi legte die Hand auf die Dokumente, um Olas volle Aufmerksamkeit zu haben. »Hierbei handelt es sich um eine extrem delikate Angelegenheit. Wie ich anfangs bereits sagte, geht es um Krankheiten, die sich unter keinen Umständen ausbreiten dürfen. Ansteckende Krankheiten. Extrem ansteckende Krankheiten. Die nationale Sicherheit steht auf dem Spiel.«

Ola Sjögren sah Rossi beeindruckt an.

»Es ist von größter Wichtigkeit, dass sich unsere Leute um die Transporte kümmern. Das ist die einzige Möglichkeit, eine Ausbreitung der Krankheit zu verhindern. Die Situation ist schlimmer, als wir zunächst angenommen haben. Aus diesem Grund müssen wir jetzt auf den letzten Drücker diese Sicherheitsmaßnahmen ergreifen. Anders bekommen wir die Situation nicht mehr in den Griff.«

»Ja, man hört ja immer wieder, wie schlimm die Lage sein soll.«

»Wir stehen kurz vor einer Katastrophe. Und wir müssen zu drastischen Mitteln greifen, um sie auf den letzten Metern abzuwenden. Eine andere Möglichkeit haben wir nicht mehr. Aber diese Information darf natürlich nicht an die Öffentlichkeit gelangen. Sie können sich vorstellen, welche Panik es auslösen würde.«

Ola ließ sich Rossis Worte durch den Kopf gehen.

»Sie haben zwei Söhne, Ola, ist das richtig?«

»Ja, aber sie sind nicht …« Sein Blick wurde unruhig. Wo hatte er nur die Flasche hingestellt? »Sie leben mittlerweile in Stockholm.«

»Was würden Sie sagen, wenn Sie Ihr Familienunternehmen wieder auf Vordermann bringen könnten? Gemeinsam mit Ihren Jungs, wie in den guten alten Zeiten?«

»Sprachen Sie nicht von … sechs Monaten?«

»Ja, aber wenn die Epidemie ausgerottet ist, bricht eine neue Ära an.

Jobs werden geschaffen und Kleinunternehmer werden neue Möglichkeiten bekommen. Steuerbegünstigungen werden einen beruflichen Neustart erleichtern. Sie holen Ihre Söhne zurück auf den Hof und kaufen vierzig, fünfzig Schweine. Sie haben es selbst gesagt: Es gibt auf dem Markt kaum noch regional produziertes, schwedisches Schweinefleisch. Euer Betrieb würde in null Komma nichts wieder schwarze Zahlen schreiben.«

Ola sah Rossi fasziniert an. Dass er da nicht selbst darauf gekommen war. Wenn er Bubben und Tommy nur überzeugen könnte, wieder zurückzukommen …

Rossi nahm einen Stift in die Hand. »Wir gehen davon aus, dass wir im Mai anfangen werden«, fuhr er fort. »Am fünfundzwanzigsten werden Sie den Vorschuss auf Ihrem Konto haben.«

Rossi deutete auf die Zeile, in der Ola unterschreiben sollte. »Sie haben natürlich Bedenkzeit, aber ehrlich gesagt: Was gibt es noch groß zu überlegen?«

Ola konnte Rossi nur zustimmen. Es war sein Ticket in eine neue Zukunft für Falunda. Er blinzelte und setzte seine Unterschrift unter den Vertrag. »Dann sind wir uns einig«, sagte er und schob das unterschriebene Exemplar über den Tisch.

Als ein paar Wochen später der erste Transport auf Falunda eintraf, wurde Ola von Schreien geweckt. Schlaftrunken taumelte er zum Fenster. Der Anblick, der sich ihm bot, ließ sein Blut in den Adern gefrieren.

So viele. So unglaublich viele.

Er blieb am Fenster stehen, bis der letzte Lastwagen vom Hof fuhr. Es waren fast zwei Stunden vergangen, seit die Ersten in die Scheune gestolpert waren. Er war durchgefroren. Die ganze Zeit hatte er mit gerecktem Hals in derselben Position verharrt, wie ein wartendes Huhn, bevor man ihm den Kopf abschlug.

Der Schock war bis zur dritten Flasche da, dann spürte er nichts mehr. Nach dieser Nacht ließ er das Radio in der Küche auf höchster

Lautstärke laufen. In der oberen Etage hatte er seinen Plattenspieler auf Repeat gestellt. *Die Vögel,* murmelte er, wenn er sie durch die Musik hindurch hörte. *Heute sind sie verdammt munter.*

Die Lastwagen kamen jedes Wochenende. Bei den ersten Anlieferungen hatte Ola mit seiner Flasche draußen auf der Treppe gestanden und zugesehen. Die Letzten hatten sie an den Beinen hinter sich hergeschleift.

Im Haus bewegte er sich wie in einem Vakuum. Wenn er sich wusch, seifte er sich von den Händen bis zu den Ellenbogen ein, so wie er es von den Fernsehärzten kannte. Zum Abtrocknen nahm er keines von Frau Sjögrens hinterlassenen Frotteehandtüchern, sondern Küchenpapier, das er hinterher in einem schwarzen Müllsack entsorgte. Die Türritzen zum Schlafzimmer hatte er mit Insektenvernichtungsmittel besprüht. In der unteren Etage knirschte der Boden vor Ameisengift.

Als Ende Mai der vierte Transport auf Falunda eintraf, in dem sich auch Helena Andersson, FMQ 52, befand, war Ola Sjögren an die alte Kommode seiner Frau gegangen und hatte die Pistole geholt, die ihm Rossi gegeben hatte, *für den Fall, dass …*

Jede Nacht lag sie jetzt neben ihm.

Als ihn sein Kollege Nicklas von der *Neuen Uppsalaer Zeitung* anrief, hatte HC bereits von dem Gerücht gehört. Die Zeitung hatte eine ältere Dame interviewt, die mitten in der Nacht Lastwagen vor dem Dom gesehen hatte, aber der Artikel war nie veröffentlicht worden. Jetzt ging es um Nicklas' Tante, die Ähnliches berichtet hatte wie die Zeugin aus Uppsala.

»*Eine* vermisste Person oder mehrere?«

»Nein, nur Bibis Nachbarin. Sie ist Schriftstellerin, ich weiß nicht, ob du sie kennst … Gloria Öster? Da sie eine bekannte Persönlichkeit ist, dachte meine Tante, dass die Zeitungen vielleicht interessiert seien. Sie hat selbst nachgeforscht und herumtelefoniert, konnte aber nichts herausfinden.«

»Hat sie es bei der Polizei und den Krankenhäusern probiert?«

»Ja, aber niemand konnte ihr weiterhelfen. Sie glaubt, es könnte mit den Fat Camps der Partei zusammenhängen.«

»Mir scheint, deine Tante hat zu viele Krimis gelesen.«

»Ich bin mir sicher, dass irgendetwas Ernstes dahintersteckt. Es ist nicht das erste Mal, dass ich so etwas höre.«

»Der Dom.«

»Genau.«

HC schwieg. Die alte Dame in Uppsala hatte gesehen, wie die Leute abtransportiert worden waren. Mitten in der Nacht.

»Deswegen wende ich mich ja auch an dich«, sagte Nicklas. »Du bist schließlich so etwas wie ein … *Insider.*«

»Ich weiß nicht mehr über die Regierung als du. Ich denke schon, dass nicht alles mit rechten Dingen zugeht, aber dass sie Leute verschwinden lassen … das kann ich mir nicht vorstellen.«

»Sie haben bereits Zwangskündigungen und fettfreie Wohnbezirke durchgesetzt. All das geschieht doch nicht freiwillig. Wie weit ist es noch bis zum nächsten Schritt?«

HC antwortete nicht.

»Ich höre ja selbst, wie es klingt«, sagte Nicklas am anderen Ende der Leitung. »Wir machen es so: Ich schicke dir alles, was ich bislang recherchiert habe, dann kannst du dir deine eigene Meinung bilden. Ich sitze jetzt am Computer und kann dir die Informationen direkt mailen. Du kannst Bibi anrufen und selbst mit ihr reden. Sie ist manchmal ein bisschen altmodisch, doch sie hat mir geholfen, als mein Vater krank wurde, und nun kann ich mich bei ihr revanchieren. Ich kann dir auch den Namen der Frau aus Uppsala geben. Sie heißt Lena Myrrhage. Offensichtlich hat sie bisher nur mit uns gesprochen, aber die Zeitung will das Interview nicht drucken. Und die Angelegenheit Gloria Öster war ihnen auch zu heikel.«

»Und wenn ich etwas herausfinde?«

»Frag Svärd. Oder verkauf es an eine andere Zeitung.«

»Sollte daran etwas wahr sein, wäre Johan wohl der Letzte, mit dem ich reden sollte.«

»Tu, was du für richtig hältst, HC. Aber ruf Bibi an, kannst du das machen? Aus alter Freundschaft? Selbst wenn nichts dabei herauskommt, wird sie sich zumindest besser fühlen, weil ihr jemand zugehört hat.«

»Na gut. Aber erwarte nicht zu viel.« Er legte auf und öffnete die E-Mail. Nachdem er das kurze Interview mit der Frau aus Uppsala gelesen hatte, googelte er Gloria Öster. Als er das Pressefoto vom Verlag sah, verstand er Nicklas.

Der Gedanke bereitete ihm Unbehagen. Es war Wahnsinn zu glauben, dass Johan und seine Parteigenossen damit begonnen hatten, Leute zu internieren. Zwar hatte die Gesundheitsideologie Züge einer Schreckenspropaganda, aber das war reine Rhetorik. Sobald die Umfragewerte für die Partei wieder anstiegen, würde es sich beruhigen. Vor allem, dachte er, war Johan nicht der Typ dafür. Nur weil man an Größenwahn litt, war man noch lange kein Stalin. Er war zweifellos launischer als früher, aber noch derselbe Mensch. Einer, der mit Hunden umgehen konnte, mit Menschen dagegen weniger.

HC betrachtete das Bild von Gloria Öster genauer. Wenn die Leute schon bei seinem kleinen Bierbauch die Stirn runzelten, wie mochten sie erst beim Anblick dieser stattlichen Matrone reagieren?

Er überflog noch einmal die Mail. Dann griff er nach seinem Handy und wählte die Nummer von Nicklas' Tante.

Bibi nahm sofort ab.

Ein paar Stunden später saß HC in Lena Myrrhages verrauchter Wohnung in der Drottninggatan in Uppsala. Auf dem Tisch der alten Dame standen zwei Kaffeetassen und eine Dose mit Gebäck, das seine besten Tage vermutlich irgendwann im Winter gesehen hatte.

»Ist es Ihnen recht, wenn ich das Gespräch aufzeichne?«

Lena Myrrhage blickte skeptisch auf das schwarze Aufnahmegerät. »In Ordnung«, sagte sie nach kurzer Überlegung.

HC legte das Gerät auf den Tisch. Er fühlte sich unwohl. Die Frau war deutlich älter als erwartet. Ihre dicken grauen Haare hatte sie in einem Haarnetz hochgebunden und an ihrem Arm war ein dünner Infusionsschlauch befestigt. Obwohl es zwei Uhr nachmittags war, trug sie ein langes weißes Nachthemd.

Sie schob ihm die Kaffeekanne hin. »Ich würde Ihnen gerne einschenken, aber …« Nur mit Mühe hob sie die rechte Hand. »An Tagen wie heute kann ich mich noch nicht einmal allein anziehen.«

Er betrachtete ihre geschwollenen Hände. Die Finger schienen fast zusammengewachsen zu sein. Die rechte Hand hatte Ähnlichkeit mit einer Klaue. »Das macht nichts«, sagte er schuldbewusst und nahm die Kaffeekanne. »Ich schenke uns ein.«

Sie legte den Kopf schief. »Sind Sie auch von der *Neuen Uppsalaer Zeitung?*«

»Nein, ich arbeite freiberuflich.«

»Ach so? Die *Neue Uppsalaer Zeitung* hat ja ihre Haltung geändert. Das habe ich auch dem anderen Journalisten gesagt. Es fehlt nicht mehr viel und ich werde mein Abonnement kündigen, habe ich zu ihm gesagt.«

HC lächelte höflich und blickte auf seinen Block. Die Frage war, ob er der alten Dame ein paar wesentliche Informationen entlocken konnte, oder ob sie eher an einem Kaffeekränzchen interessiert war.

»Ein bisschen Gebäck?«, fragte sie und deutete auf die Dose, die auf dem Tisch stand. »Etwas anderes hatte ich leider nicht im Haus. Es war ja sehr kurzfristig …«

»Danke, das ist mehr als genug.« Er legte eines der harten Gebäckstücke auf seine Untertasse. Dann schaltete er das Aufnahmegerät an. »Es ist also an Christi Himmelfahrt passiert. Draußen vor dem Dom?«

»Ja, ich habe es vom Fenster aus gesehen. Bei Tiefdruck macht mir die Gesundheit zu schaffen. Morgens gab es ja dann auch ein Gewitter, doch zuvor ...« Sie verzog das Gesicht. »Ich bin aufgestanden, um ein Glas Wasser zu trinken.«

»Um welche Uhrzeit war das ungefähr?«

»Es war halb vier. Ich habe auf die Uhr an der Mikrowelle geschaut.«

Ihr Blick und ihre Mimik wirkten aufrichtig. Aber gleichzeitig bilden sich alte Menschen schnell Dinge ein, dachte HC. Besonders um halb vier in der Nacht.

»Sie sind aus einem Seitenausgang des Doms gekommen«, erzählte Frau Myrrhage weiter. »In der Biskopsgatan. An den Treppen, die zum Dom hochführen.«

HC stand auf und ging zum Küchenfenster. »Haben Sie es von diesem Fenster aus gesehen?«

Sie nickte.

Er sah nach draußen. Von diesem Winkel aus konnte man die Gartenanlage des Skytteanum und ein Stück der Biskopsgatan einsehen. Nicht viel, aber ausreichend, um einen großen Lastwagen zu entdecken. Außerdem waren die Nächte um diese Jahreszeit hell. Doch Details konnte sie kaum erkannt haben.

»Das waren große Viehtransporter. Richtige Ungetüme.«

HC setzte sich wieder. Dasselbe hatte sie auch zu Nicklas gesagt.

»Das war kein schöner Anblick. Und normalerweise riechen diese Transporter ja auch abscheulich.«

»Sie haben also gesehen, wie Menschen am Dom abtransportiert wurden?«

»Hunderte. Insgesamt vielleicht tausend.«

HC zuckte zusammen. *»Tausend?«*

Lena Myrrhage nickte vor sich hin, als wolle sie ihre Erinnerung bezeugen. »Ich konnte mir zuerst keinen Reim auf diese Sache machen. So viele Menschen, mitten in der Nacht. Und die Polizei konnte ich schließlich nicht anrufen. Die war ja schon da.«

»Und dann? Was haben Sie noch gesehen?«

»Das waren richtige Kolosse.« Sie rümpfte die Nase. »Solche, wie man sie nur noch im Fernsehen sieht.«

»Die Leute, die aus dem Dom gekommen sind?« HC betrachtete sie prüfend. Lena Myrrhage wirkte immer noch glaubwürdig.

»Ja, Gott bewahre!« Sie schüttelte heftig den Kopf. »Es ist eine Schande, so auszusehen. Einfach abscheulich!«, sagte sie mit Nachdruck und hustete heftig.

HC reichte ihr eine Serviette. Er wusste nicht, was er sagen sollte. Jetzt war auf jeden Fall klar, dass sich Lena Myrrhage nicht aus Besorgnis an die Zeitung gewandt hatte.

Nach einer Weile räusperte sie sich mühsam und sagte: »Fragen Sie ruhig weiter.«

»Sind Sie sicher, dass Polizei dort war?«

Sie sah ihn verwundert an. »Wer hätte es sonst sein sollen?«

HC trommelte mit seinem Stift auf dem Block.

»Viehtransporter also«, murmelte er und unterstrich das Wort auf seinem Notizblock. Konnte das stimmen?

»Ja«, sagte Lena Myrrhage. »Die grünen. Ich glaube, es sind Schweinetransporter. Aber in der Zeitung stand nichts darüber und dieser Journalist von der *Neuen Uppsalaer Zeitung* …« Sie schüttelte den Kopf. »Er dachte wahrscheinlich, ich sei eine verwirrte alte Schachtel.«

HC lächelte. »Das glaube ich nicht.« Er blickte sich im Zimmer um. Dann wandte er sich wieder an Lena Myrrhage. »Hatten Sie ein Fernglas?«

Plötzlich sah sie verlegen aus. »Warum?«

»Hatten Sie in der Nacht ein Fernglas, als Sie die Transporter gesehen haben?«

»Ich …« Sie räusperte sich. »Ja, hatte ich. Ich habe mir Sorgen gemacht, was da unten vor sich ging, also musste ich …« Sie deutete auf den antiken Eckschrank. »Es liegt dort im Schrank, auf den Büchern.«

HC stellte sich wieder ans Fenster. Er richtete das Fernglas auf die Biskopsgatan. Ein Stück von der Domtreppe entfernt stand ein grünes Fahrrad. Er drehte am Okular, bis er die richtige Einstellung gefunden hatte. Im Fahrradkorb lag eine Supermarkttüte, er konnte den Schriftzug deutlich erkennen. Mit diesem Fernglas musste Lena Myrrhage alles genau gesehen haben, selbst wenn sie neunzig und schon halb blind war.

Aufgrund der besonderen Lage ihrer Wohnung war es nicht verwunderlich, dass sie es als Einzige beobachtet hatte. Die anderen umliegenden Häuser waren das Universitätsgebäude und die Dreifaltigkeitskirche, dort schaute niemand nachts um halb vier aus dem Fenster.

HC legte das Fernglas auf die Fensterbank. Ein Dohlenschwarm kreiste Unheil verkündend um die hohen Ziegeltürme der Kathedrale. Ihn überkam Unbehagen.

Der Registerauszug lag in seiner Tasche. Er hatte ihn am Vormittag bei Nicklas' Tante abgeholt. *Da war noch ein zweiter Umschlag,* hatte sie gesagt. *Ich habe gedacht, es könnte vielleicht die eigentliche Aufforderung sein.*

Wenn Johan bereit war, so weit zu gehen …

»Sind wir fertig?«, hustete Lena Myrrhage.

HC drehte sich zu ihr um. Sie sah leichenblass aus. Er ging zurück zum Tisch und schaltete das Aufnahmegerät aus.

Der Betonboden der Box war feucht. Gloria hatte versucht, bei Bewusstsein zu bleiben, um zu verstehen, was vor sich ging. Aber sie hatte das Gefühl, als wäre irgendetwas in ihrem Körper zusammengebrochen. Sie blinzelte einige Male. Durch die Dachritzen sickerte schwaches Licht, doch sie konnte unmöglich sagen, ob es früher Morgen oder Abend war.

Die Fahrt im Lastwagen ab Stockholm hatte mehrere Stunden gedauert. Jemand neben ihr hatte sich übergeben. Sie hatte Spuren von Erbrochenem an ihrer Kleidung, aber hier roch sie es nicht. Der Stallgestank war bestialisch und übertünchte alles.

Vor ein paar Jahren war unter Glorias Studenten einmal ein Tierschützer gewesen. Er hatte mehr über die schwedische Schweinemast erzählt, als Gloria eigentlich hatte wissen wollen. Unter anderem hatte er heimlich gedrehte Filmaufnahmen von einem Zuchtbetrieb in Norduppland gezeigt. Die Tiere waren so verwahrlost, dass man gegen die Betreiber Anzeige erstattet hatte. Trotz der eindeutigen Beweislage waren sie mit einer lächerlich geringen Geldstrafe davongekommen und bereits einige Wochen später war der Betrieb wieder in vollem Gange. Gloria musste an die vereiterte, dunkle Haut der Schweine denken. Der Betonboden war mit Blut besudelt gewesen, an einer Stelle hatte ein klebriger, deformierter Klumpen gelegen. Ein spontan abgetriebener Schweinefötus, hatte der Student erklärt. *Das passiert ständig.* Trotzdem waren es nicht der Dreck oder die Wunden, die sie am meisten mitgenommen hatten: Es waren die Blicke der Tiere gewesen. Die runden, klaren Augen, die direkt in die Kamera geschaut hatten. Als wüssten sie Bescheid.

Jetzt war sie das Schwein. Sie und alle anderen hier.

Sie hatte die Idee, nach Valdemar zu rufen, und zu ihrem Entsetzen waren die anderen ihrem Beispiel gefolgt. »Tommy!« »Frida! FRIDA!« Als ob die Rufe ansteckend waren.

Jetzt war es leiser, nur auf der anderen Seite waren noch schwache Stimmen zu hören. Ein Mann war auf eine der Abtrennungen zwischen den Boxen geklettert und hatte das Wort ergriffen. Am Anfang hatte er hysterisch gerufen: *Wir müssen uns organisieren! Wir müssen die Tür aufbrechen!* Als niemand reagierte, hatte er sich schließlich ein wenig beruhigt, aber jetzt schien er jemanden gefunden zu haben, der ihm zuhörte.

»Wenn wir uns alle gleichzeitig gegen die Tür stemmen, können wir es schaffen. Früher oder später müssen sie kommen, um uns etwas zu essen und zu trinken zu geben, und wenn wir dann alle …«

»Sie werden nicht kommen.«

»Aber falls doch, müssen wir bereit sein.«

»Sie haben doch die Waffen gesehen. Wenn wir versuchen zu fliehen, werden sie uns erschießen.«

»Aber wenn wir uns zusammentun … Hier drinnen sind mehrere Hundert Leute, sie können nicht alle erschießen.«

»Viele sind so schwach, dass sie sich nicht mehr auf den Beinen halten können.«

Eine neue Stimme mischte sich ein. »Er hat recht. Es ist besser, es jetzt zu tun.«

Gloria wurde hellhörig. Eine Sekunde lang hatte sie geglaubt, der Sprecher sei Valdemar – es musste am Göteborger Dialekt liegen –, aber dieser Mann war deutlich jünger. »Wir müssen die Gelegenheit nutzen, solange wir alleine sind«, fuhr der Mann fort. »Wenn wir die Abtrennungen zwischen den Boxen rausnehmen und damit gegen die Tür drücken.«

»Wir haben es schon probiert, man bekommt sie nicht los. Sie sind fest im Boden verankert.«

»Es muss doch irgendetwas geben, das nicht fest verschraubt oder verankert ist. Die Futtertröge? Die Behälter an der Tür?«

»Die sind alle angekettet.«

Gloria beteiligte sich nicht an der Diskussion. Es war sinnlos. Die Argumente drehten sich im Kreis. Sie hatten jeden Fluchtweg haarklein bedacht.

Manchmal könnte man meinen, Gott habe uns verlassen, hatte Valdemar gesagt. Hätte Gloria einen Gott gehabt, so hätte sie ihn sicherlich hier verloren.

»Und wenn wir eine Pyramide bilden? Dann kommen wir bis rauf ans Dach.«

»Dort oben ist auch alles zu. Das bringt nichts.«

»Nein, da gibt es Öffnungen.«

»Das sind nur Belüftungsschlitze. Da kommen wir nie im Leben durch.«

»Das können Sie doch gar nicht wissen. Wenn wir uns alle …«

»Haben Sie sich mal umgeschaut? Hier gibt es niemanden, der sich zu einer Pyramide aufstellen könnte. Wir sind keine verdammten Akrobaten!«

Gloria streckte die Beine für eine bequemere Position aus, aber die Schmerzen waren zu groß. Bei jeder Bewegung fühlte es sich an, als würde ihr Bein aus dem Hüftgelenk springen. Der Tritt des Wachpostens im Hovet hatte sie genau an der falschen Stelle getroffen. Sie lehnte sich gegen die Boxenwand und versuchte, das Böse fortzuatmen. Auf der anderen Seite hörte sie jemanden schluchzen. Das kleine Mädchen. Seine Mutter hatte ihm aus einem Behälter an der Tür etwas Wasser gegeben, doch die Tochter hatte alles wieder erbrochen. *Sie wollen uns nur Angst machen,* hatte sie gesagt. *Das ist ihre Taktik.*

Sie hatte selbst versucht, es sich einzureden. Johan Svärd war Psychopath genug, um so etwas zu probieren. Eine Schocktherapie. Ein *Experiment.*

Es musste sich um einen Test handeln. Natürlich würden sie lebend herauskommen.

Gloria streckte den Rücken durch. Sie versuchte, das Bein zu beugen, spürte aber sofort einen stechenden Schmerz. Sie musste das Bein irgendwie verbinden, hatte aber nichts anderes als ihre Hose und die Bluse. Und sie konnte keines ihrer Kleidungsstücke entbehren.

In der Box neben ihr polterte es. Im Dämmerlicht konnte sie einen Mann sehen, der mit seinem Schuh gegen die Trennwand hämmerte. Immer wütender schlug er dagegen. Jemand sagte ihm, dass er Ruhe geben solle. Gloria senkte den Kopf und machte die Augen zu. Durch den Flüssigkeitsmangel war ihr Mund ausgetrocknet, ihre Zunge fühlte sich geschwollen an.

Nach einer Weile gab der Mann mit dem Schuh auf. Die Luft im Stall war drückend und stickig. Gloria bemerkte, dass nicht nur der Randalierer auf der anderen Seite still geworden war, auch das Mädchen weinte nicht mehr. Aus irgendeinem Grund war diese Stille beängstigender als das Weinen. Das Kind war das einzig Lebendige hier. Es war der Grund, warum alle überleben mussten.

Sie lauschte. Regnete es?

Nicht weinen, beschwor sie sich. Nicht weinen.

Wenn sie jetzt damit anfing, würde sie nicht wieder aufhören.

Ola Sjögren erschauderte, als die Schreie die Musik durchdrangen. *Schon wieder die Vögel.*

Wie gelähmt starrte er auf die Flasche in der Spüle. Sie war leer, das war das Problem. Er hatte die Flasche holen wollen, aber sie war leer. Er schnitt eine argwöhnische Grimasse. Er hätte schwören können, sie sei gestern Abend noch voll gewesen, und dennoch … Schwankend versuchte er, sich umzudrehen und einen Blick auf die Wanduhr zu erhaschen, stolperte dabei über seine eigenen Beine und fiel hin.

Eins? Es war schon ein Uhr?

Er rappelte sich auf und blieb an der Spüle stehen. Draußen war es hell.

Es musste bedeuten … Es musste bedeuten …

Ein Uhr mittags?

Ein zufriedenes Grinsen breitete sich auf seinem Gesicht aus. Dann war es weit vor Ladenschluss und er konnte sich Alkohol besorgen.

Mit neuem Elan wankte er in den Flur. Auf dem Boden lagen überall Kleidungsstücke und Werkzeuge. Die Schränke waren hinter Stapeln von Kisten verschwunden. Er kramte in einer Ecke nach seiner Fleecejacke und zog sie über seinen Blaumann. Er brauchte fast zwanzig Minuten, um die Autoschlüssel zu finden. Auf dem Weg nach draußen zog er die Gummistiefel an, die neben der Tür standen.

Auf der Vordertreppe ärgerte er sich, schaffte es aber nicht, wieder ins Haus zu gehen und sich umzuziehen. Es waren mindestens zwanzig Grad. Mittlerweile war es spät geworden und bis Öregrund würde er mindestens eine halbe Stunde brauchen. Der kleine Laden machte immer früh zu.

Wenn er es nicht rechtzeitig schaffte, musste er bis Östhammar fahren. Wo Boote anlegten, gab es immer Alkohol. *Law of the land.*

Er stolperte zum Auto und drückte auf den Knopf seines Funkschlüssels. In dem silberfarbenen BMW war es unerträglich heiß. Ola schnaufte angestrengt und ließ sich auf das schwarze Leder fallen. Er spürte durch seinen Blaumann die Hitze des Sitzes. Als er den

Zündschlüssel umgedreht hatte, stellte er die Klimaanlage auf die höchste Stufe. Das brauchte zwar mehr Benzin, aber er wollte sowieso tanken.

Am Schlagbaum hielt er an. Das Schild mit der Aufschrift ZUTRITT VERBOTEN war auffällig genug, um Elche und verirrte Touristen abzuschrecken.

Er stieg aus und stemmte keuchend den Schlagbaum nach oben. Was für eine Affenhitze! Sein Unterhemd war schweißnass und klebte ihm auf der Haut. Er ließ den Schlagbaum oben. Es würde nur eine Stunde dauern. Niemand würde etwas merken.

Dennoch machte sich in ihm eine leichte Unruhe breit, als er einen Blick in den Rückspiegel warf. Falls dieser Kerl von der Partei vorbeikäme, würde er kurzen Prozess mit ihm machen. Typen wie diese würden ohne Hemmungen Leute ausschalten, die ihnen nicht in den Kram passten. Aber an Tagen wie heute tauchten sie niemals vor Sonnenuntergang auf.

Ola schaltete das Radio an. Der Ton war normal, aber das Display zeigte nichts an. Wie konnte das sein? Das Auto war nagelneu. Er sollte in die Kfz-Werkstatt nach Östhammar fahren und es reparieren lassen. Aber das konnte bis Montag warten, entschied er. Sofern er sich dann noch daran erinnerte.

Das Lied wurde von einer Frauenstimme unterbrochen. Ola verzog das Gesicht. Heutzutage wurde im Radio viel zu viel gequasselt. Sie ließen nicht einmal die Lieder bis zum Ende laufen für ihr Gelaber.

Die Frau im Radio war irgendeine Prominente, die aufgedreht davon erzählte, wie dick sie gewesen sei, bevor sie sich »auf sich« besonnen habe. Sie habe stundenlang vor dem Kühlschrank auf dem Boden gesessen und hemmungslos ihren Genüssen nachgegeben. »Dann habe ich einen Entschluss gefasst! Mona, habe ich zu mir gesagt, jetzt ist es ernst: Fett oder Karriere. Und nach einem Anruf bei der Stockholmer Bariatrie ging alles wie von selbst. Willkommen im Leben. Willkommen *zurück*.«

Ola wechselte den Sender, doch irgendwie klang alles gleich. Er konnte nicht einmal erkennen, was Werbung war und was nicht. Der Schlagbaum kam ihm wieder in den Sinn. Rossi würde ihm den Hals umdrehen, wenn er das sah.

Er kniff einige Male heftig die Augen zusammen. *Denk nicht daran.*

Kurz vor Norrskedika hielt er an der Tankstelle, um zu tanken. Er schaute zu dem kleinen Shop, als er seine Karte in die Zapfsäule steckte. Das ganze Gerede übers Essen hatte ihn hungrig gemacht. Außerdem hatte er – soweit er sich erinnern konnte – nicht gefrühstückt. Der gesamte Vormittag war ihm nur vage in Erinnerung, wie auch der gestrige Tag.

Ola knallte die Autotür zu. Sobald er sich bewegte, brach ihm der Schweiß aus. Er war verschwitzt und er hatte Durst. An den Tankstellen gab es doch wohl immer noch Leichtbier?

Im Shop war es kühler.

»Machst du mir ’ne Wurst?«, sagte er zu dem Jungen an der Kasse und wankte zu den gekühlten Getränken im hinteren Teil des Ladens. Dort gab es ein ganzes Regal mit Bierdosen. *Nicht schlecht.* Gierig nahm er zwei Dosen aus dem Regal und ging zurück zur Kasse.

»Senf oder Ketchup?«

»Beides.« Ola stellte die Bierdosen auf die Theke und holte seine Brieftasche aus der Tasche.

Der Kassierer kam mit der Wurst zurück. »Bitte schön.«

Ola starrte verwundert auf die schmale blasse Wurst, die auf dünnem Butterbrotpapier lag. »Was … Gibt es kein Brot dazu?«

»Leider nein.«

»Was soll das heißen, leider nein?«

»Das gibt es bei uns nicht mehr. Unsere neuen Gesundheitsregeln. Sojawürste. Zuckerfreier Ketchup. Kein Brot. Achtzig Kalorien.«

»Das ist doch ein Witz.«

»Tut mir leid.« Er tippte den Preis für die Wurst und die zwei Bierdosen ein. »Das macht fünfundsiebzig Kronen.«

»*Fünfundsiebzig?*«

»Die Wurst kostet fünfzehn, eine Dose Bier dreißig.«

»Was zum Teufel …«

Ola kramte wütend in seiner Brieftasche. Bei diesen Preisen würde seine Aufwandsentschädigung eher aufgebraucht sein, als er gedacht hatte.

Der Kassierer sah ihn teilnahmsvoll an. »Wir tun, was wir tun müssen, damit die Leute sich während der Autofahrt nicht mit Dickmachern vollstopfen. Das wird überall so gemacht. Haben Sie denn keine Nachrichten gesehen? An keiner Tankstelle wird noch Brot serviert.«

Ola schnaubte und gab dem Kassierer einen Hunderter. »Ich wusste nicht, dass jeden Tag neue Regeln dazukommen.«

»Willkommen in der Gegenwart«, murmelte eine Stimme.

Ola drehte sich um. Hinter ihm stand ein junger Mann. Er war groß und kräftig und hatte einen ungepflegten Bart, der das halbe Gesicht verdeckte. Hätte er nicht wie einer aus der Region Uppland gesprochen, hätte Ola ihn für einen Norweger gehalten.

»Warten Sie's nur ab«, sagte der Bartträger. »Ehe das Jahr um ist, wird es auch mit den Würsten vorbei sein und eine davon«, er deutete auf Olas Dosen, »wird hundert Kronen kosten. Oder das Bier wird in Pipetten verkauft.«

Ola steckte sein Wechselgeld ein. »Das ist doch ungerecht!«, wetterte er. »Dass diese Fettsäcke sich totfressen, ist verdammt noch mal nicht meine Schuld.«

»Das ist gar nicht das Problem«, sagte der Mann leise.

Ola machte eine der Dosen auf. Allein das Zischen der Kohlensäure reichte aus, damit er sich entspannte. Er hatte tierischen Durst. Er fühlte sich, als hätte er seit Tagen keinen Tropfen Flüssigkeit mehr zu sich genommen.

»Prost auf die verdammten Kostverächter!«, rief er, nahm einen großen Schluck und hob die Hand in die Höhe. »Auf ein schlankeres Schweden!« Er fuchtelte so wild mit der Dose in der Luft herum, dass das Bier überschwappte.

Er beugte sich zu dem falschen Norweger.

»Du täuschst dich«, flüsterte er. »Ehe das Jahr um ist, ist es mit ihnen vorbei. Mit den Fettsäcken, nicht mit den Würsten.« Er gluckste und zeigte stolz auf sich selbst. »Du sprichst mit dem verdammten *Wurstkönig*!«

Der junge Mann erstarrte. Innerhalb eines Augenblicks war Olas heitere Stimmung wie weggeblasen. Er bemerkte die ernste Miene des anderen und bereute seine Äußerung.

Ola drehte sich, als hätte sein Körper die falsche Richtung eingeschlagen. Auf halbem Weg fiel sein Blick auf die Wand hinter der Kasse. Wie spät war es? Gab es hier drin denn keine einzige Uhr?

»Passen Sie auf! Sie werden noch hinfal …«

Ola hob gerade noch den Fuß über die Schwelle. Er stolperte, konnte sich aber aufrecht halten. »Ich muss noch Alkohol kaufen«, murmelte er und drückte die Glastür auf.

Landon spürte, wie seine Schläfen pochten. »Wer war das?«, erkundigte er sich bei dem Kassierer. »Der Alte in der Fleecejacke. Wissen Sie, wer das ist?«

»Ach, der Mann hat ein Alkoholproblem.« Er schien sich über Landons Reaktion zu wundern. »Kümmern Sie sich nicht um ihn. Er ist harmlos.«

»Wissen Sie zufällig, wo er wohnt?«

»Es ist ein Bauer hier aus der Gegend. Ich hab ihn eine ganze Weile nicht mehr gesehen, aber …« Er dachte nach.

»Es könnte der Bauer von Falunda gewesen sein.«

»Falunda?«

»Ja. Falunda Schweinezucht. Sie wissen, dass der Betrieb vor ein paar Jahren pleitegegangen ist? Ola Sjögren. Ich bin mir aber nicht ganz sicher. Vielleicht war es auch der Bauer von Rödby. Die mussten auch schließen. Die Geschichten sind ja alle gleich. Es ist kein Geld mehr da und die Frau haut ab. Die Männer ertränken ihren Frust im Alkohol, um nicht mehr daran denken zu müssen.«

Landon sah durch die Glastür nach draußen. Der Mann hatte noch nicht einmal den halben Weg zu seinem Auto zurückgelegt. So, wie er torkelte, musste er deutlich mehr getrunken haben als das eine Leichtbier. Und warum war er angezogen, als würden draußen Minustemperaturen herrschen?

»Man hat sein Leben lang Schweine gezüchtet und dann kommt der Staat plötzlich auf die Idee, Wurst zu verbieten«, fuhr der Kassierer fort. Er lächelte. »Mehr Pech kann man gar nicht haben.«

Landon murmelte eine Antwort.

»Wollen Sie auch eine?«

»Ich …« Landon hob die Augenbrauen. Jetzt hatte der Alte sein Auto erreicht. Ein brandneuer, silbergrauer BMW. Auf den ersten Blick wirkte der Bauer wie ein abgewrackter Alkoholiker, der – wenn der Kassierer recht hatte – seine Existenzgrundlage verloren hatte. Wie konnte er sich ein so teures Auto leisten?

Der Bauer fiel kopfüber auf den Fahrersitz. Eine Minute später saß er aufrecht am Lenkrad, legte aber den falschen Gang ein. Der BMW schlingerte einige Meter im Rückwärtsgang, bevor der Mann die Bremse fand. Nur ein paar Zentimeter von der Landstraße entfernt hatte die Fahrt bereits ein Ende genommen.

»Ach du Scheiße.« Der junge Mann an der Kasse hatte das Drama mitverfolgt. Er schüttelte den Kopf. »Armer Kerl. In seinem Zustand wird er nicht weit kommen.«

Am Auto gingen die Blinker an.

»Soll ich die Polizei rufen?«

Landon erstarrte. *Ehe das Jahr um ist, ist es mit ihnen vorbei.*

Im nächsten Moment verstand er. Der Alte wusste irgendwas.

Er drehte sich um und stürzte aus der Tür.

Der silberne BMW fuhr in Schlangenlinien über die Straße. Zwischendrin hatte der Bauer ein nahezu mörderisches Tempo vorgelegt, doch seit zehn Minuten fuhr er konstant dreißig km/h, als säße er in einem Traktor. Landon blieb in seinem Volvo so weit wie möglich hinter ihm, aber vermutlich war der Alte sowieso zu betrunken, um ihn im Rückspiegel zu bemerken.

Sie fuhren in Richtung Küste. Landon vermutete, dass der Alkoholladen in Öregrund das Ziel der Fahrt war. Er hatte keine Ahnung, wie er mit dem Mann in Kontakt treten würde, aber jetzt war es wichtig, ihn nicht aus den Augen zu verlieren.

»Komm schon.« Landon trommelte mit den Fingern ungeduldig auf das Lenkrad. »Gib Gas!«

Er fluchte, als der BMW erneut auf die Gegenfahrbahn geriet. Wenn es so weiterging, würde der Alte sich totfahren, bevor sie Öregrund erreicht hatten.

Irgendetwas im Blick des Bauern hatte ihn erschreckt. Tief in den hellen, geschwollenen Augen hatte er Anzeichen von Panik bemerkt. Der Blick einer Person, die etwas gesehen hatte, was sie lieber nicht hatte sehen wollen. Landon spürte deutlich, dass der Bauer nicht am Alkohol, sondern an der Wirklichkeit verzweifelt war.

Der BMW wurde noch langsamer. Als er blinkte, um auf die Straße nach Öregrund abzubiegen, fuhr der Bauer nur noch fünfzehn km/h. Eine Viertelstunde später parkte er auf dem Bürgersteig vor dem Alkoholladen und taumelte vom Fahrersitz. Er schwankte, konnte einen Sturz aber vermeiden.

Landon hielt ein Stück hinter ihm. Er wollte aussteigen, überlegte es sich dann aber anders. Einfach hinzugehen und zu fragen, was der Bauer gemeint hatte, war zu riskant. Wahrscheinlich würde der Alte sofort auf der Hut sein. Sein Plan B war genauso verrückt, aber gab ihm mehr Zeit. Wenn er jetzt scheiterte, würde er keine zweite Chance bekommen.

Landon ließ den Motor wieder an. Er durfte die Möglichkeit nicht preisgeben.

Er fuhr um den Block und suchte nach einem weniger auffälligen Parkplatz. Er hielt ein wenig weiter seitlich am Bürgersteig und schlug den Autoatlas auf. Am Rand notierte er Ola Sjögrens Namen und das Kennzeichen des BMW. *Silbergrau,* fügte er noch hinzu.

Dann schrieb er zwei Wörter, die er für den Rest seines Lebens nie mehr vergessen sollte.

Falunda Schweinezucht.

Helena hob ihre unverletzte Hand und presste sie fest gegen die Stirn. Sie massierte sich mit kreisenden Bewegungen die Schläfe. In ihrem Kopf explodierte der Schmerz. Ab und zu wurde ihr schwarz vor Augen. Sie konnte zwar wieder sehen, aber es fühlte sich an, als würden ihre Augäpfel jeden Moment platzen.

Sie waren seit mehreren Tagen hier eingesperrt. Drei Tage, vermutete sie, aber sie war einige Zeit bewusstlos gewesen, sodass es genauso gut vier sein konnten. Gestern Nacht hatte sie gehört, dass es regnete. Sie hatte sich mehrfach übergeben müssen und dennoch schleppte sie sich immer wieder zu den schmutzigen Trögen nahe der Tür, um ihre ausgetrockneten Lippen zu befeuchten. Bald würde sie vor lauter Durst anfangen, an den Wänden zu lecken. Sie spritzten jeden Abend Wasser in den Stall, aber nach ein paar Minuten bildeten sich Pfützen oder das Wasser versickerte im Lehm. Es schien kaum etwas Sinnloseres zu geben.

Die riesige Fläche war in Reihen mit viereckigen Boxen aufgeteilt. Vor den Türen befanden sich niedrige Futtertröge. Der scharfe, undurchdringliche Geruch fraß sich ins Gehirn. Er ätzte sich ein.

Es waren noch mehr gekommen. Wie sie selbst trugen einige von ihnen Schlafanzüge oder Bademäntel, andere waren fast nackt. Viele hatten mehrere Stunden bewegungslos auf dem Boden gelegen. Dort verrichteten sie ihre Notdurft. Helena war dazu immer an die Stirnseite der Box gegangen, aber jetzt waren da auch Menschen. Sie hatte versucht, einen neuen Platz in der Nähe des Ausgangs zu finden, doch sollte Panik ausbrechen, wäre es der denkbar schlechteste Ort. Die Leute drängten immer nach außen. Schließlich war sie in eine der mittleren Boxen geklettert, dort fühlte sie sich sicherer.

Sie versuchten, sich gegenseitig zu helfen. Eine der älteren Frauen hatte für diejenigen, die froren, zusätzliche Kleidung gesammelt. Andere Kleidungsstücke rissen sie in Streifen, um sie als Verbandsmaterial zu benutzen. Sie taten ihr Bestes, um all das zu richten, was sich nicht richten ließ. Stabilisierten ein gebrochenes Handgelenk mit einer Schuhsole. Bandagierten einen verletzten Daumen mit dem Riemen einer Sandale. Sie hatten Wasser gesammelt und versucht, die Jüngsten zum Trinken zu bringen.

Man konnte bis zu drei Tage ohne Wasser auskommen und bis zu drei Wochen ohne Essen, das hatte sie als Krankenschwester gelernt. Aber galt das auch für kleine Kinder?

Sie hatte zu viel versprochen. Hatte ihre Fähigkeiten absichtlich überhöht.

Ihre Hand hatte sie mit dem Gürtel ihres Bademantels umwickelt, aber der provisorische Verband war schon bald durchgeblutet. In der Dunkelheit konnte sie das Ausmaß ihrer Verletzung nicht erkennen, doch sie spürte deutlich, dass ihre Hand schief war.

Mit der gesunden Hand massierte Helena erneut ihre Schläfe. Man konnte lernen, mit links zu schreiben, redete sie sich ein. Sie konnte sich ein Auto mit Automatikgetriebe zulegen. Und hatte sie nicht schon immer von einer dieser Küchenmaschinen geträumt, die einem die halbe Arbeit abnahmen? Molly würde ihr bestimmt auch helfen. Sie kochte so gern.

Beim Gedanken an Molly stiegen ihr die Tränen in die Augen. Landon kümmert sich um sie, sagte sie zu sich selbst. Landon kümmert sich um sie.

Plötzlich schrie eine Frau neben ihr. »Irgendetwas krabbelt auf mir!« Sie hüpfte panisch auf und ab. »Iiiihhh!« Sie stolperte und trat auf Helenas verletzte Hand.

Der Schmerz war so heftig, dass Helena keinen Ton herausbrachte. In panischer Angst zerrte sie mit ihrer gesunden Hand den Knoten des Frotteegürtels auf. Ich muss sie wieder einrenken, war ihr Gedanke.

Als sie ihren provisorischen Verband lockerte, strömte Blut hervor.

Als Ola Sjögrens BMW fünfundvierzig Minuten später auf die Zufahrtsstraße zum Hof einbog, war weit und breit kein anderes Auto zu sehen. Landon hatte oben an der Kreuzung gehalten. Am Wegrand stand ein verwitterter rostbrauner Briefkasten. Auf der Klappe klebte ein weißes Namensschild.

Fam. SJÖGREN.

Landon zuckte zusammen. *Familie.* Daran hatte er nicht gedacht. Zugleich hatte der Kerl nicht so ausgesehen, als gäbe es in seinem Leben jemanden, der seine Kleidung wusch oder dafür sorgte, dass sie der Jahreszeit entsprach. Und er war alt. Wenn er Kinder hatte, dann waren sie mit größter Wahrscheinlichkeit schon längst ausgeflogen.

Landon beschloss, zehn Minuten zu warten. Dann hatte der Alte Zeit, um die erste Flasche zu öffnen.

Um Punkt viertel nach drei bog Landon in den Schotterweg nach Falunda ein. Der Weg verlief durch ein Waldstück und endete an einem Schild mit der Aufschrift ZUTRITT VERBOTEN. Er zögerte und entschied dann, dass es sicher zur Abschreckung von Tierschützern gedacht war. Wenn man die Tore einfach offen stehen ließ, konnte man es als Freifahrtschein interpretieren.

Landon stieg aus dem Auto. Ein merkwürdiger Gestank schlug ihm entgegen. Der muffige, leicht säuerliche Geruch erinnerte nicht an Landwirtschaft. Es roch eher nach Verwesung. Er hob den Schlagbaum an und stemmte ihn hoch. Der Beton war neu. Die rote Farbe war noch an keiner Stelle abgeplatzt. Wenn es stimmte, dass der Hof stillgelegt war, warum hatte der Bauer dann eine neue Schranke aufgestellt? Und die Spuren im Lehm …

Heute Nacht mussten Transporter hier entlanggefahren sein.

Er ging zurück zum Auto und fuhr die Anhöhe hinauf. Eine Minute später sah er zwei große Stallgebäude auf der linken Seite. Am Ende des Wegs zeichnete sich vor dem klarblauen Himmel ein gelber Gutshof ab.

Vor dem Haus parkte der silbergraue BMW. Landon wendete und stellte das Auto in Fahrtrichtung ab. Irgendetwas sagte ihm, er würde gezwungen sein, sich wieder aus dem Staub zu machen.

Er blieb eine Weile im Auto sitzen. Hatte ihn jemand kommen sehen? Im nächsten Moment hörte er Musik und entspannte sich etwas. Der Bauer hatte schon mit seiner kleinen Privatparty begonnen.

Landon stieg aus. Der Geruch war noch stärker. Er blickte auf das Gebäude, das dem Haus am nächsten lag. Es hatte keine Fenster und glich eher einer Fabrik als einem Stall. Davor standen einige Absperrgitter. An der Wand lehnten ein paar lange, glänzende Stahlrohre. *Death row,* ging ihm durch den Kopf; ihm wurde schlecht.

Er näherte sich dem Gebäude, um herauszufinden, woher der Gestank kam. Hatte der Alte seine letzten Schweine im Stall verwesen lassen?

Er betrachtete den feuchten schwarzen Lehm. An diesem Ort herrschte kein Leben mehr. Selbst das Gras war tot.

Gerade als er zum Haupthaus gehen wollte, um mit dem Bauern zu sprechen, hörte er ein Geräusch. Erstaunt drehte er sich wieder um. Waren dort drinnen noch lebendige Schweine? Nein, er musste es sich eingebildet haben. Dann hörte er es wieder.

Das Geräusch.

Es war ein Mensch.

Landon rannte zurück.

Der Gestank schlug ihm wie eine Wand entgegen. Er hustete heftig und hielt sich den Mund zu, während er sich durch die Absperrgitter zwängte. Ein dicker Stahlbalken sicherte die Tür und war mit einem

Vorhängeschloss versehen. Er rüttelte am Balken, der sich aber keinen Zentimeter bewegen ließ. Landon hämmerte gegen die Tür. »Hallo?«

Von drinnen hörte er noch einen verzweifelten Schrei. Dann noch einen. Entsetzt starrte er auf die Tür. *Er hat sie eingesperrt,* dachte er. *Er ist verrückt.*

In der nächsten Sekunde schlug die erste Kugel in der Betonwand neben ihm ein. Landon drehte sich um. Draußen auf der Treppe stand der Bauer und zielte mit einer Pistole auf ihn. Landon konnte gerade noch hinter dem Stall in Deckung gehen, als der nächste Schuss fiel.

Der Alte war krank. Er hielt Menschen in seinem Stall gefangen und es bestand kein Zweifel daran, dass er soeben auf ihn geschossen hatte. Er hatte ihn treffen wollen. Und wenn er nicht so sturzbetrunken wäre, wäre es ihm vermutlich sogar gelungen.

Landon rannte in panischer Angst um das Gebäude und suchte nach einem Versteck. Das nächste Gebäude war zu weit entfernt. Abgesehen von einem grünen Container in der Mitte war der Platz leer. Konnte er vielleicht zum Waldstück auf der anderen Seite laufen? Auf halbem Weg hinter dem Container in Deckung gehen? Es war ein Stück, aber der Alte war zum Glück ziemlich wackelig auf den Beinen.

Landon sah um die Ecke und rannte los. Ein paar Sekunden später hörte er den nächsten Schuss, aber diesmal verfehlte er ihn deutlich. Beim Container warf er sich auf den Boden und kam mit dem Knie auf einem Stein auf. Er griff sich ans Bein. »Verflucht …«

Er hatte Blutgeschmack im Mund und sein Kopf fühlte sich an, als würde er platzen. Aber er durfte nicht aufgeben, der Bauer war hinter ihm her. Er zog sich an einer Metallkante hoch und kam wieder auf die Beine.

Als er den Blick hob, erfasste ihn ein unermessliches Grauen. Der Container war voller Menschenleichen, die meisten von ihnen nackt. Auf dem aufgedunsenen Fleisch krabbelten Maden und Insekten umher.

Landon schnappte nach Luft und ließ die klebrige Kante los.

Er beugte sich nach vorn und übergab sich.

Ola Sjögren schwitzte wie ein Tier. Sein feuchter Zeigefinger glitt über den Abzug der Pistole.

Er saß in der Scheiße. Es war nicht seine Schuld, aber das spielte keine Rolle. Er wusste, wie seine Auftraggeber tickten. Es kümmerte sie einen Dreck, ob der Typ im Volvo eine Einladung hatte oder nicht. Ola hatte Rossi häufig genug am Telefon gehabt. Unerwünschte Gäste auf Falunda fielen in seine Verantwortung und wenn er seine Aufgabe nicht erfüllte ...

»Du oder ich, Junge«, murmelte er. »Du oder ich.«

Er wankte hinaus auf den Acker. Die Schreie waren schlimmer als jemals zuvor. Der Typ musste versucht haben, in den Stall zu gelangen.

Egal. Gleich würde er tot sein. Den Volvo konnte er im Wald verstecken, bevor die Wachen zurückkamen. Die Leiche würde er im Container verschwinden lassen. Niemand würde davon erfahren.

Aber diese Schreie! Ola fuchtelte mit seiner Pistole. Das war doch nicht zum Aushalten!

Er stolperte über einen Gegenstand und brüllte vor Schmerz. Der verfluchte Hühnerstall! Wütend trat er gegen den Bretterhaufen, aber das machte es nur noch schlimmer. Er taumelte weiter zum Container.

Als er nur noch einen Meter entfernt war, hob er seine Waffe und legte den Finger an den Abzug.

Das rote, geschwollene Gesicht des Bauern glühte in der Sonne. Sein Mund war zu einer grotesken Grimasse verzerrt. Er erinnerte Landon an ein tollwütiges Tier.

Landon duckte sich und entging dem ersten Schuss nur um Haaresbreite. Dann griff er nach dem Spaten, der am Container lehnte. Langsam schlich er auf die andere Seite. Er musste zuschlagen, bevor der Kerl ein weiteres Mal schoss.

Die Stimme des Bauern war nur ein paar Meter von ihm entfernt; es klang, als säße ihm etwas im Hals. »Sorry, Kleiner …« Er war sternhagelvoll und lallte ziemlich.

Landon holte aus und hob den Spaten höher. Er wird zögern, dachte er. Ich bin schneller.

Ola Sjögren schrie laut auf, als ihn das Stahlblatt am Kopf traf. Er feuerte einen Schuss ab. Dann wurde es still.

Landons Hände zitterten. Der Bauer lag bewegungslos auf dem Boden. Aus seinem linken Mundwinkel floss Blut.

Die Sonne brannte Landon ins Gesicht. Im Wald zwitscherten die Vögel. Landon beugte sich langsam herunter, keine Bewegung. Er hob die Pistole auf und stieß den Bauern noch einmal mit der Fußspitze an, um sich zu überzeugen, dass er auch wirklich bewusstlos war.

Er blickte zum Haus. Konnte sie jemand beobachtet haben? Als er zum Auto humpelte, tat sein Knie so weh, als ob die Kniescheibe rausgesprungen wäre. Die Pistole lag schwer in seiner Hand. Die Toten im Container. Die Lebenden im Stall. Es war unmöglich, dass der Bauer allein hinter dieser ganzen Sache steckte.

Es war *ihr* Werk.

Er atmete heftig.

Die Schlüssel, dachte Landon. Er blieb stehen, überlegte es sich aber wieder anders. Der Gedanke, noch einmal zurückzugehen und Ola Sjögrens verschwitzte Kleidung zu durchsuchen, ließ ihn erschauern. Sollte er versuchen, das Hängeschloss aufzuschießen? Doch er könnte jemanden auf der anderen Seite treffen.

Ehe das Jahr um ist, ist es mit ihnen vorbei.

Alle Menschen im Container waren übergewichtig gewesen. Und sollte es weitere Tote geben …

Hilflos betrachtete er den dicken Stahlbalken an der Tür. Er hatte die Wahl zwischen den Taschen des Alten und dem Haus, aber es konnte Stunden dauern, bis er den richtigen Schlüssel fand. Wenn er stattdessen sofort losfuhr und Hilfe holte …

Aber wen sollte er alarmieren? Wenn die Partei ihre Finger im Spiel hatte, dann war selbst die Polizei in die Sache verstrickt. Svärd hatte die Behörden auf seiner Seite.

»Helena?«, flüsterte er.

Es war Wahnsinn, das war ihm klar.

»Helena, bist du da?« Er rief lauter. »Helena!«

Jetzt hörte er sie wieder. Er konnte keine einzelnen Stimmen ausmachen, nur einen undefinierbaren Klangbrei. Doch da ...

»Helena?«

Plötzlich hörte er von der Zufahrtsstraße ein Motorengeräusch. Landon rannte zu seinem Volvo und warf sich hinters Lenkrad. Er warf die Pistole des Bauern auf den Beifahrersitz und ließ den Motor an. Die einzige Chance, unbemerkt zu entkommen, war der Weg in die andere Richtung, über den Acker.

Er drückte das Gaspedal durch, fuhr quer über den Hof und bog in den kleinen Weg hinter dem Stall ein. Er sah in den Rückspiegel. Sie würden jeden Augenblick da sein.

Er erreichte den Acker, der Volvo schlingerte im Lehm. Zwanzig Meter vor dem Waldrand steckte das Auto plötzlich fest. »Verdammte Scheiße!« Landon gab vorsichtig Gas und ließ die Kupplung langsam kommen. »Los!« Der Schweiß tropfte ihm von der Stirn. »Komm schon!« Er umklammerte das Lenkrad. »So ein verdammter *Mist!*«

Plötzlich griffen die Räder wieder.

Er sah erneut in den Rückspiegel, doch aus diesem Winkel war der Hof durch die Ställe verdeckt. Er biss die Zähne zusammen. Wenn er sie nicht sah, konnten sie ihn hoffentlich auch nicht sehen. Oder?

Der Wald war dichter, als von Weitem angenommen, doch er fand eine offene Stelle, wo er hineinfahren konnte. Der alte Volvo schaukelte und klapperte, als er durch den Wald holperte. Die Bäume boten ihm Schutz.

Falunda war nicht mehr zu sehen. Im besten Fall würden sie erst nach ihm suchen, wenn sie den Bauern entdeckt hatten, und das konnte dauern. Der Container stand weit vom Haupthaus entfernt und solange der Alte nicht sofort wieder aufwachte …

Falls er wieder aufwachte. Landon überlief ein Schauer.

Er würde fahren, so lange es ging, dann würde er laufen. Der Volvo rumpelte weiter vorwärts. Der Weg war steinig und uneben. Äste schlugen gegen die Windschutzscheibe. Nach ein paar Hundert Metern lichtete sich der Wald endlich. Würde er auf eine Wiese stoßen oder auf einen anderen Hof? Er hoffte auf Letzteres. Wo es einen Hof gab, musste es auch einen Weg geben.

Die Reifen drehten wieder durch. Er gab vorsichtig Gas. »So ist es gut«, murmelte er. Er hörte die geduldige Stimme seines Großvaters, mit dem er seine ersten Fahrversuche unternommen hatte. *Stell dir vor, dass unter dem Gaspedal ein Ei liegt, Junge. Ein Ei! Und jetzt mit ein bisschen mehr Schwung.*

Landon gab gefühlvoll Gas und ließ die Kupplung kommen. »Bitte …« Sein Herz hämmerte. Der Schweiß lief ihm in die Augen.

Schließlich setzte sich das Auto in Bewegung. Landon fuhr vorsichtig durch lichtere Bäume und sah zu seiner Erleichterung den Acker vor sich. Häuser waren nicht in Sicht, dafür ein Traktor. Er blinzelte ins Gegenlicht. Auf keinen Fall wollte er den Nachbarn des Bauern begegnen. Vor allem wenn es gute Nachbarn waren.

Landon fuhr an dem verlassenen Traktor vorbei und folgte der Reifenspur. Am Waldrand auf der anderen Seite begann ein Schotterweg. Genau wie er gehofft hatte. Er atmete erleichtert auf. Als er den Weg erreicht hatte, beschleunigte er. Wenn alles gut ging, würde er bald auf der Landstraße sein.

Nach ein paar Minuten machte der Weg eine scharfe Linkskurve. Landon bremste. Was, wenn die Straße zurück nach Falunda führte?

Er gab wieder Gas. Er musste nachsehen, es gab keine andere Möglichkeit.

Keine Autos. Keine Polizisten. Die Straße war verlassen. Landon wischte sich den Schweiß von der Stirn und versuchte, seinen Puls herunterzubringen. *Alles in Ordnung. Du bist entkommen.* Er beschleunigte und holte tief Luft. Sollte er lieber auf die kleinen Nebenstraßen ausweichen? Das Risiko war dort geringer, dass ihm jemand begegnete. Oder war es klüger, etwas ganz anderes zu machen? Er könnte nach Tierp fahren und von dort den Zug zurücknehmen.

Er wurde das Gefühl nicht los, dass ihn jemand verfolgte. Er hatte keine Spuren hinterlassen. Sie hatten den Volvo nicht gesehen. Trotzdem konnte er das Unbehagen nicht abschütteln. Gab es auf dem Hof Überwachungskameras?

Landon blieb auf der Landstraße. Nach einer Weile fuhr er am Schild nach Öregrund vorbei. Er war unendlich müde und hatte keine Kraft mehr. Er wollte nur noch nach Kavarö fahren und ganz von vorn beginnen.

Seine Gedanken überschlugen sich. Johan Svärd wollte die letzten Übergewichtigen aus der Statistik tilgen. Daraus hatte er keinen Hehl gemacht. Und die Geschichte hatte ihm gezeigt, wie man ein solches Problem löste.

Sie würden den Hof dem Erdboden gleichmachen, dachte Landon. Alle Spuren verwischen. Und die Menschen, die im Stall eingesperrt gewesen waren …

Ihm wurde schlecht, als er an die verwesenden, grauen Leichen im Container dachte. Man hatte sie umgebracht. Falls Helena dort war, würde man auch sie töten.

Vor ihm tauchte das Ortsschild von Östhammar auf. Er bremste abrupt und hielt auf dem Seitenstreifen.

Er konnte sie nicht im Stich lassen.

Landon schaltete die Warnblinkanlage ein. Er presste die Finger hart an die Schläfen, als könne er den Stress einfach herausquetschen. Was sollte er tun? Was *konnte* er tun?

Wenn er bloß das geeignete Werkzeug hätte, um dieses Vorhängeschloss aufzuschneiden, einen Bolzenschneider oder … Er lehnte die Stirn gegen das Lenkrad. *Denk nach. Denk nach.*

Er konnte das Auto auf einem der Waldwege abstellen und zu Fuß nach Falunda zurückgehen, sobald es dunkel war.

Er wollte gerade weiterfahren, als ein roter Saab neben ihm hielt. Der Fahrer kurbelte das Fenster herunter und sah Landon fragend an. »Brauchen Sie Hilfe?«

Landon schüttelte abwehrend den Kopf und stellte das Warnblinklicht aus. »Fahr weiter«, murmelte er und deutete an, dass alles in Ordnung sei. Der andere warf ihm einen forschenden Blick zu und fuhr dann weiter. Landon wartete ein paar Minuten, bevor er sich wieder auf den Weg machte. Kurz vor Östhammar sah er auf der linken Seite eine Kfz-Werkstatt.

Bevor er ausstieg, klappte er die Sonnenblende herunter und betrachtete sich im Spiegel. Jetzt begriff er, warum der Mann im Saab ihn misstrauisch gemustert hatte. Das Gesicht im Spiegel war nicht wiederzuerkennen. Die Augen waren blutunterlaufen, die Haare strähnig und schweißverklebt.

Landon zog sein T-Shirt hoch und wischte sich das Gesicht ab. Er atmete einige Male tief durch. *Niemand weiß, was geschehen ist,* beschwor er sich. *Niemand weiß, was geschehen ist.*

In der Autowerkstatt war es kühl und dunkel. Landon wartete darauf, dass ihn jemand bediente.

Er wollte schon aufgeben, als ein magerer, langhaariger Kerl in der Werkstatt hinter einem Auto auftauchte. »Tach auch«, begrüßte er ihn und wischte sich die Hände an einem Lappen ab. Die Haare hatte er mit einem breiten Stirnband nach hinten gebunden.

»Hallo.«

Der Mann nickte in Richtung Parkplatz. »Haben Sie Probleme mit Ihrem Volvo?«

»Nein, er ist …« Landon räusperte sich. »Der läuft. Aber ich bräuchte ein Werkzeug.«

»Alles klar. Was brauchen Sie denn?«

»Einen Bolzenschneider«, sagte Landon. Er ging sich mit der Zunge über die Lippen. Konnte man es ihm ansehen? »Oder jedenfalls ein größeres Schneidewerkzeug. Es geht um ein Schloss, oder …« *Reiß dich zusammen,* dachte Landon. »Ja, um ein Schloss, das klemmt.«

»Haben Sie es mit dem Schlüsseldienst probiert?«

Der Typ sah Landon argwöhnisch an. Nach ein paar Sekunden warf er den Lappen weg. »Na ja, Sie sehen nicht gerade wie ein Bankräuber aus.«

Landon lächelte erleichtert. »Ich glaube nicht, dass die Banken noch Vorhängeschlösser haben«, sagte er. »Heutzutage läuft ja alles per Onlinebanking.«

»Dann bleiben nur noch die Ferienhäuser, korrekt?«

»Es ist ein altes Gartenhaus«, erwiderte Landon und fand plötzlich, dass seine Story ganz plausibel klang. »Der frühere Besitzer des Hauses behauptet, er habe die Schlüssel verloren.«

Der Kfz-Mechaniker öffnete einen Schrank hinter der Kasse und nahm einen großen Bolzenschneider heraus. Er legte ihn auf die Ladentheke. »Ich bin mir nicht hundertprozentig sicher, ob der hier geeignet ist. Man kann damit Fahrradschlösser und so was knacken, aber wenn Sie ein größeres Vorhängeschloss haben, keine Ahnung. Hängt auch davon ab, wie alt das Schloss ist. Manchmal benötigt man eine Bügelsäge. Oder einen Schneidbrenner. An Ihrer Stelle würde ich den Schlüsseldienst rufen.«

»Ich nehme beides«, sagte Landon. »Auch die Bügelsäge.«

Der Mann betrachtete ihn skeptisch. »Da kommen Sie beim Schlüsseldienst billiger weg.«

»Ich versuche es selbst«, erwiderte Landon und zückte seine Brieftasche. »Wenn es klappt, dann klappt es.«

Der Mechaniker schüttelte den Kopf und verschwand, um die Säge zu holen. Als er zurückkam, blickte er Landon an. »Kann ich noch etwas für Sie tun?«

Landon sah ihn an. »Und was ist, wenn man schießt?«

Der Mann kniff die Augen zusammen. »*Schießen?*«

»Ja, wenn Bügelsäge und Bolzenschneider nicht funktionieren. Kann man ein Schloss aufschießen?«

»Hängt davon ab, womit.«

»Mit einer Pistole oder einem Gewehr.«

Der Typ zog die Augenbrauen hoch.

»Ist nur eine Frage«, sagte Landon. »Ich muss dieses verdammte Schloss aufkriegen.«

Der Mechaniker schüttelte den Kopf. »Das geht nicht.«

»Völlig ausgeschlossen?«

»Sie sollten es erst gar nicht versuchen. Sie werden alles kaputt schießen, nur nicht das Schloss. Und sich selbst.«

Landon gab keine Antwort. Er legte einen Fünfhundert-Kronen-Schein auf die Theke und bekam sein Wechselgeld zurück.

»Warten Sie«, sagte der Mechaniker, als Landon die Tüte nahm. Er beugte sich nach unten und holte einen Gegenstand hervor. »Hier.« Er hielt eine Eisennadel hoch. »Es gibt Schlösser, die sich ganz leicht knacken lassen. So. Erst drücken …« Er wölbte die Hand um die Nadel und machte es vor. »Und dann auf und ab rütteln. Sehen Sie?« Er zeigte es ihm noch einmal. »Drücken und rütteln. Es kann ein bisschen dauern, bis man den Dreh heraushat, aber meistens funktioniert's. Wenn Sie es ein paar Mal gemacht haben, geht es einfacher.«

»Danke.« Landon sah den Mann dankbar an. »Das ist ein guter Tipp.«

»Das haben Sie nicht von mir, falls Sie ein krummes Ding drehen.«

»Wie war noch mal Ihr Name?«, fragte Landon und setzte eine verständnislose Miene auf.

Der Typ grinste breit. »*Jetzt* sehen Sie aus wie ein Bankräuber.«

Landon lachte.

Das Foto war schon ein paar Jahre alt, zeigte ihn aber von seiner besten Seite. Draußen im Sonnenschein vor der Regierungskanzlei. Obgleich mitten in der Stockholmer Innenstadt aufgenommen, hätte die Idylle nicht perfekter sein können. Das Wasser glitzerte blau in der Sonne und im Hintergrund schwebten ein paar Möwen. Der Wind wehte durch seine etwas zu langen Haare. Er sah aus wie ein Rockstar.

»Wie steht es um die Arbeitsbeschaffungsmaßnahmen? Wir entledigen uns ungeeigneter Elemente, um den geeigneten Kandidaten mehr Jobs anbieten zu können?«

Johan riss sich von dem Ausschnitt aus dem dänischen Frauenmagazin los und sah Sixten Rogård an. Dessen Ausführungen waren so langweilig, dass er irgendwann abgeschaltet hatte. Für gewöhnlich dauerten die Besprechungen mit seinem Redenschreiber eine halbe Stunde, aber heute zog es sich in die Länge. »Das hat aus meiner Sicht bei weitem noch nicht die Zugkraft, die es haben sollte«, wandte er ein.

»Gut, dann müssen wir die Kinder in den Mittelpunkt rücken. Ein karitatives Vorsorgesystem für die kommenden Generationen. Eine gesündere Zukunft für unsere Jüngsten.«

»Nimm mit rein, was du als Erstes gesagt hast. Über das Zurückschneiden von Ästen.«

»Die Frage ist nur …« Sixten Rogård zögerte. »Die Leute werden eins und eins zusammenzählen. Es bringt nichts, die halbe Wahrheit zu sagen, wenn die andere Hälfte nicht zur Sprache gebracht werden darf.«

»Wir werden ihnen zuvorkommen und dementieren, bevor sie es überhaupt erwähnen können. *Sie mögen jetzt vielleicht an Sterilisation denken, aber Tatsache ist, dass …*«

»Das Risiko besteht, dass es einen größeren Pressewirbel auslöst, als du zurzeit gebrauchen kannst.«

»Wir verweisen auf den Bericht des Instituts für Ernährung. Ich meine den von Weihnachten, über die Erbanlagen.«

»Wir müssen betonen, dass es um eine Generation geht. Eine vorläufige Maßnahme. Sonst rufen die Leute gleich ›Bevölkerungskontrolle‹ und ›Ein-Kind-Politik‹ und gehen auf die Barrikaden.«

Johan warf einen Blick auf die Uhr. Er hatte gedacht, vor der Konferenz um fünf Uhr noch eine halbe Stunde für sich zu haben. Jetzt waren es nur noch sechs Minuten. Am Anfang seiner Amtszeit war alles einfacher gewesen, da hatte er alles selbst gemacht. Aber jetzt waren die Dinge deutlich komplizierter. Der Aufwand und die Einsätze waren höher. Wenn er jede Rede selbst verfasste und gleichzeitig dafür sorgte, dass der Laden lief …

Er machte Anstalten, sich zu erheben. »Schickst du mir morgen früh einen Entwurf? Ich muss mich ein bisschen vorbereiten, bevor ich mich auf den Weg mache.«

Sixten Rogård stand sofort auf. »Kein Problem. Du kannst ihn beim Frühstück lesen.«

Johan sah skeptisch aus. »Als ob ich momentan Zeit zum Frühstücken hätte.«

»Das ist doch ganz im Sinne der Ideologie.«

»Den Spruch habe ich ja noch nie gehört«, erwiderte er ironisch. »Solltet ihr Schreiberlinge nicht eher innovativ und originell sein?«

»Mit Klischees lässt sich mehr Geld verdienen.«

Johan verdrehte die Augen. Als Rogård den Raum verlassen hatte, betrachtete er wieder den Ausschnitt. HC irrte sich. Er war ein Superheld. Er war verdammt noch mal der attraktivste Superheld der Welt.

Er nahm sich den Entwurf des Briefs an die Familienangehörigen vor, den Max Rossi ihm geschickt hatte. Das Informationsblatt war im gleichen Sonnengelb gehalten wie die Webseiten der Lager. Fastenkuren für überarbeitete Mütter. *Bald kommt Papa wieder nach Hause – schlank und glücklich.*

Als er gerade Rossis Entwurf absegnen wollte, klingelte eines der Telefone. Sein privates.

Die Stimme am anderen Ende kam ohne Umschweife direkt zur Sache.

»Was weißt du über eine Massenveranstaltung im Dom von Uppsala an Christi Himmelfahrt?«

Was zum … »HC?«

»Hunderte Übergewichtige. Viehtransporter.«

Johan biss sich hart auf die Lippen. Wo hatte er das her? Er umklammerte den Hörer. »Ich habe keine Ahnung, wovon du redest.«

»Tu doch nicht so. Ich höre, dass du es weißt.«

Johan ging langsam zum Fenster. »Ich verstehe nicht einmal, was du …«

»Ich wusste, dass ihr irgendetwas im Schilde führt, aber das ist wirklich krank, einfach nur krank.« HC atmete schnell. »Wo habt ihr sie hingebracht?«

»Von wem sprichst du?«

»Ich *weiß* es, Johan. Verstehst du? Ich habe Daten. Und Namen.«

Johan umklammerte den Fensterrahmen so fest, dass seine Fingerknöchel weiß hervortraten. Es regnete. Der Himmel war schwarz, obwohl es gerade erst fünf Uhr nachmittags war. Er machte die Augen zu. »Hast du getrunken?«

»Die Frage muss viel eher lauten, was zum Teufel *du* gemacht hast!«

Johan entspannte sich leicht. Dass HC seine Stimme erhob, war Reaktion genug. HC hatte getrunken, was das Gespräch nicht weniger besorgniserregend machte, doch vermutlich würde er sich später an nichts mehr erinnern. Vielleicht steckte etwas anderes dahinter. Probleme im Job oder irgendeine Frauengeschichte.

»Ich gehe damit an die Öffentlichkeit«, fuhr HC fort. »Ob ich es von dir habe oder von jemand anderem.«

»Ich lege jetzt auf. Wir sprechen uns wieder, wenn du nüchtern bist.«

Johan beendete das Gespräch. Er biss die Zähne zusammen. HC konnte nichts wissen. Niemand wusste davon.

Ich habe Daten. Und Namen.

Was zum Teufel bedeutete das?

Der Regen prasselte stärker gegen die Fensterscheibe. In der Ferne grollte der Donner. Er konnte die Sache nicht auf sich beruhen lassen, er musste herausfinden, wer die undichte Stelle war. Wenn HC die Informationen von einem seiner Journalistenkollegen hatte, wäre es eine Katastrophe.

Ein paar Minuten später hatte Johan Max Rossi in die gleiche, hundsmiserable Laune versetzt. Er fauchte fast in den Hörer. »Was genau hat er gesagt?«

»Er kannte das genaue Datum von Uppsala. Und er hat gesagt, er hätte Namen.«

»Namen? Von wem?«

»Das hat er nicht gesagt. Aber er wusste von den Transportern.«

»Und was hast du gesagt?«

»Nichts.«

»Hm …« Am anderen Ende der Leitung tippte Rossi etwas in seinen Computer.

Johan wurde immer wütender. Er hatte alles richtig gemacht, es war *ihre* Schuld. Irgendjemand hatte Mist gebaut. »Du hast gesagt, alles wäre nach Plan gelaufen«, sagte er. »Nicht ein einziger Patzer.«

»So war es auch. Ich habe den Bericht von Uppsala gerade nicht vorliegen … warte kurz.« Rossi verschwand. Als er wieder ans Telefon kam, hörte Johan Papiergeraschel. »Hier. Die Aktion im Dom.« Er war kurz still. »Nein, es gab keine Probleme. Du sagst, er ist Journalist?«

»Freiberufler. Eigentlich ist er Fotograf. Er arbeitet häufig für die *Neue Uppsalaer Zeitung*.«

»Das ist verdammt heikel.«

»Keine Sorge, HC wird schon nichts unternehmen. Das Problem ist, dass es irgendwo eine undichte Stelle gibt.«

»Wie kannst du dir so sicher sein, dass der Typ nichts unternimmt? Er ist ein Schmierfink, der nicht für uns arbeitet. Vielleicht ist er schon längst dabei, die Sache groß aufzuziehen.«

»HC ist kein Informant. Ich kenne ihn. Ich mache mir keine Sorgen.«

»Das klingt aber ganz anders.«

»Er ist nicht das Problem. Einer deiner Jungs hat geplaudert!«

»Das ist nicht gesichert.«

Rossi tippte wieder etwas in seinen Computer. »Wo finden wir den Typ? Wie heißt er?«

»Ich kümmere mich um die Sache. Es ist nur …«

»Komm schon, Johan.« Rossi klang ungeduldig.

Als Johan etwas erwidern wollte, erhellten zwei Blitze den Himmel. Er wich instinktiv zurück, als ob jemand auf ihn geschossen hätte.

»Nenn mir einen Grund, warum wir ihn in Ruhe lassen sollten.«

»Ab jetzt arbeitet ihr unauffälliger. Und ihr erhöht die Sicherheit auf den Höfen.«

»Wenn die Information einmal draußen ist, ist sie draußen.«

»Nichts ist draußen. Er hat nur Gerüchte gehört.«

»Sein Name, Johan. Gib mir seinen Namen, verflucht noch mal.«

»Ich …«

»Wir können die undichte Stelle nicht stopfen, wenn wir nicht wissen, wo sie sitzt.«

Draußen donnerte es wieder. Der schwefelfarbene Himmel wurde über dem Riddarfjärden von leuchtenden Blitzen erhellt. Regentropfen prasselten aufs Wasser.

Johan kniff die Augen zusammen. Dies war sein Leben. Dies war sein Werk.

Du wärst ein schlechter Superheld geworden, Johan.

Er zitterte am ganzen Körper.

»Sein Name.«

Johan holte Luft. »Hans Christian Mikkelsen.« Die Wörter brannten in seinem Mund. »Mit zwei k. Die dänische Schreibweise.«

»Wir erledigen das.«

Johan blieb mit dem Telefon in der Hand stehen, ohne sich zu bewegen. Als es zum dritten Mal blitzte, bemerkte er es gar nicht.

Landon spülte das letzte Stück Sojawurst mit einem Schluck Kaffee herunter. Das Zeug schmeckte scheußlich. Die fettfreie Milch war wässrig und geschmacklos, und obwohl es schon sein zweiter Becher war, hatte der Körper immer noch nicht auf das Koffein reagiert. Er öffnete die Plastikverpackung mit den gekochten Eiern und teilte sie mit dem Plastikmesser in der Mitte. Vorsichtig streute er Salz darüber und aß eine Hälfte. In der Region Roslagen wurde es langsam so schwierig, an Kohlenhydrate zu kommen, wie in Stockholm, und die als Mahlzeitenersatz vorgesehenen Proteinriegel an der Tankstelle hatten ausgesehen wie getrockneter Lehm.

Er aß die zweite Eihälfte und sah auf die Uhr. Sein Plan war der reinste Wahnsinn. Das war ihm klar. Er hatte nicht einmal in Erwägung gezogen, die Polizei anzurufen. Die einzige Nummer, die er von seinem Handy aus angerufen hatte, war sein eigener Anschluss, und das Gespräch war bedrückend genug verlaufen. Molly hatte alle Brote aufgegessen, die Landon für sie gemacht hatte. Dann hatte sie sich eine Fernsehsendung angesehen, in der ein Fitnesstrainer gedroht hatte, seinen übergewichtigen Schülern die Lippen zuzunähen, wenn sie nicht mit dem Essen aufhörten. *Das machen sie doch nicht bei Mama?*

Er hatte versucht, Molly zu trösten, und ihr versprochen, in der Nacht wieder zu Hause zu sein. *Allerspätestens morgen früh.* Und wenn nicht morgen, dann übermorgen. Er hatte ihr versichert, dass sie sich keine Sorgen zu machen brauche, was auch immer geschah. Auch wenn er sein ursprüngliches Versprechen längst gebrochen hatte. Dennoch hatte er es ihr hoch und heilig versprochen und auf Ehre und Gewissen geschworen. Und noch vor ihrer Verabschiedung hatte Molly versprochen, dass der Gestiefelte Kater und sie etwas zu Mittag essen würden, auch wenn keine fertigen Brote mehr da waren. Den Fernseher wollte sie auch ausgeschaltet lassen.

Landon fragte sich, ob sie Letzteres wohl einhalten würde, und verfluchte sich selbst, dass er das Fernsehkabel nicht vor seiner Abfahrt durchgeschnitten hatte. Jetzt blieb ihm nichts anderes übrig, als Molly zu vertrauen.

Er dehnte seinen Nacken. Die Situation war immer noch unwirklich. Er saß mit zwei gestohlenen Waffen in einem Auto und schmiedete Pläne, mitten in der Nacht auf einem Schweinehof einzubrechen und Leute zu retten, die er nicht einmal kannte. Und er hatte einen Menschen getötet.

Er korrigierte sich. *Möglicherweise* hatte er einen Menschen getötet.

Frustriert starrte er auf die Tankstelle. Er wusste nicht, ob es an der Sojawurst lag oder an seiner geplanten Rettungsaktion, aber ihm war speiübel. Sein Körper zitterte wie im Fieber. Er suchte im Handschuhfach nach Schmerztabletten, konnte aber nur die Fahrzeugpapiere und eine Packung Taschentücher finden. Er nahm eins aus der Packung und stieg aus dem Auto.

Die Ladenglocke bimmelte, als er die Tankstelle betrat. Der Kassierer drehte sich um und schaute ihn überrascht an. »Hat es Ihnen so gut geschmeckt?«

»Nein, im Gegenteil«, stöhnte Landon. »Haben Sie Paracetamol?«

Der junge Mann sah Landon bedauernd an. »Ich hoffe nicht, dass die Sojawurst schuld ist?«

»Es liegt ein Gewitter in der Luft. Draußen ist es so stickig, dass man kaum atmen kann.«

»Ja, nicht schön.«

Landon blickte ihn fragend an. »Dann vielleicht Kopfschmerztabletten?«

»Wir führen keine Medikamente. Sorry. Nur Pflaster.«

Landon seufzte. »Typisch.«

Der Kassierer sah ihn mitfühlend an. »Warten Sie.« Er holte unter der Theke eine Packung Schmerztabletten hervor. »Hier.« Er gab Landon eine Tablette. »Ich habe leider nur noch zwei, aber die wirken normalerweise.«

»Sind das Ihre eigenen? Das ist nicht nö …« Landon wurde schwindelig. Er hielt sich am Tresen fest.

Der Mann schüttelte den Kopf und gab ihm den Blister mit den letzten beiden Tabletten. »Sie brauchen mehr als eine«, sagte er. »Nehmen Sie jetzt eine und eine weitere in etwa einer Stunde. An Ihrer Stelle würde ich nach Hause fahren und mich ins Bett legen.«

»Das würde ich an meiner Stelle auch gerne tun«, erwiderte Landon. Er nahm die Tabletten, lächelte angestrengt und ging in Richtung Tür.

»Wollen Sie wirklich noch fahren?«

»Das geht schon.«

»Geben Sie Bescheid, falls Sie es sich anders überlegen. Ich kann Ihnen ein Taxi rufen.«

»Okay.«

Im Auto sah er auf die Uhr. Erst sieben. Er schaute in den pastellblauen Sommerhimmel. Es war noch zu hell. Noch ein paar Stunden, dachte er und legte sich die erste weiße Schmerztablette auf die Zunge.

Er wusste nicht, ob ihn die Tabletten müde gemacht hatten oder er vorher erschöpft gewesen war, doch als er aufwachte, war es nach Mitternacht. Landon sah sich auf dem verlassenen Hafenparkplatz um, wohin er von der Tankstelle aus gefahren war, und verfluchte sich, dass er nicht die Weckfunktion seines Handys aktiviert hatte. Als ob es eine Rolle spielte. Je später er nach Falunda kam, desto besser. Selbst wenn auf dem Hof jemand wach wäre, hoffte er, dass ihm die Dunkelheit – die wenige in dieser Jahreszeit – Schutz böte.

Unbemerkt auf den Hof gelangen, sagte er zu sich. Das Auto verstecken, das Schloss am Stall knacken, Helena finden. Sie mit nach Hause nehmen. Die Polizei alarmieren … Eventuell die Polizei alarmieren.

Die Chronologie seiner To-do-Liste war nicht ganz logisch, aber er sollte die Behörden besser außen vor lassen, bevor er nicht hundertprozentig sicher war, mit wem er es zu tun hatte. Falls die Gesundheitspartei bei Ola Sjögrens Mordorgie die Finger im Spiel hatte, war die Polizei die letzte Instanz, mit der er sprechen wollte.

Dann *Interpol,* dachte er. *Die Vereinten Nationen.*

Ihm fielen die Flugtickets nach New York ein, die in der Skolgatan auf seinem Schreibtisch lagen. Er könnte jetzt schon dort sein. Könnte in diesem Moment durch den Central Park flanieren, eine warme Brezel in der Hand und seine ganze Zukunft vor sich. Stattdessen saß er im Auto mit seinem Einbruchwerkzeug und den verrinnenden Minuten.

Er ließ den Motor an, fuhr auf die Landstraße und beschleunigte, bis er das Tempolimit um zehn km/h überschritt.

Er tastete in seiner Tasche nach der Eisennadel. Die ersten zwei Stunden in Östhammar hatte er versucht, ein Hängeschloss aufzubekommen, das er an der Tankstelle gekauft hatte. Es war klein, viel kleiner als jenes am Stall, aber die Konstruktion war ähnlich. Am Ende hatte er den Dreh raus. Wenn er auf Falunda fünfzehn Sekunden Zeit hatte, würde er es schaffen. Wenn nicht, musste der Bolzenschneider den Rest erledigen.

Er wollte die Pistole am liebsten nicht verwenden, aber der Container vor dem Stall sprach eine deutliche Sprache. Sjögren und seine Komplizen schreckten vor nichts zurück.

Die Frage war, um wie viele es sich handelte. Bei Landons erstem Besuch auf dem Hof war Sjögren allein gewesen. Die einzige Sicherheitsvorkehrung, die er bemerkt hatte, war die Schranke an der Einfahrt gewesen. In der Zwischenzeit hatten sie Verstärkung herbeirufen können, aber das war nicht sicher. Alles hing davon ab, wer die Rädelsführer waren. Falls Johan Svärd persönlich dahintersteckte, konnte mittlerweile die halbe Armee dort sein.

Bis Falunda war es etwa noch ein Kilometer. Er schaltete das Licht aus und fuhr langsamer. Der Weg durch den Wald war aussichtslos (Beppes alter Volvo 240 hatte schon genug mitgemacht), er hielt am Rand des Ackers, stellte den Motor ab und stieg aus. Draußen war es kalt und klar, die Sonne war einem bleichen Halbmond gewichen. Er nahm die Tüte mit den Werkzeugen aus dem Auto, die Pistole steckte er in den Hosenbund. Schließlich holte er seine zweite Waffe aus dem Kofferraum. Helenas Gewehr.

Landon schlug den Kofferraum zu und ging langsam in Richtung Wald. Der Himmel schimmerte immer noch leicht rosa. Auf der anderen Seite des Waldstücks lag Falunda. Es war nicht mehr weit.

Die Luft war feucht. Obwohl die Temperatur seit dem Nachmittag bestimmt um zehn Grad gesunken war, schwitzte er. Der Gewehrriemen scheuerte an seiner Schulter.

Kurz darauf schimmerte der Himmel zwischen den Baumkronen durch. Landon konnte das weite Feld und den Hof erahnen. Er hatte weiterhin keinen wasserdichten Plan. Genauer gesagt: Er hatte nur einen einzigen. Wenn dieser fehlschlug, war es aus.

Durch das Gebüsch am Waldrand sah er den Hof. Das Haupthaus wurde vom Stallgebäude fast vollständig verdeckt, aber der grüne Container war deutlich zu sehen. Landon blieb eine Weile stehen und wagte es nicht, sich zu bewegen. Das befürchtete Szenario, Polizeiautos mit Blaulicht und Helikopterscheinwerfer, die den Acker nach dem Mörder des Bauern absuchten, war nicht eingetroffen. Der Hof lag fast komplett im Dunkeln.

Er blieb eine Weile im Schutz der Bäume. Auf dem offenen Acker konnte er nirgendwo in Deckung gehen, und selbst wenn alles ruhig zu sein schien, wollte er keine sichtbare Zielscheibe abgeben.

Auf Höhe des Haupthauses hörte er ein Motorengeräusch und duckte sich hinter einen Busch. Das Geräusch kam von der Einfahrt her, genau wie beim letzten Mal. Einen Augenblick später schweiften Scheinwerfer über die Hausfassade.

Er schaute durch die Äste.

Ein großer Lastwagen bog um die Ecke und hielt auf dem Innenhof. Landon hörte Männerstimmen, konnte aber im Licht der Scheinwerfer nur konturlose Schatten ausmachen. Kurz darauf tauchte hinter der Wegbiegung ein zweiter Lastwagen auf. Diesmal konnte er den grünen Aufbau deutlich erkennen.

Es waren Viehtransporter.

Die Männer stellten die Absperrgitter auf, die Landon vor dem Stall bemerkt hatte. Das Eisengestänge schepperte. Vorsichtig schlich er näher, um besser sehen zu können. Die Männer trugen Uniformen. Sie sperrten den Weg vom Transporter bis zum Stall ab.

Doch der Lastwagen war leer. Landon riss die Augen auf.

Sie wollen sie abholen. Als die Männer bereit waren, positionierten sie sich an den Seiten. Zwei von ihnen öffneten die Stalltüren. Weinen und Schreie waren zu hören. Schemenhafte Gestalten wurden ins Freie getrieben. Ein paar stützten sich gegenseitig, andere stolperten, stürzten und blieben liegen. Ein Soldat trat auf einen Mann ein, der reglos am Boden lag.

Landon beugte sich vor und schloss die Augen. War das ein Kind? Panisch riss er ein Stück Moos aus dem Boden und stopfte es sich in den Mund, um nicht zu schreien. Es fühlte sich an, als würde er den Verstand verlieren.

Das konnten sie doch nicht tun. Plötzlich hörte er, wie eine Frau in der Menge schrie. Ihr Schrei durchfuhr ihn.

Helena?

Landon blickte hoch. Im Gegenlicht der Scheinwerfer sah er, wie die Körper auf der Ladefläche zusammengepfercht wurden. Die Soldaten verloren die Geduld. Knüppelschläge hagelten auf die Menschen nieder und hallten über den Hof.

Er hatte nur diese eine Chance, er musste sie nutzen. Das war seine einzige Möglichkeit. Wenn Helena unter diesen Menschen war …

Innerhalb weniger Sekunden war er auf den Beinen. Kalter Schweiß klebte ihm am Körper. Seine Jeans war nass vom Gras. Er ging zwischen den Bäumen in Deckung und lief zurück.

Auf halbem Weg durch den Wald hörte er einen Schuss. Er zuckte zusammen und wäre beinahe hingefallen, fing sich aber und rannte weiter. Äste schlugen ihm ins Gesicht, das feuchte Moos machte die Steine rutschig und glatt. Als er den Volvo erreichte, riss er die Tür auf und warf das Gewehr auf den Beifahrersitz.

Er raste den asphaltierten Weg zurück nach Falunda. An der Einfahrt machte er eine Drehung und parkte am Straßenrand. Er ließ das Fenster herunter. Das weiße Schild glänzte im Mondlicht.

Im selben Moment hörte er Motorengeräusche. Er rollte langsam bis zur Wegbiegung.

Die Lichtkegel schwenkten in seine Richtung. So ein Mist. Er gab Gas und beschleunigte, bis er hinter der Kurve verschwunden war. Hinter der geraden Wegstrecke lag die Einfahrt zum nächsten Feld. Dort könnte er parken und warten. Falls sie nicht wie verrückt rasten …

Er biss die Zähne zusammen. Sie waren verrückt. Als ihre Scheinwerfer in seinem Rückspiegel auftauchten, erreichte er die Feldeinfahrt. Er trat hart auf die Bremse und bog ein. Das Herz schlug ihm bis zum Hals. Knapp zehn Sekunden später donnerte der grüne Lastwagen auf der oberen Straße vorbei. Der Schweiß lief ihm von der Stirn. Er wendete, fuhr auf die Landstraße zurück und folgte dem Lastwagen. »Alles gut«, murmelte er sich beruhigend zu. »Alles gut.«

Die Situation war alles andere als gut, doch jetzt hatte er den Lastwagen wenigstens vor sich. Es war eine bedeutend bessere Ausgangslage.

Er warf einen Blick in den Rückspiegel. War der andere Lastwagen schon früher losgefahren? Oder war dieser hier der erste?

Falls ja, dann würde er es bald herausfinden.

Alle zugleich!«

»Wir müssen uns an den Türen aufstellen!«

»Schhhh! Wir tun so, als würden wir schlafen.«

Wir stellen uns tot, dachte Gloria. Das würde eher passen.

Wie lange war es her, seit sie die Arena verlassen hatten? Gloria hatte kein Zeitgefühl mehr. Am Anfang hatte sie noch die Stunden anhand des Lichts gezählt, das durch die Dachritzen fiel, doch dann hatte sie häufiger in einem Zustand von Ohnmacht vor sich hin gedämmert. Ihr Bein tat weh, sobald sie es belastete. Heute Morgen hatte der Schmerz bis zur Hüfte ausgestrahlt.

Ihre größte Angst war, eine der letzten Überlebenden hier zu sein. Ein einsamer Atemzug zwischen vielen Toten. Der Gestank war grauenvoll. Seitdem sie gestern Abend Wasser in den Stall gespritzt hatten, war es noch schlimmer geworden. Sie hatten etwas trinken können, doch die Nässe drang überall ein.

Die kalte Feuchtigkeit war unerträglich. Die Leute übergaben sich laufend.

Gloria behielt die Tür im Auge. Sie hörte, wie die Rampe nach unten geklappt wurde und auf den Boden knallte. Hörte die scheppernden Absperrgitter. Diese Geräusche hatten sich ihr eingeprägt.

Die Lastwagen waren zurück.

Als ihr bewusst wurde, wie wenig Menschen sich um sie herum noch bewegten, wurde ihr eiskalt. Sie wären nicht einmal mehr in der Lage, sich zu befreien, selbst wenn sie die Chance dazu hätten. Wenn sie wieder die Türen öffneten, würde die Hälfte der Menschen auf dem Boden liegen bleiben.

Mühsam versuchte sie sich aufzurichten. Wenn sie schon sterben musste, dann wenigstens unter freiem Himmel. Sie zog sich an der Trennwand hoch. Zwischen ihr und der Tür lagen nur zwei Boxen.

»Wenn sie die Türen aufmachen, stürmen wir alle gleichzeitig hinaus.«

Jetzt fingen die anderen erneut mit ihren Fluchtplänen an.

»Und wenn sie bewaffnet sind?«

»Sie können uns nicht alle gleichzeitig erschießen.«

»Wir müssen in unterschiedliche Richtungen davonlaufen.«

»Nein, auf keinen Fall. Wir schaffen es nur, wenn wir zusammenbleiben.«

»Es gibt Leute, die nicht mehr alleine laufen können. Wir müssen denjenigen helfen, die nicht mehr in der Lage sind …«

»Wir müssen an uns denken! Das ist unsere einzige Chance!«

Gloria hievte sich über die Trennwand und ließ sich in die nächste Box fallen. Als sie sich wieder aufrappelte, war ein lauter Knall zu hören und die Türen gingen auf.

Wollten sie sie wieder hinauslassen?

Der kurze Hoffnungsschimmer war wie weggeblasen, als sie die Scheinwerfer des Lastwagens sah. Die Männer, die an den Absperrgittern Posten bezogen hatten, waren genauso schwer bewaffnet wie jene im Hovet. Einer von ihnen hielt ein Seil in der Hand.

Gloria erschauderte. Es war eine Peitsche.

Hastig sah sie sich um. Es gab noch einen Stall. Ein Stück entfernt stand ein hohes rotes Haus, auf der Vordertreppe brannte Licht.

»Alle einsteigen!« Der Mann neben ihr schlug mit seinem Knüppel so heftig gegen das Gitter, dass es wackelte. »Los, ihr fetten Schweine! Bewegt euch!«

Sie setzte einen Fuß auf die Verladerampe, blieb aber ruckartig stehen, als ihr der Geruch entgegenschlug.

Nicht schon wieder. Bitte, nicht schon wieder.

Als sie ein Schlag auf den Rücken traf, fiel sie vornüber.

Gloria kam wieder zu Bewusstsein, als die Tür zum Laderaum geöffnet wurde. Ihr Hals fühlte sich rau an und sie musste heftig husten. Sie hatte sich vorgenommen, um ihr Leben zu laufen, und jetzt konnte sie sich kaum noch bewegen. Sie tastete ihre Stirn ab. Blut.

Langsam, ganz langsam stand sie auf und setzte sich in Bewegung. Eine halb nackte Frau stolperte vor ihr, fiel und blieb am Boden liegen. Gloria kämpfte gegen die Tränen an. Was auch immer sie erwartete, sie würde fliehen. So weit fliehen, wie sie konnte.

Sie starrte in den Lauf einer Pistole. Der Mann, der sie hielt, verzog den Mund zu einem angeekelten Lächeln. »Raus mit dir. Auf dem Hof gibt es gerade ein Schlachtfest.«

Gloria schleppte sich über die Rampe. Es fühlte sich an, als würde der Boden unter ihr schwanken. Sie wurde zwischen den Absperrgittern vorwärts gedrängt. Hier gab es auch einen Stall, aber …

Entsetzt starrte sie auf das flache Gebäude.

Ehe sie begreifen konnte, was sie da sah, wurde sie in einen schmalen Gang getrieben. Das grelle Licht der Neonröhren schmerzte in den Augen. Laute Maschinengeräusche waren zu hören, dazu ein seltsames, unterirdisches Donnern. Weiter vorn hörte sie einen entsetzten Schrei. Ein Mann warf sich zur Seite. Es sah aus, als wollte er nach oben klettern, um zu entkommen. Seine Finger kratzten verzweifelt an der weißen glatten Wand.

Dann sah sie den langen, blutigen Bart.

Valdemar.

Er wurde mit drei weiteren Männern in eine niedrige Stahlbox gezwängt. Eine Sekunde darauf war zu hören, wie eine Maschine ansprang. Sie konnte Valdemars erhobene Arme sehen, ehe er in einem Loch im Boden verschwand.

Sie saßen in der Falle.

Ein paar Sekunden später wiederholte sich das Szenario. Der Gitterkäfig schloss sich und die nächste Gruppe versank im Boden. Sie versuchte zurückzuweichen, doch es war unmöglich. Von hinten drängten die anderen nach.

Plötzlich war der Gang zu Ende. Gloria hörte, wie das Gitter hinter ihr zufiel. Sie klammerte sich mit aller Kraft daran fest, doch plötzlich kam eine Hand und löste grob ihre Finger von den Gitterstäben. Ehe ihr schwarz vor Augen wurde, sah sie einen weiß gekleideten Mann mit Mundschutz. Er trug ein Haarnetz. Als er einen Hebel an der Wand herunterdrückte, setzte sich der Raum in Bewegung. Gloria konnte nicht einmal mehr schreien, so schnell fiel sie durch den Schacht in die Tiefe.

Vierhundertfünfundzwanzig. Johan Svärd betrachtete die Zahlen des aktuellen Berichts aus Krusbacka. 340 Frauen, 76 Männer. Neun Minderjährige, vier davon waren Mädchen, fünf Jungen. Das Dokument wurde durch eine Liste ergänzt.

Name	Geburtsdatum	Alter	Geschlecht	FMQ
Andersson, Roland	11.01.	62	M	57
Ask, Evelina	18.10.	39	W	51
Assikainen, Mikko	13.03.	25	M	58
Bengtsson, Sven	21.01.	51	M	55
Bengtsson, Tove	08.02.	34	W	52
Billing, Lisa	12.05.	42	W	51
Bodin, August	11.09.	68	M	56
Carlsson, Maria	02.11.	33	W	59
Crans, Lea	03.04.	28	W	55
* Crans, Hugo	29.02.	7	M	53
Dahlén, Gerd	24.03.	64	M	55
Dreyer, Mirao	09.12.	19	W	54

Er legte die Liste zur Seite, ohne sie bis zum Ende durchzugehen. Sein Kopf schmerzte vor Anstrengung. Es war nicht die erste, die er zu Gesicht bekam, aber diesmal irritierte sie ihn. Die Kennzeichnung der minderjährigen Opfer erschien ihm plötzlich unnötig konkret. Das Sternchen beim Namen Hugo Crans stach ins Auge.

Ein Schaltjahrkind. Er selbst hatte auch am neunundzwanzigsten Februar Geburtstag. Den Tag gab es nur alle vier Jahre, so magisch war er. Weshalb man Superkräfte besaß.

Offenbar schien das nicht für jeden zu gelten.

Er griff hektisch nach dem Dokument und steckte es in den Aktenvernichter. Seine Hand zitterte, als das Gerät die Liste zerkleinerte. Warum hatten sie ihm diesen Mist überhaupt geschickt? Diese überambitionierten Idioten.

Er stand abrupt auf, ging in das kleinere Arbeitszimmer und nahm Kurs auf den Barschrank in der Ecke des Raums. Auf halbem Weg überlegte er es sich anders und blieb am Fenster stehen. Der Nachthimmel war sternenklar. Über dem Wasser kreisten Möwen. Unten auf dem Bürgersteig fotografierte sich ein junges Paar in Jogginghosen und Kapuzenjacken. Die Jacke des Mannes spannte über seinem

Bauch. Die Frau hatte ein dralles Baby auf dem Arm. Amerikanische Touristen, dachte er. Ganz klar. Vermutlich fanden sie keinen Schlaf.

Die Zahlenliste ging ihm nicht aus dem Kopf. Hunderttausende sollten zu einer Null werden. Das war das Einzige, woran er denken konnte. Selbst wenn er dabei einige unliebsame Entscheidungen treffen musste.

Johan blickte auf das Bündel im Arm der dicken Frau. Ein Kind mit diesem Gewicht stand von Anfang an mit einem Fuß im Grab. Kinder wie Hugo Crans loszuwerden sparte Steuergelder für das Schulgeld, das nie Früchte tragen würde. Wie drastisch es auch sein mochte, das schwedische Volk hatte ihm gezeigt, dass es mit ihm einer Meinung war.

Rossi hatte versprochen, dass sie im September fertig sein würden, aber Johan hatte ihn gebeten, den Zeitplan zu revidieren. Je schneller, desto besser. Sollten sie ihr Ziel einer fettfreien Bevölkerung noch vor Ende des Sommers erreichen, war die Wahl so gut wie gewonnen. Einunddreißigster August, hatte er zu Rossi gesagt. Und ich erwarte verwischte Spuren, Auswanderungsdokumente, das ganze Paket.

Ein Schweden, das um eine Million Kilo leichter sein würde. Eine Meisterleistung. Im Vergleich dazu waren ein paar Hundert Schweine pro Nacht eine Lappalie, doch Krusbacka war nur einer der kleineren Höfe. Gåsberga Schweinezucht in Schonen hatte Kapazitäten für fast zweitausend pro Nacht, was fünfzehn Prozent mehr als erwartet war. Die Schonen, hatte Rossi amüsiert die besten Ergebnisse kommentiert, die kennen sich mit Fleisch aus.

Die Fotosession vor der Kulisse des nächtlichen Sommerhimmels war vorüber. Die Frau hatte das Kind in den Kinderwagen gelegt und trank aus einer Cola-Dose. Die Preise für Softdrinks waren astronomisch hoch, doch das schreckte sie offenbar nicht ab. Das war der Kern des Problems: Solange es Zucker gab, würden die Leute ihn auch kaufen. Nicht nur die Touristen, auch die Schweden. Es wäre besser gewesen, ihn komplett zu verbieten, so, wie sie es in den Schulen bereits durchgesetzt hatten, doch das Vorhaben war am Protest der Lebensmittelindustrie gescheitert.

Johan blieb am Fenster stehen. Er hatte Amerika geliebt. Das offene Wesen der Amerikaner. Ihr selbstsicheres Verhalten. *Ich mache mein Ding, egal, was du davon hältst.* Die amerikanische Mentalität beinhaltete ein *Fuck you,* das er immer bewundert hatte. Das vermisste er.

Der Mann griff gierig nach der Cola-Dose der Frau. Sie hielt sie neckisch in die Höhe, damit er sie nicht bekam. Er startete einen neuen Versuch, sie wich ihm aus. Dabei verschüttete sie fast den Inhalt. Erschrocken verzog sie das Gesicht, dann brachen beide in schallendes Gelächter aus.

Was dachten sie wohl über die verrückten Skandinavier und ihre unverschämten Softdrink-Preise? *Ich kaufe sie trotzdem! Dann haben sie was zu gucken.*

So hatten es Amy und er immer getan. Sie hatten sich über die Schweden lustig gemacht. Er erinnerte sich daran, wie sie sie »the Volvos« genannt hatten. Die sich in den Restaurants an den Tischen gegenübersaßen und den Mund nur aufmachten, um entsetzte Kommentare über die Portionen auf ihren Tellern abzugeben. Die Generation dreißig plus mit rasiertem Kopf, die zum Picknick im Central Park ihr eigenes, selbst zubereitetes Essen mitbrachte. *Guck dir den Typ mit der Babybjörn-Trage an. Siehst du seine Lunchbox?* Amy hatte sich vor Lachen gekringelt.

Johan spürte einen Stich in der Magengrube. Warum musste er ausgerechnet jetzt an sie denken?

Irritiert ging er zu seinem Schreibtisch zurück. Hier stand er nun. Der mächtigste Mann Schwedens. Und sie? War sie diesem Motorradtypen bis nach Paris gefolgt, um sich noch länger »als Frau« zu fühlen? Oder hatte er schnell das Interesse an ihr verloren und sie fallen lassen, so, wie Johan es vorausgesagt hatte? War sie tränenüberströmt nach Vermont heimgekehrt und hatte sich mit einem der Kleinstadtloser aus ihrer Jugendzeit getröstet?

Er hätte sie suchen können. Ein paar Mal hatte er nach ihr gegoogelt, doch noch bevor er die Liste der Leute mit ihrem Nachnamen bis zur Hälfte durchgegangen war, hatte er das Suchfenster wieder geschlossen. Sie ist es nicht wert. Dennoch ging sie ihm nicht aus dem Kopf.

Helena sehnte den Tod herbei. In den letzten Tagen hatte sie sich vieles gewünscht: Wasser, Wärme, ihr Zuhause – was immer sie auch von hier fortbrachte –, doch jetzt war nichts mehr von Bedeutung. Der Schmerz schien ihren Kopf in zwei Hälften zu spalten und strahlte bis in die Nerven der unteren Nackenregion aus. Sie hoffte nur noch auf Erlösung.

Sie hatten sie abgeholt. Neue Lastwagen. Neue Schläge. Bevor sie die Türen verriegelten, hatten sie die Leichensäcke in den Laderaum geworfen. Helena nahm den Gestank wahr.

Sie hatte keine Kraft mehr. Sie hatte es schon tausend Mal gedacht und gleichwohl hob und senkte sich ihr Brustkorb immer weiter, als würde sich das Atmen lohnen.

Sie hatte von Landon geträumt, hatte geträumt, dass er kommen und sie retten würde. Er hatte ihren Namen gerufen, davon war sie aufgewacht. Doch zu ihrem Entsetzten hatten ihre Mitgefangenen angefangen zu rufen und zu schreien. War es Teil ihres Traumes oder eine Massenpanik? Nur kurz darauf war es wieder vorbei.

Gestern war ihr Vater mit dem Gewehr auf dem Rücken aus dem Abfluss gestiegen. *Helena,* hatte er geflüstert, *Helena, meine Kleine … hast du den Fuchs gesehen? Hast du den Fuu* … Dann hatte er sich verwandelt. Sein Körper war zu einem Skelett vertrocknet, sein Mund hatte sich zu einer schiefen, knochigen Grimasse verzogen. Er hatte wie ein Betrunkener gelallt. *Heleeennn … Leee* … Der Speichel war wie Seifenblasen über die blutleeren Lippen geflossen. Sie hatte versucht, zu ihm zu gehen, aber ihre Beine waren gefesselt. Die Blasen waren zum Dach aufgestiegen und er hatte wie ein Fisch nach Luft geschnappt. *Len … Llll …* Und plötzlich hatten sich seine Gesichtszüge aufgelöst, bis nur noch ein knöchriger Schädel übrig war.

Helena hatte geschrien, als wäre der leibhaftige Tod gekommen, um sie zu holen.

Der Lastwagen schwankte wieder. Als sie die Säcke in den Laderaum geworfen hatten, hatte sie versucht, näher an die Seitenwände zu kriechen, doch es war zu eng. Sie spürte die Leichen durch die Plastiksäcke hindurch.

Ihr war klar, dass sie auch sterben würde. Eine alte Frau neben ihr röchelte mühsam, als wollte sie etwas sagen. Oder versuchte sie nur zu atmen? Helena wollte beruhigend auf sie einreden, doch die Lippen der Frau waren bereits erstarrt. Aus ihrem Mundwinkel hing ein Speichelfaden.

Vielleicht ist es jetzt so weit, dachte sie. Vielleicht soll es jetzt endlich geschehen.

Molly.

Sie schloss die Augen.

Hab keine Angst, mein Schatz. Du wirst es schaffen. Du wirst auch ohne mich zu einem großen und … starken …

Sie rief sich Landons Gesicht ins Gedächtnis. Seine rauen hellen Bartstoppeln. Seine sommerhimmelblauen Augen. Die Haare auf seinen Armen, die bis zu den Handrücken wuchsen.

Er kümmerte sich um Molly. Da war sie ganz sicher. Vielleicht war er zurück nach Uppsala gefahren, um sie zu beschützen. Sie versuchte, sich die beiden vorzustellen. Landon in seiner verschlissenen Jeans auf der Bettkante. Molly unter der Bettdecke, ihre zerzausten Haare auf dem Kopfkissen.

Molly, meine Molly. Meine süße kleine …

Ihre Gedanken verschwammen. Sie war kurz davor wegzudämmern, als der Lastwagen mit einem Ruck hielt. Helena flog zur Seite. Plötzlich war sie hellwach. Die Übelkeit brach mit voller Wucht über sie herein. Sie hatte einen fauligen Geschmack im Mund.

Jetzt werden sie uns begraben, fuhr es ihr durch den Kopf. *Jetzt werden sie uns neben den Toten begraben.*

Sie hörte, wie die Türen hinter ihr geöffnet wurden, und presste sich gegen den Boden, um Kraft zum Aufstehen zu sammeln.

Draußen brüllte eine Männerstimme. »Nicht aufmachen! Die Gitter sind noch nicht aufgestellt!«

Noch mehr Stimmen. »Was spielt das für eine Rolle? Die sind doch schon halb tot.«

»Achtung!«

Irgendetwas knallte gegen die Tür. Sie blinzelte ins Dämmerlicht. Sie hatte nicht mehr damit gerechnet, noch einmal den Himmel zu sehen.

»Auf jeder Seite zwei. Los!«

Die frische Luft gab ihr neuen Lebensmut. Sie wollte nicht sterben. Sie taumelte auf die Rampe zu. Ihr Körper protestierte, aber sie ignorierte es. Sobald sie draußen war, würde sie losrennen. Sie würde rennen, bis ihre Beine sie nicht mehr trugen.

Sie konzentrierte sich auf das immer größer werdende Stück Himmel. Als sie die Rampe erreichte, standen dort Männer mit langen Rohren in den Händen. Hinter ihnen konnte sie ein flaches Gebäude ausmachen. Die Türen waren weit geöffnet.

Sie blickte wieder in den Himmel. Auf die zarte, silbrige Kugel des Mondes.

Da fiel der erste Schuss.

Er erkannte sie sofort. Der Rücken. Die blutigen Haare.

Aus dem Lastwagen strömten Hunderte Menschen heraus. Über dem Eingang hing ein Blechschild. UCKERÖ SCHLACHTHOF.

Landon zögerte eine Sekunde, dann hob er die Pistole und schoss. Die Menschenmasse zerstob in alle Richtungen. Alle Waffen feuerten gleichzeitig.

»Helena!«

Sie drehte sich um und erkannte ihn. Er sah, wie sich ihr Mund öffnete, bevor aus der anderen Richtung eine weitere Kugel kam.

Landon erstarrte. *Bitte, lieber Gott.*

Er taumelte, schoss aber weiter, den Körper vornübergebeugt. Der Anblick ihres geschundenen Körpers entfachte den Hass in ihm. Er zielte auf einen der Wachmänner hinter ihr. Dieses Mal wollte er töten.

Er sah nicht einmal, ob er getroffen hatte. Helena stolperte erneut. Die Arme hingen wie leblos herab. Der Bademantel war nur noch ein blutiger Fetzen. Dann fiel sein Blick auf ihre Hand …

»Versuch zu laufen!«, rief er. »Zum Auto! Lauf!«

Sie schien sich für keine Richtung entscheiden zu können.

»Lauf!«, brüllte Landon wieder. »Ich komme nach!« Er hob erneut die Pistole.

Die Soldaten schienen verwirrt zu sein. Sie schrien sich Befehle zu. Die Menschen, die aus dem Lastwagen drängten, flüchteten in Richtung Wald, aber die meisten stürzten auf halber Strecke zu Boden. Die Soldaten schossen wild um sich. Landon ging hinter ein paar alten Paletten in Deckung. Er versuchte, Helena wiederzufinden. Sie war nur ein paar Meter weit gekommen. Auf keinen Fall würde sie es allein schaffen.

Er feuerte in die Luft und rannte zu ihr. Dann griff er nach ihrer verletzten Hand. »Komm! Schneller!«

Pausenlos hallten Schüsse durch die Luft. Er hatte das Auto kurz hinter der Wegbiegung abgestellt und sich im Schutz des Lastwagens dem Hof genähert. Es wimmelte überall von Leuten, dennoch konnten sie ihn jeden Moment entdecken.

Der Lehm klebte schwer unter ihren Füßen. Helena war kurz davor, erschöpft zu Boden zu sinken. »Ich schaffe es nicht …«

»Nur noch ein paar Schritte.« Er legte ihr die Hand in den Rücken.

Sie keuchte und hustete. Er spürte, wie nass und kalt sie war. Überall war Blut.

»*Mm* … *Mo* …« Ihr brach die Stimme weg. »*Molly?*«

»Molly ist bei mir.«

Sie murmelte etwas Unverständliches.

Es waren nur noch ein paar Meter bis zum Volvo, doch es kam ihm vor wie die längste Strecke, die er je zurückgelegt hatte. Landon riss die Autotür auf und half Helena auf den Rücksitz. Sie stöhnte laut auf. Ihre rechte Hand war übel zugerichtet. Als er sich vorbeugte, sah er ihre offene Kopfwunde. »Du schaffst das«, flüsterte er.

Er schlug die Tür zu und warf sich auf den Fahrersitz. Der Volvo schlingerte im Gras. Im Rückspiegel sah er das Chaos auf dem Innenhof. Einige Menschen sackten zu Boden.

»Helena …?«

Sie keuchte mühsam.

Ein scharfer, fauliger Geruch breitete sich im Auto aus. »Alles wird wieder gut«, sagte er. »Hab keine Angst.«

»Woher wusstest du …« Sie hustete heftig.

»Wir fahren jetzt nach Hause. Es ist das Einzige, was zählt. Versuch, still zu bleiben.« Er warf erneut einen Blick in den Rückspiegel. Wurden sie verfolgt?

Helena wimmerte auf dem Rücksitz.

Sie brauchte einen Arzt, aber er wagte es nicht, in ein Krankenhaus zu fahren.

Jetzt konnte er die Kreuzung sehen. Die Straße war immer noch genauso verlassen wie auf dem Hinweg. Er fuhr in südlicher Richtung weiter. Es wurde langsam hell. Die Felder am Straßenrand waren in schwache, dunstige Nebelschleier getaucht.

»Wie geht es dir?« Er versuchte, ihr Gesicht im Rückspiegel zu sehen. »Helena?«

Sie antwortete nicht.

Landon hielt in Gimo an der ersten Tankstelle. Er hatte immer wieder versucht, Helena anzusprechen, doch sie reagierte nicht.

Er riss die Hintertür auf. Der Rücksitz war blutdurchtränkt, ein grauenhafter Anblick. »Helena! Wach auf.« Er berührte ihren Arm. »Du musst aufwachen, Helena!«

Sie wimmerte.

Er streichelte ihr vorsichtig über die Stirn. »Helena?«

Sie schlug die Augen auf und sah ihn an.

»Wir sind in Gimo«, sagte er. »Du hast hier mal im medizinischen Versorgungszentrum gearbeitet, oder?«

Sie blickte ihn verwirrt an und blinzelte ein paar Mal.

»Das Versorgungszentrum in Gimo? Bitte, Helena.«

»Ja …«

»Kennst du dort jemanden, der dir helfen kann? Du brauchst einen Arzt. Gibt es einen Arzt, dem wir vertrauen können? Oder eine Krankenschwester?«

Sie kniff die Augen zusammen. Landon strich ihr wieder über die Stirn. Sie sah anders aus, als er sie in Erinnerung hatte. Es lag nicht nur an ihrer blutigen Kleidung.

»Nicht nötig«, flüsterte sie.

»Du bist schwer verletzt. Jemand muss dich versorgen.«

Sie sah hoch und schaute ihm ins Gesicht.

»Bitte, Helena. Wir fahren anschließend nach Uppsala.«

»Ist Molly in Uppsala?«

»Ja.«

»Es geht ihr doch gut?«

»Molly geht es sehr gut. Der Kater ist auch bei ihr.«

Helenas Gesicht nahm wieder einen verwirrten Ausdruck an. Dann schien sie zu verstehen. »Ah, gut.« Ihre Lippen zitterten.

Landon hörte ein Auto und drehte sich um. Ihm blieb fast das Herz stehen. Jetzt kommen sie, dachte er. Aber der Fahrer stieg aus dem Auto, ohne sie eines Blickes zu würdigen.

Er sah Helena wieder an. »Ich fahre zum Versorgungszentrum«, entschied er und spürte, wie die Panik in ihm aufstieg. Sie konnten jeden Augenblick hier sein.

»Nein.«

»Du brauchst Hilfe. Du hast sehr viel Blut verloren.«

Sie sah ihn flehend an. Aus ihren Augen leuchtete pure Verzweiflung. »Nicht das Versorgungszentrum. Da ist es nicht sicher.«

»Es ist nirgendwo sicher. Helena, ich weiß. Aber ich kann nicht den ganzen Weg nach Uppsala fahren, ohne zu wissen …« *Ob du überlebst.*

Sie schloss wieder die Augen. »Klas«, hauchte sie.

»Was hast du gesagt?«

»Klas Bremming.« Ihre Stimme war schwach. »Er ist Arzt. Er musste auch aufhören … als …« Sie hustete.

»Atme, ganz langsam atmen.«

Er wartete einen Augenblick. »Wo wohnt er?«

»In der Åkerigatan«, sagte Helena. Ihr Atem ging schwer. »Bist du an der Kirche vorbeigefahren?«

Landon blickte auf die Straße. »Ja, nein …«

»Du musst … rechts abbiegen.« Mühsam presste sie die Wörter heraus, als ob ihr jede Silbe Schmerzen bereitete. »Hinter der Kirche.«

»Gut.« Er nickte. »Gut.«

Er schloss die Hintertür und setzte sich hinters Lenkrad. Er fuhr wieder auf die Hauptstraße. Die weiße Kirche war nur ein paar Meter entfernt.

Etwa fünf Minuten später hielt er vor einem gelben Haus, in dessen Garten Apfelbäume standen. Das Gras schien lange nicht gemäht worden zu sein. Sämtliche Jalousien waren heruntergelassen. Landon drehte sich zu Helena um. »Bist du sicher, dass wir hier richtig sind?«

Helena drückte sich mühsam hoch und sah nach draußen, sie nickte.

»Ich gehe zur Tür und sehe nach«, sagte Landon. »Bin gleich zurück.«

Er sah auf die Uhr. Es war kaum vier Uhr morgens. Wieso konnte Helena sicher sein, dass sie diesem Mann vertrauen konnten? Die Besuchszeit war höchst unpassend und die Tatsache, dass er Arzt war, war ebenso bedenklich. Wenn es eine Berufsgruppe gab, die auf der Seite der Gesundheitspartei stand, dann waren es die Ärzte.

Er klingelte. Nichts rührte sich. Er klingelte ein paar weitere Male. Als er gerade zum Auto zurückgehen wollte, hörte er im Haus schwere Schritte. Im Schloss drehte sich ein Schlüssel.

Der Mann, der einen Blick durch den Türspalt warf, war nicht viel älter als Landon selbst. Landon sah ihn erstaunt an. Hatte Helena sich im Haus geirrt?

Der Türspalt wurde etwas breiter. Jetzt erkannte Landon, wie korpulent der Mann war. Sein gestreifter Bademantel passte nicht über seinen Bauch. Landon schluckte. »Klas Bremming?«

Der Mann betrachtete ihn misstrauisch. Dann fiel sein Blick auf Landons blutige Hände. Der Ausdruck in seinen Augen schlug in Besorgnis um. »Was kann ich für Sie tun?«

»Es geht um Helena. Helena Andersson. Sie hat mit Ihnen im med …«

»Was ist passiert?«

»Sie ist verletzt.« Landon zeigte zum Auto. »Ich wollte sie nicht ins Krankenhaus bringen …«

Klas Bremming rannte zum Auto, noch bevor Landon seinen Satz beenden konnte. Er lief barfuß über den Gehweg. Landon folgte ihm.

Bremming hob Helena aus dem Auto. »Helfen Sie mir?«

Landon fasste nach Helenas anderem Arm. Aus den Augenwinkeln sah er die blutige Rückbank.

Bremming half Helena ins Schlafzimmer. Landon musste in der Küche warten. Nach einer Weile hielt er es nicht mehr aus und ging ins Schlafzimmer.

»Wir müssen so schnell wie möglich weiter.«

Bremming sah auf. »Sie hat eine Schussverletzung.«

Es klang vorwurfsvoll. Landon ignorierte seinen Unterton. »Molly ist auch bei mir. Helenas Tochter. Sie ist allein zu Hause …«

»Ich weiß, wer Molly ist«, erwiderte Bremming hart. Er fixierte Landon scharf. »Die Frage ist, wer *Sie* sind.

Landon wurde wütend. »Ich habe sie hergebracht oder etwa nicht? Wenn Sie nur das Schlimmste versorgen könnten, dann verschwinden wir wieder.«

»Versorgen?« Bremming sah Landon an, als hätte er den Verstand verloren. Er wandte sich an Helena. »Wer hat dir das angetan?«

Das brachte das Fass zum Überlaufen. Landon sah ihn kalt an. »Man hat Helena gefangen gehalten. In einem Stall auf dem Gelände eines Schlachthofs nördlich von Östhammar. Von dort kommen wir. Es gibt keine Fat Camps, das ist nur ihre Version. Es ist alles nur Tarnung.«

Bremming starrte Landon ungläubig an.

»Ich weiß, das klingt völlig absurd und wahnsinnig. Aber Sie wissen ja, wie es läuft. Helena hat gesagt, dass Sie auch …« Landon zögerte. Was hatte Helena eigentlich gesagt? Eigentlich nichts. Es waren Doktor Bremmings umfangreiche Körpermaße, von denen er folgerte. »Die Gesundheitspartei«, sagte Landon, ohne den Blick zu senken. »Nehmen Sie das, was die Partei bis jetzt getan hat, und stellen Sie es sich tausend Mal schlimmer vor.«

»Ein Schlachthof?«

»Sie bringen sie in Viehtransportern hin. Hunderte Menschen auf einmal.«

»Aber *warum?*«

»Um sie zu schlachten.«

Klas Bremming schüttelte heftig den Kopf. »Das ist nicht wahr.«

Bremming sah Helena an. Über ihre geschwollenen Wangen rannen lautlos Tränen. Eine Weile saß er völlig reglos da, als müsse er erst einmal begreifen.

»Wir müssen weiter«, sagte Landon. »So schnell wie möglich.«

»Wohin wollen Sie sie bringen?«

»Wir holen Molly in Uppsala ab. Weiter weiß ich noch nicht.« Er zuckte mit den Schultern. »Ins Ausland.«

»Haben Sie die Polizei gerufen?«

»Haben Sie?«

Das war vermutlich eine merkwürdige Antwort, doch Klas Bremming verstand, was er meinte. »Deshalb sind Sie nicht ins Krankenhaus gefahren.«

»Ich weiß, wie Svärds Behörden arbeiten.«

Bremming gab keine Antwort.

»Ich bringe sie in ein Krankenhaus in Norwegen oder Dänemark«, fuhr Landon fort. »Sobald wir hinter der Grenze sind.«

»Machen Sie sich keine großen Hoffnungen. Auch dort werden nicht alle Patienten aufgenommen.« Er zögerte und warf einen Blick auf Helena, die die Augen geschlossen hatte. »In Dänemark stufen sie Patienten inzwischen nach Gewicht ein. Patienten, die über hundert Kilo wiegen, werden generell abgewiesen. Ich glaube, bei Frauen liegt die Grenze sogar bei neunzig Kilo. Und in Oslo testen sie das gleiche Modell wie in Stockholm. Übergewichtige werden in Spezialkliniken eingewiesen.«

Landon sah Bremming wortlos an. Daran hätte er denken müssen. Ganz Skandinavien war in Svärds schwarzes Loch gefallen. Konnten sie denn nirgendwo mehr hin?

Mutlos ging er zurück in die Küche. Er hörte, dass sich die beruhigende Stimme des Arztes wie eine weiche Decke über Helenas Jammern ausbreitete. Durch die Jalousien fielen die ersten Sonnenstrahlen. Die unerwartete Wärme auf seinem Gesicht erfüllte ihn mit einer so starken Traurigkeit, dass er sich nicht mehr wehren konnte. Er sank auf den Boden, vergrub seinen Kopf in den Händen und fing an zu weinen.

Lange saß er so da. Immer wieder sah er die anderen Menschen vor sich. Es waren so viele gewesen.

»Alles in Ordnung?«

Er hatte gar nicht gemerkt, dass Bremming in die Küche gekommen war. Landon nickte, ohne ihn anzusehen.

»Helena wird es schaffen. Das wollte ich Ihnen nur sagen.«

Landon nickte wieder.

»Helena braucht aber viel Ruhe. Und Sie auch.«

»Wir müssen weiter …« Landon merkte, wie ihm die Stimme versagte. Er räusperte sich.

»Ich kümmere mich um Helena«, sagte Bremming. »Sobald Sie in der Lage sind, sich hinters Steuer zu setzen, holen Sie Molly aus Uppsala. Hier ist momentan der sicherste Ort, an dem ihr euch aufhalten könnt. Niemand weiß, dass ihr hier seid.«

»Wenn sie nicht schon Leute auf uns angesetzt haben.«

»Wenn ich richtig verstanden habe, haben sie momentan wichtigere Dinge zu tun.«

»Aber wenn wir es bis …«

»Helena ist in ihrem Zustand nicht transportfähig. Sie können mein Auto nehmen, den Volvo stellen wir in die Garage. Holen Sie Molly, dann könnt ihr alle hierbleiben. Es ist das Sicherste.«

Landon sah ihn an. Noch vor Kurzem hatte er sich geschworen, nie wieder nur einem einzigen Menschen in diesem Land zu vertrauen. Vor allem keinem Arzt. »Ich will Helena nicht noch einmal allein lassen.«

»Ich kümmere mich um sie.«

»Ich weiß nicht einmal, wer Sie sind.«

»Ich weiß auch nicht, wer Sie sind, Landon. Aber ich weiß, dass Ihnen verdammt viel an Helena liegt. Und das verbindet uns miteinander.«

Landon wollte etwas erwidern, doch Bremmings erschöpfter Blick hielt ihn davon ab. »Okay«, entgegnete er widerwillig. »Wir bleiben. Aber nur so lange, bis Helena sich erholt hat.«

Bremming reichte ihm die Hand, um ihm aufzuhelfen. »Haben Sie was dagegen, wenn ich mir mal Ihr Bein genauer ansehe?«

»Es ist nur …« Ola Sjögrens lebloser Körper tauchte vor seinem inneren Auge auf. Er spürte das Gewicht des Spatens in seiner Hand. »Ich bin über einen Stein gestolpert.«

Bremming zog einen Küchenstuhl heran. »Setzen Sie sich.«

Landon kam der Aufforderung nach. Bremming beugte sich zu ihm hin und drückte auf sein Knie. Landon schrie vor Schmerz auf.

Bremming schüttelte den Kopf. »Und mit diesem Bein sind Sie Auto gefahren?«

»Solange ich nicht die Kupplung treten muss, geht es.«

Der Arzt wollte widersprechen, doch Landon fiel ihm ins Wort. »Kümmern Sie sich lieber um Helena. Sie hat Ihre Hilfe nötiger als ich.«

»Ich bin mir recht sicher, dass Helena vor allem Sie braucht.« Bremming stand auf und holte aus einem der Küchenschränke ein Röhrchen mit Schmerztabletten. »Ich habe auch stärkere Mittel im Haus, aber mit denen können Sie nicht Auto fahren. Ich könnte auch fahren und Molly holen, aber dann müssen Sie mir genau erklären, wo Sie …«

»Ich fahre.«

»Das habe ich mir gedacht.« Bremming gab ihm die Tabletten und ging aus der Küche, um nach Helena zu sehen. In der Tür drehte er sich um.

»Ich habe mich immer gefragt, was sie jetzt wohl macht. Wir mussten gleichzeitig gehen, aber …« Er zuckte resigniert mit den Schultern. »Sie hat nie gesagt, was sie danach vorhatte.«

Landon nickte. »So sind die Zeiten.«

Bremming blieb in der Tür stehen. Er sah Landon lange an, bevor er seine Frage stellte. »Sie transportieren die Leute wirklich wie *Vieh* ab?«

»Ich habe Helena draußen vor dem Schlachthof befreit.«

Bremming schüttelte den Kopf. »Das ist unfassbar. Unfassbar.«

»In dem Lastwagen waren mehrere Hundert Menschen.« Landon schluckte. »Ich habe nur Helena geholfen.«

»Sie haben ihr das Leben gerettet.«

»Nur ihres.«

Es war das erste Mal, dass er es laut aussprach.

»Was hätten Sie machen sollen?«, sagte Bremming. »Sie waren alleine.«

Landon spürte, wie ihn die Verzweiflung übermannte. Es fühlte sich an, als ob ihn eine unsichtbare Kraft zu Boden drückte. Jede Sekunde, die er sich aufrecht hielt, war ein Kampf.

Klas Bremming verschwand in der oberen Etage. Landon stand auf und ging ins Schlafzimmer. Er setzte sich auf die Bettkante und griff nach Helenas Hand, ohne etwas zu sagen.

Sie blickte ihn an. »Landon«, flüsterte sie.

»Ich fahre jetzt los und hole Molly. Klas bleibt hier bei dir.«

Helena fuhr sich mit der Zunge über die Lippen. Sie sah erschöpft aus, schien aber weniger starke Schmerzen zu haben. »Versprich es mir«, sagte sie.

»Ich habe es Molly hoch und heilig versprochen. Wir haben einen Pakt, den ich mit meinem Ehrenwort besiegelt habe.«

Helena sah aus, als würde sie gleich in Tränen ausbrechen. »Danke.«

»Du musst mir nicht danken.«

»Du hast dich um sie gekümmert.«

»Sie hat sich auch um mich gekümmert. Ich hätte nie Schokoladenpudding zum Mittagessen bekommen, wenn Molly nicht gewesen wäre.«

Helena lächelte schwach. »Sei vorsichtig.«

Landon nickte.

Landon überkam ein seltsames Gefühl, als er die Wohnung betrat. Es kam ihm vor, als sei er monatelang fort gewesen.

»Molly?« Er ging durch den Flur in Richtung Küche. »Ich bin's nur.«

Er betrat das Schlafzimmer. Als er das leere Bett sah, schlug ihm das Herz bis zum Hals. Die Decke war weg. Er erstarrte.

Plötzlich nahm er unter dem Bett etwas wahr. Landon beugte sich herunter. Zwei grüne Katzenaugen leuchteten ihm entgegen. Ein Stück weiter hinten lag die Decke.

»Molly«, sagte er liebevoll.

Sie rührte sich nicht.

Er machte einen neuen Versuch. »Molly? Ich habe Mama geholt.«

Jetzt sah sie vorsichtig auf. Landon spürte einen Stich im Herzen, als er ihr verweintes Gesicht sah. Wie lange hatte sie so dagelegen? Die ganze Nacht?

»Ist Mama hier?« Sie versuchte, an ihm vorbeizuschauen.

»Sie ist in Gimo bei einem Doktor, der Klas heißt. Aber es geht ihr gut. Und wenn du dich angezogen hast, fahren wir zu ihr.«

»Stimmt das?«

Er nickte. »Sie hat als Allererstes nach dir gefragt.«

Landon streckte die Hand aus, um den Kater vor Molly zu beruhigen, doch sie kroch unter dem Bett hervor und warf sich in seine Arme. Landon drückte sie an sich. Sie musste mit dem Schlimmsten gerechnet haben.

»Ich hab gedacht, du würdest nicht wiederkommen«, flüsterte sie.

»Tut mir leid, dass es so lange gedauert hat.«

»Ist Mama verletzt?«

»Es geht ihr bald wieder gut.«

»Können wir sofort zu ihr fahren?«

»Sobald wir alles gepackt haben.«

»Hast du dich gestoßen?«, fragte sie auf dem Weg in die Küche.

»Ach …« Sein Humpeln. »Ein wenig am Fuß.«

Landon sah den Schweinetransporter vor sich. Helenas blutigen Kopf. Er verscheuchte das Bild. *Nicht jetzt.*

»Hast du es ihr erzählt?«

Hunderte. Hunderte.

»Hallooo?«

Er zuckte zusammen. »Was hast du gesagt?«

»Hast du Mama erzählt, dass der Gestiefelte Kater bei mir ist?«

Er nickte. »Ja …« *Reiß dich zusammen. Denk nicht daran.*

»Was hat sie gesagt?«

Er holte tief Luft. Dann drehte er sich zu Molly um und sah sie an. »Sie hat sich gefreut. Sie fand es toll, dass sich jemand um dich gekümmert hat, solange sie weg war, auch wenn es nur Mäuse zum Mittagessen gab.«

Plötzlich lächelte Molly. »Das hat sie nicht gesagt.«

»Doch, hat sie. Und jetzt hol deine Sachen.«

Landon ging zum Wasserhahn und goss sich ein Glas Wasser ein. Die Kopfschmerzen meldeten sich zurück. »Nimmst du gar keine Tasche mit?«, fragte Molly, als sie wieder in die Küche kam. »Kommst du später noch einmal her?«

Landon wusste nicht, was er darauf antworten sollte.

»Ich weiß nicht«, sagte er schließlich.

Molly schien sich damit zufriedenzugeben. Sie nahm ihre Jacke von einer Stuhllehne, faltete sie vorsichtig zusammen und packte sie zu ihren Stofftieren in den Rucksack. Landon betrachtete sie. In den vergangenen vierundzwanzig Stunden schien sie mindestens zwei Jahre älter geworden zu sein.

Er ging ins Wohnzimmer, um seinen Laptop zu holen. Die Jalousien waren heruntergelassen. Mollys Frage ging ihm nicht aus dem Kopf. Würde er noch einmal herkommen? Jemals wieder?

Zuallererst würde er dafür sorgen, dass Helena und Molly in Sicherheit waren. Dann konnte er sich um andere Dinge kümmern. Interpol alarmieren. Die Medien informieren. Er hatte keine konkreten Beweise, aber er hatte Helenas Geschichte. Außerdem war er nicht mehr der Einzige. Alle, denen die Flucht von Uckerö gelungen war, würden mit ihrer Geschichte an die Öffentlichkeit gehen. Und wenn es Zeugen gab …

Er schluckte. Die letzten Menschen, die er im Rückspiegel gesehen hatte, waren kurz davor, erschossen zu werden.

»Darf ich die hier mitnehmen?«

Molly stand mit einer Packung Vollkornkekse in der Hand in der Wohnzimmertür. »Natürlich«, erwiderte er und versuchte zu lächeln. »Klar. Nimm mit, was du möchtest.«

Sie blieb stehen und sah ihn an.

»Ist was nicht in Ordnung?«, fragte er.

»Sie werden Mama doch nicht noch einmal holen?«

Er ging zu ihr hin und nahm sie in den Arm. Er war so sehr mit seinen eigenen Sorgen und Problemen beschäftigt, dass er gar nicht daran dachte, was sich in ihrem Kopf abspielen musste. Sie war die ganze Nacht allein gewesen und hatte Angst gehabt. Es hatte nicht viel gefehlt und sie hätte ihre Mutter verloren. »Das wird niemals wieder passieren«, sagte er sanft. »Das verspreche ich dir, Molly.«

»Aber …« Sie zögerte. »Wenn ich wieder zur Schule gehe, werden sie uns finden.«

Er streichelte ihr über die Haare. Wie viel durfte man versprechen? Worauf sollte man lieber verzichten? Er wünschte sich nichts sehnlicher, als ihr das zu sagen, was sie hören wollte. *Die Monster sind tot. Nun fahren wir wieder nach Hause.* »Nein, das werden sie nicht, Molly. Alles wird wieder gut.«

Der Gestiefelte Kater kam aus dem Schlafzimmer geschlichen und rieb sich an Mollys Bein. Molly hob ihn vorsichtig in die Katzentasche und trug sie hinaus in den Flur. Landon hörte, wie sie ihren Kater beruhigte. »Jetzt fahren wir wieder, Gestiefelter … Ganz ruhig, alles gut. Hab keine Angst.«

Helena, Molly, der Kater. Doktor Bremming. Plötzlich trug er die Verantwortung für die ganze Welt.

»Kommst du?«, rief Molly aus dem Flur.

Er blieb im Wohnzimmer stehen. Sah den Schlachthof vor sich. Hörte die Schreie und die Schläge. Die Leute wussten nach wie vor nichts. Hatten keine Ahnung. Was sollte er unternehmen?

Flugblätter verteilen? Anonyme Berichte im Internet verbreiten? Es könnte Wochen dauern, bis jemand reagierte, vielleicht sogar Monate. Falunda war kein Einzelphänomen. Was er gesehen hatte, war durchorganisiert. Jede Minute konnten neue Transporte Richtung Schlachthof rollen.

»Kommst du?«

Er ging zu Molly, konnte ihr aber nicht in die Augen sehen. Er hatte ein Menschenleben gerettet. Das war nicht genug.

»Banane?«

Jetzt maunzte auch der Kater. Landon zwinkerte. Sie verließen die Wohnung und gingen hinaus auf die Straße. Er verstaute Molly und den Kater im Auto, nahm sein Handy, wählte aber nur die ersten beiden Ziffern und überlegte es sich dann anders.

Wenn sie ihn nicht jetzt orteten, würden sie es spätestens bei Bremming tun. Aber was war die Alternative? Die letzte Telefonzelle war schon vor mehreren Jahren abgebaut worden. Er erinnerte sich noch gut an die beiden Männer, die das rote Häuschen auf einen Lastwagen gehievt hatten. Das Ende einer Ära, hatte er damals gedacht.

Vielleicht stand die Polizei auf seiner Seite, vielleicht aufseiten der Gesundheitspartei.

Er durfte kein Risiko eingehen.

Max Rossi saß am Schreibtisch und starrte auf sein Handy. Er fühlte sich in seine Kindheit zurückversetzt, als er vorm Elternhaus in Vaxholm auf einer Steinmauer gehockt und sich gewünscht hatte, sein Vater würde genau *jetzt* nach Hause kommen! Oder *jetzt*! Oder *jetzt*! Er hatte ganz fest die Daumen gedrückt. Wenn sie doch nur endlich anriefen und meldeten, dass die Lage unter Kontrolle wäre.

Am wenigsten würde er in diesem Moment mit dem Ministerpräsidenten sprechen wollen. Johan Svärd war außer sich vor Wut. Im Vergleich zu seiner eigenen Gemütslage war das noch milde. Sjögren hatte die Sache vergeigt, das gesamte Projekt war mehr als gefährdet. Dass jemand da draußen gewesen war und rumgeschnüffelt hatte, war schlimm genug. Aber ihn auch noch entkommen zu lassen! Den Bauern selbst konnten sie nicht mehr befragen. Als die Wachen ihn gefunden hatten, war er mausetot gewesen.

Die näheren Details interessierten ihn nicht. Falunda Schweinezucht würde mit sofortiger Wirkung stillgelegt werden und die Zeit war verdammt knapp. Svärd war derselben Ansicht. *Schafft sie alle weg. Zündet den Hof an.*

Rossi umklammerte sein Handy. Er starrte ununterbrochen auf das Display, als würde er das Ding mit reiner Willenskraft zum Klingeln bringen.

05:43.

05:44.

Er biss an seinem Daumennagel. Der Nagel des Zeigefingers war schon heruntergekaut. Er würde noch eine Stunde warten, vielleicht zwei. Es musste keine akute Gefahrenlage vorliegen. Die Frage war nur, wie lange sich Svärd bis zum nächsten Verhör gedulden würde. Er hatte bereits vier Mal angerufen. Dass bis zur Morgenbesprechung von Falunda nur noch ein Häuflein Asche übrig wäre … Hatte er es so formuliert? Rossi hatte keine Eisen mehr im Feuer, sie waren aufgebraucht. Der Bauer fiel in seine Verantwortung. Svärd war von Anfang an skeptisch gewesen, aber Rossi hatte seine Hand für ihn ins Feuer gelegt. Sein kleines Alkoholproblem könnte durchaus von Vorteil sein, hatte er gesagt. Ola Sjögren war bei Weitem nicht der einzige Idiot auf der Gehaltsliste. Und vor allem war er ein feiner Kerl gewesen.

Der Alte hatte ihn so sehr an seinen eigenen Vater erinnert – ein Typ, der trank, um das Leben zu ertragen, nicht um es zu genießen – hätte er sich doch nur für seinen Vater einsetzen können, als er noch lebte …

Er streckte den Nacken. Warum war er nur so gefühlsduselig? Das war sein Problem. Seine verdammte Sentimentalität. Er hatte Sjögren eine Chance gegeben, weil es das Leben nicht gerade gut mit ihm gemeint hatte. So einfach war das. Und jetzt musste er für die Folgen geradestehen. Doch es war nicht nur seine Schuld. Sie waren sich alle darüber einig gewesen, dass der Hof ein Glückstreffer sei. Die Lage war optimal, weit abgelegen in einem Waldgebiet ohne Durchfahrtswege. Und da Falunda Schweinezucht schon lange Geschichte war, lange bevor die Partei sich überhaupt für den Hof interessiert hatte, musste man keine lästigen Angestellten loswerden. Es hatte nicht nur den Preis gedrückt, sondern Rossi auch freie Hand gelassen, wen er anheuern würde.

Zudem hatte Ola Sjögren die Schlüssel für Uckerö besessen. Der voll funktionstüchtige Schlachthof lag nur wenige Kilometer vom Hof entfernt.

Max Rossi biss das letzte Stück seines Daumennagels ab, spuckte es auf den Boden und sah wieder auf sein Handy.

05:57.

Er machte sich am Nagel seines Mittelfingers zu schaffen. Das Wichtigste war, Falunda dem Erdboden gleichzumachen und den ungebetenen Gast einzufangen, bevor er irgendjemandem Flausen in den Kopf setzen konnte. Svärd glaubte, dass er zurückkommen würde. *Wie heißt es doch: Täter kehren immer zum Tatort zurück. Der Typ wird sich fragen, ob er das wirklich gesehen hat.*

Max war nicht überzeugt. Der Anblick war sicherlich verstörend gewesen. Wenn sie Glück hatten, rief er direkt bei der Polizei an und sie könnten ihn orten, noch bevor er das nächste Mobilfunknetz erreicht hatte.

Er kaute nervös weiter. Wenn sie Pech hatten …

Gerüchte, dachte er. Gerüchte waren immer das Schlimmste. Selbst ein belangloser Blog konnte sie verbreiten und für Gerede sorgen. Wenn eine der unabhängigen Zeitungen Wind davon bekäme, oder die ausländische Presse … Doch warum sollten sie sich überhaupt dafür interessieren? Es kursierten schon längst Gerüchte. Es gab Internetseiten, auf denen lang und breit Verschwörungstheorien diskutiert wurden, was die Gesundheitspartei »eigentlich« im Schilde führte. Doch niemand ging der Sache ernsthaft nach. Ein Verrückter mehr oder weniger würde nicht ins Gewicht fallen. Außerdem gab es keine Beweise. Selbst wenn der Typ eine Kamera dabeihatte …

Mist.

Max Rossi dachte mit Unbehagen an das Gespräch, sobald auch Svärd dieser Gedanke gekommen wäre.

Er war dort gewesen. Ein Mal. Das genügte. Hinterher hatte er fast eine Stunde lang geduscht. Der Gestank war ihm unter die Haut gegangen. Es war, als spürte er ihn noch immer auf seinem Körper.

Er spuckte kleine Nagelsplitter aus. Dann wischte er über das Display seines Handys.

06:03.

Er ging die Fotos vom letzten Sommer durch. Er und sein jüngster Sohn vor dem Zelt am See. Ein Bild von Mimmis Tochter nach der Geburt. Das war alles. Er hatte in diesem Jahr zu viel zu tun gehabt.

Hoffentlich wurden sie rechtzeitig fertig. Wenn Svärd den Arsch hochkriegte und das Projekt zu Ende brachte, bevor irgendwelche Querulanten auf die Barrikaden gingen, dann könnte er sich verabschieden. Drei Monate noch, dann würde er ein Sabbatjahr nehmen. Den Alltag hinter sich lassen und eine Paddeltour machen. Mit Mimmi und dem Kleinen an die Riviera fahren.

Svärd würde toben, wenn er das erführe. *Jetzt? Wo wir uns gerade die nächsten vier Jahre an der Spitze sichern!*

Es war nichts Svärds Art, aus der Haut zu fahren. Unter normalen Umständen war seine unerschütterliche Ruhe beinahe provozierend, doch die neue Situation hatte auch seine berühmte Selbstbeherrschung ins Wanken gebracht. Die vier letzten Telefongespräche waren ein Schlag ins Gesicht gewesen.

06:06.

Max Rossi war fast eingedöst, als das Telefon in seiner Hand klingelte. »Endlich«, murmelte er, als er die Nummer sah.

Zwei Minuten später hatte sich der Kreis geschlossen.

»Keine weiteren ungebetenen Gäste?«

»Nein.«

»Habt ihr das Haus kontrolliert?«

»Sie haben den Alten reingeworfen und ein paar Kanister Benzin vergossen. Das Haus wird brennen wie Zunder. Es ist bis obenhin voll mit Zigarettenkippen und Flaschen. Niemand wird überrascht sein.«

Max ließ das Handy sinken, legte auf und erhob sich, um seine Blase zu leeren.

Zu viel Kaffee. Schon allein beim Gedanken an Kaffee bekam er Magenschmerzen.

Sobald er diesen Job hinter sich gelassen hatte, würde er kein Koffein mehr zu sich nehmen, beschloss er. Er würde diese schwarze Plörre nie wieder anrühren. Was trank man eigentlich an der Riviera? Rosé? Kir? Bei Alkohol musste er unweigerlich an Ola Sjögren denken. Er sah den benzingetränkten Holzfußboden vor sich. Die erste Flamme, die an seinem Hosenbein emporzüngelte.

Diese verdammten Idioten, diese inkompetenten Stümper. Johan Svärd trommelte mit den Fingern auf dem Tisch. Drei der Männer vom Team auf Uckerö waren angeschossen worden, zwei von ihnen waren gestorben. Und als wäre das nicht schon schlimm genug, liefen einige der fetten Schweine draußen frei im Wald herum. Das war schlichtweg inakzeptabel.

Johan griff zum Telefon. Als sein Blick zur Uhr fiel, überlegte er es sich anders. Es war bereits fünf nach neun. Die Besprechung hätte Punkt neun beginnen sollen. Verspätungen verstießen gegen seine Prinzipien. Sollte Rossi Neuigkeiten zu berichten haben, würde er sich melden. Schon in der Nacht hatten sie für Uckerö Verstärkung angefordert. Und nach dem letzten Lagebericht durchkämmte ein dreißigköpfiger Suchtrupp das Gebiet. Falunda war bis auf die Grundmauern abgebrannt. Die Container mit dem restlichen Abfall waren schon auf halbem Weg nach Forsmark. Alles ist unter Kontrolle, hatte Rossi gesagt. *Bis auf fünfzehn Flüchtige.*

Was bedeutete, dass *nichts* unter Kontrolle war.

Johan blickte zum Telefon. Jetzt war er bereits in Rage.

Rossi nahm beim ersten Klingeln ab. »Ich wollte dich gerade anrufen. Wir haben drei weitere.«

»Gut!« Johan seufzte erleichtert. »Und die anderen?«

»Kein Problem. Wir finden sie. Es sind nur noch acht. Die Schweine werden nicht weiter als bis zu den Abfallcontainern kommen.«

»Ruf mich sofort an, wenn ihr den nächsten habt. Ich habe darum gebeten, umgehend benachrichtigt zu werden.«

»Ich wollte gerade anru …«

Johan legte auf und ging in den Flur. Verdammte Tölpel. Er fuhr sich mit der Hand durch die Haare. *Reiß dich jetzt verflucht noch mal zusammen. Sollten sie dir ansehen, dass wir in der Scheiße stecken, dann stecken wir in der Scheiße.* Er hatte das Meeting nicht vorbereitet (ein weiterer Verstoß gegen seine Prinzipien), aber die anderen würden die Tagesordnung vermutlich mit ihren Themen füllen. Neben den Ministern würde Månsson vom schwedischen Schweinemastverband kommen, dazu Pressesekretär Tom Bradke. Als Johan mit ihm gesprochen hatte, war er gerade aus einem Informationsgespräch mit GTV und der Tagespresse gekommen. Sie hatten noch keine Gerüchte gehört, das größte Risiko war also das Internet. Aber wer verließ sich schon auf das Internet?

Johan hatte fast das Ende des Flurs erreicht. Es waren nicht die Risiken, die ihn störten, sondern die Fehler. Nachlässigkeit war ihm schon immer ein Dorn im Auge gewesen – es waren Lappalien wie ein übereiltes Telefonat oder ein Mikrofon am falschen Platz, die Politiker zu Fall bringen konnten –, unfassbar, dass es unter seiner Führung passiert war. Acht Personen!

Er korrigierte sich. Acht *Schweine*. Tom Bradke stand vor dem Besprechungszimmer und wartete. »Alles in Ordnung?«

Johan zuckte mit den Schultern. »Bald.«

»Wir haben auf der Informationsseite Fotos veröffentlicht«, fuhr Bradke fort. »Fat Camp Hässleholm, Skara, Karlskrona etc. Leute, die schwitzen. Sollten jetzt Gerüchte nach draußen dringen, dann haben sie keine Chance. Wir haben auch an anderen Stellen Bilder platziert. Wo man auch sucht, man findet ähnliche Dinge. Ein paar der Fotos sind verschwommen, ein paar sind ›privat‹.« Tom Bradke machte mit den Händen Anführungszeichen in die Luft. »Außerdem haben wir Blogs und so einen Kram gestartet.«

»Das klingt gut.«

»Wie läuft's da draußen? Haben sie alle eingefangen?«

»Das ist nur eine Frage der Zeit.«

»Natürlich.«

Johan deutete auf die geschlossene Tür. »Sind alle da?«

»Ja.«

»Fangen wir an.«

Um elf Uhr vormittags vermeldete Rossi, dass alle bis auf drei eingefangen seien. Johan nahm sein Handy mit ins Büro. »Und Uckerö?«

»Sie sind gerade dabei, alle Spuren zu beseitigen.«

Johan stellte sich ans Fenster und schaute nach draußen. Am Himmel war keine Wolke zu sehen. Auf der anderen Seite spiegelte sich das alte Verlagshaus im Wasser. Die Postkartenidylle hätte nicht malerischer sein können. An Tagen wie diesem liefen die Leute mit Schlagern von Monica Zetterlund auf den Lippen umher.

»Die meisten haben wir in einem Umkreis von einem Kilometer aufgegriffen«, sagte Rossi. »Genau, wie wir angenommen hatten.«

»Bis zur Straße ist es nicht weit. Jemand könnte ein Auto angehalten haben.«

»In dem Zustand? Wohl kaum.«

»Oder gerade deswegen.«

»Wer sollte anhalten und ein fettes Schwein mitnehmen, das sich kaum auf den Beinen halten kann. Ausgeschlossen. Wir reden hier von einer kaum befahrenen Straße. An einem Samstagmorgen, mitten im Sommer, in einer gottverlassenen Gegend. Um diese Zeit liegt die Hälfte der Anwohner in ihren Betten und schläft ihren Rausch aus. Da ist kein Mensch vor zehn Uhr auf den Beinen.«

»Und was ist mit dem Kerl, der geschossen hat?«

»Das ist mit allergrößter Wahrscheinlichkeit derselbe Typ, der auch den alten Sjögren getötet hat.«

»Das macht die Sache nicht besser.«

»Abwarten. Mittlerweile hat er mehrere Leute auf dem Gewissen, nicht nur den Alten. Vielleicht macht er einen Fehler.«

Johan fiel unten auf der Straße eine junge Frau auf. Sie war spindeldürr. Das Schlüsselbein und die Schulterblätter traten unter dem T-Shirt deutlich hervor und ihre dünnen Haare lagen wie ein Schleier über ihrem knochigen Schädel. Es war nicht das erste Mal, dass er ein wandelndes Skelett sah, aber dieses Exemplar war mehr als gruselig.

»Was machen wir mit den Angehörigen?«

Johan war so mit dem Anblick der Frau beschäftigt, dass er Rossi ganz vergessen hatte. »Was hast du gesagt?«

»Die Wachleute auf Uckerö. Palle und Abbas hatten Familie. Wie unterrichten wir ihre Angehörigen, ohne dass es gleich einen Wirbel auslöst?«

»Wir werden den Brand als Todesursache anführen. Dafür haben wir ja sogar Bildbeweise.«

»Gibt es noch etwas zu besprechen?« Rossi klang plötzlich gehetzt.

»Du kümmerst dich um die weitere Suche?«

»Kein Problem.«

»Drei Probleme bis auf Weiteres.«

Er legte auf. Sofort klingelte das Telefon wieder. Johan hielt inne. Es war nicht Rossi. Es war HC.

Er machte die Augen zu und presste das Handy ans Ohr. »Du lebst.«

»Das klingt so, als hättest du dir etwas anderes gewünscht.«

»Wo bist du?«

»Was spielt das für eine Rolle? Willst du kommen und mich holen?«

HC klang wütend. Verdammt wütend. Johan schwieg.

»Um es kurz zu machen: Ich habe über zehn Namen. Und eine Aufforderung vom Institut für Ernährung zu einer Veranstaltung im Dom von Uppsala am vierzehnten Mai.«

Johan umklammerte das Telefon. *Verfluchte Scheiße, HC. Lass die Sache doch auf sich beruhen.* »Wir haben bereits darüber gesprochen. Ich habe keinen Einblick in die Veranstaltungstätigkeiten des Instituts. Ich verstehe überhaupt nicht, was du mir eigentlich vorwirfst.«

»Das weißt du ganz genau.«

»Ich habe nichts mit …«

»Ich kenne dich, seit du sechs warst, Johan. Mir kannst du nichts vormachen.«

»Sieben. Ich war sieben.«

HC raschelte mit Papier.

»*Ein Treffen für mehr Toleranz*«, las er laut vor. »*Nutzen Sie Ihre Chance auf einen beruflichen Neubeginn …*«

Johan presste zwei Finger gegen die Schläfen. Die Kopfschmerzen waren wieder da.

»Ich habe Zeugen, dass Leute am vierzehnten Mai aus dem Dom abtransportiert wurden. Am selben Tag, an dem dein ›Treffen‹ stattgefunden hat.«

»Ich weiß nicht, was für Informationen du …«

»Viehtransporter«, sagte HC. »Schweinetransporter.«

»Du solltest eine Weile wegfahren«, erwiderte Johan. »Dich erholen. All die Verschwörungstheorien vergessen.«

»Wenn das hier rauskommt, solltest eher du eine Weile wegfahren.«

»Komm schon. Brich keinen Skandal vom Zaun.«

»Am Montag wird ein Artikel darüber in der *Jyllands-Posten* erscheinen.« HC klang beinahe triumphierend. »Ich bin offenbar nicht der Einzige, der an Verschwörungstheorien Gefallen findet.«

»Dänemark.« Natürlich. Deshalb hatten sie ihn nicht gefunden. »Du bist in Kopenhagen.«

»Warum interessiert es dich so brennend, wo ich mich zurzeit aufhalte. Willst du deine Spürhunde auf mich ansetzen? Oder herkommen und mir höchstpersönlich die Ohren lang ziehen? Es ist aus, Johan. Es geht um alles oder nichts. Wenn du mir was zu sagen hast, kann ich die Sache noch stoppen. Ansonsten kannst du dir schon mal eine Verteidigungsrede ausdenken. Die halbe europäische Presse wird in Kürze an deine Tür klopfen.«

»Was willst du haben?«

»Die Wahrheit.«

Johan spürte, wie das Telefon an seiner Wange brannte. Er konnte auf keinen Fall die Wahrheit sagen. Wenn sie jetzt anfingen, zu schnüffeln und Nachforschungen anzustellen, mit dem abgebrannten Hof und drei entlaufenen Schweinen draußen im Wald …

»Warum tust du das?«

»Warum *ich* das tue?«

»Ich habe dir nie etwas getan«, sagte Johan. »Ich war immer auf deiner Seite.«

»Es geht hier nicht um dich und mich.«

»Doch, genau darum geht es. Du bist neidisch auf alles, was ich erreicht habe, und jetzt willst du es zerstören. Der kleine Bruder will den großen vom Thron stürzen.«

»Ich bin nicht dein Bruder, Johan. Und wenn jemand etwa zerstört hat, dann du. Ein kleiner Windstoß und dein Kartenhaus bricht zusammen.«

Johan machte die Augen zu. Das war keine Erklärung. Es gab keine Erklärungen.

»Ich verstehe nicht, worauf du hinauswillst.«

»Seit ihr mit eurem Gesundheitsscheiß begonnen habt, geht es den Leuten schlecht. Mich hat das bisher nur mäßig interessiert, das gebe ich zu, doch es gibt Grenzen. Was geschieht mit ihnen, wenn ihr sie abtransportiert habt? Was, wenn ihr die Transporter leert? Verflucht, Johan. Wenn du mir nicht widersprichst, muss ich das Schlimmste annehmen.«

»Halt dich da raus. Zu deinem eigenen Besten.«

»Ich stecke schon viel zu tief drin.«

»Du hast keine Chance. Ich habe zu viele Leute auf meiner Seite.«

»Und was glaubst du, auf wessen Seite sie stehen werden, wenn das

Ganze vorüber ist? Was glaubst du, wen sie dann unterstützt haben wollen?«

»Nichts wird vorbei sein. Die Partei hat noch immer die Mehrheit.«

»Sie werden es *morgen* drucken.«

»Sie haben keine Beweise.«

»Sie haben genug.«

Johan senkte die Stimme. »Tu das nicht.«

»Was?«

»Pfeif auf den Artikel und verschwinde. Du stehst schon auf der Fahndungsliste.«

»Das ist nicht dein Ernst.«

»In diesem Krieg sind schon mehr Menschen gefallen, als du glaubst.«

»Ich wusste nicht, dass wir uns im Krieg befinden.«

»Und ich wusste nicht, dass du dich einmischen würdest.«

Johan richtete seinen Blick auf das Wasser unterhalb der Brücke. Die Sonne spiegelte sich in der kräuselnden Wasseroberfläche. Es war ein wunderschöner Tag. Die Boote, die in die Schären fuhren, würden voll besetzt sein. Kinder und Hunde und Luftmatratzen.

HC atmete heftig. »Ich kann es nicht glauben.«

Johan betrachtete eine der Bojen im Wasser. Eine dicke Möwe kreiste in der Luft. »Was hältst du von Italien? Fahr mit dem Auto in die Toskana. Iss Spaghetti. Oder Griechenland. Dort bist du doch immer gerne.« Jetzt landete eine Möwe. Der gelbe Schnabel leuchtete auf dem weißen Gefieder. *»Karpouzi.«* Johan beobachtete die Möwe. *»Parakalo.«*

»Das ist nicht wahr.« HCs Stimme war kaum mehr als ein Flüstern. »Das ist nicht wahr.«

Johan sah ihn vor sich. Die lockigen, braunen Haare. Seine Hand zwischen den Zähnen des Hundes. Die Zahnlücke. Sein Gebrüll.

»Aber *warum?*«

HC hatte Angst, Johan konnte es ihm anhören. »Es ist eine Epidemie. Die Leute sterben wie die Fliegen.«

Am anderen Ende der Leitung wurde es still.

»Ich muss jetzt Schluss machen.« Er fühlte sich wie in einem Albtraum, als würde er im Schlaf reden. »Die Lage ist prekär, verstehst du?«

»Ich kann es nicht glauben. Ich kann es verdammt noch mal nicht glauben.«

»Verschwinde. Ich meine es ernst. Es liegt nicht in deiner Macht, die Dinge aufzuhalten.«

»Wer sollte es sonst können?«

»Es ist erst zu Ende, wenn die Sache erledigt ist.«

»Wenn sie *erledigt* ist?«

Johan schluckte und presste das Handy an sein Ohr. Dieser Verlust war etwas anderes. Etwas ganz anderes.

»Hau ab«, flüsterte er. »Um Himmels willen, HC. Du musst weg von dort.«

»Ich …«

Johan legte auf.

Als er nach ihr sah, hatte Helena ihre Hände im Laken verkrampft, als würde sie fallen und wollte sich festhalten. Sie trug Klas Bremmings Schlafanzugoberteil. Um den Kopf hatte sie einen weißen Verband. Sie hatte den halben Tag geschlafen, nachdem Landon mit Molly eingetroffen war. Das seien die Schlaftabletten, hatte Bremming gesagt. Die könnten einen Ochsen umhauen.

Jetzt saßen Klas und Landon in der Küche und tranken Kaffee. Molly war neben ihrer Mutter eingeschlafen. Durch die Jalousien fielen Sonnenstrahlen. Die Stille war fast unwirklich, nach allem, was geschehen war.

»Haben Sie im Auto Nachrichten gehört?«

Landon nickte. »Nichts.«

»Und mit der Polizei haben Sie nicht gesprochen?«

»Ich habe von Kavarö aus einmal angerufen und Helena als vermisst gemeldet. Aber …« Er schüttelte den Kopf. »Ich glaube, die Polizei ist der Partei unterstellt und gibt alles weiter. Die Polizei ist die letzte Instanz, an die ich mich wenden würde.«

»Das ist sicher richtig. Aber …«

»Ich weiß. Die Wahrheit muss ans Licht. Die Sache ist nur die …« Er hatte den Spaten bislang verschwiegen. Ola Sjögrens regloser Körper im Lehm. Von den Schüssen ganz zu schweigen. Irgendwen musste er getroffen haben.

»Es ist einfach unvorstellbar.«

»Ich wollte die Zeitungen informieren, aber Svärd scheint mittlerweile die meisten zu kontrollieren. Und die ausländischen Medien …« Landon zögerte. »Sie werden Beweise haben wollen.«

»Helenas Verletzungen …«, warf Bremming ein.

»Sie hat genug mitgemacht.«

»Sie schafft es.«

»Ich will nicht, dass sie es *schaffen* muss. Und es ist dringend. Ich bin sicher, dass es noch mehr Orte wie Falunda gibt.«

»Es ist unwahrscheinlich, dass es solche Anlagen im ganzen Land gibt und niemand sie entdeckt hätte.«

»Nicht unwahrscheinlicher als ein einziger Ort. Nicht unwahrscheinlicher, als dass Leute aus ihren Wohnungen vertrieben werden und in Fettghettos außerhalb der Stadt ziehen müssen. Oder die Mägen von Siebenjährigen operiert werden, damit sie weiter zur Schule gehen dürfen.«

Bremming rührte in seiner leeren Kaffeetasse. Er sah verlegen aus. Plötzlich begriff Landon, dass er Teil der Maschinerie gewesen sein könnte.

»Als Sie im medi …« Landon formulierte seine Frage nicht zu Ende. Er hatte kein Recht, diese Frage zu stellen.

»Ich wurde kurz nach Helena entlassen. Gleichzeitig mit mir mussten noch zwei weitere Kollegen gehen. Wir hatten keine Möglichkeit, Einspruch zu erheben.« Er hielt inne, als würde er seine Worte überdenken. »Nein, das ist nicht wahr, natürlich hatten wir das. Wir waren einfach zu feige.«

Er stand auf, um die Kaffeekanne zu holen. »Also, wie sieht euer Plan aus? Wohin wollt ihr fahren?« Er schenkte Landon ein.

»Nach Süden, nehme ich an. Über die Öresundbrücke und dann weiter. Wo es keine Passkontrollen an den Grenzen gibt.«

»Ihr könnt so lange hierbleiben, wie ihr wollt. Helenas Verbände müssen gewechselt werden. Und sie braucht Ruhe. Dasselbe gilt für Molly.«

»Danke, aber ...« Landon schüttelte den Kopf. »Das geht nicht.«

»Sie werden euch hier nicht finden.«

»Sie haben Helena auch auf Kavarö gefunden.«

»Wenn ihr fahrt, können sie euch unterwegs aufspüren. Eure Fahrt könnte schon an der erstbesten Tankstelle zu Ende sein.«

Landon überlegte, wie er Bremming seine Situation begreiflich machen konnte, aber er fand nicht die richtigen Worte. »Ich kann nicht bleiben, verstehen Sie? Ich wollte schon seit Monaten das Land verlassen. Seit mehreren Jahren. Ich bin genau genommen nur wegen Helena noch hier ...« Er biss sich auf die Lippen. *New York. Das neue Leben.*

»Sie sagt, Sie seien ihr Held.«

»Sie übertreibt. Ich kann nicht einmal Fenster abdichten.«

Klas Bremming sah ihn an, ohne etwas zu sagen.

Landon rührte in seinem Kaffee. »Ich weiß, was Sie denken«, sagte er. »Aber es geht nicht. Ich habe nichts gegen sie in der Hand.«

»Sie haben die Wahrheit.«

»Ich kann nicht.«

Bremming stand wieder auf und kam mit einer Tüte Zimtschnecken zurück. Landon spürte, wie sein Magen knurrte. Es kam ihm vor, als hätte er seit Tagen nichts mehr gegessen.

Bremming öffnete die Tüte, nahm sich eine Zimtschnecke und gab Landon ein Zeichen, dass er die restlichen haben könne. Landon bediente sich. Beim Essen betrachtete er den Doktor verstohlen. Das schwache Licht glänzte im dunklen Haar des Arztes. Seine Augenbrauen waren dick und symmetrisch.

»Sie und Helena …« Landon zögerte. Wollte er das wirklich wissen?

Bremming sah ihn lange an, bevor er antwortete. »Das ist schon lange her.«

Landon wartete.

Bremming brach ein Stückchen von seiner Zimtschnecke ab. »Ich war verheiratet«, sagte er. »Lovisa, meine Frau … sie hat ein Diätpräparat genommen. Sie haben vielleicht schon einmal davon gehört? *Reserve*. Eine der ersten Erfindungen aus den Laboren des Instituts für Ernährung. Mittlerweile haben sie es vom Markt genommen, doch vor nicht allzu langer Zeit haben sie diesen Dreck an jeden verkauft, der sich dafür interessierte. Sie hat einen Arzt in Östhammar gebeten, ihr dieses Medikament zu geben, ohne mir etwas davon zu sagen. Sie war nicht einmal ansatzweise dick, sie war nur …« Er schüttelte den Kopf. »Sie hat sich das eingeredet. Es war bereits zu spät, als ich dahinterkam.«

»Oh nein.«

»Sie nahm rasend schnell dreißig, vierzig Kilo ab. Eines Tages hat das Herz versagt. Von heute auf morgen war sie nicht mehr da.«

»Furchtbar.«

»Ich war bereits … in Helenas Arme geflüchtet, um es nicht mit ansehen zu müssen.« Bremming starrte in seinen Becher. »Nach Lovisas Tod haben wir uns nicht mehr getroffen. Aber Sie wissen, wie das ist. Meine Schuld war in Stein gemeißelt.«

Landon nickte. »Meine Freundin hat sich zu Tode gehungert. Im Winter.«

Bremming sah auf.

»Ich konnte ihr nicht helfen. Ich glaube nicht, dass man es kann. Ich war zumindest gezwungen, das zu denken. Dass man da einfach nicht rankommt.«

»Es ist eine verfluchte Krankheit.«

Landon nickte. Eine Weile sagten sie nichts mehr.

»Ich habe geglaubt, dass sie ihn früher oder später erschießen würden«, sagte Landon nach einer Weile.

Bremming sah ihn an. »Wen?«

»Johan Svärd.«

»Ah!« Bremming strahlte. »Gute Idee!«

»Ich bin kaum der Erste, dem dieser Gedanke gekommen ist.«

»Wären Sie dazu fähig?«

Landon sah ihn erstaunt an. »Ich?«

»Wenn Sie die Chance dazu hätten.«

»Nein«, antwortete er, ohne zu zögern. »Auf gar keinen Fall. Aber ist es nicht merkwürdig, dass es noch niemand versucht hat? Ein Mann, der so viele Feinde hat?«

»Es gibt auch viele, die auf seiner Seite stehen.«

»Das ist noch merkwürdiger.«

»Ich habe geglaubt, dass die Leute diesen Mist bald satthaben und erkennen würden, wie sehr ihnen der ganze Gesundheitswahn schadet.«

»Sie wissen doch, wie Svärd sich gibt. Genauso viel links wie rechts. Unmittelbar nach einer Rede, in der er über Leistungsempfänger gewettert hat, lobt und preist er den schwedischen Wohlfahrtsstaat und die starke Nation. So was kommt bei den Leuten an. Er ist auf der Seite von jedermann.«

»Oder auf der Seite von niemandem.«

»Die Wahrheit ist vermutlich, dass er nur auf seiner eigenen Seite ist.«

»Ich hasse diesen Kerl«, sagte Landon mit Nachdruck.

»Dann erschießen Sie ihn.«

»Ich glaube nicht an Gewalt.«

Bremming deutete auf den Raum nebenan, in dem Helena lag. »Aber die Gesundheitspartei tut es.«

Landon dachte an den Augenblick, als er sie vor dem Schlachthof entdeckt hatte. Er machte die Augen zu und presste die Handflächen gegen die Augen.

Bremming stand auf und kam mit einem Tablettenstreifen wieder. »Die sind etwas stärker als die, die ich Ihnen zuerst gegeben habe. Jetzt müssen Sie ja nicht mehr Auto fahren. Nehmen Sie eine jetzt und eine weitere heute Nacht, falls nötig. Ich stelle eine Liege ins Zimmer, dann habt ihr alle drei Platz.«

Alle drei. Landon war gerührt. »Ich … das ist nicht nötig.«

»Doch, ist es.« Bremming stand auf. »Bleiben Sie sitzen. Ich mach das schon.«

Landon legte den Kopf in die Hände und massierte seine Schläfen. Er fühlte sich, als ob Hammerschläge von innen gegen seine Schädelwand schlugen. Jeden Moment konnte sie durchbrechen. »Danke«, murmelte er.

Doch Doktor Bremming war schon verschwunden.

Landon wurde von Helenas Schrei geweckt. Er lehnte sich zu ihr hinüber und berührte ihren Arm. »Es ist alles gut …« Er streichelte sie vorsichtig. »Ich bin hier.«

Ihr Atem ging kurz und stoßweise. Der Blick flackerte. Er sah sie so ruhig und gelassen an, wie er nur konnte. »Ich bin hier. Es ist alles in Ordnung. Du hast nur geträumt.«

Auch Molly war wach geworden. »Mama?«

»Es ist alles in Ordnung, Molly. Sie hatte nur einen Albtraum. Schlaf weiter.«

Der Name ihrer Tochter schien Helena in die Wirklichkeit zurückzuholen. Sie streckte die Hand nach Molly aus, die vom Sofa in ihr Bett kletterte.

Sie umarmten sich. Alle drei, wie Klas Bremming gesagt hatte. Landon blinzelte gegen seine Müdigkeit an. Er hatte etwas geträumt, woran er am liebsten gar nicht denken wollte.

War es noch nicht einmal Nacht? Er konnte sich nicht daran erinnern, wann er sich schlafen gelegt hatte. Er konnte Helenas verängstigtes Gesicht in der Dunkelheit erkennen. Sie war schweißgebadet. Vorsichtig nahm er ein Taschentuch vom Nachttisch und tupfte ihr die Stirn ab. Bremming hatte gesagt, dass sie sich wieder erholen würde. Die Schussverletzung war nur äußerlich. Das Schlimmste war die Hand, auch die würde im Laufe der Zeit verheilen, wenn man sie richtig behandelte. Sein Tonfall hatte deutlich gemacht, dass es nun Landons Verantwortung war, sich um sie zu kümmern.

Für Landon stand es außer Frage. Gab es nicht ein Sprichwort, demzufolge man für jemanden, dem man das Leben gerettet hatte, ein Leben lang verantwortlich blieb … oder war es umgekehrt?

»Es ist alles gut«, wiederholte er und strich ihr über die Stirn. Molly war wieder eingeschlafen. Sie waren alle drei total erschöpft.

Helena versuchte etwas zu sagen. Landon half ihr mit dem Wasserglas.

»Tut mir leid«, flüsterte sie, nachdem sie ein paar Schlucke getrunken hatte.

»Es ist nicht deine Schuld.«

Sie sah ihn gequält an. »Du bist meinetwegen … in diese Sache reingeraten.«

»Ich hatte dieses Wochenende sowieso noch nichts vor.«

Sie schien lächeln zu wollen. »Ich habe nicht mehr daran geglaubt rauszukommen. Ich habe geglaubt, es wäre das Ende.«

»Denk nicht mehr daran. Du bist jetzt hier, du bist nicht mehr in Gefahr.«

»Und die anderen? Hast du gesehen, ob sie fliehen konnten?«

Er schluckte. Die Wachen auf Uckerö hatten auf alles geschossen, was sich bewegte. »Ich weiß nicht«, sagte er. »Ich … ich weiß es wirklich nicht.«

»Es waren so viele.«

»Ich weiß. Mehrere Hundert.«

»Ich begreife das nicht.«

»Ich auch nicht. Vielleicht soll man das auch gar nicht.«

Sie sah ihn lange an. »Landon.«

Sein Name klang so anders aus ihrem Mund. Weicher, gleichzeitig aber auch fordernder. »Deine Tochter nennt mich immer noch Banane.«

Jetzt lächelte sie. »Ich werde mit ihr darüber reden.«

»Es gibt schlimmere Obstsorten.« Landon strich ihr vorsichtig über das Handgelenk. Er zitterte, als er die blasse Haut in der Armbeuge erreichte.

»Schlaf jetzt ein wenig«, flüsterte er.

Helena murmelte eine undeutliche Antwort. Sie schien schon auf dem Weg ins Reich der Träume zu sein.

Landon rutschte hinüber auf seine Liege. Hinter den heruntergelassenen Jalousien war das schwache Licht der untergehenden Sonne zu sehen. Wenn die Welt irgendeinen Sinn hatte, würde sie sich nach Katastrophen wie dieser nicht einfach so weiterdrehen, dachte er. Die Menschheit müsste ihren Besitzanspruch an jemand anders abtreten.

Er sah, wie sich das matte Licht im Spiegel an der Wand gegenüber brach. Es glänzte fahl und staubig wie auf einem alten Dachboden. Es hatte eine Zeit gegeben, in der er einen solchen Augenblick als magisch empfunden hätte. Eine Schatzkammer, ein geheimer Pfad nach Narnia. Jetzt löste sich alles vor ihm auf in einzelne, trockene Partikel.

HC suchte das Wasser ab. In regelmäßigen Abständen warf er einen Blick in den Rückspiegel, um sich zu vergewissern, dass ihn niemand verfolgte. Ein paar Straßen hinter ihm lag das Schloss Christiansborg, auf der anderen Seite des Wassers Christiania. In südlicher Richtung schlängelten sich die Autobahnen nach Deutschland. Italien, wie Johan vorgeschlagen hatte. Oder Griechenland.

HC beobachtete im Rückspiegel die Menschen. Ein Glatzkopf in Jeansjacke. Zwei Teenager mit Eis in der Hand. Das gute alte Kopenhagen, dachte er. Hotdogs und Softeis und Plunderteilchen mit Schokolade.

Seine Großeltern hatten hier gewohnt, als er klein war. Trotzdem konnte er seine Erinnerungen aus dieser Zeit an einer Hand abzählen. Ein Tag im Tivoli. Die kleine Meerjungfrau, die ihre Stimme für ein Paar Menschenbeine hergegeben hatte. Nach der Scheidung hatte HCs schwedische Mutter ihren Sohn von allem ferngehalten, was mit dem Vater zu tun hatte. Als HC zehn Jahre alt war, starb sein Großvater an einer schweren Grippe. Großmutter Mikkelsen hatte ihre letzten, einsamen Jahre in einem Altersheim außerhalb von Kopenhagen verbracht und irgendwann waren die dünnen Briefumschläge mit den alljährlichen Weihnachtsgrüßen ausgeblieben. Als HC schließlich nach Kopenhagen gekommen war, gab es nur noch einen Grabstein, den er besuchen konnte.

Sein Vater lebte noch und wohnte auf einer Insel nördlich von Lolland. Seine »eigene kleine Welt« – wie HCs Mutter es zu nennen pflegte – bot mittlerweile nur noch Platz für einen Bewohner und auf seinen Dänemarkreisen verzichtete HC meistens auf die zusätzliche Überfahrt. Mit Ausnahme von ein paar sechsmonatigen Aufenthalten in seinen Zwanzigern war HC in Schweden geblieben, und dennoch überkam ihn ein Gefühl von Heimat, sobald er dänischen Boden betrat. Das hatte mit der Wesensart der Dänen zu tun. Auf dieser Seite des Sunds schien das Leben leichter zu sein.

Er war am Freitag nach Dänemark gefahren, um ein paar Sequenzen für eine Dokumentation zu drehen, aber in Wahrheit war er selten so froh gewesen, Schweden den Rücken zu kehren. Johans Warnung hatte er dafür nicht gebraucht. Es war offensichtlich, dass sich etwas zusammenbraute. Nachdem er die *Jyllands-Posten* davon überzeugt hatte, seine Story über die schwedische Politik zu bringen, war er voller Optimismus gewesen, doch das Gespräch mit Johan hatte ihn aus der Bahn geworfen. Es waren nicht nur die Machenschaften der Partei, die ihn erschreckten. Seit Jahren hörte er sich Johans Gejammer an. Nicht ein einziges Mal hatte er protestiert.

Eigentlich hatte er heute nach Stockholm zurückfahren wollen. In seiner Wohnung in Nacka übernachten und abwarten, wie die schwedischen Medien am nächsten Tag auf den Artikel in der dänischen Presse reagieren würden. Aber er war noch immer hier. Aus irgendeinem Grund war er nicht in der Lage, den Motor zu starten.

Sie haben mit langen Rohren auf sie eingeschlagen, hatte der zweite Zeuge berichtet, der die mysteriösen Transporte aus Uppsala bestätigt hatte. *Ich habe gedacht, es müsse irgendeine Art von Razzia sein.* Die Aussage des dritten Zeugen war weniger detailliert, dafür war er sich bei den Lastwagen umso sicherer gewesen. *Als Student habe ich bei einem Nutztierbetrieb gearbeitet. Das waren Schweinetransporter, dafür lege ich meine Hand ins Feuer. Ältere Modelle mit ebenerdigem System.*

Die *Jyllands-Posten* wollte zunächst über unlautere Machenschaften berichten, jedenfalls in dem ersten Entwurf des Artikels, den man HC zugeschickt hatte. *»Unregelmäßigkeiten in der schwedischen Fettkampagne?«* hatten sie getitelt, mit einem deutlichen Fragezeichen in der Überschrift. Sie hatten nicht einmal die Viehtransporter erwähnt.

HC hörte Sirenen und blickte auf. Ein weißes Polizeiauto fuhr in rasender Fahrt an ihm vorbei und verschwand auf der Langebro. Erneut überkam ihn ein mulmiges Gefühl. Er hatte ihm Angst einjagen wollen und Johan hatte es ihm mit gleicher Münze heimgezahlt. Immer wieder versuchte er sich einzureden, dass die Geschichte damit ein Ende hätte. Doch die Geschichte ging noch lange weiter.

Es ist erst zu Ende, wenn die Sache erledigt ist.

Das Worst-Case-Szenario war, dass sie die Leute tatsächlich entführten. Dieser Gedanke war ihm in den letzten Stunden mehr als einmal durch den Kopf gegangen. Es war kaum vorstellbar. Er war mit Johan aufgewachsen. Sie hatten gemeinsam die Schule geschwänzt. In Washington hatte er Johan im wahrsten Sinne des Wortes wieder auf die Beine gebracht, als der zukünftige Ministerpräsident sich entschlossen hatte, nie wieder einen Fuß vor die Tür zu setzen, falls Amy nicht zu ihm zurückkäme. Johan hatte seine Macken, doch er war nicht verrückt – selbst wenn es auf seine Partei zuträfe.

HC zuckte erschrocken zusammen, als jemand ans Fahrerfenster klopfte. Neben dem Auto stand ein Mann in seinem Alter, er trug legere Freizeitkleidung und einen Sonnenhut. Der Mann lächelte ihn verschmitzt an.

HC drehte nervös den Zündschlüssel um und ließ das Fenster nach unten. Er hatte nicht vor, die Autotür zu öffnen.

»Hallöchen!« Das Grinsen des Mannes wurde noch breiter. »Ich hab gesehen, dass Sie Schwede sind.«

HC sah ihn an, ohne etwas zu entgegnen.

»Das Nummernschild«, fuhr der Mann fort und deutete auf das Auto. »Sie sind doch Schwede? You are from Sweden, yes?«

HC war immer noch unruhig. »Ja … bin ich.«

»Wir sind auf der Suche nach dem Regierungsgebäude«, sagte der Mann mit dem Sonnenhut. »Oder dem Reichstagsgebäude, keine Ahnung, wie sie es hier nennen …« Er drehte sich zu seiner Familie um. »Ich habe schon mehrere Leute gefragt, aber man versteht ja nicht mal die Hälfte.« Er blickte HC an und imitierte mit verstellter Stimme: »*Røde grøde med fløde …*«

Neben ihm tauchte eine Frau auf, die ein kleines Mädchen an der Hand hielt. Sie sah ihren Mann erschöpft an. »Wir lassen es einfach«, meinte sie genervt. »Matilda ist schon todmüde. Sie hat nicht einmal ihren Joghurt gegessen. Wir gehen zurück ins Hotel.«

HC nickte der Frau zu. »Sie müssen dort entlang«, sagte er und deutete die Richtung an. »Es ist nicht schwer zu finden. Immer am Kanal entlang. Fünf Minuten.«

Der Mann lächelte wieder breit. »Perfekt!« Er sah seine Frau fröhlich an. »Was habe ich gesagt? Ich erkenne einen Landsmann.«

Gedankenverloren betrachtete HC die Familie. Vielleicht war das die ganze Geschichte? Er befand sich in Kopenhagen und niemand kümmerte sich darum? Er war nur von Touristen umgeben und solange die nächste Ausgabe der *Jyllands-Posten* nur in den Computern der Redaktion in Viby gespeichert war, würde das auch so bleiben.

Er schaute wieder zum Wasser. Es war der perfekte Tag, um zu bleiben. Er könnte sich an einen der Tische draußen vor den Restaurants setzen, ein großes Bier trinken und mit der Kellnerin flirten. Er könnte versuchen, seinen alten Kollegen Mads zu erreichen. Eine Pølse kaufen und sich unter die Touristen mischen.

Er zog den Schlüssel aus dem Zündschloss und stieg aus. Es gab keinen besseren Tag, um am Nyhavn ein Bier zu trinken.

Als HC am Montagmorgen aufwachte, war alles um ihn herum braun. Der Bezug des Schlafsofas. Die Gardinen. Selbst das Bild über ihm an der Wand. Verwirrt betrachtete er das einfarbige Quadrat. Das Motiv konnte alles Mögliche darstellen, von Diarrhö bis zu vermoderten Blättern, vielleicht sogar einen Bären. *Nr. 113, »Braun«*, dachte er. Es würde ihn nicht wundern, wenn der Künstler noch hundert weitere Varianten seines Meisterwerks zusammengekleckst hätte, die wiederum Hunderte Nuancen derselben Kacke zeigten. Ein Künstler, über den er im letzten Jahr eine Reportage für den norwegischen NRK gedreht hatte, hatte dreihundertfünfundsechzig Varianten von ein und demselben Oval skizziert, die dann in einer Kunsthalle in Oslo ausgestellt worden waren. Die Zeichnungen hatten sich einzig und allein in ihrer Linienstärke unterschieden – oder waren sie mit Stiften von verschiedenen Herstellern gezogen worden? Das Projekt war auf jeden Fall eigenwillig gewesen. *»Running rings around«* hatte der Typ den Mist genannt, als würde es das besser machen.

Er streckte sich so, dass das Sofa knarrte, und lauschte in Richtung Küche. War Mads schon zur Arbeit gegangen? HC griff nach seiner Armbanduhr, die auf der Polsterlehne lag.

Halb zehn. An einem Montag. Kein Wunder, dass es so still war.

Beim Versuch, sich von der durchgelegenen Matratze hochzurappeln, wurde ihm übel. Er konnte den Brechreiz gerade noch unterdrücken. Er lehnte sich zurück und fasste sich an den Kopf. Wie viel

Bier hatte er getrunken? Und worüber hatten Mads und er den ganzen Abend geredet?

Verfluchter Mist.

Über den Artikel in der *Jyllands-Posten.*

Warum hatte er diesen Scheiß überhaupt weiter verfolgt? Er presste die Hände an die Schläfen. Wie dumm konnte man sein? Warum glaubte er, damit irgendetwas zu erreichen? Johan und sein Hofstaat hatten Gesundheitsreformen durchgesetzt, die einem faschistischen Regime alle Ehre machten, ohne dass die schwedische Bevölkerung mit der Wimper gezuckt hatte. Wen interessierten da schon ein paar verschwundene Dicke? Zudem *angeblich* verschwundene. Laut Angaben der Partei hatten sie sich freiwillig für die Gesundheitslager gemeldet. Die *Jyllands-Posten* besaß keinerlei Bildmaterial, das die Anschuldigungen untermauerte.

Hier kämpfte David gegen Goliath. HC aus dem Land der Liliputaner gegen Johans Mannschaft aus dem Reich der Riesen. In ihren Augen glich er einer Kakerlake, die sie am Boden zertreten würden, sobald sie in ihrer Nähe auftauchte. Daran hatte Johan nicht den geringsten Zweifel gelassen.

Er stöhnte und versuchte erneut, sich aufzurichten. Er konzentrierte seinen Blick auf den leicht melierten Fleck inmitten der braunen Fläche. Jetzt las er den Titel am Bildrand: *»Erdbetrachtungen. Ein Vorschlag.«* Hatte Mads das Bild etwa selbst gemalt? Dann wäre er nicht der erste von HCs Kollegen, der seine kreative Ader auslebte.

Falls sie überhaupt noch arbeiteten. In Schweden war die halbe Journalistenschar aufgrund ihres Übergewichts in Frührente geschickt worden. Andere waren durch pflegeleichte, linientreue Journalisten ausgetauscht worden. Als Freiberufler war er von den Umstrukturierungen weniger betroffen – wenngleich die Medien zuletzt nicht mehr viele Reportagen von ihm gekauft hatten – er hielt sich vorwiegend mit Auslandsaufträgen über Wasser. Auch die *Neue Uppsalaer Zeitung* hatte sich kulant gezeigt. Doch war es eine Tragödie. Wenn man nicht einen festen Posten in den Ressorts Essen oder

Gesundheit hatte, war man aus dem Rennen. Und wenn man dazu noch das Äußere einiger älterer Kollegen hatte … Schlechte Angewohnheiten, hieß es. Zu spät eingereichte Artikel und zu viele Kohlenhydrate.

Er hatte sich, wie zu Beginn seiner beruflichen Laufbahn, wieder auf das Filmen konzentriert. Seit GTV die schwedische Fernsehlandschaft beherrschte, arbeitete er fast nur noch für die Sender der Nachbarländer. NRK in Norwegen brachte nach wie vor unabhängige Sendungen und wenn man Dänisch konnte, gab es auch in Kopenhagen hin und wieder Aufträge. Es war kein großer Verlust. Die schwedische Presse hatte sich in einen Sandkasten verwandelt, in dem sich die politisch neutralen und unabhängigen Journalisten um die rar werdenden Spielsachen stritten, während sich die *sneaky fuckers* der Gesundheitspartei heimlich anschlichen und alle Beweise vergruben.

Er sah aus dem Fenster. Sein Handy lag auf der Fensterbank. Sollte er es anschalten? Nur um nachzusehen?

Vielleicht sollte er sich zuerst eine Tasse Kaffee kochen. Versuchen, ein Brot oder zwei herunterzukriegen, um etwas im Magen zu haben. Er stand auf und blieb mitten im Zimmer stehen. Der Mann, der ihn aus dem Spiegel anstarrte, war mindestens genauso abstoßend wie das kackbraune Bild. Er fuhr sich mit der Hand durch die langen Haare und strich sich über den Bart. Er glich immer mehr einem Penner. Noch eine Woche mit diesem Lebenswandel und die Schergen der Gesundheitspartei würden auf offener Straße nicht bemerken, wer ihnen durch die Maschen schlüpfte.

Zwei, dachte er. Und dann: *Griechenland.*

Warum auch nicht, verdammt.

HCs Schultern senkten sich, während er den Artikel las. So viel zu seiner Angst. Der Text war nicht größer als der Durchmesser einer Kaffeetasse. Die bunte Anzeige für IHRE TRAUMWOHNUNG in der Spalte darüber und der Artikel über die ZEHN BESTEN SCHLANK-

HEITSTRICKS weiter unten waren so auffällig, dass sie die Aufmerksamkeit von neunundneunzig Komma neun Prozent der Leser auf sich ziehen würden. Hatten die Redakteure den Artikel absichtlich so unauffällig platziert? Oder war ihnen nur entgangen, worum es *eigentlich* ging?

Er las die wenigen Zeilen. Sie enthielten genügend schlechte Publicity, um auf Johans braunem Schopf ein oder zwei graue Haare wachsen zu lassen. Doch ob sie ausreichen würden, um den Rest der Welt in Aufruhr zu versetzen, war mehr als fraglich. Mehrere Zeugen, hieß es, hatten nach einem regionalen Treffen für Übergewichtige mehrere Lastwagen vor dem Dom von Uppsala fortfahren gesehen, was die schwedische Gesundheitspartei jedoch entschieden dementierte. »Viele Bürger nutzen die Chance, sich direkt vor Ort für unsere Gesundheitslager anzumelden. Der Schritt vom Gedanken zur Tat ist häufig am schwierigsten und diese Veranstaltungen können zu einer tatsächlichen Veränderung inspirieren.« Laut dem Pressesprecher der Partei seien diese Lager obligatorisch, aber stets freiwillig. »Diese widersprüchliche Formulierung haben wir im Jargon der Partei schon häufiger gehört«, schrieb die Zeitung.

Hier ging es verflucht noch mal nicht um Formulierungen! HCs Erleichterung verwandelte sich in Empörung. Nach allem, was er aufgedeckt hatte. Keine einzige Information von Wert. Er hatte eine Welle von Ermittlungsverfahren vor sich gesehen. Hatte sich eingebildet, er hätte der Presse ein gefundenes Fressen geliefert.

Er sah wieder auf die winzige Textspalte. Die Schlankheitswerbung umrahmte Johans eigenen *Abnehmtrick* optimal. Die Verschleierung hätte nicht perfekter sein können. Man hätte beinahe meinen können, der Ministerpräsident hätte die Anzeigen aus eigener Tasche bezahlt.

Der Gedanke ließ HC nicht los. Sie hatten doch wohl nicht …? Das war unmöglich. Schließlich war es Mads gewesen, der mit Kristian in der Redaktion gesprochen hatte. Natürlich hatten sie zurückhaltend reagiert – auch auf dieser Seite des Öresunds war man eher vorsichtig, die schwedische Regierung zu kritisieren – bei den dänischen Lesern kam jedoch jede Kritik am Nachbarland gut an.

Er knurrte wütend. Der Artikel war nicht größer als eine verdammte Todesanzeige. Er stellte seine Kaffeetasse darauf ab.

Tatsächlich, jetzt waren nur noch die Traumwohnung und die Schlankheitstricks zu sehen.

Welch eine Enttäuschung. Doch war eine Meldung in dieser Form für ihn selbst zweifelsohne sicherer, als wenn sie es als Aufmacher auf der ersten Seite gebracht hätten. Vielleicht war es sogar seine Rettung. Er konnte seine Nachforschungen auf Eis legen und sich in Sicherheit bringen, ohne dass mehr passieren würde.

Er nahm die Kaffeetasse von der Zeitung und trank den letzten Schluck Kaffee. Der war mittlerweile nur noch lauwarm, doch er brauchte den Koffeinkick. Die Kopfschmerzen ließen langsam nach. Er griff nach der Milchtüte und goss die Tasse voll. Der sahnige Geschmack weckte Kindheitserinnerungen. Die Sommernachmittage vor Großmutter Mikkelsens hohen Gläsern. Die Strohhalme mit roten Streifen. Milch, die nach Gras und Erde und Sonne schmeckte.

Vollmilch, Butter und Sahne. Die dänische Regierung ließ sich Zeit mit Verboten. Dennoch hatte sich Mads über die neuen Vorschläge der Regierung ereifert. *Ich schwöre, wenn sie das Bier ins Visier nehmen, ziehe ich nach Prag.*

HC trank den Rest der Milch und füllte die Tasse ein zweites Mal. Er dachte an seine Großmutter.

Ihren fülligen Körper. Die Brüste, die unter der Bluse wogten. Er erinnerte sich an den unerwarteten, süßen Duft, wenn sie in der Küche stand und ihre rote Beerengrütze kochte. *Der Junge muss was auf die Rippen bekommen!*, hatte sie immer gesagt und seine Portion in dicker, gelber Sahne ertränkt.

Sie wäre auch abgeholt worden, dachte er.

Er griff nach einem alten Kassenzettel, der auf dem Küchentisch lag, und kritzelte eine Nachricht an Mads.

Danke für Bier & Frühstück!
Planänderung. Ich fahre zurück nach Stockholm. Ich weiß, was du gesagt hast, doch irgendwer muss die Sache in Angriff nehmen. Wenn ich das Ding in den Sand setze, sehen wir uns in Prag! ;-) Wir bleiben in Kontakt.
HC

Johan sah Rossi wortlos an. Sie hatten nicht alle eingefangen. Achtundvierzig Stunden waren vergangen und sie hatten immer noch nicht alle. Er knirschte mit den Zähnen. Versager. Verfluchte Versager.

»Ich verstehe nicht, wo das Problem liegt.«

»Es fehlt doch nur noch *einer*, Johan. Abgesehen von dem Typen im Auto, der vermutlich auch Sjögrens Mörder ist …«

»Meine Anweisungen waren unmissverständlich. Ihr solltet alle wieder einfangen.«

»Wir haben jeden Stein in einem Umkreis von mehreren Kilometern umgedreht. Die letzten beiden, die wir gefunden haben, waren tot. Wo hätte sich das Schwein verstecken sollen? In einem Vogelnest?«

»Und wir wissen immer noch nicht, wer es ist?«

Max Rossi schüttelte den Kopf. Die tiefen, dunklen Ringe unter seinen Augen und die aufgeplatzten, roten Äderchen zeugten davon, dass er in letzter Zeit ebenso viele schlaflose Nächte verbracht hatte wie Johan selbst. Dennoch blieb Johans Gesichtsausdruck ohne jedes Mitgefühl.

»Da draußen gibt es viele Sumpfgebiete«, meinte Max.

»Und der Mörder?«, fragte Johan.

Rossi machte eine resignierte Bewegung mit der Hand. »Was soll ich sagen? Sie haben es vergeigt.«

»Es gibt also zwei Mitwisser.«

»Möglicherweise.«

»Und was machen wir jetzt?«

»Abwarten. Wenn der Typ von sich hören lässt, greifen wir direkt zu.«

»Vorausgesetzt, wir erfahren es als Erste.«

»Das werden wir.«

Johan wirkte skeptisch.

»Niemand ist bislang auch nur in die Nähe der Wahrheit gekommen«, sagte Rossi. »Ich denke, das wird auch so bleiben. Die Leute haben keine Fantasie.«

»Wir werden sehen.«

»Hast du den Artikel in der *Jyllands-Posten* gelesen?«

»Der hat bislang keine Reaktionen ausgelöst.«

»Meine Rede. Wir sind sicher. Selbst im Internet steht weiterhin das Übliche.«

»Bis jetzt.«

»Noch zwei Monate und wir haben es geschafft.«

»Ach ja«, sagte Johan. »Das wollte ich noch mit dir besprechen. In Solvik und Hushamra haben wir die Kapazitäten verdoppelt. Heute Morgen habe ich mit Jonsson gesprochen. In Schonen läuft alles wie gehabt. Aber in Gävle, Örebro und auch in ganz Dalarna muss das Tempo mindestens verdoppelt werden. Vielleicht auch in Uppland, jetzt, da Falunda nicht mehr in Betrieb ist. Sieh zu, dass wir an Mittsommer damit beginnen können. Inklusive Stockholm.«

»Die Globen-Arena.«

»Ja.« Rossi schnitt eine Grimasse. »Das ist bald. Es besteht das Risiko, dass jemand, der den Artikel in der *Jyllands-Posten* gelesen hat, eine Einladung erhält und …«

»Niemand hat ihn gelesen.«

»Das wissen wir nicht.«

»Der war so klein.« Johan zeigte den Umfang zwischen Daumen und Mittelfinger. »Und noch dazu auf *Dänisch*.«

»Das Gerücht ist in der Welt.«

»Gerüchte sind immer im Umlauf. Und wir haben nie einen Deut darauf gegeben.«

Rossi zuckte mit den Schultern. »Ich habe die Zahlen heute überprüft. Stockholm wird bald sauber sein.«

Johans Miene hellte sich auf. »Ah ...« Er lächelte. »Ausgezeichnet.«

»Wir können die Einladungen am Freitag verschicken, dann sind es noch zwei Wochen.«

Johan nickte. »Perfekt.«

»Den Entwurf hast du bekommen?«

»Mittsommer-Treffen zur Neuregelung des Arbeitslosengelds, Rehabilitierungsmaßnahmen ... ja. Vielleicht etwas viel Mist, aber ...« Er zuckte mit den Schultern. »Verschleierung kann nicht schaden.«

»Wir denken darüber nach, den Punkt ›Bezugszahlungen‹ stärker hervorzuheben. Urlaubsgeld rückwirkend ab Juli oder etwas in der Art. Was meinst du? So was lassen sich die Leute nicht entgehen.«

»Wir sollten nicht so dick auftragen. Vergiss nicht, dass sie das Gegenteil gewohnt sind. Sie werden nach dem kleinsten Strohhalm greifen, egal, was in dem Schreiben steht. Zudem haben wir das Mittsommer-Thema. Die Hälfte der Leute wird schon allein kommen, um Erdbeertorte zu essen.«

»Ich bin mir nicht sicher. Diejenigen, die letztes Mal nicht kamen, werden vermutlich noch apathischer sein. Und dann die Gerüchte. Die Leute werden misstrauisch. Es ist nicht gesagt, dass sie anbeißen, nur weil wir sie mit Geld locken. Es sei denn, es handelt sich um eine Riesensumme.«

»Schreib, dass das Treffen für alle obligatorisch ist, die ihre Bezüge erhalten wollen.«

»Das haben wir bereits deutlich gemacht.«

»Na also.«

Rossi machte sich Notizen.

»Was anderes.« Johan warf einen Blick in seine Mappe. Er blätterte, bis er die gesuchte Seite gefunden hatte. »Hier«, sagte er. »Die Zahlen für das ganze Land. Das Tempo ...«

»Das sind nur ein paar Orte, die zu nahe an bevorzugten Touristenzielen liegen – Rättvik und Leksand ersetzen wir durch Orsa Norra.

Kalmar/Öland wird nach Korsrud verlegt –, aber es bleibt grundsätzlich bei der gleichen Kapazität.«

»Korrigierst du das Schlussdatum auf Ende Juli?«

»Kein Problem.«

»Mittsommer«, betonte Johan.

Rossi hob die Hand und winkte, bevor er verschwand.

Johan setzte sich wieder an seinen Schreibtisch. Nur noch ein Schwein, das sie einfangen mussten – wenn es nicht schon längst, wie Rossi angedeutet hatte, in irgendeinem Sumpf lag – plus den Typen, der Ola Sjögren erschlagen hatte. Und dann war da noch HC.

Ein Sonnenstrahl fiel durch die Gardinen. Johan blinzelte.

Stockholm wird bald sauber sein.

Gute Neuigkeiten. Im Großen und Ganzen waren das gute Neuigkeiten. Nach Mittsommer würde die Stadt sauber sein.

Bis dahin war es nicht mehr weit.

Es war zu einer Routine geworden. Jeden Morgen gegen acht Uhr klopfte Bibi bei Gloria und öffnete dann die Tür mit einem vorsichtigen »Hallo«. Man konnte ja nie wissen, redete sie sich ein, obwohl sie mittlerweile wusste, dass ihr niemand antworten würde. Sie hob Glorias Zeitung von der Fußmatte auf und legte sie auf den Stapel auf der Kommode. Die Post, die seit gestern durch den Briefschlitz in die Wohnung gesegelt war, nahm sie mit in die Küche. Jeden zweiten Tag füllte sie die grüne Kanne auf der Spüle und goss die Blumen.

Einblatt. Usambaraveilchen. Geranien.

Am Ende ihrer Runde setzte sie sich an den Küchentisch und ging die Post durch. Ein paar Male hatte sie Kaffee gekocht, um es sich gemütlicher zu machen, sie hatte ihn aber letzten Endes nie angerührt. Da das Verfallsdatum nach und nach überschritten war, hatte sie begonnen, die Lebensmittel aus dem Kühlschrank zu entsorgen. Die Eier hatte sie mitgenommen und damit einen Kuchen gebacken.

Gloria hatte immer darauf geachtet, nichts wegzuwerfen. Wenn Bibi die Sachen nicht verwertete, würde sie sich Glorias Vorwürfe anhören müssen, wenn sie zurückkäme.

Meistens kreisten ihre Gedanken um diesen einen Punkt: *Wenn sie zurückkommt.*

Bibi konnte sich nicht entscheiden, wie sie mit den Rechnungen verfahren sollte. Die Eigentümergesellschaft hatte sowieso schon Bedenken gehabt, Gloria weiter in dem Haus wohnen zu lassen, und mittlerweile war die Zahlungsfrist für die monatlichen Abschläge überschritten. Der Zeitungsstapel wurde auch immer höher. Sollte sie das Abonnement in Glorias Namen aussetzen? Wenn sie die Zeitung abbestellte, konnte sie genauso gut den Stromversorger anrufen und darum bitten, den Strom abzuschalten. Den Telefonanschluss kündigen. Was wäre der nächste Schritt? Eine Entrümpelungsfirma mit der Haushaltsauflösung zu beauftragen?

Auch nur eines davon aufzukündigen, hieße jede Hoffnung aufzugeben.

Bibi fühlte sich mutlos. Dieser Mikkelsen hatte sich nicht wieder gemeldet. Er hatte sicher andere Dinge zu tun, als alten Damen in Not zu helfen, doch er war so entgegenkommend gewesen, dass sie davon ausgegangen war, er würde wieder von sich hören lassen. Vielleicht tanzten die Journalisten genauso nach Svärds Pfeife wie die Polizei.

Bibi sah die Post durch. Ein Schreiben von Telia, ein weiteres von Vattenfall.

Kein Brief vom Institut für Ernährung. Keine weitere Nachricht vom medizinischen Versorgungszentrum. Nach dem Registerauszug und dem Schreiben, von dem Bibi angenommen hatte, dass es sich um die Aufforderung handelte, war keine weitere Post mehr gekommen. Als ob sie wüssten, dass Gloria nicht zu Hause war.

Das war eine dieser Verschwörungstheorien, über die Nicklas gesagt hatte, sie dürfe sich nicht weiter darin verstricken. *Die meisten, die verschwinden, kommen zurück*, hatte ihr Neffe gesagt. *Sie hat sich auf dem Weg zum Bus den Fuß gebrochen. Oder eine Last-Minute-Reise gebucht.*

Bibi legte die Stromrechnung auf das Schreiben vom Telefonanbieter und rückte den Stapel zurecht. Glorias Post war so nichtssagend, dass es fast traurig war. Nicht einmal eine Ansichtskarte hatte sie bekommen. Ihr Szenario von Glorias Liebesaffäre mit dem Verleger war schlichtweg lächerlich gewesen. Gloria erhielt nicht einmal Post von ihrer eigenen Familie.

Sie stellte sich Gloria vor, eingezwängt in einen Trainingsanzug, angetrieben von einem geifernden und schreienden Trainer. Dieses Bild hatte sie Tausende Male im Fernsehen gesehen.

Arme Gloria! Nicklas hatte ihr erzählt, dass in der Redaktion in Uppsala Gerüchte kursierten, mitten in der Nacht seien vor dem Dom Übergewichtige abtransportiert worden. Wie entsetzlich! Gleichzeitig hatte Nicklas betont, dass ein Zusammenhang mit Glorias Verschwinden so gut wie ausgeschlossen war.

Sie betrachtete die Blumen auf der Fensterbank. Die Orchidee blühte immer noch nicht. Es war Juni, doch in der Wohnung war es kalt. Sie wurde das Gefühl nicht los, dass etwas Furchtbares passiert war. Wer wusste schon, auf welche Ideen sie kommen könnten?

Wir geben nicht auf, hatte Svärd in seiner letzten großen Rede verkündet. Sie hatte die Rede im Fernsehen verfolgt. Die Rhetorik war brutal wie nie. *Die Epidemie kann nur ausgerottet werden, wenn wir gemeinsam die Verantwortung dafür übernehmen. Wir Schweden müssen geschlossen hinter diesem Projekt stehen. Wir haben gemeinsam gekämpft und gemeinsam werden wir unser Ziel erreichen. Mitbürger! Landsleute! Ich habe gute Neuigkeiten. Ich habe fantastische Neuigkeiten. Wir sind auf dem Weg, Stockholm in die erste fettfreie Stadt der Welt zu verwandeln.*

Ihr war eiskalt geworden.

Auf dem Küchentresen stand ein einsamer Kaktus. Merkwürdig, dass Gloria diesen Standort ausgewählt hatte. Brauchten Kakteen nicht mehr Sonnenlicht als Blumen? Bibi betrachtete die Pflanze – hatte Gloria vielleicht vorgehabt, sie umzutopfen? –, als ihr Blick auf den Brotkasten fiel. Letzte Woche hatte sie das Brot entsorgt und entdeckte erst jetzt, dass etwas hinter dem Kasten steckte. Sie stand auf und zog den Brotkasten ein Stück nach vorn. Dahinter lag Glorias gelber Post-it-Block. Er musste oben auf dem Kasten gelegen haben und heruntergerutscht sein, dachte sie, und …

Bibi,

ich gehe zu einer Veranstaltung im Hovet (Anmeldung für das neue Arbeitslosengeld etc.)

Wir kümmern uns um deinen Computer, wenn

Gloria hatte ihr eine Nachricht schreiben wollen, es sich aber anders überlegt. Und hier hatte sie also die ganze Zeit gelegen.

Sie las die Zeilen immer wieder. Im Hovet? Gloria besuchte nicht einmal Literaturkonferenzen. Warum in aller Welt war sie dorthin gegangen?

Die Gedanken schossen wie Blitze durch Bibis Kopf. Uppsala. Der Dom.

Sie wurden in Lastwagen getrieben. Niemand weiß, wohin man sie gebracht hat.

Die Übelkeit kam ohne Vorwarnung. Bibi beugte sich über die Spüle und erbrach sich.

Tränen liefen ihr über die Wangen. Sie zitterte am ganzen Körper. Gloria würde nicht zurückkommen. Sie wusste es. Sie wusste nicht, warum sie sich so sicher war, doch plötzlich hatte sie keine Zweifel mehr. Sie sind sie *losgeworden.*

Panisch drehte sie den Wasserhahn auf und ließ das Wasser laufen. Sie gab Spülmittel ins Wasser und hantierte mit der Bürste im Becken.

Wir Schweden müssen geschlossen hinter diesem Projekt stehen.

Das konnte nicht wahr sein, sagte sie zu sich selbst. Selbst wenn sie alle abtransportiert hätten, konnten sie …

Bibi stellte den Wasserhahn aus und wankte zurück an den Küchentisch. Sie sank auf den Stuhl und legte den Kopf auf die Tischplatte.

In dieser Haltung blieb sie sitzen.

Im Hovet?«

»Das stand auf dem Zettel. Am Vierundzwanzigsten – am selben Tag, an dem sie verschwunden ist.«

»Und es ging dabei um die Anmeldung zum Arbeitslosengeld?«

»Unter anderem.«

HC schluckte.

Bibis Stimme klang brüchig und rau. Er hatte sie im ersten Augenblick, als sie angerufen hatte, gar nicht wiedererkannt.

»Das tut mir leid«, sagte er.

Sie entgegnete nichts.

»Das bedeutet …« Aber er hatte tatsächlich keine Ahnung, was es bedeutete. *Der Hovet.* Er sah die riesige Arena vor sich. Das war eine ganz andere Größenordnung.

»Ich glaube, man hat sie dort abgeholt«, flüsterte Bibi. »Was in Uppsala geschehen ist … es muss genauso abgelaufen sein.«

HC trommelte mit den Fingern auf das Lenkrad. Er hatte zum Telefonieren am Straßenrand angehalten. Vor ihm leuchtete das Symbol der Warnblinkanlage. *Ticktack, ticktack.* »Dann wissen wir, wo wir mit unserer Suche anfangen müssen.«

»Ja.« Bibi seufzte resigniert. »Es ist mittlerweile ja schon ziemlich lange her.«

HC betrachtete das leuchtende Dreieck. Sie hatte recht. Es war lange her. Falls die Partei wider Erwarten nicht gleich alle Spuren beseitigt hatte, dann hatte sie fast zwei Wochen Zeit gehabt, es zu tun.

»Das sind eigentlich gute Neuigkeiten, Bibi.« Er versuchte, optimistisch zu klingen. »Jetzt haben wir ein konkretes Datum und einen Ort. Und es war sicher kein Einzelfall.«

»Glauben Sie, es hat noch mehr Transporte gegeben?«

»Nein, ich meine …« HC hielt inne. Wenn es schon in Uppsala und Stockholm passiert war … Wenn man eines über Johan sagen konnte, dann dass er systematisch war.

»Ich habe es auch vermutet«, erwiderte Bibi. »Dass diese Ereignisse zusammenhängen.«

»Ich weiß nicht, ob wir schon Schlussfolgerungen ziehen sollten …« Der Hovet. Darüber kam er einfach nicht weg. In diese Arena passten neuntausend Menschen.

»Ich habe ihn gehört«, sagte Bibi.

»Wen?«

»Svärd.«

HC schnappte nach Luft, als habe ihn ein harter Gegenstand in der Magengegend getroffen.

»Er will für ein fettfreies Stockholm sorgen«, fuhr Bibi fort. »Das hat er in einer Fernsehansprache gesagt. Und dass sie bald alle beseitigt haben würden.«

HC lockerte seinen Hemdkragen, um besser atmen zu können. »Ich …« *Ich weiß nicht, von wem Sie sprechen. Ich kenne keinen Svärd.* »Ich muss ein wenig herumtelefonieren, Bibi. Ich rufe Sie später noch einmal an.«

»Ich will wissen, was sie mit ihr gemacht haben«, sagte Bibi leise. »Selbst wenn es zu spät ist.«

»Wir finden sie. Machen Sie sich keine Sorgen.«

Es ist eine Epidemie. Die Leute sterben wie die Fliegen.

Nach dem Telefonat saß HC eine Weile einfach nur da und starrte vor sich hin. Der Hovet, dachte er wieder. Im Hovet, am vierundzwanzigsten Mai. Konnten sie eine Art Razzia veranstaltet haben? Hatten sie die Leute an einem zentralen Ort versammelt und sie dann aus den Städten gebracht? *Ein fettfreies Stockholm.* Das klang zweifellos nach einer von Johans Ideen. Ein fettfreies Uppsala. Ein fettfreies Göteborg. Doch wohin hatten sie die Leute gebracht? Und wie war es ihnen gelungen, ohne dass es aufgefallen war?

Ein Polizeiauto tauchte hinter ihm auf und verlangsamte das Tempo. HC wurde mulmig, als er den blonden Mann hinter dem Lenkrad sah.

Verdammt.

Er schaltete das Warnblinklicht aus und gestikulierte mit seinem Handy, bevor er den Blinker zur Weiterfahrt setzte. *Nur telefoniert!*, sollte die Geste andeuten. Nervös legte er einen falschen Gang ein und würgte den Motor ab. HC fluchte und drehte den Zündschlüssel ein zweites Mal. Er winkte dem Polizisten und grinste dümmlich. »Alles gut«, murmelte er zu sich selbst. »Spiel den Idioten.«

Der Polizist fuhr langsam weiter, hielt dann aber erneut an. HC blickte nach unten, damit sein Gesicht von der Kappe verdeckt wurde. »Fahr weiter«, zischte er. »Fahr endlich weiter.«

Als wäre seine Bitte erhört worden, fädelte sich das Polizeiauto wieder in den Verkehr ein. HC ließ ein paar Autos vorbeifahren. Das Herz klopfte ihm bis zum Hals. Das war gerade noch mal gut gegangen. Er fuhr wieder auf die Straße. Hinter ihm hupte ein Lastwagen wütend und überholte ihn.

Da fiel es ihm plötzlich wie Schuppen von den Augen. Tausende übergewichtiger Menschen, die an einem Wochenendnachmittag im Mai vor dem Hovet auf Einlass gewartet hatten. Es *musste* aufgefallen sein.

Eine Freakshow. Eine regelrechte Fettparade. Johan hatte seinen Landsleuten beigebracht, sich daran zu weiden.

Die Leute mussten es gesehen haben. Sie hatten nur nicht so reagiert, als wäre es etwas Besorgniserregendes.

Er dachte an die alte Myrrhage, die sich sehr viel mehr über das Aussehen der Menschen ereifert hatte als darüber, wie man sie behandelte.

Es ist eine Schande, so auszusehen. Einfach abscheulich! Sie hatte nicht aus Sorge bei der Zeitung angerufen, sondern aus Neugier.

Darauf mussten Johan und seine Parteigenossen gesetzt haben. Die allgemeine Abscheu gegenüber Übergewichtigen war die Voraussetzung dafür, dass ihr Plan aufgehen sollte.

Johan hatte es die ganze Zeit über gesagt. Die Leute waren nicht auf seiner Seite, weil er so charismatisch war. *An meiner Stelle könnte auch eine Marionette hier stehen, HC! Die Leute sehen, was sie sehen wollen.* Die Karikatur war längst da: Die Dicken waren faule Trantüten, die mit ihrem Fettsein dem Staat auf der Tasche lagen. Es hatte nur das offizielle Parteiprogramm dazu gefehlt.

Die Leute hatten es gesehen und sie hatten es geschehen lassen. Und er selbst hatte sich nicht anders verhalten.

HC hatte einen bitteren Geschmack im Mund. Er fuhr in Richtung Nacka. Es war an der Zeit, ernsthaft mit der Suche zu beginnen. Ruf Nicklas an und prüf die Angaben im Hovet. Mit einem Datum und einem Veranstaltungsort war es nicht unmöglich, mehr herauszufinden. Sie mussten unterwegs jemandem begegnet sein.

Er würde ihre Fat Camps finden und alles filmen, was dort geschah. Johan hatte lange genug seinen Spaß gehabt. Es war an der Zeit, ihm sein Spielzeug wegzunehmen.

Jedes Mal derselbe Albtraum. Die Körper, die wie Kegel umgeworfen wurden und zu Boden fielen. Der Bauer in seiner roten Fleecejacke. Er selbst versteckte sich in einem Container, um nicht entdeckt zu werden, und landete zwischen blutigem, zerfetztem Fleisch. Zwei tote Augen starrten ihn an. Rita.

Landon erwachte mit einem Schrei und setzte sich im Bett auf. Er war schweißgebadet und wünschte sich fast den Schmerz zurück. Darauf hatte er sich konzentrieren können, doch jetzt hallte es nur in seinem Kopf wider: Verantwortung. Verantwortung. Verantwortung.

Er hatte sie sterben lassen. Wie er die Sache auch drehte und wendete, es lief immer darauf hinaus. Erst Rita. Dann die Gefangenen auf dem Hof. Offizier Jackson wäre stolz auf seinen Nachfolger gewesen.

Die Wanduhr zeigte Viertel vor drei. Sein Mittagsschlaf fiel jeden Tag länger aus und sobald er aufwachte, fühlte er sich fast erschöpfter als vorher. Bremming hatte behauptet, dass er nur viel Ruhe brauche, aber es trat keine Besserung ein.

Im Gegenteil, er fühlte sich immer erbärmlicher. Helena sah es ihm an, aber ihr Mitgefühl machte es noch schlimmer. In den letzten Tagen waren sie sich immer mehr aus dem Weg gegangen.

Es war unvermeidlich. Ihre Scham und seine Schuld würden für den Rest ihres Lebens zwischen ihnen stehen. Du hast mich dort *gesehen*. Du hast gesehen, was ich *getan* habe. Würden sie sich jemals ohne diesen Vorbehalt in die Augen sehen können?

Landon ging aus dem Schlafzimmer in die Küche. Er nickte Klas Bremming zu.

»Gut geschlafen?«

Landon zuckte mit den Schultern. »Darf ich von deinem Büro aus telefonieren?«

»Bist du sicher? Du hattest ziemlich hohes Fieber.«

»Ich kann auch das Handy nehmen, aber …«

»Auf keinen Fall. Das Telefon steht auf dem Schreibtisch.«

»Danke.«

»Lass dir Zeit.«

Landon ging die Treppe hinauf ins obere Stockwerk. Je mehr er sich der Entscheidung näherte, desto unausweichlicher kam sie ihm vor. Nicklas war nicht nur der Einzige, mit dem er während der Trennung von Rita geredet hatte, er war zugleich einer der wenigen seiner Bekannten, die gegen die Gesundheitspartei waren. Die *Neue Uppsalaer Zeitung* hatte seine kritischsten Artikel zensiert – sie hatten keine andere Wahl gehabt, so Nicklas, zumindest wenn er seinen Job behalten wollte –, aber Landon hatte einige davon in ihrer ursprünglichen Fassung gelesen. Sie waren fantastisch. Falls sich gegen die Gesundheitspartei endlich eine Widerstandsbewegung formieren würde, wäre Nicklas ihr Anführer. Landon hatte es ihm vorgeschlagen, doch Nicklas hatte sogleich abgewinkt. Er war Journalist, kein Politiker.

Sie hatten seit mehreren Monaten nicht mehr miteinander gesprochen. Nicklas war der Einzige, dem er von seinem letzten Telefonat mit Rita erzählt hatte, und ihm anschließend in die Augen zu sehen wäre so gewesen, als würde er seiner Schuld geradewegs ins Gesicht starren. Sein Kampf für die Freiheit Schwedens schien darüber hinaus zuletzt einen deutlichen Dämpfer erhalten zu haben, denn von ihm waren keine weiteren Artikel mehr erschienen. Landon war sich nicht einmal sicher, ob Nicklas überhaupt noch dort arbeitete.

Er zog Klas' Bürostuhl unter dem Schreibtisch hervor und setzte sich.

Eine Stunde später hielt er einen zerknüllten Zettel mit Hans Christian Mikkelsens Telefonnummer in der einen Hand. Mit der anderen umklammerte er den Telefonhörer. *Erzähl ihm genau das, was du mir erzählt hast,* hatte Nicklas gesagt. *HC ist ihnen auf den Fersen.*

»Es ist unglaublich.«

Landon schluckte. Innerhalb einer Stunde hatte er seine Geschichte zwei Mal erzählt.

»Bist du sicher, dass der Schlachthof in Betrieb war?«

»Zumindest ein Teil davon.«

»Es ist unglaublich«, wiederholte HC.

Landon zog sich Klas' Wollstrickjacke fester um den Körper. Die Schüttelfrostanfälle kamen immer wieder ohne Vorwarnung. Klas hatte gesagt, es seien der Schock und die Anstrengung, es würde aber vorübergehen. Er müsse sich nur ausruhen. Doch Landon hatte allmählich keine Geduld mehr.

»Wo bist du jetzt?«

Landon zögerte.

»Ich verstehe«, sagte HC, bevor Landon etwas erwidern konnte. »Ich meine nur, habt ihr ein Versteck gefunden? Seid ihr in Sicherheit?«

»Ja«, antwortete Landon. *Wir tun zumindest so.*

»Ich kann mich sofort auf den Weg machen. Aber hinter mir sind sie auch her. Wenn ich jetzt nach Östhammar fahre ...« HC hielt inne. »Ich möchte ihnen lieber nicht in die Arme laufen.«

»Sie haben Falunda und Uckerö bestimmt geschlossen. Ich kann mir nicht vorstellen, dass sie ihre Spuren nicht verwischt haben.«

»Das Merkwürdige ist, dass sie Helena zu Hause abgeholt haben. Die anderen wurden an einem zentralen Punkt versammelt und abtransportiert. Der Dom in Uppsala. Der Hovet in Stockholm. Organisierte Massenveranstaltungen. Hier sind sie anders vorgegangen.«

Der Dom in Uppsala. Landon erinnerte sich an die Menschenansammlung, die er dort gesehen hatte. Und es hatte einen weiteren Ort gegeben ... »Die Kirche in Östhammar«, sagte er. »Helena hatte eine Aufforderung zu einem dortigen Treffen erhalten.«

»Aber sie ist nicht hingegangen?«

»Nein.«

»Und dann haben sie sie abgeholt.« HC raschelte mit irgendeinem Papier. »Warte mal kurz.«

Landon war schweißgebadet. Sein Körper fühlte sich immer schwerer an. Zum Schluss rutschte er vom Bürostuhl und legte sich unter den Schreibtisch. Er zog die Decke herunter, die über Klas' grünem Cordsessel hing, und wickelte sie um sich.

»An welchem Tag haben sie sie abgeholt? War es der Fünfundzwanzigste?«

Landon murmelte irgendetwas. Er war so müde. Es fühlte sich an, als würde er jeden Augenblick einschlafen.

»Und die Veranstaltung? In der Kirche von Östhammar?«

»Ja ...« Landon kniff die Augen zusammen. Wie sollte er sich daran erinnern? »Irgendwann Mitte Mai. An Christi Himmelfahrt?«

»Das passt!«, rief HC. »Das passt genau!«

Landon räusperte sich, aber sein Hals wurde nicht frei.

»Das ist verdammt noch mal unglaublich«, fuhr HC fort. »Sie haben also tatsächlich Razzien durchgeführt.« Er raschelte wieder mit seinen Papieren und murmelte etwas vor sich hin.

Landon hustete heftig, dann kam seine Stimme wieder. »Ich wollte Interpol informieren. Oder an wen sollte man sich wenden?«

»Als Erstes brauchen wir Bilder. Und Zeugen.«

Wieder tauchten vor Landons innerem Auge die Leichen im Container auf. Ritas blutverkrustetes Gesicht.

»Hast du mit jemand anderem darüber gesprochen?«

»Nur mit Nicklas.«

»Und es gibt niemanden sonst, der davon weiß?«

Klas Bremming. Molly. Die Katze. »Nein.«

»Bei den Fernsehsendern wird es schwierig, die werden alle kontrolliert. Und bei den Zeitungen … weiß der Teufel …« HC klang skeptisch. »Uns bleibt nur der Weg über internationale Polizeibehörden, wie du schon gesagt hast, aber wir brauchen handfeste Beweise.«

Landon hatte rasende Kopfschmerzen. Obgleich er schon auf dem Boden lag, überkam ihn ein heftiges Schwindelgefühl. Er presste die Hand gegen den Kopf. »Die Leichen«, flüsterte er.

»Was?«

Landon versuchte, durch den Schmerz zu atmen. Die Gedanken fuhren ihm wie Blitze durch den Kopf. Das Schwarz-Weiß-Bild seines Vaters aus dem Archiv. Der grobe Kiefer.

»Wie geht es dir?«, fragte HC teilnahmsvoll. »Du klingst nicht ganz gesund.«

»Fieber«, stotterte Landon. Sein Körper zitterte. Die Fasern des flauschigen Wollteppichs drückten sich in seine Wange, aber er schaffte es nicht, den Kopf zu heben.

»Du solltest dich ausruhen«, sagte HC. »Ich recherchiere ein paar Dinge und dann melde ich mich …«

Am anderen Ende der Leitung war ein schriller Ton zu hören.

»Warte«, sagte HC. »Es ist jemand an der Tür. Bleib dran.«

HC hatte noch das Telefon am Ohr, als er die Tür öffnete. Draußen stand ein Mann in schwarzer Lederjacke.

»Herr Mikkelsen?«

HC sah ihn verwirrt an. Ohne nachzudenken hatte er die Tür aufgemacht. Sein Kopf war zum Bersten voll mit unbearbeiteten Informationen. Der Mann, der noch immer am Telefon war, hatte wahre Gräuelgeschichten erzählt, von Leuten, die zu einem Schlachthof gebracht worden waren …

»Hans Christian Mikkelsen?«

Der Mann drängte sich an ihm vorbei in die Wohnung, ohne eine Antwort abzuwarten. Als er HC ansah, waren seine Augen schwarz vor Hass.

»Nein …« HC wich einen Schritt zurück.

Hinter ihm tauchte ein zweiter Mann auf. Er warf einen kurzen Blick auf HC und nickte. »Ja, das ist der Kerl.«

HC fuhr zusammen, als er den blonden Mann in der Polizeiuniform erkannte. Ihre erste Begegnung war gerade mal vierundzwanzig Stunden her.

»Sie müssen sich irren …«

Das Handy fiel zu Boden. Dort blieb es liegen.

Als Helena ins Arbeitszimmer kam, lag Landon immer noch auf dem Boden. In seiner Hand tutete das Telefon.

Sie setzte sich vorsichtig neben ihn und strich ihm mit der Hand über den Kopf.

Er blinzelte.

»Du Armer, du glühst ja richtig. Du solltest nicht hier liegen.«

Er spürte ihre weiche, kühle Hand auf seiner Stirn. »Helena?«

»Ich bin hier.« Sie nahm das Telefon aus seiner Hand und stellte es wieder in die Ladestation. »Mit wem hast du gesprochen?«

Landon versuchte den Kopf zu heben, hatte jedoch nicht genug Kraft. »Mit niemandem«, flüsterte er.

Seine Gedanken waren diffus. Er hatte irgendetwas geträumt. War es ein Schuss gewesen?

Helena strich ihm wieder über die Stirn. »Und was hat dieser Niemand gesagt?«

Er fuhr sich mit der Zunge über die Lippen und öffnete den Mund, brachte aber keinen Ton heraus.

Helenas Hand bewegte sich jetzt langsamer. Über seine Haare in

Richtung Nacken. Dann wieder zurück. »Deine Stirn ist glühend heiß«, flüsterte sie. »Du solltest dich ins Bett legen.«

Er streckte ihr die Hand entgegen. Irgendwo in seinem Traum spürte er, wie Helena sie ergriff.

Als er aufwachte, war sie nicht mehr da. Die Gedanken schossen ihm wirr durch den Kopf. Nicklas. HC. Er hatte es getan.

Landon ging in die Küche. Die anderen saßen am Tisch.

»Banane!«, rief Molly strahlend, als sie Landon sah.

Er lächelte sie an. »Hallo, du.«

»Wir hatten geglaubt, dass du den ganzen Tag schlafen würdest«, sagte Klas. »Helena hat erzählt, dass du dich kaum rühren konntest.«

»Ich habe den Kaffee gerochen.«

»Bedien dich.«

»Es gibt auch Scones«, sagte Molly.

»Sieht so aus, als würde es dir besser gehen.«

Helena schüttelte den Kopf. »Das ist nicht mein Verdienst. Molly hat sie ganz alleine gebacken.«

»Das stimmt«, bezeugte Klas. »Ich habe nur das Mehl hingestellt.«

Landon zog sich einen Stuhl heran. »Dürfte ich die Bäckerin um eins bitten?« Er zwinkerte Molly zu. »Ein *großes*.«

Sie schob den Gebäckkorb in seine Richtung. »Aber es sind keine Bananen drin«, sagte sie.

Landon brach ein Stück von seinem Scone ab. »Dann gibt es auch kein Trinkgeld.«

Er sah Helena an, konnte aber ihren Gesichtsausdruck nicht deuten. Er verspürte ein starkes Bedürfnis, mit ihr zu sprechen. Allein.

»Jetzt iss endlich!«, rief Molly ungeduldig.

Landon nahm einen Bissen und hielt den Daumen hoch. »Perfekt.«

Molly lächelte zufrieden.

Klas zauste ihr durchs Haar. »Ganz die Mutter.«

Landon sah den Doktor auf der anderen Seite des Tisches irritiert an. Er bemerkte, dass Helena lächelte. Wie lange hatte er geschlafen? Die Prellung an Helenas Wange hatte inzwischen einen leichten Grünton. Der Kopfverband war einer schmalen, weißen Kompresse gewichen. Sie sah langsam wieder aus wie früher. Die Haare hatte sie über der Schulter zu einem Zopf geflochten und das weiße Hemd …

Landon schluckte hart.

Sein Hemd.

»Landon? Ist etwas nicht in Ordnung?«, fragte Helena

Er schüttelte den Kopf, brachte aber keinen Ton heraus.

»Du solltest dich vielleicht noch ausruhen«, schlug Klas vor.

Das würde dir so passen, was?, dachte Landon. »Ich habe mich lange genug ausgeruht«, erwiderte er und stand auf. Der Stuhl fiel mit einem lauten Poltern zu Boden.

Klas sah ihn erstaunt an. »Ja, du weißt natürlich am besten, wie es dir geht, aber …«

Landon war schon auf halbem Weg zur Treppe.

Johan starrte die weiße Wand an.

Die Farbe hatte haarfeine Risse, wie Spinnenbeine. Mehr als ein Jahrhundert zerquetschter Insekten. Von Blut durchzogenes Weiß.

Das hässliche Entlein ist tot.

Er zog den Bauch ein und spreizte die Finger. Er fühlte sich, als würde seine Haut brennen. Alles juckte.

Die Türen waren abgeschlossen. Johan hatte alle gebeten, das Gebäude zu verlassen. Er war eingesperrt. Wenn ein Feuer ausbrach, würde auch er verbrennen.

Er überlegte es sich anders. Wenn ihm jemand eine Pistole an den Kopf hielte …

In den Mund, diese Methode ist todsicher.

Johan presste die Zunge gegen die Zähne. Er hatte einen schlechten Geschmack im Mund. Nach ihrem Bericht hatte HC die Wohnungstür von sich aus geöffnet. Sie hatten nicht einmal darauf bestehen müssen. Johan konnte es genau vor sich sehen: Die Hand auf der Türklinke. Die dunklen, borstigen Haare auf dem Handrücken und den Knöcheln.

Peter hat die Leiche nach Lännö gebracht, wo wir den Müll entsorgen.

Vermutlich war er unrasiert gewesen. Vielleicht hatte er die hellgraue, wattierte Weste mit Taschen getragen. Kaugummi, loses Kleingeld. Ein Zusatzakku für die Kamera.

Wir haben sein Handy und seine Brieftasche. Wir sind dabei, seinen Computer zu überprüfen, aber es scheint nicht so heikel zu sein, wie wir angenommen hatten.

Benzin- und Kaffeequittungen. Eine fast durchsichtige Narbe an der rechten Hand, die man nur sehen konnte, wenn man gezielt danach suchte.

Er schnappte nach Luft und zog erneut den Bauch ein. Wenn er aufhörte zu atmen, würden sie ihn nicht rechtzeitig finden. Schweden würde untergehen. Ein Staatsbegräbnis. Mit Pferden.

Es scheint nicht so heikel zu sein. Was bedeutete das? Dass HC nichts gefunden hatte? Dass er keinen einzigen kleinsten Beweis gehabt hatte? Dass es unnötig gewesen war …

Wir können die undichte Stelle nicht schließen, wenn wir nicht wissen, wo sie ist.

Johan schlang seine Füße um die Stuhlbeine. Er könnte sich auf den Boden legen. Ein Messer nehmen und einen der großen schwarzen Müllsäcke, die die Reinigungskräfte benutzten. Mit dem Unterhautfett beginnen. Man musste vorsichtig sein, zwanzig Prozent der Patienten …

Hautnekrose, Verbrennungen, Thrombose, Darmdurchbruch, chronische Schmerzen.

Johan stöhnte. Er zog die Schreibtischschublade auf und nahm einen schwarzen Marker heraus.

Perforierte Bauchdecke, Blutungen, Taubheitsgefühle, zu starke Narbenbildung.

Er knöpfte sein Hemd auf und begann damit, die Umrisse aufzuzeichnen.

Als das Telefon in der Amtswohnung des Ministerpräsidenten klingelte, war Johans rechte Hand unter dem Oberschenkel eingeschlafen. Der Gürtel hatte in der Haut einen Abdruck hinterlassen.

Er hörte das Klingeln, ohne darauf zu reagieren. Sein Oberkörper war nackt. Über Bauch und Oberarme verliefen dicke schwarze Striche.

Er blinzelte einige Male.

HC war tot. Er hatte HC getötet.

Das Telefon klingelte immer weiter. Er würde aufstehen und rangehen, wenn er sich nur erinnern könnte, wie man sich meldete. »Hallo?« oder nur »Johan«? Als er klein war, hatte er sich immer mit der Telefonnummer gemeldet, er konnte sie auswendig aufsagen: *vier null fünf vier drei. Nein, meine Mama ist noch nicht wieder zu Hause. Nein, einen Papa habe ich nicht.*

Wenn HC angerufen hatte, dann hatte er seine Hosen angezogen und war in fünfundvierzig Sekunden zum Treffpunkt am Rondell gerannt. Beim Anblick einer Katze musste man drei Mal spucken. Wenn man über einen Gullideckel mit einem A lief, konnte man sterben.

Johan schaute an seinem Körper herunter.

Gut gemacht, Johan. Toller Einsatz.

Das Telefon klingelte erneut. Die Sicherheitsbeamten hatten versprochen, ihn den ganzen Tag über nicht zu stören, aber er wusste, dass sie sich einmischen würden. Er konnte sie vor sich sehen. Sie fragten sich, was er gerade machte. Ob es *sicher* war.

Er würde den ganzen Tag keine Gespräche entgegennehmen, hatte er gesagt, es sei denn, es breche ein Krieg aus. Was eine Lüge war. Selbst bei Katastrophenalarm würde er sich zwei Ohrstöpsel nehmen und die Dinge ihren Lauf nehmen lassen. Er würde den Untergang dieses Landes nicht verhindern.

Hatte HC auch diesmal nach ihm gerufen?

HC war davon ausgegangen, dass es Grenzen gab, Grenzen und Gerechtigkeit. So war er gewesen. Gutgläubig wie ein kleines Kind. Immer aufs Neue überrascht, wenn die Welt ihre teuflische Fratze zeigte. Die großen, braunen Augen aufgesperrt wie ein Reh gegenüber dem Jagdgewehr.

Johan bewegte die Finger. Seine rechte Hand war immer noch halb taub. Er würde aufstehen müssen, dachte er. Er musste sich waschen. Man konnte sich nicht einfach unter der Bettdecke verkriechen und ein Schläfchen machen, wenn man jeden Tag die Verantwortung für ein ganzes Land trug – betonte er das nicht immer in seinen Interviews? *Und die Nachteile Ihres Amtes, Herr Ministerpräsident?* Kichernde Reporterinnen, die scharf auf ihn waren.

Er verachtete sie. HC hatte behauptet, dass man es ihm anmerkte.

Früher oder später werden sie dich durchschauen, Johan. Aber HC hatte sich getäuscht. Und jetzt würde er für immer schweigen.

Er konnte verachten, wen er wollte. Vor allem jene, die glaubten, sie wären clever genug, ihn zu durchschauen. *Die Leute halten Sie für reserviert. Was denken Sie darüber?* Sie glaubten zu wissen, mit wem sie es zu tun hatten. Tatsächlich hatten sie nicht die geringste Ahnung. Sie hatten den Job bekommen, weil sie ihn anscheinend erledigen konnten, aus keinem anderen Grund.

Die neue Arbeitsmarktpolitik. Sein Werk.

Der Schlachtabfall auf Lännö. Ebenfalls sein Werk.

Schweden würde im Gesundheitssektor das sein, was Finnland im Bildungswesen war: am größten, am besten, am schönsten. Ein globaler Leitstern. Schon im Planungsstadium war Johan ein Held gewesen. Niemand war so radikal, niemand hatte so revolutionäre Methoden. Nirgends auf der Welt hatte man so verblüffende Ergebnisse erzielt. Norwegen hatte eine zaghafte Zuckersteuer eingeführt, Frankreich hatte Warnhinweise auf Werbung für Süßigkeiten. In den USA hatten die Fast-Food-Ketten Kalorientabellen für ihre Menüs eingeführt. Die Maßnahmen, mit denen die anderen Länder sich brüsteten, waren einfach nur lächerlich.

Der Marker, der neben ihm auf dem Boden lag, roch. Johan warf ihn zur Seite. Er hatte weder das Taschenmesser noch das Fleischerbeil geholt. Er hatte nicht einmal ein Röhrchen Tabletten geschluckt. Er hatte eine Szene aufgeführt, das was alles. Wie eine neurotische, alte Schachtel.

Das Telefon gab keine Ruhe. Diesmal war es sein Handy, das klingelte. Das private.

Er hörte HCs Stimme: *Herr Ministerpräsident, du und ich und zwei Dutzend Austern?*

Vierzig gemeinsame Jahre. Vierzig verdammte Jahre.

Johan presste die Handflächen auf den Boden, um aufzustehen. Sein Kopf fühlte sich an, als hätte er die ganze Nacht durchgesoffen.

Schließlich kam er auf die Beine, musste sich aber an der Stuhllehne festhalten, um nicht das Gleichgewicht zu verlieren. Dort blieb er gebeugt stehen.

Nach einer Weile duckte er sich unter den Schreibtisch und zog alle Stecker heraus. Er stand auf und kontrollierte seine Handys. Auf dem einen blinkte Rossis Name. Das andere quoll über vor Nachrichten. Was konnten sie ihm bloß so Wichtiges mitteilen wollen? Fünfhundert Tote. Fünfhundert Lebende. *Same fucking shit.*

Der Bildschirm war schwarz. Neben der Tastatur lag die Zeitung, die er nicht gelesen hatte. Die unterste Schreibtischschublade war randvoll mit weißem Papier, daneben lagen Aktenordner mit Listen. Organisation, dachte er. Zu guter Letzt lief alles darauf hinaus. Organisation und Diskretion. Man darf nie aus dem Nähkästchen plaudern, hatte seine Mutter immer gesagt. Aber genau das hatte er getan. Und wenn man das tut, dann kommt es jemandem zu Ohren, und dieser Jemand war immer HC gewesen.

Johan klammerte sich an der Stuhllehne fest. Wie lautete die Strafe für Brudermord? Kain hatte Abel erschlagen? Und die Strafe war …

Er sah an seinem Bauch herab. Das schwarze Tattoo leuchtete auf der Haut.

HCs dänische Großmutter hatte als Köchin gearbeitet. Seine Mutter war hochgewachsen und immer elegant gekleidet gewesen, mit hochhackigen Lederpumps. Manchmal hatte sie mit Migräne im Bett gelegen, andere Male Männerbesuch gehabt. HC hatte nie darüber sprechen wollen. Er hatte immer behauptet, sein verschwundener Vater wäre Elefantenjäger, oder er hätte nach Diamanten gesucht.

HC hatte drei Frauen geliebt: Nora, Ellen und Marlene. Er war mit Johan nach Warschau gefahren, wo er den ersten Sommer nach dem Gymnasium mit der Kamera einfangen wollte, sie hatten bis zum Umfallen gesoffen. HC hatte sein Leben lang Angst vor Hunden gehabt.

Vierzig Jahre hatten sie einander gekannt. Die Zahl drückte nicht aus, was ihre Freundschaft bedeutet hatte.

Was war die Strafe?

Bis Mittsommer würden Hunderttausende zu Asche verbrannt sein. Die Listen würden auf seinem Schreibtisch landen. Albertsson, Albrektsson, Alfvén, Alvik.

Mikkelsen.

Es ging nicht um Fett. Nicht einmal Pastor O'Brien mit seinen Endloslitaneien kümmerte es im Grunde, wie dick die Leute waren. Es ging darum, wer etwas wert war und wer nicht. Sie wären nie so weit gekommen, wenn es nicht eigentlich darum gegangen wäre.

Die Welt stand und fiel mit ihm. Die schwedischen Fahnen, die unter dem Stockholmer Himmel flatterten. Die Salutschüsse und Kinder mit verschmierten Erdbeermündern. Er durfte jetzt nicht aufgeben. Die Nation brauchte ihn. Wenn er nicht weitermachte …

Er zuckte zusammen und griff sich an die Brust. Ein Aktenordner fiel zu Boden.

Er sank auf den Stuhl. Es war nur das Herz. Er hatte es einige Male checken lassen, aber die Ärzte behaupteten, es sei unbedenklich. Leichte Herzrhythmusstörungen, kein Anlass zur Sorge. Manchmal setzte sein Herz einen Schlag aus, andere Male schlug es doppelt. Trotzdem spürte und hörte er es. Amy hatte immer ein Ohr auf seine Brust gelegt und gekichert: *Jetzt! Da war's!* Manchmal hatte sie die Handfläche auf seinen Brustkorb gedrückt, um es wieder in Gang zu setzen.

Wenn sein Herz stehen blieb, sollte auch ihr Herz aufhören zu schlagen, so hatten sie es verabredet. Was auch immer geschah, sie würden es gemeinsam tun. Wenn sie einen weißen Lattenzaun vor ihrem Haus in Vermont haben wollte, würde er sich auf den Rasen knien und ihn eigenhändig für sie streichen. Und wenn sie als Rentnerin nach Miami ziehen wollte, dann würden sie einen pastellfarbenen Bungalow kaufen und Bingo spielen, bis es ihnen zum Hals raushing. *Was du willst, Amy. Was immer du willst.* Sie würden drei verzogene Blagen bekommen, die zu jeder Mahlzeit Toastwaffeln aßen, und zum Yosemite- und Yellowstone-Nationalpark fahren und zu all den anderen Orten auf der Landkarte, die schön genug waren, um es mit ihnen aufzunehmen.

Die Kinder würden ihre Augen haben, sagte sie. Sie würden *überirdisch* sein.

Johann presste die Hand auf die Brust. Er spürte nichts mehr. Keinen Puls, kein Heben und Senken des Brustkorbs. Die nackte Haut seines Oberkörpers war kalt und grau wie die einer Leiche. Der Aktenordner, der heruntergefallen war, lag aufgeklappt auf dem Boden.

Fredriksen, Fredrikson, From.

Amy hatte seinen Nachnamen nie aussprechen können. Johan sagte sie mit y, der Vokal als weicher Diphthong: *Yo-han*. Er hatte es noch immer im Ohr. Die erste Silbe ein weiches Miauen, die zweite ein Ausatmen: Eine Katze, die sich rekelte und einen Buckel machte.

Es gab kein Zurück. Jene Richtung war auf der Karte nicht zu finden: *Wir hören auf. Ich mache alles rückgängig*. Wie HC und er darüber gestritten hatten. Im selben Moment setzte sein Herz wieder ein, als hätte es einen Stromstoß bekommen.

Landon saß mit dem Autoschlüssel in der Hand in Klas Bremmings weißem Audi. Er hatte Molly zum Abschied zugewinkt. *Ich bin bald zurück*. Sie hatte im Wohnzimmer auf dem Boden gelegen und war damit beschäftigt gewesen, Köpfe aus einer der alten *TIME*-Ausgaben des Arztes auszuschneiden. Landon war es mehr als recht. Je weniger Abschied, desto besser. Helena hatte er nicht einmal gesehen.

Er war so weit gekommen, doch jetzt saß er wie gelähmt da und wusste kaum, was er tun sollte. Er starrte vor sich hin. Er konnte den Motor anlassen und losfahren oder noch eine Minute warten. Andere Möglichkeiten gab es nicht.

Sie hatten HC Mikkelsen aus dem Weg geräumt. Nicklas hatte mehrere Tage erfolglos versucht, ihn telefonisch zu erreichen. Und als er zu seiner Wohnung gefahren war, hatte dort das reinste Chaos geherrscht. Der Computer und die Kameras waren weg. *Wir hätten ein Versteck für ihn finden müssen,* hatte er gesagt. *Ich hätte es wissen müssen.*

Ihre Lage war gefährlicher, als sie alle angenommen hatten. Niemand war mehr sicher. Landon hatte die Verantwortung an HC übergeben und HC war nun tot. Jetzt lastete sie wieder allein auf ihm.

Sein Leben lang hatte er weggesehen, anstatt zu handeln. Nur so war er mit der Welt zurechtgekommen, doch es war keine Strategie gewesen, sondern ein Rückzug. Eine Decke, die er sich über den Kopf gezogen hatte, und er hätte gern bis ans Ende seiner Tage unter ihr gelegen; mit der Hand in Helenas Haar, doch das war nicht mehr möglich. Er konnte nicht tatenlos zusehen, wie die Welt unterging, jetzt, da er etwas in der Hand hielt, um es zu stoppen.

Er steckte den Schlüssel ins Zündschloss und ließ den Motor an. Der Audi schnurrte zufrieden, als er durch die Åkerigatan fuhr.

Die Wohnung in der Skolgatan war dunkel und still wie nach einem Stromausfall. Landon machte einen Schritt über den Berg an Post, der auf der Fußmatte lag, und ging in die Küche.

Er ließ das Wasser in der Spüle laufen und knipste die Deckenlampe an. Die Rechnungen waren bezahlt, aber man konnte nie wissen. In Zeiten von Fettfreiem Wohnen musste man auf alles gefasst sein. Sperrung der Trinkwasserversorgung, bis man aufgab und umzog. Rationierte Stromzufuhr für alle mit einem FMQ über 40.

Er machte das Licht aus und ging ins Wohnzimmer. Im Haus herrschte eine fast unwirkliche Stille. Kein Schlüsselklirren im Treppenhaus. Kein Wasserrauschen in den Rohren. Waren außer ihm noch andere untergetaucht oder hatten das Land verlassen?

Er hatte Helena einen Brief geschrieben, bezweifelte jedoch, dass sie seine Beweggründe verstehen würde. Er verstand sie ja selbst kaum. Er wusste, dass sie noch immer nicht in der Lage war fortzugehen – ihre Hand musste weiterhin regelmäßig verbunden werden –

und dass sie dort am sichersten war. In dem Haus in der Åkerigatan würde sie niemand finden, redete er sich ein, und je größer die Entfernung zu ihr war, desto besser.

Der Stapel mit Büchern und Artikeln lag immer noch da, wo er ihn zurückgelassen hatte. *Staatswissenschaftliche Zeitschrift Nr. 1: Die USA und die internationalen Normen. Swedish-American Historical Quaterly: Challenging The Welfare State.*

Sein Blick fiel auf das längliche Flugticket unter der Tischlampe. Die Lösung hatte die ganze Zeit dort gelegen. Professor Stahlberg war der Schlüssel gewesen. Nicht auf die Art, wie Landon geglaubt hatte, aber auf die einzig mögliche Art.

Alle einflussreichen Persönlichkeiten, in deren Macht es stand, etwas auf der Welt zu verändern, hörten auf Gary Stahlberg. Die *Washington Post* hätte mit Freuden jede Notiz vom Schreibtisch des Professors veröffentlicht. Und sein Pulitzerpreis-Buch über Vietnam stand mit hoher Wahrscheinlichkeit zwischen Sontag und Steinbeck in der Bibliothek des Weißen Hauses. Ein Artikel über Johan Svärd aus Stahlbergs Feder würde am nächsten Morgen auf der Titelseite der *New York Times* stehen. Spätestens.

Landon hatte nicht länger als zwanzig Minuten mit dem Professor telefoniert und seine versäumte Vorlesung hatte er auf den letzten Drücker per E-Mail abgesagt; doch er spürte, dass Stahlberg ihm zuhören würde. Er hatte kein spektakuläres Beweismaterial, aber eine spektakuläre Story. Ein gewiefter Journalist wie Stahlberg würde sich so etwas kaum entgehen lassen.

Landon klappte seinen Laptop auf. Mit einem mulmigen Gefühl startete er Skype. Er hatte es nicht gewagt, in seinem eigenen Auto nach Uppsala zu fahren, von der Nutzung seines eigenen Handys ganz zu schweigen. Internettelefonie konnte vermutlich nicht so leicht zurückverfolgt werden, doch er war sich nicht sicher. Ein Fax wäre wohl sicherer, aber nach Monaten im Institut aufzukreuzen, um das Faxgerät zu benutzen, war nicht nur absurd, sondern auch riskant. Und was hätte er schreiben sollen? *Please help?*

Er öffnete seine Kontakte, um die Telefonnummer zu suchen, und schielte wieder auf das verfallene Flugticket. Dorthin zu reisen würde das Beste sein.

Landon gab die Ländervorwahl ein und dann die zehnstellige Rufnummer.

»Wie viele?«

»Tausende. Sie beraumen Treffen an, oder wie sagt man? Messen, Konferenzen …« Landon suchte nach den entsprechenden englischen Worten. »Versammlungen. Und dann holen sie die Menschen dort ab. In Viehtransportern. HC hatte unter anderem Aussagen darüber, dass sie Leute im Hovet versammelt haben, das ist eine Halle in Stockholm. Dort passen neuntausend Menschen rein.«

»*Unbelievable.*«

Landon schluckte. Darüber zu sprechen, erschien ihm immer noch unwirklich.

»Wer weiß davon?«, fragte Stahlberg.

»Ich habe keine Ahnung. Ich habe nur mit den beiden Journalisten darüber gesprochen. HC konnte einen Artikel in der dänischen Zeitung *Jyllands-Posten* unterbringen …«

»Warum habe ich nichts davon gehört?«

»Es hat keine großen Wellen geschlagen. In Dänemark ist die Situation mittlerweile ähnlich wie in Schweden, kritische Meldungen werden als Gerüchte und wilde Spekulationen abgetan. Unsere Regierung bringt sogar eigene Gerüchte in Umlauf, um sie dann entschieden zu dementieren. Sie reden von Transparenz, aber das ist nur Mittel zum Zweck, damit die Leute keine Fragen stellen.

»*Unbelievable*«, wiederholte Stahlberg. »Haben Sie Fotos? Konkrete Beweise?«

»Ich weiß, wo der Schlachthof liegt. Und der Schweinezuchtbetrieb. Helena wurde verletzt. Ihre Hand ist gebrochen und –.«

»Das reicht nicht.«

Diese Reaktion hatte Landon befürchtet. »Wir wissen, was …«, begann er.

»Sie behaupten also, dass die schwedische Regierung fettleibige Menschen aus ihren Wohnungen vertreibt, sie in Schweinezuchtbetrieben gefangen hält und dann abschlachtet, Dr. Thomson-Jæger?«

Landon spürte wieder die Kopfschmerzen kommen. In der hintersten Ecke seines Gehirns erhoben sich die Menschen von Uckerö und schrien.

»Sie sagen, dass eine systematische Ausrottung von übergewichtigen Menschen stattfindet«, fuhr Stahlberg fort. »Habe ich das richtig verstanden? In Schweden. Und niemand kriegt es mit.«

Landon ballte die Hände zu Fäusten. »Ich weiß, dass das ungeheuerlich klingt …«

»Das klingt nicht nur ungeheuerlich, junger Mann. Das klingt ganz und gar unmöglich.«

Landon spürte, wie ihn der letzte Funke Hoffnung verließ. »Meine Freundin hat sich zu Tode gehungert, nachdem die Gesundheitspartei an die Macht gekommen ist«, flüsterte er. »Sie haben ihr Diätpräparate verschrieben, obwohl sie nur noch vierzig Kilo gewogen hat. Und jetzt Helena. Ich weiß, dass das unglaublich klingt, aber ich habe die Lastwagen gesehen. Ich habe den Schlachthof gesehen. Sie versuchen, noch vor der Wahl die letzten Übergewichtigen zu beseitigen. Das war schon lange ihr Ziel. Ein fettfreies Stockholm. Ein fettfreies Schweden.«

Stahlberg entgegnete nichts.

»Ich habe *einen* Menschen gerettet«, sagte Landon. »Einen von wer weiß wie vielen. Allein komme ich nicht weiter.« Er suchte nach Worten, doch er fand keine passenden. »Ich weiß, dass das unfassbar klingt. An Ihrer Stelle würde ich es auch nicht glauben.«

Die Benutzeroberfläche leuchtete vor ihm auf. Neben Stahlbergs Nummer war die Fahne mit den Stars & Stripes zu sehen. Wie spät war es dort? Landon blickte auf die Uhr an seinem Computer. Es war ein Uhr mittags. Das bedeutete, dass es in den USA erst sieben war. Sieben Uhr morgens. »Entschuldigen Sie, dass ich so früh anrufe«, murmelte er. »Ich habe nicht an den Zeitunterschied gedacht.«

Stahlberg war eine Sekunde lang still, dann lachte er schallend. Er brauchte mehrere Sekunden, um sich zu sammeln. »Sie rufen mich an, um mir zu berichten, dass die schwedische Regierung in einen Völkermord verwickelt ist, und entschuldigen sich für den Zeitunterschied?« Er gluckste laut. Dann entfuhr ihm ein langer, tiefer Seufzer. »Um Gottes willen. Wenn das alles wahr ist …«

»Es ist die Wahrheit. Ich schwöre es.«

»Und wie lange geht es schon so, denken Sie?«

»Die Transporte?«

»Ja.«

»Helena hat ihre Aufforderung im Mai erhalten.«

»Aber wie reagiert die schwedische Bevölkerung? Fragt sich denn niemand, was da geschieht?«

»Doch, sicher. Dennoch hält sich die Gesundheitspartei seit vier Jahren an der Macht. Sie müssen auch gehört haben, dass …«

»Natürlich haben wir davon gehört! Johan Svärd ist ein überaus geschätztes Staatsoberhaupt.«

»Die Übergewichtigen protestieren nicht«, sagte Landon. »Sie sind schon gebrochen. Es ist lange her, dass sie in der Öffentlichkeit eine Stimme hatten. Und der Rest des Landes ist aufseiten der Gesundheitspartei. Die Operationen an Kindern sind mehr oder weniger freiwillig. Die Eltern lassen ihre Kinder ungeachtet aller bekannten Risiken operieren. Lieber so, als ein übergewichtiges Kind zu haben. Es ist, als ob die Menschen einer Gehirnwäsche unterzogen werden.«

»Sie haben Angst.«

»Genau.«

»Davor, dass ihnen etwas zustoßen könnte?«

»Vielleicht. Oder voreinander. Vor der Ansteckung.«

Zum dritten Mal entfuhr Stahlberg ein *Unbelievable*.

Landons Laptop surrte. Die Kopfschmerzen hatten sich auf ein erträgliches Level eingependelt.

»Wo kann ich Sie treffen?«, fragte Stahlberg.

»Wie bitte?«

»Ich fliege Dienstag oder Mittwoch nach Stockholm«, sagte Stahlberg. »Je nachdem, welchen Flug ich kriege. Wo treffen wir uns?«

»Ich kann Sie am Flughafen Arlanda abholen, aber …«

»Perfekt.«

Landon ließ erleichtert die Schultern sinken. »Danke«, flüsterte er. »Vielen Dank.«

Nach dem Gespräch blieb er noch lange vor dem Computer sitzen. Er war erschöpft. Die Anspannung, unter der er gestanden hatte, war mit der Anstrengung eines Marathonlaufs vergleichbar.

Er konnte es kaum glauben. Gary Stahlberg würde herkommen. Landon hatte keine Ahnung, wie es weitergehen sollte – eine Sightseeingtour auf Falunda war genauso unrealistisch wie in das Regierungsgebäude zu marschieren und Svärd zur Rede zu stellen –, aber irgendetwas würde geschehen. Stahlberg würde die Gesundheitspartei mit seinen Artikeln in Grund und Boden schreiben. Die ganze Welt würde Johan Svärd stürzen sehen.

Landon suchte Nicklas' Nummer heraus und gab sie bei Skype ein. Vor Stahlbergs Eintreffen mussten sie alle Informationen, die sie hatten, zusammenstellen, inklusive der Recherchen von HC. Schlimmstenfalls müsste einer von ihnen zu dessen Wohnung nach Nacka fahren.

Bleiben Sie in Ihrer Wohnung, hatte Stahlberg gesagt, bevor sie aufgelegt hatten. *Seien Sie vorsichtig.*

Landon sah aus dem Fenster. Seit Molly hier gewesen war, waren die Jalousien immer noch heruntergelassen. Wusste jemand, dass er hier war? Hatten ihn die Nachbarn gehört?

Er stellte seinen Laptop leiser.

Der Jubel klang Johan noch immer in den Ohren. *Liebe Freunde, liebe Mitbürger. Jetzt haben wir es fast geschafft.* Die Fotografen, die ihm zugerufen hatten, um die beste Perspektive zu erwischen. Menschen auf Zäunen und Laternen. *Die schönste Zeit des Jahres steht uns bevor. Nie waren wir unserem Ziel näher.*

Als er das Podium verließ, hatten sie seinen Namen gerufen: *JO-HAN, JO-HAN, JO-HAN.* Vor der Bühne ein Meer aus Mikrofonen.

Es waren jene Momente, auf die er sich als Siebzehnjähriger vor dem Spiegel vorbereitet hatte. Damals hatte ihm eine Karriere als Rockstar vorgeschwebt. Und dies war die Belohnung. Die Veranstaltung hatte ihn mehr Kraft gekostet als je zuvor. Er hatte sein berühmtes Lächeln auf die Lippen zaubern müssen, sodass sein Kiefer ganz taub war. Er war durchgeschwitzt. Er hatte es bereits draußen gespürt. *Hoffentlich bilden sich keine Schweißperlen.*

In seinem Arbeitszimmer sank er in den Ledersessel. Es war zehn vor eins. Punkt eins sollte das Interview beginnen. Ein amerikanischer Journalist wollte einen ganzseitigen Artikel über die schwedische Gesundheitspolitik schreiben. Sein Pressestab in Rosenbad war ganz aus dem Häuschen gewesen. Von der *New York Times*? Der Typ schien auf jeden Fall ein absoluter Topmann zu sein. Er hatte um eine Stunde gebeten, Johan hatte ihm eine halbe gewährt. Was er sagen wollte, hatte er schon in seiner Rede gesagt. Der Kerl musste seine Rede nur übertragen.

Hatte er auch einen Fotografen dabei? Oder kam das später? Johan strich sich die Haare nach hinten und glättete seine Frisur. Dass sich die Leute auch nie mit den Pressebildern zufriedengeben konnten.

Er legte die Hände auf die Ohren. Er musste sie kühlen, damit sie auf den Fotos nicht rot leuchteten. Die Wangen konnte man pudern, die Ohren nicht. Das hatte ihm mal ein Politiker in Washington beigebracht. *Watch your ears.*

Er stand auf und holte sich eine der Wasserflaschen, die auf dem Tisch standen. Er hielt die kalte Flasche abwechselnd an beide Ohren. Wenn man doch nur ein Fenster öffnen dürfte, doch es ging nicht. An dem Tag, an dem er das Risiko einging, würde zu neunundneunzig Prozent ein Heckenschütze auf der anderen Seite der Brücke stehen und sein Glück kaum fassen können.

Er wechselte das Ohr. *Liebe Mitbürger! Freunde.*

Noch ein Tag bis Mittsommer. Rossi hatte gerade den vorläufigen Rapport geschickt: Der Globen war gebucht, ein paar Dutzend Kirchen, die Norrporten-Arena in Sundsvall. Er hatte nur ein Formtief gehabt, das war alles. Das konnte den Besten passieren.

Es klopfte. Johan nahm blitzschnell die Flasche vom Ohr. »Ja bitte?«

Die Tür wurde geöffnet. »Gary Stahlberg ist da, Herr Ministerpräsident.«

Entschuldigen Sie die Hitze. Bei uns stehen Klimaanlagen nicht so hoch im Kurs wie in Ihrem Land.« Johan wischte sich erneut mit der Hand über die Stirn. Die ersten Schweißtropfen konnten ihm jeden Moment von der Stirn perlen.

»Kein Problem. Aber wenn Sie umziehen möchten …«

Johan zwang seine Mundwinkel nach oben. »Nein, nein«, versicherte er. *»I'm fine.«* Die Wörter fühlten sich in seinem Mund wie Gelee an. Er hatte mehrfach umständlich nach den passenden Formulierungen gesucht.

Gary Stahlberg sah ihn mit ausdrucksloser Miene an. »Dann sollten wir uns Ihren Fat Camps zuwenden.«

Johan griff nach seinem Wasserglas, trank einen Schluck und kämpfte ein paar Sekunden mit der Kohlensäure.

»Es handelt sich also um freiwillige Trainingscamps?«

»So könnte man es ausdrücken.«

»Gleichzeitig steht in den Unterlagen, die ich erhalten habe, dass eine Teilnahme von allen Übergewichtigen erwartet wird. Einer Ihrer Parteikollegen hat kürzlich eingeräumt, dass es für alle Betroffenen in der Tat ein *obligatorischer* Aufenthalt sei.«

»Ja, das ist richtig.«

»In meinen Ohren klingt das widersprüchlich.«

»Obligatorisch und freiwillig bezeichnet im Prinzip dasselbe. Schließlich möchten alle abnehmen.«

»Alle?«

»Die große Mehrheit.«

»Und was machen Sie mit den anderen?«

»Jeder Betroffene wird zwei Mal gefragt.«

Stahlberg zog die Augenbrauen hoch. »Und das zeigt Wirkung?«

»Offenbar.«

»Wo liegen diese Lager?«

»Sie sind im ganzen Land verteilt.«

»Sie nennen keine genauen Adressen?«

»Wir möchten nicht, dass die Angehörigen stören. Die Nähe zum früheren Leben hat mehr negative als positive Auswirkungen auf die Teilnehmer. Häufig war der Druck aus dem Freundeskreis und der Familie Auslöser für die Fettspirale. Nehmen Sie nur die Therapie für Alkoholkranke. Eine Entzugsklinik errichtet man auch nicht direkt neben einem Schnapsladen. Allen voran möchten wir die Medien aus dem Spiel lassen. Viele Übergewichtige fühlen sich bereits stigmatisiert. Und es wird nicht besser, wenn Fernsehteams den lieben langen Tag die Camps besuchen.«

»Rührt die Stigmatisierung, von der Sie sprechen, nicht von Ihrer eigenen Politik her? Im Wahlkampf bezeichnen Sie übergewichtige Menschen als Parasiten und …«

»Das habe ich niemals gesagt.«

Stahlberg blickte in seine Unterlagen. »*Krankhaftes Übergewicht kostet die Gesellschaft jährlich fünfunddreißig Milliarden Kronen. Es sind* Ihre *Steuergelder* etc., etc.«

»Übergewicht ist eine ökonomische Frage. Es geht nicht darum, ob jemand ein Parasit ist oder nicht. Die steigenden Kosten im Kranken- und Pflegebereich waren ein Punkt, der vor der Wahl viele Schweden bewegt hat, und wir waren die einzige Partei, die versprochen hat, diese Entwicklung zu stoppen. Zur Rettung des Wohlfahrtsstaates waren wir gezwungen, das am schnellsten wachsende Loch wieder zu schließen.«

»Aber trifft es nicht zu, dass die Reformen in Wirklichkeit viel mehr gekostet haben? Wenn man sich das Staatsbudget anschaut, haben sich die Ausgaben in den letzten vier Jahren nicht nennenswert reduziert, das Gegenteil ist der Fall.«

»Was Sie meinen, ist nur ein vorübergehender Anstieg. Die Fettepidemie ist eine akute Krise, die akute Maßnahmen erfordert, und die Verwendung von Steuergeldern ist bei der Bevölkerung auf Zustimmung gestoßen. Sehen Sie sich nur die Umfragen an. Die Ausgaben generieren künftige Gewinne. Außerdem haben wir Steuern für bestimmte Gruppen erhöht, was wiederum mehr Geld in die Staatskasse bringt.«

»Sie sprechen von den Fettleibigen. Zusätzliche Steuern für fettleibige Menschen.«

»Die wirtschaftlichen Anreize waren erfolgreich. Wir haben sie frühzeitig ins Projekt integriert und sie haben unsere Erwartungen übertroffen. Drei Jahre nach Inkrafttreten der ersten Einstellungsgesetze sind zwanzig Prozent der Gekündigten zurück im Arbeitsmarkt. Die Steuererhöhung für Personen mit einem FMQ über 50 hat diese Gruppe um vierzehn Prozent verkleinert.«

Stahlberg machte sich Notizen. Er sah von seinem Block hoch und sah Johan an.

»Was geschieht mit den anderen?«

Johan lockerte seinen Hemdkragen. Seit Stahlberg den Raum betreten hatte, schien die Hitze noch größer geworden zu sein. »Wen meinen Sie?«

»Diejenigen, die nicht abnehmen.«

»Alle nehmen ab. In diesem Punkt betreiben wir eine Null-Toleranz-Politik. Für jene, die immer noch zur Gruppe 50+ gehören, gibt es speziell ausgearbeitete Programme.«

»Die Fat Camps.«

»Unter anderem, ja. Wir bieten aber auch Magenband-OPs und Ähnliches an.«

»Aber Sie müssen doch einräumen, dass es Fälle gibt, die sich nicht heilen lassen. Wie können Sie in Bezug auf Fettleibigkeit von Null-Toleranz sprechen, wenn es Krankheitsbilder gibt, die mit einer Gewichtsreduzierung unvereinbar sind?«

»Auf solche Fälle nehmen wir selbstverständlich Rücksicht. Wir haben zahlreiche, unterschiedliche Behandlungsmöglichkeiten für unterschiedliche Arten von Menschen. Bislang funktionierten unsere Methoden über Erwarten gut.«

»Sind Sie der Meinung, dass es unterschiedliche Arten von Menschen gibt?«

»Ich verstehe nicht ganz, worauf Sie hinauswollen …«

»Menschenwürde, Herr Ministerpräsident. Sind Sie der Meinung, dass es eine absolute Menschenwürde gibt? Oder gibt es, wie Sie es ausdrücken, unterschiedliche *Arten* von Menschen?«

»Das habe ich selbstverständlich nicht so gemeint. Sprachliche Hürden …«

»Aber Sie sprechen doch ausgezeichnet Englisch.«

Johan biss die Zähne zusammen. *Das ist nicht der Punkt,* wiederholte er stumm. *Das ist nicht der Punkt.* Er griff nach seinem Wasserglas und trank einen Schluck. Er sollte sich nicht aus der Ruhe bringen lassen.

Stahlberg ließ es auf sich beruhen und konsultierte wieder seinen Block. Er schlug eine neue Seite auf, bevor er fortfuhr. »Sie haben in den USA gelebt, nicht wahr?«

»In New York, ja. Und eine kurze Zeit in Washington.«

»Warum sind Sie umgezogen?«

»In die USA oder zurück in die Heimat?«

»Sie sind in die USA gegangen, um ein Praktikum zu machen, habe ich gelesen, aber zurück? Hatten Sie von der Fettleibigkeit dort auch die Nase voll?«

Johan zögerte. »Ich …«

»Nur ein Scherz, Herr Ministerpräsident.«

Johan verzog den Mund zu einem aufgesetzten Lächeln. Dann konterte er. »Vielleicht hatte ich die Nase voll vom amerikanischen Humor.«

Stahlberg lächelte. »Touché.«

Johan trank noch einen Schluck Wasser. Zum ersten Mal tat Stahlberg es ihm gleich. Dann lehnte er sich in seinem Stuhl zurück und trommelte mit dem Stift auf seinem Block. »Ich würde gerne ein paar Fragen über die Kinder stellen«, sagte er.

Johan nickte feierlich. »Unsere Zukunft.«

Johan beugte sich über das Waschbecken und schöpfte sich mit beiden Händen Wasser ins Gesicht. Gott sei Dank hatte der Fotograf seine Fotos erst nach dem Interview machen wollen, sodass er ein paar Minuten Zeit hatte, um sich vorzubereiten.

Er betrachtete sich im Spiegel. Er wusste nicht genau, was, aber irgendetwas war gerade schiefgelaufen. Der Kerl von der *New York Times* war ohne Zweifel freundlich gewesen – eine Eigenschaft, die die meisten Amerikaner auszeichnete und derentwegen sie auch nur schwer zu durchschauen waren –, aber er besaß auch etwas Unangenehmes. Johan hatte den Eindruck, dass er gekommen war, um herumzuschnüffeln.

Journalisten wissen schon, was sie schreiben werden, bevor sie dich interviewen, hatte HC immer gesagt. Entweder bestätigst du ihre Vorurteile oder sie tun es selbst. *Either way, you're screwed.* Gary Stahlberg schien genau diese Sorte Journalist zu sein. Doch im Unterschied zu den meisten anderen, denen Johan in den letzten Jahren begegnet war, hatte er aus seiner Kritik keinen Hehl gemacht. Zudem hatte er sich verhalten, als *wüsste* er etwas.

Johan machte das Handtuch nass und legte es sich in den Nacken.

Ich nehme an, Sie kennen den Artikel, der vor ein paar Wochen in der Jyllands-Posten *erschienen ist.*

Er hatte nervös gewirkt, das war ihm bewusst. Nicht nur sein Einwurf zur Klimaanlage war ungeschickt gewesen, auch andere Dinge. Der ständige Griff zum Wasserglas. Die roten Ohren. Einem erfahrenen Journalisten wie Stahlberg entgingen solche Zeichen nicht. Darüber hinaus hatte er sich von Stahlberg Worte in den Mund legen lassen, die er ansonsten vermied. *Selbstverständlich handelt es sich nicht um* gewaltsame *Methoden …* Stahlbergs schwarzer Stift war über den Notizblock geflogen.

Johans Kopf glühte. Hatte er vielleicht Fieber? Er hatte sich schon das ganze Wochenende unwohl gefühlt, nach der letzten Woche und dem Vorfall …

Und Sie haben nichts von Todesfällen oder dergleichen gehört?

Sämtliche Anlagen werden von professionellen Ernährungsexperten und Trainern betrieben. Aber ich glaube, dass ich diesen Punkt schon beantwortet habe. Wenn Sie mich jetzt entschuldigen, ich habe gleich weitere Besprechungen …

Er hatte sich verhalten, als hätte er etwas zu verbergen, und Stahlberg hatte es bemerkt. Normalerweise passierte ihm so etwas nicht. So etwas passierte ihm nie.

Johan nahm die Wasserflasche. Er trank den letzten Rest aus und stellte sie zurück auf den Tisch. Professor an der Columbia-Universität. Pulitzerpreisträger von vor weiß Gott wie vielen Jahren. Der Typ hatte mit seinen schwedischen Wurzeln angegeben. *Meine Großmutter mütterlicherseits ist in Småland geboren … Kennen Sie Linneryd?* Es gab keinen Grund anzunehmen, dass er etwas im Schilde führte, zumindest nichts, was der Partei schaden konnte. Sie hatten ihn gründlich durchleuchtet, bevor das Interview gestattet wurde.

Johan knöpfte sein Hemd noch weiter auf, atmete durch die Nase ein und ließ die Luft aus dem Mund entweichen. Er war paranoid. Das war alles. Stahlbergs Vorfahren kamen aus Småland und auf seinem Kaminsims standen ein paar Journalistenpreise, aber er wusste nicht mehr über Johans Fat Camps als die Kinder, die heute Morgen bei seiner Rede gesungen hatten. Der geschätzte Professor und Starjournalist würde den Zoll am Flughafen JFK mit keiner größeren Sensation im Gepäck passieren als einer teuren Flasche Mackmyra-Whisky und einem mittelmäßigen Artikel über operative Eingriffe an schwedischen Kindern.

Johan beruhigte sich ein wenig. Stahlberg schnüffelte herum, weil er Journalist war, nicht weil er mehr wusste als andere. Möglicherweise würde er einen kritischen Artikel veröffentlichen, aber worüber konnte er schon schreiben, was nicht längst bekannt war? Anklagen über die ungerechte Behandlung der Schwächsten der Gesellschaft. *Stigmatisierung, was sagen Sie dazu?*

Johan rückte seine Armbanduhr zurecht. Viertel vor zwei, morgen war Mittsommer. Als normaler Arbeitnehmer wäre er um diese Uhrzeit bereits zu Hause.

Nicht, dass das Wochenende besonders ruhig verlaufen würde. Fünfzehntausend Schweine mussten innerhalb von vierundzwanzig Stunden im Globen zusammengetrieben und abtransportiert werden und selbst wenn er nicht vorhatte, persönlich dort zu erscheinen, würde er wie auf heißen Kohlen sitzen, bis das Ganze vorbei war. Jetzt, wo alles parallel lief, war das Risiko größer. Rossi hatte heute Morgen angerufen und sich darüber beklagt, dass sie nicht genug zusätzliches Personal hatten, falls etwas schiefginge. Er sehnte den Montag herbei. Die Katastrophe in Falunda war eine Warnung gewesen. Die Partei observierte ein Dutzend Journalisten, die ihre Besorgnis darüber geäußert hatten, was »im Land vor sich ging«, und sollten sie Wind von weiteren Zusammenkünften bekommen, würde das Gerücht nicht mehr lange ein bloßes bleiben. Sie hatten nicht mehr den ganzen Sommer Zeit. Sie mussten jetzt handeln.

Rossi hatte das Personal auf den Schlachthöfen verdoppelt. Die Transporter sollten am Mittsommer-Wochenende rund um die Uhr im Einsatz sein. Während der Ferien würden sie jede Nacht fahren. Sobald sie die letzten beseitigt hatten, würden die Anlagen dem Erdboden gleichgemacht. Diejenigen, die den Sommer in den Fat Camps verbracht hatten, würden in ihr »neues Leben« zurückkehren. Rossi hatte schon gut fünfzig Auserwählte aus der Gruppe FMQ 40 in Spa-Hotels untergebracht, wo man sie der Öffentlichkeit präsentieren konnte.

Die *New York Times* konnte drucken, was sie wollte. Es spielte keine Rolle. Wenn das Scheinwerferlicht im September anging und sein grandioser Wahlsieg eine Tatsache war, würde der Opposition ihr Stigmatisierungsgeschrei buchstäblich im Hals stecken bleiben. Er konnte die Schlagzeilen schon vor sich sehen. SCHWEDEN SAGT WIEDER JA ZUR GESUNDHEIT!

»Was sagst du *dazu*, du verdammter Idiot?«, murmelte er in Stahlbergs Richtung hinter der Tür nebenan. Dann warf er einen weiteren Blick in den Spiegel, um sich zu vergewissern, dass er tadellos aussah. Er fuhr sich mit der Hand durchs Haar und setzte ein Lächeln auf.

Besser. Viel besser.

Er ging so kerzengerade durch die Tür, dass sein Rücken spannte. Auf diesen Bildern wollte er wie ein Sieger aussehen. Wie ein einziges, großes Siegeszeichen.

Landon fuhr genau fünfzig km/h. An jedem Stoppschild hielt er an und zählte bis drei, immer auf der Hut vor eventuellem Blaulicht. Er hatte beide Sonnenblenden heruntergeklappt und betete zu Gott, dass die schwarze Kappe den Rest seines Gesichts verdeckte. Er durfte jetzt kein Risiko eingehen. Nicht mit Stahlberg im Auto.

»Was hat er über die Fat Camps gesagt?« Seit dem Hauptbahnhof redeten sie ununterbrochen, aber es gab immer noch tausend Dinge, auf die Landon eine Antwort wissen wollte. »Über die Standorte der Lager?«

»Vor Einsicht geschützt. Zur Abwehr von Medien und sabotierenden Angehörigen.«

»Hat er das so gesagt? Sabotierende Angehörige?«

Gary Stahlberg konsultierte seine Notizen und zitierte. *»Bei derarti-*

gen Angelegenheiten wissen viele nicht, was für sie das Beste ist, geschweige denn, was für ihren Partner oder ihre Partnerin das Beste ist. Man glaubt zu helfen und erreicht nur das Gegenteil. Die Erfahrungswerte zeigen, dass die totale Isolation vom gewohnten sozialen Umfeld das Beste für die Internierten ist.«

Landon warf einen Kontrollblick auf den Tacho, dann drehte er sich zu Stahlberg. »Internierte?«

»Ich bin darauf eingegangen, aber er behauptete natürlich, es sei ein Versprecher gewesen. Er habe Teilnehmer sagen wollen.«

»Unglaublich.«

»Er hat Zahlen vorgegeben, die seine Aussagen untermauern. Und sämtliche Methoden seien wissenschaftlich bewiesen.«

»Ja, diese ›Wissenschaft‹ habe ich gesehen«, murmelte Landon. »Containerweise.«

Stahlberg antwortete nicht. Stattdessen schien er wie staunend den weißen Halbkreis zu betrachten, der sich vor ihnen erhob. Er deutete darauf. »Ist das der Globen?«

»Direkt vor uns.«

Stahlberg gab einen undefinierbaren Laut von sich. Landon konnte nicht sagen, ob er beeindruckt oder enttäuscht war. »Hat er etwas über die Versammlungen gesagt? Die Transporter?«

»Eigentlich nicht. Ich habe ihn nach der Veranstaltung im Dom von Uppsala gefragt und nach dem Artikel in der *Jyllands-Posten,* aber er hat alles abgestritten. Gerüchte, hat er gesagt. Gerüchte, Mythen, Klatsch und Tratsch. Und damit kann er ja auch recht haben.«

»Das klingt fast so, als würden Sie ihm glauben.« Landon spürte, wie Wut in ihm aufstieg. Etwas an Stahlbergs vorbehaltloser Einstellung gegenüber Svärd machte ihn rasend.

»Ich bin hergekommen, weil ich *Ihnen* geglaubt habe, Landon. Aus keinem anderen Grund. Aber ich habe diesem Kerl gerade eine halbe Stunde gegenübergesessen und ich versichere Ihnen, er ist kein Teufel in Menschengestalt. Nicht im Geringsten.«

»Sie haben nicht gesehen, was er getan hat.«

»Nein, aber deswegen bin ich ja auch hier.«

Landon sagte lange kein Wort.

Stahlberg beendete das Schweigen. »Wann sollte es morgen Vormittag noch einmal anfangen? Um zehn?«

»Zehn vor drei, hat Nicklas gesagt. So hat es in dem Schrieb gestanden.«

»Und es handelt sich um die gleiche Art von Veranstaltung?«

»Ja, eine Art offenes Haus, um den Papierkram vor der Urlaubszeit noch zu erledigen. Arbeitslosengeld und dergleichen.«

»Aber hier ist doch Feiertag? Svärd sagte, dass die Stadt deshalb wie ausgestorben sei.«

»Das ist auch so. Niemand arbeitet an Mittsommer. Alle fahren aufs Land.«

»Merkwürdig, dass sie annehmen, die Leute würden an so einem Tag kommen.«

»Ein Mittsommer-Thema, stand darin. Hering und Kartoffeln. Und Anwesenheitspflicht.«

»Wer nicht auftaucht, wird bestimmt zu Hause abgeholt. Wie Ihre Helena.«

Bei ihrem Namen verkrampfte sich Landons Magen. *Ihre Helena.* »Jeden einzelnen? Das schaffen sie nie.«

»Das hängt davon ab, wie eilig sie es haben.« Stahlberg hatte den Blick fest auf die weiße Kuppel gerichtet. Die Silhouette des Globen wurde durch den immer dunkler werdenden Himmel noch verstärkt. Es würde ein Unwetter geben. Ein gewaltiges. »Aber die Frage ist immer noch: Warum? Warum in aller Welt sollten die Leute einer solchen Aufforderung folgen, wenn sie doch wissen, wer hinter dieser Veranstaltung steckt?«

»Was sollen sie sonst tun? Die Leute greifen nach jedem Strohhalm.« Landon fühlte sich erschöpft. Sie waren es immer wieder durchgegangen, seit er Stahlberg am Flughafen abgeholt hatte.

»Ich wundere mich nur, dass niemand protestiert.«

»Das haben wir doch getan! Das ganze Reichstagsgebäude war voller Plakate, verflucht noch mal. Doch wenn man jedes Mal an einen Elektrozaun stößt, sobald man sich nach draußen wagt, bleibt man irgendwann in seinem eigenen Stall.«

»Beruhigen Sie sich.« Stahlberg wandte den Blick vom Globen ab. »Ich wollte nicht taktlos sein. Es gibt nur so viele Dinge, die unklar sind.«

Landon zuckte mit den Schultern. »Sie waren eine halbe Stunde bei Johan Svärd. Das Gift in seinem Kopf steckt die Menschen an.«

Stahlberg lächelte. »Ich glaube nicht, dass er ein Teufel ist«, sagte er. »Das kann ich mir einfach nicht vorstellen.«

»Kennen Sie den Ententest?«

Stahlberg nickte. »Bald werden wir mehr wissen.«

Landon zeigte auf die Vorderseite der Arena. Sie waren fast da. »Da oben ist der Eingang«, sagte er. »Die Verladerampen liegen auf der anderen Seite.«

Stahlberg blickte nach draußen. »Es ist groß.«

»Wir werden dort drüben sein«, erklärte Landon und wies in die Richtung. »Im Pastellvägen. Die Wohnung steht zum Verkauf. Nicklas' Schwester hat die Schlüssel organisiert. Es soll eine Dachterrasse geben, von der wir eine gute Sicht auf den Globen haben.«

»Und das Hotel dort drüben?« Stahlberg deutete auf das gelbe Schild hinter der Arena.

»Auf dem Anrufbeantworter hieß es, es sei wegen eines technischen Defekts geschlossen. Das kann natürlich nicht stimmen. Ich glaube, dass Svärd angeordnet hat, es zu schließen, damit nicht zu viele Leute in der Nähe sind.«

»Ein technischer Defekt?«

»Ich weiß.« Landon schüttelte den Kopf. »Als ginge es um einen Zug.«

Landon blinkte rechts, um abzubiegen. »Wir können langsam vorbeifahren«, sagte er. »Ich will nicht direkt oben an der Arena halten, aber …«

»Achtung!«

Weiter vorn standen drei Polizeiautos. Landon wechselte abrupt die Fahrbahn. Er zog seine Kappe tief in die Stirn und hob den Arm zur Sonnenblende. Stahlberg legte den Kopf zur Seite, als würde er schlafen.

Ein paar Sekunden später waren sie vorbeigefahren.

»Okay«, presste Landon hervor. »Sie sind schon hier.«

Stahlberg drehte sich zu den blinkenden Blaulichtern um. »Vielleicht nur eine normale Kontrolle. Eine Geschwindigkeitskontrolle?«

»Kann sein, ich glaube es aber kaum.«

Landon umrundete das Viertel, in dem sich die Wohnung befand. Auf dieser Straßenseite standen keine Polizisten. Als er durch ein Schlagloch fuhr, erinnerte ihn das klappernde Geräusch daran, dass er Waffen im Kofferraum hatte. Edvards altes Jagdgewehr. Sjögrens Pistole. Er hatte sie seit Uckerö.

Stahlberg telefonierte, während Landon sich in der Wohnung umsah. Vom Balkon aus konnten sie fast den ganzen Eingangsbereich vom Globen überblicken. Das Wohnzimmerfenster bot eine gute Sicht auf die mehrspurige Schnellstraße und von der Dachterrasse aus war das Areal noch besser einsehbar. Nicklas hatte nicht übertrieben, die Lage hätte nicht besser sein können.

Er ging in die Küche und sah in die Schränke. Gähnende Leere. Die Kühlschranktür war angelehnt. Er schaltete den Kühlschrank an und betrachtete die leeren Glasplatten. Sie mussten einkaufen. Je mehr Polizisten in der Umgebung der Arena auftauchten, desto riskanter war es, die Wohnung zu verlassen. Das Beste wäre, wenn sie im Schutz der Wohnung bleiben könnten, bis etwas passierte.

Falls etwas passierte. Er schloss den Kühlschrank. Sie konnten nicht sicher sein, dass es tatsächlich so ablaufen würde. Nicklas hatte mit einer Frau gesprochen, die ein Schreiben erhalten hatte: Emma Spörndly, eine junge Journalistin, die in Hornstull wohnte. Sie würde nicht hingehen – Nicklas hatte ihr dringend geraten, ein paar Tage lang unterzutauchen –, doch ihre Aufforderung hatte ebenso ausgesehen wie die früheren.

Mittsommer, zehn Uhr vormittags. Stahlberg hatte recht, es war ungewöhnlich und dennoch nicht ganz abwegig. Die Versammlung in Östhammar war am selben Tag anberaumt gewesen wie die Aktion im Dom von Uppsala, beide an Christi Himmelfahrt. Wie jetzt ein verlängertes Wochenende mit Brückentagen, an dem die Menschen die Stadt verließen. Der ideale Zeitpunkt.

Landon ging in den Flur. Stahlberg stand an der Garderobe und steckte gerade sein Handy in die Jackentasche. »Meine Frau«, erklärte er entschuldigend.

Landon nickte. Stahlbergs Tonfall sagte mehr als genug. »Kein Problem. Ich war oben auf der Dachterrasse und habe die Aussicht geprüft.«

»Wie sieht es aus?«

»Gut. So gut es geht aus dieser Entfernung.«

»Okay.«

Landon nahm die Autoschlüssel von der Kommode. »Ich kaufe schnell ein paar Lebensmittel ein. Bei diesem Polizeiaufgebot wäre es zwar klüger, wenn wir die Wohnung nicht verlassen, aber wir müssen ja irgendetwas essen.«

»Wollen Sie, dass ich hierbleibe?«

»Wenn Sie es aushalten. Hier sind nicht gerade viele Sitzgelegenheiten, aber …«

»Kein Problem. Meinen Laptop kann ich auf den Schoß nehmen.«

»Ich habe ein paar Decken im Kofferraum, und Luftmatratzen. Ich bringe sie später mit nach oben.«

»Gut.«

»Ach ja«, sagte Landon und drehte sich in der Tür noch einmal um. »Haben Sie einen besonderen Wunsch?«

»Was isst man traditionell in Schweden an Mittsommer? Wie heißt dieser vergammelte Fisch noch mal? Lutefisk?«

Landon lächelte. »So schlimm ist es nicht. Aber Hering sollte ich vielleicht besorgen. Wenn sie den nicht verboten haben wegen zu viel Zucker.«

»*Zucker* im Hering?«

»Willkommen in Schweden.«

Stahlberg lachte. »Ihr seid verrückter, als ich gedacht hatte.«

Als Nicklas am Abend anrief, hatten Landon und Gary Stahlberg jeder eine Packung rundes Knäckebrot verputzt. Zwei halb leere Gläser eingelegter Hering standen zwischen ihnen auf dem Boden. Der Västerbotten-Käse, den sie mit den Plastikmessern vom Supermarkt bis zur Unkenntlichkeit verstümmelt hatten, lag achtlos in seiner Plastikverpackung.

»Bist du sicher?«, fragte Landon zum dritten Mal, dann murmelte er ein paar Okays und legte auf.

Stahlberg sah ihn fragend an. »Schlechte Neuigkeiten?«

»Sie haben auch in Uppsala eingeladen. Morgen früh um zehn im Dom. Nicklas hat mit zwei Frauen gesprochen, die eine Aufforderung erhalten haben.« Landon seufzte. »Verfluchter Mist.«

»Das ändert doch nichts am Programm im Globen?«

»Nein, aber es ändert die Situation. Mal angenommen, sie holen die Leute im ganzen Land ab? Das werden wir niemals verhindern können.«

»Und was tun wir jetzt?«

»Verdammt«, fluchte Landon. »Ich war mir sicher, dass Sie es rechtzeitig schaffen könnten …« Er brach ab. Stahlberg war nicht schuld daran, trotzdem machte er ihm einen Vorwurf. Warum hatte er seinen Artikel nicht einfach geschrieben? Aber nein, Mister Pulitzerpreis musste erst in halb Schweden recherchieren. *Ich muss es mit eigenen Augen sehen.*

Er versuchte, seine Wut zu bändigen. Er selbst war auch nicht besser. Wie hätte er Stahlberg zeigen können, was in Schweden vor sich ging, ohne es gleichzeitig geschehen zu lassen? Ein weiteres Mal?

»Wir wissen nach wie vor nicht, ob überall das Gleiche geschieht«, sagte Stahlberg. »Nur weil sie die Leute an zentralen Orten zu Versammlungen einberufen, bedeutet es nicht, dass …«

»Richtige Fat Camps? Das glauben Sie doch wohl selbst nicht.« Diese Theorie hatte Stahlberg schon früher geäußert. Bei Falunda konnte es sich um eine Ausnahme handeln. Ein gescheitertes Experiment. Die übrigen Lager der Gesundheitspartei waren vielleicht genau das, was sie vorgaben zu sein: Trainingscamps mit militärischem Drill, in denen die Teilnehmer zwar auf Diät, aber immerhin am Leben waren.

Landon glaubte nicht daran. Nicklas' Zeugen hatten alle von Viehtransportern gesprochen, und die verschwindend wenigen Berichte aus den »echten« Trainingslagern trieften vor Parteipropaganda.

Stahlberg sah Landon unglücklich an. »Landon, ich mache nur meine Arbeit. Wenn es ein Artikel mit der Durchschlagskraft und der Dimension werden soll, wie Sie es sich vorstellen, dann brauchen wir Fakten.«

»Ich weiß«, erwiderte Landon. »Es ist nur …«

»Sie haben es mit eigenen Augen gesehen.«

»Ja.«

»Ich verstehe.«

»Ich glaube nicht, dass Sie das tun.«

Stahlberg wollte protestieren, aber Landon kam ihm zuvor. »Wir machen es, wie wir besprochen haben«, entschied er. »Sobald die Lastwagen abfahren, folgen wir ihnen. Wir fotografieren die Ställe. Dann informieren Sie Ihre Freunde auf der anderen Seite des Atlantiks und sorgen in der Presse für einen Wirbel, dass sie kommen.«

»Sie haben hohe Erwartungen an mich.«

»Wenn Sie ihnen zeigen, was ich gesehen habe, dann wird die ganze Welt hinschauen. Mich beunruhigt, dass uns nicht mehr viel Zeit bleibt.«

»Wie lange haben sie Helena auf Falunda gefangen gehalten?«

»Fast fünf Tage.«

»Dann haben wir Zeit.«

»Nur wenn sie nach demselben Schema vorgehen. Helena haben sie allein dorthin gebracht. Diesmal alle auf einmal. Wenn wir Glück haben, dauert es bei so vielen länger, aber es kann genauso gut sein, dass sie die Leute direkt zum …« Er konnte es nicht aussprechen.

Stahlberg tat es für ihn. »Welche Schlachthöfe liegen in der näheren Umgebung von Stockholm?«

Landon schluckte angestrengt. Hering und Käse krochen ihm die Speiseröhre hoch.

»Es tut mir leid. Ich kann verstehen, dass Sie darüber am liebsten nicht nachdenken möchten. Ich dachte daran … Wenn wir von vornherein wüssten, wohin wir müssen …«

»Ich habe eine Karte.«

»Ich wollte nicht, dass Sie sich schlecht fühlen.«

»Das tue ich seit vier Jahren. Mit der Zeit gewöhnt man sich daran.«

Stahlberg lächelte traurig. »Wenn dies alles vorbei ist, kommen Sie mit mir an die Columbia-Universität«, sagte er. »Nehmen Sie Helena und ihre Tochter mit. Manhattan ist der ideale Ort für Menschen, die ihre Vergangenheit vergessen wollen.«

Landon zuckte mit den Schultern. »Wir werden sehen.«

»Ich nehme an, Sie wollten von Anfang an dem Ganzen entkommen.«

»Als meine Freundin krank wurde, hat niemand sie aufgehalten.« Landon senkte den Blick. »Auch ich nicht.«

»Das tut mir leid.«

»Ich hatte keine Kraft mehr. Es hatte keinen Sinn, darüber zu reden, geschweige denn zu protestieren.«

Stahlberg nickte.

»Das Schlimmste ist, dass man nicht sieht, was geschieht, bevor es geschehen ist. Das ist ihre Strategie. Kleine, schrittweise Veränderungen, damit niemand reagieren kann. Nicklas hat das Gleiche gesagt: Die Leute ignorieren die Warnzeichen. Für sie sind alle neuen Gesetze ein Teil des Programms, genau wie Svärd sagt. Ein Teil der Lösung.

Sie schlucken den Köder und zappeln an Svärds Haken. Und wenn er die Angel einholt, kommen sie nicht mehr los.«

Stahlberg erwiderte nichts. Landon sah auf die Uhr. Es war fast elf. »Uppsala lassen wir außen vor«, sagte er. »Wir machen es wie geplant. Wir behalten diese weiße Halbkugel im Auge und warten ab, was geschieht. Überlegen Sie sich schon mal eine gute Schlagzeile. In vierundzwanzig Stunden wird die ganze Welt Sie zitieren.«

»Wie gesagt«, lächelte Stahlberg. »Ich bin nicht hier, um Lorbeeren einzuheimsen.«

Landon hob sein Leichtbier, Stahlberg ebenfalls. »Ein frohes Mittsommer-Fest«, sagte er.

Landon sah ihm ins Gesicht. Sein Blick war aufrichtig.

Rossi hatte ihn innerhalb einer Stunde zehn Mal angerufen. Sundsvall, erledigt. Orsa, erledigt. Die dazugehörigen Listen erschienen vor ihm auf dem Bildschirm.

Johan ging sie durch, ohne richtig zu begreifen, was die Zahlen bedeuteten. Es fühlte sich unwirklich an. Schon als er am Morgen aufgewacht war, hatte er die Spannung in der Luft gespürt. Die brennende Morgensonne hatte wie ein Omen über dem Riddarfjärden gestanden. Der Himmel war so blau gewesen, dass es in den Augen schmerzte. Während er darauf wartete, dass der Kaffee durchlief, war ihm ein Gedicht aus seiner Kindheit in den Sinn gekommen: *Manche Bilder in der Welt entfalten sich vor mir in Hellrot, einige in Zimtbraun, andere in Azur …* Von wem stammte es, Stagnelius? Almqvist? Mit großer Wahrscheinlichkeit hatte er die Verse vor gut dreißig Jahren in der Schule auswendig vortragen müssen. Seinen Kaffee hatte er in aller Stille getrunken, sein Blick hatte sich in dem durchdringenden Licht verloren. Das Wasser war spiegelblank. Nicht einmal die Vögel hatten gezwitschert.

Eine Stadt im Belagerungszustand, hatte er gedacht. Der Boden vibrierte bereits. Es war, als flöge ein Drache seine Runden über der

Hauptstadt. Die Frage war nicht mehr ob, sondern wann er zur Landung ansetzen würde.

Inzwischen war es kurz nach neun Uhr abends. Die Sonne würde bald untergehen. Er setzte sich in seinen Ledersessel und versuchte, seinen dritten Proteinriegel mit Schokoladenglasur herunterzuwürgen. Was hätte er jetzt für ein großes Starkbier geben. Ein herzhaftes Herings-Sandwich mit Ei und Mayonnaise. Wie damals, als er und HC ...

Blitzschnell verscheuchte er das Bild aus seiner Vergangenheit, doch die Erinnerung hatte ihm einen Stich versetzt.

Mikkelsen, erledigt.

Montagmorgen würden sie sich an den langen Eichentisch setzen und die Zahlen abgleichen. Weitere Aktenstapel würden in den Archiven verschwinden und die Welt würde buchstäblich erleichtert sein.

Johan schluckte den letzten Bissen herunter und stopfte das Zellophanpapier in den leeren Kaffeebecher, der auf seinem Schreibtisch stand. Dann blickte er aus dem Fenster, um nachzusehen, wie tief die Sonne schon stand. Die ersten Transporte sollten heute Nacht um zwei Uhr abgehen. Er griff nach seinem Handy, um die Zeit mit Rossi abzustimmen, doch bevor er die Nummer wählen konnte, klingelte es.

»Ich wollte gerade ...«

»In Sundsvall ist ein Unwetter. Sieht aus, als würde es richtig heftig. Wir denken darüber nach, die Transporte um ein paar Stunden zu verschieben, bis es sich beruhigt hat. Wir wollten eigentlich gerade losfahren, aber es ist schlechte Sicht. Die Jungs können so nicht effizient arbeiten.«

»Wenn nur alles vor dem Morgengrauen über die Bühne geht.«

»Das hängt davon ab, wie lange das Gewitter andauert. Ich wollte dich nur vorwarnen.«

»Lasst sie nicht zu lange da drin. Sonst machen sie aus dem Lastwagen Kleinholz.«

»Sobald sich das Wetter bessert, fahren wir.«

»Und im Globen?«

»Etwa fünfhundert weniger als erwartet, aber das macht keinen großen Unterschied. Die Hütte ist so gut wie voll.«

»Und um zwei Uhr geht es los?«

»Wir hätten schon um acht beginnen können. Hast du mal aus dem Fenster geschaut? Die Stadt ist wie ausgestorben.«

»Wartet noch ab. Man kann nie wissen.«

»Natürlich.«

»Wir sprechen uns später nochmal.«

Johan sah zum Reichstagsgebäude hinüber. Ausgestorben war nicht das richtige Wort. Es lag vielmehr ein spürbares Gefühl von Leben in der Luft. Aber die Straßen waren in der Tat leer. Es gab in Stockholm keinen ruhigeren Tag als Mittsommer. Nicht einmal an Heiligabend herrschte eine solche Atmosphäre, eine Stille wie nach einer Katastrophe.

In der letzten Zeit hatte er sich durcheinander gefühlt. Rossis und Bradkes Ideenschmiede hatte seinen ursprünglichen Plan so verdreht, dass er ihm mittlerweile fremd erschien. An manchen Tagen konnte er sich kaum dazu aufraffen, ans Telefon zu gehen. Das Krebsgeschwür lag bereits auf dem Operationstisch, mehr musste er nicht wissen. Er brauchte nicht dabei zu sein und persönlich daran herumdoktern.

Von diesem Dreck hatte er im Laufe seiner Amtszeit genug gesehen: Fett und Blut und Schleim. Seine PR-Berater hatten ihn immer wieder zu Magenband-OPs und Fettabsaugungen geschickt. *Die Leute müssen sehen, dass Sie hinter der Forschung stehen,* hatten sie unermüdlich betont. *Letztendlich profitieren alle davon.* Ihm wurde schon übel, wenn er nur daran dachte. Die bleichen Hautlappen, die aufgeschnitten und zur Seite geklappt wurden. Das dunkelrote Blut, das in der Öffnung pulsierte.

Wenn er könnte, würde er bis zu den Wahlen im September in einen Dornröschenschlaf fallen und direkt zur Wahlurne schreiten. Ein Kind umarmen und den Fotografen zuwinken.

Eine weitere Amtszeit. Alles andere war undenkbar. Die Parteivorsitzenden der Opposition verhielten sich seit der letzten Wahl wie eine Herde lahmer, initiativloser Schafe. Johan kam es vor, als hätten sie sich von ihrem Schock nie richtig erholt. Halbherzige, gemächliche Proteste gegen das Reformgesetz, das bereits in Kraft getreten war, als sie den Mund aufmachten. Im Gegensatz zur Gesundheitspartei waren die bürokratischen Wege bei den anderen Parteien monströs lang. Jede Meinung musste erst verschiedene Instanzen durchlaufen, bevor sie überhaupt in einer öffentlichen Debatte erörtert wurde.

In den USA hatte Johan eines gelernt: Der demokratische Grundsatz, dass jede Stimme gehört werden müsse, war eine Farce. Eine starke und entschiedene Stimme war mächtiger als Millionen schwacher Stimmen. Und die Bevölkerung wollte jemanden, der sie führte. Sie war bereit, deutlich mehr zu opfern, als die Politiker glaubten, man musste sie nur auf die richtige Art darum bitten. Und wie brachte man in diesem Land eine Bitte vor, wenn man etwas erreichen wollte? Man fragte höflich.

Johan hatte im Lauf der Jahre zahllose Briefe enthalten, die einzig und allein davon handelten, wie toll er aussah. Die Zeitungsartikel hatten von Anfang an seinen »magischen Blick« hervorgehoben. »Johan der Eroberer.« »Johan der Verführer.«

Wenn du nur nicht so verdammt gut aussehen würdest, hatte Amy immer wieder gesagt. Sie hatte das als Vorwurf gemeint: Einen solchen Mann würde sie nie im Leben für sich behalten können. *Ich wette, du hast in deinem Leben noch nie einen Korb gekriegt.*

Er hatte immer die Frauen bekommen, die er haben wollte – bis zu dem Tag, als Amy ihn verlassen hatte. Und auch wenn er sich seit damals einredete, dass sie nie wieder jemanden wie ihn finden würde (*dein Verlust, Amy, dein Verlust!*), hatte er seine Lektion gelernt.

Der universelle Wert, auf dem er seine Karriere aufgebaut hatte, war im Grunde hohler als ein verrotteter Baumstamm. Der gesunde Lebenswandel und das Streben nach Schönheit waren ein Versuch, den Tod auf Distanz zu halten, aber gleichzeitig höhlten sie das Leben aus. Wie viele Stunden hatten die Leute im Fitnessstudio verschwendet, anstatt nach Hause zu gehen und ihre Beziehungen zu retten? Wie viele Süßigkeitenverbote für ein längeres Leben der Kinder? Man strebte nicht nach Leben, man zögerte den Tod hinaus.

Und dieses Wunschdenken hatte er sich zu eigen gemacht. In einer Gesellschaft, in der sich alles ums Aussehen drehte, war der politische Kampf ebenso ungerecht wie oberflächlich. Wenn er am Ende einer Rede über die jubelnden Massen blickte, konnte er in den Abgrund sehen. *JO-HAN! JO-HAN! JO-HAN!* Die mechanischen Beifallrufe klangen wie Herdengebrüll im Dschungel. Abgestumpfte Individuen in einem Strom aus mangelnder Mitmenschlichkeit.

Er war nicht der Einzige, dem es aufgefallen war; einige Parteimitglieder hatten diesen Punkt auf einer Sitzung angesprochen: Die Hasspropaganda wuchs, ohne dass sie etwas dafür tun mussten.

Er hatte die Tür zu lange offen stehen lassen und jetzt ließ sie sich nicht mehr schließen. Das Monster, das er geschaffen hatte, hatte sich verselbstständigt. Das hatte HC gemeint. *Du hast dich übernommen, Johan, das Wasser steht dir bis zum Hals. Früher oder später brauchst du jemanden, der dich wieder an die Oberfläche zieht.*

Er blickte in den dämmrigen Sommerhimmel. Er konnte es vor sich sehen: Das Ungeheuer, das sich in Erwartung der abendlichen Beute die Tatzen leckte. Die Nasenflügel bebten, es witterte Blut.

Das Mittsommerfest im Globen würde jeden Augenblick beginnen.

Landons schweißnasse Hände klebten am Lenkrad. Der vorletzte Lastwagen hatte die Umgebung des Globen verlassen. Sie saßen im Auto und starrten in die Sommernacht hinaus.

»Ich kann es nicht glauben«, murmelte Stahlberg bereits zum zehnten Mal. Es war auch das Einzige, was er von sich gab. Als sich am Vormittag die Menschenmassen vor der Arena eingefunden hatten, war der Professor ganz still geworden. Landon hatte neben ihm auf der Dachterrasse gestanden und zugesehen, wie die weiße Kuppel alle lautlos verschlungen hatte. Einer nach dem anderen waren sie hinter den großen Eingangstüren verschwunden. Keiner war wieder zum Vorschein gekommen.

Als die ersten Viehtransporter um kurz nach zwei Uhr nachts auf den Arenavägen eingebogen waren, hatte sich Landon auf der Toilette übergeben. *Ich kann es nicht glauben,* hatte Stahlberg hinter seinem Fernglas gemurmelt, als Landon auf zittrigen Beinen angewankt kam.

Stahlberg konnte es nicht glauben, Landon schon. Deshalb zögerte er. Johan Svärd entkam man nicht ein zweites Mal. Den meisten gelang es nicht ein einziges Mal. Und jetzt sollte er wieder dorthin fahren?

Vor seinen Augen flimmerte es.

»Machen Sie sich keine Sorgen«, sagte Stahlberg. »Wenn wir gesehen haben, was wir brauchen, kehren wir sofort wieder um. Ich mache ein paar Fotos, dann verschwinden wir.«

Landon spürte, wie seine Finger langsam taub wurden. Auch seine Füße nahm er kaum noch wahr. Er versuchte zu antworten, doch sein Körper versagte.

»Nur ein paar Fotos«, wiederholte Stahlberg. Landon hörte seine dunkle Stimme wie in Zeitlupe. »Ohne … Bilder … haben … wir … nichts … in … der … Hand.«

Landon schnappte nach Luft. Die rechte Hand vom Lenker zu nehmen war der reinste Kraftakt. Er begann am ganzen Körper zu zittern.

»Landon?«, sagte Stahlberg besorgt.

Landon nickte. Mehrfach. »Ja«, wiederholte er. »Ja.«

Der Zündschlüssel steckte im Schloss. Seine Hand bebte.

»Machen Sie sich keine Sorgen.«

Als der Motor ansprang, ließ seine Lähmung nach. Landon blinzelte. Er schaltete das Licht ein und gab vorsichtig Gas.

»Entschuldigung«, flüsterte er, als er anfuhr.

»Kein Problem.« Stahlberg sah entschlossen aus.

An der Einfahrt zur Arena standen immer noch zwei Polizeiwagen. Von der Dachterrasse aus hatten sie sehen können, dass vier Lastwagen das Gelände verlassen hatten. Ihr Plan sah vor, dem fünften zu folgen. Landon blickte zu dem weißen Gebäude hinüber. »Haben Sie gesehen, ob der …«

Er brach abrupt ab, als der grüne Viertransporter auf dem Arenavägen an ihnen vorbeifuhr. Landon und Stahlberg schnappten im selben Moment nach Luft.

Sie hatten gesehen, wie Tausende durch die Eingangstüren des Globen geschritten waren. Seitdem waren sechzehn Stunden vergangen. Sechzehn Stunden ohne ein Lebenszeichen.

Landon warf einen Blick auf den Benzinstand. Immerhin hatte er daran gedacht. Wer weiß, wie weit sie fahren mussten. Würde sich Stahlberg wirklich mit ein paar heimlichen Fotos von den Stallanlagen zufriedengeben? Wenn er die Arbeitsmethoden des Professors richtig einschätzte, würde er ihnen am liebsten den ganzen Weg bis zum Schlachthof auf den Fersen bleiben. Bräuchte er nicht auch Aufnahmen von Leichen? Was benötigten sie für die erste Seite der *New York Times*?

Jetzt.

Der Lastwagen fuhr auf die Autobahn. Stahlberg nahm seine Kamera aus der Tasche und hantierte mit den Objektiven.

Sie schwiegen. Landon unternahm keinen Versuch, das Gespräch wieder aufzunehmen. Seit die Eingangstüren des Globen zugeschlagen waren, schien keine normale Unterhaltung mehr möglich. Jetzt gab es nur noch große Worte oder gar keine. Landon zog Letzteres vor.

Die Fahrt dauerte eine Stunde. Als die Digitaluhr im Auto auf 03:30 sprang und die kürzeste Nacht des Jahres überging in den längsten Morgen in Landons Leben, bog der Lastwagen in einen schmalen Waldweg ein. Landon fuhr langsamer und deutete auf das Schild.

»*Vallbro Gård*«, las er Stahlberg vor. »Und sehen Sie das Schild vom schwedischen Schweinemastverband? Hier passiert etwas in ganz großem Stil.«

Stahlberg ließ die Fensterscheibe herunter, machte ein Foto und zeigte dann auf einen Bauernhof auf der anderen Seite des Feldes. »Sollen wir das Auto dort drüben abstellen? Den Rest können wir zu Fuß gehen.«

Landon zögerte, stimmte Stahlberg dann aber zu. Am Hof verließ er den Schotterweg und fuhr durch das Gras zu einem Waldstück. Er stieg aus und sah sich um. Vom Weg aus war das Auto hinter dem Gebüsch nicht zu sehen, vom Wohngebäude aus war die Tarnung nicht gerade perfekt. »Reicht das?«

Stahlberg zuckte mit den Schultern. »Der Hof scheint unbewohnt zu sein.«

Landon betrachtete das halb verfallene Gebäude. Es würde ihn nicht wundern, wenn es online für drei Millionen Kronen angeboten würde. *Traumhaus auf dem Land! Rustikaler Kotten aus der Jahrhundertwende mit Renovierungsbedarf.* Er musterte die dunklen Fenster. Der Hof schien tatsächlich verlassen zu sein, oder die Bewohner schliefen.

Stahlberg nahm seine Kameratasche aus dem Auto und sagte wieder: »Ich mache nur ein paar Bilder.«

Es klang wie ein Mantra. Landon holte das Gewehr aus dem Kofferraum. Er hängte es sich über die Schulter. Stahlberg sah ihn verblüfft an. »Ich dachte, in diesem Land wären Waffen verboten.«

»Nicht verboten. Es gibt nur strikte Auflagen.« Er nahm die Pistole in die Hand und reichte sie Stahlberg. »Können Sie damit umgehen?«

»Kein Problem.«

»Dann los.«

Als sie den Schotterweg erreichten, der zum Vallbro Gård führte, sog Landon die Luft ein. Stahlberg gegenüber hatte er nichts erwähnt, doch das Schild vom schwedischen Schweinemastverband beunruhigte ihn. Die großen landwirtschaftlichen Betriebe hatten eigene Schlachthöfe. Falls Johan Svärd Zeit sparen wollte …

Er verscheuchte den Gedanken. Zumindest bemerkte er keinen Verwesungsgeruch.

»Dort drüben brennt ein Licht«, sagte Stahlberg plötzlich und deutete auf die Wegbiegung. Dahinter lag der Hof. Das Dach wurde von gelben Scheinwerfern erleuchtet.

Landon schlug entsetzt die Hand vor den Mund. »Oh, verdammt.«

Sie warfen sich in den Graben. Aus dem Lastwagen quollen Hunderte Menschen. An beiden Seiten patrouillierten uniformierte Wachen mit Peitschen und Schlagstöcken. In der Nähe des Stalls stand ein kleiner Junge im Schlafanzug, der vor Angst aus Leibeskräften schrie.

Stahlberg saß geduckt im Graben, hatte die Hand um das Weitwinkelobjektiv gelegt und machte ein Bild nach dem anderen. Landon wurde von Abscheu und Wut erfasst. Er hob sein Gewehr.

Stahlberg warf sich über ihn und drückte ihn zu Boden. »Es sind zu viele. Sie werden nur sich selbst schaden.«

»Wir können hier doch nicht tatenlos rumsitzen und *zugucken.*« Landons Hand am Gewehrlauf zitterte. Der Junge war höchstens fünf Jahre alt.

Stahlberg hielt Landons Arm fest umklammert. »Landon. Verflucht noch mal!« Seine Stimme hatte einen scharfen Ton angenommen. »Denken Sie daran, was wir besprochen haben. Das hier ist unsere einzige Chance, sie zu stoppen. Wir dürfen sie nicht angreifen. Wir müssen darüber berichten.«

»Der Junge …«

»Ich weiß.«

Landon sank in sich zusammen. Die Erde unter seinen Knien war kalt und feucht. Er spürte die rauen, haarigen Stängel der Wiesenblumen unter seinen Handflächen.

Stahlberg nahm wieder die Kamera. Die Menschen wurden immer brutaler in das Gebäude getrieben.

»Großer Gott«, murmelte Stahlberg. Er richtete die Kamera auf einen der Männer, die aus dem Stall herauskamen.

Es dauerte nur ein paar Minuten, bis sich die Menschenmasse aufgelöst hatte. Landon blickte auf und sah, wie die letzten Opfer von vier Männern über den Hof geschleift wurden. Sie zogen sie wie Tiere an den Beinen. Neben Landon klickte die Kamera. Er legte Stahlberg eine Hand auf den Arm. »Das reicht.«

Stahlberg ließ die Kamera sinken. Die Stahltüren fielen hinter den letzten Menschen ins Schloss. »Was machen sie da drinnen?«, murmelte Stahlberg gepresst. »Was in Gottes Namen *machen* sie da drinnen?«

»Sie sperren sie ein«, sagte Landon. Doch plötzlich wurde er unsicher. Falls die Menschen, so wie in Helenas Fall, fünf Tage dort bleiben sollten – warum waren die Wachen dann mit in den Stall gegangen? Hier gab es deutlich mehr Gebäude als auf Falunda, aber es schien sich nicht um einen …

»Oh nein.«

Genau davor hatte er sich gefürchtet.

Stahlberg sah ihn an. »Was ist?«

Landon stand auf, ohne zu antworten.

Er lief los, die Augen fest auf den Hof gerichtet. Die Wachen waren noch nicht wieder aufgetaucht. Stahlberg lief ihm hinterher.

Als Landon das flache weiße Gebäude hinter dem Stall sah, blieb er abrupt stehen.

»Sie tun es gleich.«

»Was haben Sie gesagt?« Jetzt hatte Stahlberg ihn eingeholt. Aus dem flachen Gebäude kam ein rasselndes Geräusch. »Das ist nicht möglich«, keuchte Stahlberg. »Das kann nicht …«

Landon umklammerte sein Gewehr. Er dachte an den kleinen Jungen im Schlafanzug. Es würde keine Rolle spielen, wie viele Artikel sie veröffentlichten. »Es ist zu spät.«

»Das kann nicht …« Stahlbergs Stimme zitterte. »Es muss etwas anderes sein.«

Die Geräusche, die aus dem Gebäude kamen, wurden immer lauter. Landon atmete stoßweise. Schreie, dachte er. Das Einzige, was nicht zu hören war, waren Schreie.

Voller Entsetzen starrte er auf den Schlachthof. Er hatte es auf Uckerö gesehen und dennoch war es unwirklich. Es war, als wäre er in einem Albtraum gefangen. Das unmittelbare Leugnen: *Es geschieht nicht. Es geschieht nicht.*

Doch es geschah.

»Was sollen wir tun?«, fragte Stahlberg.

»Wir warten, bis …« Die Worte blieben ihm im Hals stecken. Landon sah Stahlberg an. Das Gesicht des alten Professors war hochrot angelaufen. Sein Körper war in einer Rückwärtsbewegung erstarrt, als kämpfe er gegen einen Fluchtinstinkt an.

»Es muss jemanden geben, den wir alarmieren können. Ich weiß, was wir besprochen haben, aber das hier …«

»Ich habe doch gesagt, dass er der Teufel in Person ist.«

»Monster«, zischte Stahlberg. »Das sind *Monster*.«

Lange standen sie stumm nebeneinander. Landon ließ seinen Blick über das Feld schweifen. Es wurde langsam heller. Der morgengraue Himmel färbte sich allmählich zartrosa. Es würde einer der wärmsten Sommertage werden.

»Ich brauche noch ein Foto«, sagte Stahlberg schließlich. »Ich muss wissen, was dort drinnen geschieht.« Landon gab keine Antwort.

»Wenn ich etwas schreiben will … etwas Konkretes.«

»Ich weiß.«

Stahlberg trommelte nervös auf seine Kamera.

»Wir können versuchen, an der Rückseite ins Gebäude zu kommen, doch sicherlich ist sie bewacht. Und es ist schon hell …« Das war unmöglich. Das wäre der reinste Selbstmord.

»Ich gehe«, sagte Stahlberg. »Sie können hierbleiben.«

»Geben Sie mir die Kamera. Ich mache es. Wir brauchen Sie.«

»Ich muss es selbst sehen.«

Landon blickte den Professor an. Er konnte ihn verstehen. Wie sollten es andere begreifen, wenn man es ihnen nicht zeigte? Er konnte ja selbst kaum glauben, was er auf Uckerö gesehen hatte. Ein Schlachthofschild. Menschen, die in ein Gebäude getrieben wurden.

Es sei denn, daß ich in seinen Händen das Mal der Nägel sehe und meine Finger in das Mal der Nägel lege …

Er betrachtete den gräulich weißen, undurchdringlichen Beton. Vier Mauern. Das war alles. Trotzdem schienen sie unüberwindbar.

Falls nicht ...

»Vietnam«, entfuhr es Landon plötzlich. Er blickte Stahlberg an. »Besaßen Sie nicht einen gefälschten Militärausweis, als Sie dort recherchierten? Sie sagten, dass Sie der einzige Ausländer waren, dem Zutritt gewährt wurde, weil Sie eine amerikanische Genehmigung hatten. Was war das genau? Irgendeine Art von Befugnis ...«

Stahlberg sah ihn an und kniff nachdenklich die Augen zusammen.

»Sie haben Zutritt bekommen. Sie waren der Einzige, der reingelassen wurde.«

»Das war in den Siebzigern.«

»Was war mit Ruanda. Äthiopien?«

In Stahlbergs Gesicht zuckte es. Er öffnete den Mund, ohne etwas zu sagen, und schloss ihn wieder. Nach einer Weile nickte er langsam. »Ja«, sagte er leise. »Ja.«

»Ich kann es auch selbst machen«, entgegnete Landon. »Doch es besteht das Risiko, dass ...«

»Das ist eine gute Idee.« Stahlbergs Stimme war tonlos. Er hängte sich die Kamera um und ging in Richtung Auto.

Landon blieb stehen und sah ihm nach. Die Schritte des Professors waren schwer. Mit der rechten Hand umklammerte er krampfhaft die Pistole.

Auf dem gesamten Weg bis zum Auto sprachen sie kein Wort miteinander.

Gary Stahlberg hielt die Hände hoch über das Lenkrad und blickte dem uniformierten Wachposten ins Gesicht. Der Mann hielt ein AK 5 im Anschlag. Stahlberg tastete mit der linken Hand langsam nach dem Knopf für den elektrischen Fensterheber und ließ das Fenster herunter.

»Was wollen Sie?«

»Was für eine freundliche Begrüßung«, sagte Stahlberg und schüttelte den Kopf. »Ehrlich gesagt, die schwedische Gastfreundschaft ist ziemlich überschätzt.«

Der Wachposten musterte ihn misstrauisch unter seinem grünen Barett und machte keine Anstalten, das Gewehr zu senken. »Name?«

»Roberts«, erwiderte Stahlberg. »Grant Roberts. Amerikanisches Gesundheitsministerium. Brauchen Sie hier meine Papiere etwa auch? Ich muss schon sagen, ihr nehmt es ziemlich genau ...« Stahlberg seufzte. »Das Gesundheitsministerium? Zusammenarbeit mit Johan Svärd?«

Immer noch keine Reaktion.

»Der Ministerpräsident? Die schwedische Regierung? Haben Sie denn gar keine Ahnung?«

Der Wachposten sah unsicher zu einem Kollegen herüber, der auf sie zukam. Er trug die gleiche Uniform wie der erste, hatte aber kein Barett auf. Sein Kopf war kahl rasiert, oder vielleicht hatte er eine Glatze. »Weißt du, wovon er spricht?«

»Keine Ahnung.«

»Hat euch Schweden niemand beigebracht, dass es in Gegenwart von Ausländern unhöflich ist, sich in seiner Muttersprache zu unterhalten?«

Die beiden Männer sahen noch verwirrter aus.

»Okay, okay.« Stahlberg seufzte frustriert. »Ich zeige euch meine Papiere ...« Er kramte in dem Papierstapel, der neben ihm auf dem Beifahrersitz lag, zog einen dünnen vergilbten Ausweis hervor und überreichte ihn dem Wachmann.

Als er den gefälschten Ausweis übergab, fühlte er sich fast beschwingt. Er hatte ihn seit fünfzehn Jahren nicht mehr benutzt.

»Ich weiß nicht«, sagte der Posten unschlüssig, als er Stahlbergs verblichenen Ausweis überprüfte. »Es ist kein Besuch angekündigt.«

»Meine lieben Freunde«, sagte Stahlberg geduldig. »Ich werde es euch in allen Einzelheiten erklären. Niemand Geringeres als Johan

Svärd, der Ministerpräsident dieses Landes, hat mich geschickt. Als wir miteinander sprachen, hat er mir zugesagt, dass …« Ein Strahlen ging über sein Gesicht. Er griff nach seiner Kamera, suchte nach einem Foto im Speicher und drehte das Display so, dass der Wachposten es sehen konnte. Die Aufnahme zeigte Stahlberg neben Johan Svärd, unten war das Datum eingeblendet. »Na? Klingelt es? Der berühmteste Ministerpräsident der Welt?« Stahlberg deponierte die Kamera wieder auf dem Beifahrersitz, ohne eine Antwort abzuwarten. »Kommt schon, Jungs. Ich fliege heute noch nach Washington zurück. Ich habe zwei Stunden gebraucht, um diese gottverlassene Gegend zu finden. Und um wieder zurückzufinden, brauche ich mindestens genauso lange. Glaubt ihr, dass ich nur aus purem Vergnügen in aller Herrgottsfrühe hier auftauche? Ich habe nur zwanzig Minuten, um die ganze Anlage zu besichtigen, also beenden wir doch diese ermüdenden Analysen darüber, wer hier über wen das Sagen hat und wer sich wo aufhalten darf. Ihr könnt gerne eure Vorgesetzten anrufen und nachfragen, aber ich habe nicht den ganzen Tag Zeit.«

Der Wachposten mit Barett schielte unschlüssig zu seinem Kameraden herüber. »Was meinst du?«

»Ich weiß nicht.«

»Schwund«, sagte Stahlberg und blickte einem nach dem anderen ins Gesicht. »Svärd hat mir die Bilder gezeigt. Aus tausend Fettsäcken werden null. Ihr müsst weder Diplom-Reiseleiter sein noch müsst ihr mich am Ende der Führung zu einer Kostprobe einladen. Um Himmels willen, Jungs, eure Vorgesetzten werden nicht gerade begeistert sein, wenn ihr mich jetzt zwingt, unverrichteter Dinge durch *bumfuck nowhere* zurückzufahren.«

Er holte Luft. *Seien Sie Amerikaner,* hatte Landon gesagt. *Blenden Sie die Leute.*

Er schüttelte irritiert den Kopf. »Meine Güte! Hier ist es ja fast so schlimm wie in Russland.« Dann blinzelte er dem Barett-Träger verschwörerisch zu. »Nur die Frauen sind schöner.«

Zu Stahlbergs Erstaunen lächelte der Mann. Auch der andere konnte sich ein Grinsen nicht verkneifen. Sie wechselten einen Blick. »Wir haben nichts vorbereitet ...«

»Nur Verlierer treffen Vorbereitungen!«, fiel ihm Stahlberg triumphierend ins Wort. Der Druck, der auf seiner Brust gelastet hatte, löste sich auf. Jetzt hatte er sie. Das Spiel war entschieden. »Ich verrate euch ein Geheimnis«, sagte er. »Hört auf den Rat eines alten Mannes. Während meiner ganzen Collegezeit habe ich kein einziges Referat, keine einzige Rede vorbereitet. Nicht das kleinste Stichwort, Jungs! Ich schwöre. Es kommt nur darauf an, wie man sich gibt. Und was war das Ergebnis? Ich habe das College als Jahrgangsbester abgeschlossen.« Stahlberg nickte dem Kahlköpfigen zu und lächelte. »*Class of 1969*. Als mir die Mädchen noch reihenweise erlagen, als die Milchshakes noch aus Milch von glücklichen Kühen waren und ich noch Haare auf dem Kopf hatte.«

Die Miene des Burschen hellte sich auf. »Die guten alten Zeiten«, sagte er und nickte zustimmend. Stahlberg lächelte enthusiastisch. »All right, Jungs. Wollen wir die Sache hinter uns bringen? Ich darf meinen Flug nicht verpassen.«

»Sie können Ihr Auto dort drüben abstellen«, sagte der Kahlköpfige und deutete auf die Stelle, wo die Viehtransporter gestanden hatten. »Wir müssen nur noch einen Kleidungsschutz für Sie finden.«

Stahlberg spürte einen leichten Krampf im Magen. Das amerikanische TV-Lächeln, das Landon ihm ausdrücklich befohlen hatte, spannte schon in den Mundwinkeln.

Aus tausend Fettsäcken werden null, hatte er gesagt. Keiner der beiden hatte protestiert.

Er fischte seinen Notizblock und einen Stift aus dem Handschuhfach und steckte unauffällig seine kleine Kamera ein. Es war möglich, dass sie ihm das Filmen untersagten, aber so konnte er wenigstens den Ton aufnehmen.

»Okay, Roberts, Grant Roberts«, murmelte Stahlberg. Er zog den Schlüssel aus dem Zündschloss und öffnete die Autotür. »Geh jetzt raus und rette dieses verfluchte Land.«

Der Gestank war bestialisch. Der kahlköpfige Wachposten, der ihn begleitete, reichte ihm einen blauen Schutzkittel und zwei dünne Schuhüberzieher. Stahlberg unterdrückte einen Würgereiz und nickte dankend. Der Raum, in den sie ihn geführt hatten, war mit Desinfektionsmitteln getränkt, aber es half nichts. Kein Parfüm der Welt konnte überdecken, dass hier drin etwas zum Himmel stank.

»Mille wird Sie herumführen«, sagte der Mann. »Bei der Anlieferung kann es ziemlich chaotisch zugehen, aber wenn Sie es trotzdem sehen wollen …«

Stahlberg versuchte unberührt zu wirken. »Kein Problem.«

»Ansonsten können wir direkt zum Abfertigungsprozess übergehen.«

»Es schadet nichts, wenn ich mir einen Überblick über den gesamten Ablauf verschaffe.«

»Nur damit Sie vorbereitet sind. Es ist nicht gerade ein schöner Anblick.«

»Kein Problem«, wiederholte Stahlberg. Er machte die oberen Knöpfe des Kittels zu und zog die Plastikhandschuhe über.

Ein Mann betrat den Raum. »Das ist Mille«, sagte der Wachmann. »Mille? Mr Roberts.«

Stahlberg sah ihn an. »Guten Tag.«

Der dunkelhaarige Mann nickte schnell, ohne ihn anzusehen. Er blieb in der Tür stehen und hielt sie auffordernd auf. Er wirkte ungeduldig.

»Vielen Dank«, sagte Stahlberg und ging schnell durch die erste Tür. »Es ist sehr nett, dass Sie …«

Gütiger Gott.

Später sollte er darüber in knappen, klanglosen Sätzen schreiben. Die Höhe und die Länge des Schachtes. Die Feuchtigkeit an den Wänden. Das rote Abwasser, das in die Abflüsse gesaugt wurde. Er würde irgendetwas über die Rohrbahnen an der Decke und die Betäubungsgase schreiben. Milles weiße Handschuhe. *Wir haben eine Kapazität von sechshundert pro Tag.*

Wie beschreibt man das Unvorstellbare?

Die panischen Schreie, als sich der Schacht wie ein Schlund in die Hölle öffnete? Das nicht enden wollende Stampfen und Rasseln.

Stahlberg hielt die Kamera unauffällig in der Hand verborgen. Als sie an einer neuen Station stehen blieben, drückte er mechanisch auf den Auslöser. Neben ihm leierte Mille unvorstellbare Zahlen herunter, er nickte geistesabwesend.

»Achtzehnhundert?«

»Tausend«, korrigierte Mille. »Achtzehn*tausend*, insgesamt. Wenn man den ganzen Landkreis zählt. Wir müssen uns auch nicht mehr um Hygienevorschriften kümmern, das beschleunigt das Ganze.«

Stahlberg spürte, wie Panik in ihm aufstieg. *Die Abläufe. Warum hatten sie die Abläufe beibehalten?*

»Wir haben drei Sorten Abfall: Haut, Knochen, Extremitäten.« Mille zeigte auf die großen Behälter am anderen Ende des Raumes. »Schauen Sie.«

Stahlberg sah ihm eine Sekunde lang in die Augen. Der Mann zeigte keine Reaktion.

»Hier haben wir alles automatisiert«, sagte Mille. »Doch die erste Sichtung erfolgt manuell.«

Stahlberg nickte und atmete durch den Mund. Der Gestank war unerträglich. Er sah, wie der Mann einen weiteren Knochen zur Seite warf.

Wie sollte er jemals wieder mit Menschen *sprechen* können?

Er richtete seinen Blick auf den Fabrikboden. Über dem Boden verliefen dicke Kabel, die sich wie verwundete Schlangen in dem schmierigen Film wanden. Stahlberg schwankte. Johan Svärds Stimme hallte in seinem Kopf.

Wir haben zahlreiche Behandlungsmöglichkeiten für unterschiedliche Arten von Menschen. Bislang funktionierten unsere Methoden über Erwarten gut.

»Haben Sie genug?«

Stahlberg schnitt eine Grimasse. »Das hier ist das Ende, oder?«

»Der Abfall wird dort hinaustransportiert.« Mille zeigte auf zwei große weiße Türen. »Er wird in einem anderen Gebäude aufbewahrt. Aber Ihre Zeit ist um, wenn ich es richtig verstanden habe.«

Die zweideutige Formulierung ließ Stahlberg erstarren. Im selben Augenblick hörte er das laute Rasseln der Rohrbahnen an der Decke und drehte sich um. Der Schacht hatte sich wieder geöffnet.

Er dachte an den Globen. Die endlosen Menschenschlangen.

»Sollen wir Schluss machen?«

Stahlberg brachte nur ein Stammeln hervor, seine Stimme versagte ihren Dienst. Er mobilisierte seine letzten Kräfte.

Sei Amerikaner. Übertreibe.

Mit dramatischer Geste streckte er seine Hand aus und nickte. »Vielen Dank, junger Mann! Mille war Ihr Name, nicht wahr? Gut gemacht!«

Widerwillig schüttelte Mille seine Hand. Stahlberg tat alles, was in seiner Macht stand, um sich ein Lächeln abzuringen. Sein Gegenüber wies auf eine Tür etwas weiter hinten. »Sie finden selbst raus«, sagte er. »Der Aufzug bringt Sie direkt in den oberen Raum.«

Stahlberg nickte und ging langsam in Richtung Tür. Die blauen Schuhüberzieher schlurften über den Boden.

In der oberen Etage erwartete der Kahlköpfige ihn am Aufzug. Er musterte ihn lange und fragte schließlich: »Grant Roberts?«

Stahlberg zögerte. Irgendetwas in dem Blick des Mannes warnte ihn.

»Falsche Antwort.«

Der Druck auf der Brust war wieder da. Was passierte hier?

»Zweite Frage. Warum fährt Grant Roberts einen Wagen, der auf Klas Bremming, Åkerigatan 12 in Gimo zugelassen ist?«

Atmen. Immer weiter atmen. »Ich weiß nicht, wovon Sie sprechen.«

»Sie haben nicht damit gerechnet, dass wir Sie überprüfen würden?«

»Ich verstehe wirklich nicht …«

Das Grinsen des Mannes wurde immer breiter. *Sie werden mich in den Schacht werfen. Sie werden mich an einem Haken aufhängen.*

»Wissen Sie, was wir mit Leuten machen, die nicht die ganze Wahrheit sagen?«

Stahlberg schluckte hart.

Der Mann stierte ihn an. Nach einer endlosen Weile öffnete er den Mund. »Teeren und federn«, flüsterte er. »Teeren und federn.«

Stahlberg starrte ihn verständnislos an.

Der Mann krümmte sich und schlug sich auf die Oberschenkel. »Angsthase!«, rief er. »Sie hätten sich vor Angst fast in die Hose gemacht!« Er kugelte sich vor Lachen und zeigte auf Stahlberg. »Oh wow, Sie hätten Ihr Gesicht sehen sollen!«

Stahlberg stand wie entgeistert da. War das ein *Scherz*?

Der Mann richtete sich auf und betrachtete ihn beinahe bekümmert. »Entspannen Sie sich, es war nur ein Witz.«

Stahlberg nickte steif.

»Ja, wie auch immer«, sagte der Kahlköpfige. »Es wäre besser gewesen, Sie hätten uns gleich gesagt, dass Sie das Auto über behördliche Ausgabestellen bekommen haben. Wir waren zunächst skeptisch.«

»Ausgabestellen?«

»Ja, genau. Sie haben den Audi doch dort bekommen?«

»Oh ja. Das ist richtig.«

»Es hat eine Weile gedauert, bis wir begriffen haben, dass der beschlagnahmte Privatbesitz der Schweine schon verteilt wird.«

»Ich habe das Auto geliehen.«

»Ja, verdammt. Das ist logisch. Und wir haben es ja ermittelt. Dieser Bremming stand schließlich auch auf der Liste. Um den haben wir uns gekümmert.«

Stahlberg zuckte verwirrt mit den Schultern.

Der Kahlköpfige schlug ihm auf den Rücken. »Hey. Nemas problemas, wie wir in Schweden sagen. Nichts für ungut.«

Stahlberg lächelte entschuldigend. »Sorry. Ich bin ein bisschen ...« Er fasste sich an den Kopf. »Der Aquavit von gestern Abend.«

»Ihr erstes schwedisches Mittsommerfest?«

»Und mein letztes.«

Stahlberg zog den Schutzkittel aus und überreichte ihn dem Wachmann. Dann streifte er die Schuhüberzieher ab. Er fühlte sich bis tief in die Poren infiziert. »Gibt es hier irgendwo ein Waschbecken?«

»Natürlich.« Der Mann deutete zum Ende des Gangs. »Die Toilette ist dort hinten.« Fünf Minuten später saß Gary Stahlberg wieder hinter dem Lenkrad von Bremmings weißem Audi. Der Kahlköpfige stand draußen neben dem Fahrerfenster. »Weiter so«, sagte Stahlberg. »Ihr macht gute Arbeit.«

»Danke gleichfalls.«

»Mal abwarten.«

»Tut mir leid, dass ich Ihnen einen Schreck eingejagt habe.«

»Ach, vergessen Sie's. Der Ort ist nur ein bisschen ... gespenstisch.«

»Der Ort ist ein verfluchtes Drecksloch, ich weiß. Sie müssen nichts schönreden. Aber ohne uns wäre ganz Schweden so.«

Stahlberg ließ wortlos den Motor an. Der kahle Kopf des Mannes leuchtete in der Morgensonne und sein magerer, rechter Arm winkte im Gegenlicht.

Als die ersten Berichte in der Presse erschienen, sah Bibi Glorias Gesicht vor sich. Ihre runden, rosigen Wangen. Die helle Bluse, die sie anprobiert hatte, bevor sie aus dem Haus gegangen war.

Sie hatten sie geschlachtet. So hatte es der Journalist auf CNN ausgedrückt.

Wie Schweine.

Zuerst hatte sie gar nicht verstanden, was er meinte. Dann war die Nachricht allmählich in ihr Bewusstsein gesickert; langsam, als würde sich ein Teil ihres Gehirns immer noch weigern, die Wahrheit zu akzeptieren. Sie hatte wie gelähmt vor dem Fernseher gesessen. Zunächst hatte sie gar keinen Empfang gehabt, bis plötzlich das Testbild von GTV auf CNN umgestellt wurde. Die Nachrichten wurden den ganzen Tag lang ununterbrochen gesendet.

Der amerikanische Präsident hatte eine Pressekonferenz zur aktuellen Lage einberufen. Die Ausschnitte wurden so oft wiederholt, dass Bibi sie auswendig mitsprechen konnte. *Das Unvorstellbare war geschehen. Das, was niemals hätte geschehen dürfen.* Die ausländischen Berichte zeigten immer wieder Bilder aus Stockholm, wie Johan Svärd von amerikanischen Einsatzkräften aus seiner Dienstwohnung abgeführt wurde.

Am grauenvollsten waren die Bilder vom Schlachthof außerhalb von Norrtälje, wohin der amerikanische Journalist den Transportern gefolgt war. Bibi hatte noch nie etwas so Schreckliches gesehen. Sie hatten keine Aufnahmen aus dem Inneren des Gebäudes gezeigt, sondern nur die Fassade gefilmt, doch das genügte. Tausende Menschen. Abgeschlachtet wie Vieh. Sie hatte wie betäubt dagesessen und versucht, das Unfassbare zu verstehen.

Sie hatten bislang elf Anlagen evakuiert, aber laut der Dokumente, die in der Regierungskanzlei gefunden worden waren, musste es mindestens doppelt so viele geben. Militärische Einsatztruppen durchforsteten das Land nach Überlebenden. Mithilfe der EU sollte eine Interimsregierung gebildet werden.

Auf dem Bildschirm erschien das flache Betongebäude auf Vallbro Gård, der Hof war abgeriegelt, überall standen Polizeiautos. Das Bild schwenkte zu einem der ersten Wahlplakate der Gesundheitspartei. Ein Mensch mit Schweinekopf saß hinter einem Bareinzahlungsautomaten und fraß die Scheine, die auf der anderen Seite hineingesteckt wurden.

Das Bild änderte sich zum dritten Mal. Helikopter in der Luft. Johan Svärd mit der Hand vor dem Gesicht.

Plötzlich klingelte das Telefon. Bibi betrachtete es eine Weile, als verstünde sie nicht, woher das Geräusch kam.

Nicklas' Stimme war undeutlich im Rauschen der schlechten Verbindung. »Hast du es schon gehört?«

Sie spürte die brennenden Tränen unter ihren Lidern.

»Tante Bibi, bist du da?«

»Ich wusste, dass etwas nicht in Ordnung war. Ich habe es die ganze Zeit gewusst. Ein Mensch kann nicht einfach spurlos vom Erdboden verschwinden. Aber das hier ...« Sie konnte sich nicht länger zusammenreißen. Sie fing an zu weinen. »Ich kann es einfach nicht glauben.«

»Niemand kann es glauben. Es tut mir so unendlich leid.«

»Hast du mit HC gesprochen?«

Nicklas wurde still. »Er ... viele sind verschwunden ...«

»Oh nein.« Bibi schlug sich die Hand vor den Mund.

Erneut flimmerten Bilder von der Pressekonferenz vorüber. Die amerikanische Fahne. Der Präsident im weißen Hemd, seine dunklen Augen. *An einem Tag wie heute tragen wir alle Verantwortung.*

»Ich kann später bei dir vorbeikommen«, sagte Nicklas. »Aber ich muss noch mal in die Redaktion.«

Bibi sah zum Fernseher. Jetzt zeigten sie wieder den Globen.

»Bibi?«

»Ja.« Jedes Wort bereitete ihr Mühe. »Mach dir keine Sorgen um mich. Ich komme schon zurecht.«

»Ich rufe dich später an.«

»Sei vorsichtig.«

»Es ist vorbei«, sagte Nicklas. »So muss man es sehen. Wenigstens ist es jetzt vorbei.«

Sie beendete das Gespräch und legte das schnurlose Telefon in ihren Schoß. Jetzt waren die hohen, leeren Ränge der Arena zu sehen. Die Kamera schwenkte über den frisch gereinigten Boden.

War es das wirklich? *Vorbei?*

Sie ließ das Telefon im Schoß liegen. Das Bild wechselte wieder zurück nach Norrtälje. Vor der betongrauen Tierfabrik wehte eine schwedische Fahne.

Hallo? Hallo?«, rief Landon und rannte die Treppe in Klas Bremmings Haus hinauf. Nicht »Helena«. Nicht »Molly«. Er brachte es nicht über sich, ihre Namen zu rufen.

Als Stahlberg von dem Wagen erzählt hatte, war es schon spät gewesen. Die ersten Texte lagen in der Redaktion in New York. Das erste Filmteam von CNN war auf dem Weg.

Ach ja, der Kerl auf dem Schlachthof hat irgendetwas über den Audi gesagt. Dass sie sich auch um den Besitzer gekümmert hätten. Ich hatte es ganz vergessen zu erzählen.

Als wäre es ein unbedeutendes Detail.

Landon war mit einem wutentbrannten *Fuck you* aus dem Hotelzimmer in Arlanda gestürmt, hatte die Tür mit einem lauten Knall hinter sich zugeschlagen und war nach Uppsala gerast. Einmal hatte er mitten auf der Fahrbahn abrupt gebremst, um in eine Tankstelleneinfahrt einzubiegen und zu tanken. Dabei wäre er um ein Haar mit einem Fernlaster kollidiert.

Sie hatten sich um Klas *gekümmert*. Was bedeutete das?

Jetzt stand er in seinem Haus und starrte den grünen Sessel im Arbeitszimmer an. Auf der Lehne lag ein weißer Frotteebademantel. Der Schreibtisch war leer, bis auf …

Comics. Donald-Duck-Comics.

Landon machte den Mund auf, doch der Laut blieb ihm im Hals stecken. Er öffnete den Schrank.

Kein Laut. Keine Bewegung.

Er lief durchs Haus und suchte vergeblich nach einer Dachbodenluke – ein unzugänglicher Ort –, doch dies war der Dachboden des Hauses. Bremming hatte erzählt, dass seine Frau ihn, wie in den Fernsehserien, eigenhändig zu einem »Master bedroom« gemacht hatte. Nach ihrem Tod hatte er hier oben sein Arbeitszimmer eingerichtet und das Schlafzimmer wieder in die untere Etage verlegt. *Ebenerdig schlafe ich besser.*

Helena hatte in seiner Erinnerung am Küchentisch gesessen. Landon konnte sie vor sich sehen. Den dicken Zopf. Den Kopfverband.

Er ging wieder in Richtung Treppe. Konnten sie sich im Keller versteckt haben? Aber dort hatte er schon gesucht. Er hatte überall gesucht.

Im Erdgeschoss fing er von vorn an. Küche, Schlafzimmer, Keller.

Küche.

Da.

Er starrte auf die Zeichnung, die auf dem Tisch lag. Seine Hand zitterte, als er sie hochhob. Ein rotes Haus mit zwei quadratischen Fenstern. In dem einen Fenster saß eine runde graue Katze mit überproportional langen Schnurrhaaren. Aus dem anderen schauten zwei Köpfe.

Darunter hatte Molly in schnörkeligen, rosa Buchstaben geschrieben: ZUHAUSE.

Eine halbe Stunde später hatte Landon Kavarö erreicht. In der Einfahrt zum Haus seines Vaters parkte ein schwarzer Mazda, doch er fuhr daran vorbei. Ihn interessierte einzig und allein das nächste Haus.

Sein Herz schlug ihm bis zum Hals, als er die rote Fassade sah. Er bog in die Einfahrt ein und bremste abrupt. Landon rannte über die Rasenfläche, blieb aber am Ende des gepflasterten Gehwegs stehen. Das Gras an der Vordertreppe war seit Längerem nicht mehr gemäht worden und wucherte wild. Die Gardinen waren zugezogen. Landons Hoffnung sank. Helena war schwer verletzt gewesen. Alle drei hatten sich in Bremmings Haus aufgehalten. Falls sie ihn abgeholt hatten …

Langsam ging er zur Tür. Er wollte gerade die Klinke herunterdrücken, als er unter der Treppe eine Bewegung wahrnahm. Zwei grüne Katzenaugen starrten ihn an.

Im selben Moment wurde die Tür aufgerissen.

»Banane!« Molly sprang ihm freudestrahlend in die Arme. »Banane!«

Er nahm sie in die Arme. »Molly …« Er hatte nicht erwartet, dass ihn seine Gefühle so übermannten. Es war, als öffnete sich in seinem Inneren eine Schleuse.

»Du musst doch nicht weinen!« Molly drehte sich um und rief in den Flur. »Mama! Mama, komm schnell!«

Durch die Tränen hindurch sah er sie. Die lange weiße Bluse.

Sie lächelte ihn an. »Endlich bist du da.«

Molly saß im Schneidersitz auf dem Boden vor dem Sofa. Sie hatte einige Kuscheltiere nebeneinander aufgereiht, die in ein intensives Gespräch verwickelt schienen.

»Wir haben dich im Fernsehen gesehen«, sagte sie und sah zu Landon hoch.

»Mich?«

»Gehört«, korrigierte Helena. »Dieser amerikanische Journalist hat über dich gesprochen.«

Sie saßen dicht nebeneinander auf dem Sofa. Landon spürte die Wärme ihrer Hand auf seiner.

»Landon Thomson-Jæger«, ahmte Helena mit übertriebenem amerikanischem Akzent nach. *»He's the real hero.«*

»Ich sollte ihn anrufen und mich bei ihm entschuldigen.«

»Warum?«

»Ich habe ihm gesagt, er solle …« Landon dachte an seine letzte Begegnung mit Professor Stahlberg und lachte. »Ach, nichts.«

Helena und Molly tauschten einen verständnislosen Blick. Molly tippte sich an die Stirn, woraufhin Landon noch mehr lachen musste. Zum Schluss konnte Helena nicht anders und musste mitlachen. Molly seufzte dramatisch. »Ihr seid ja total verrückt. Ich gehe mit Gestiefelter Kater nach draußen.«

Als sie verschwunden war, sah Landon Helena an. »Ich kann immer noch nicht begreifen, dass ihr hier seid.«

»Ich weiß.«

»Und Klas?«

Sie wich seinem Blick aus. »Er ist in der Nacht verschwunden, in der sie gekommen sind. Als er die Lastwagen gehört hat, ist er aus dem Haus gelaufen und hat die Tür hinter sich abgeschlossen. Ich glaube, er wollte sie mit seinem Fluchtversuch von uns ablenken. Aber sie müssen ihn erwischt haben. Sie sind nicht mehr ins Haus gekommen. Ich nehme an, dass sie davon ausgegangen sind, dass er alleine war. Es wusste ja niemand, dass wir …« Sie schluckte.

Landon drückte ihre Hand. Er konnte ihre Art Schuldgefühle nur allzu gut verstehen.

»Er wollte uns schützen«, sagte Helena. »Er wollte so weit wie möglich vom Haus entfernt sein, damit wir eine Chance hätten.«

»Ihr müsst Todesangst gehabt haben.«

»Ich habe mich wie ein Kind verhalten. Ich habe Molly hinter mir her ins Schlafzimmer gezogen und mich mit ihr im Schrank versteckt.« Sie schüttelte verlegen den Kopf. »Was für eine naive Reaktion.«

Landon streichelte ihren Arm. »Ich hätte da sein müssen.«

»Du warst dort, wo du sein musstest.«

Er gab keine Antwort.

»Hast du es wieder angesehen?« Sie schaute ihn an. »Alles?«

»Ja.«

Eine Weile saßen sie schweigend nebeneinander. Landon blickte sich um. Das Sofa stand wieder an seinem alten Platz. Die vier Flickenteppiche lagen Kante an Kante auf dem abgenutzten Holzboden. Es war, als ob nichts geschehen wäre. Dennoch war nichts mehr so wie zuvor.

»Sie haben ihn verhaftet«, sagte Helena nach einer Weile. »Svärd.«

Landon nickte. »Das habe ich gehört.«

»Ich frage mich, was sie mit ihm machen werden.«

»Sie werden ihm in Den Haag den Prozess machen. Ihn fragen, warum er das getan hat. Ihn einsperren.«

»Und die anderen?«

»Ich weiß nicht. Ich habe gehört, dass sich sein Stab und die Leute, die mit den Lagern zu tun hatten, vor Gericht verantworten müssen. Aber das Problem sind all die anderen Dinge, die sie getan haben. Schließlich war die gesamte Regierung daran beteiligt.«

»Und die Bevölkerung.«

Landon hob ihre Hand an seinen Mund und küsste sie. Er wollte nicht mehr darüber reden. Vorsichtig strich er ihr über die Haare. »Der Verband ist weg.«

»Du hast deinen Bart abrasiert.«

»Und die Hand?«

»Es geht. Es war nicht einfach herzufahren. Das Auto steht übrigens vor deinem Haus. Ich wollte keine Aufmerksamkeit erregen, deshalb habe ich es dort geparkt. Ich wollte nicht, dass irgendwer auf die Idee kommen könnte, wir wären hier.«

»Ach … der schwarze Mazda.«

Sie nickte. »Er kann ja einfach dort stehen, bis wir wegfahren.«

»Wo hast du den Wagen her?«

Helena zuckte mit den Schultern. »Von der Straße.«

Landon sah sie verblüfft an. »Du hast ein Auto *geklaut*?«

Sie lächelte vielsagend.

Landon grinste.

»Ich werde es zurückbringen.«

»Natürlich.«

»Wir werden sowieso bald abreisen.«

Er zuckte zusammen. »Ihr wollt abreisen? Wohin?«

»Wir werden zu Mirja ziehen«, sagte Helena. »Das ist die Schwester meines Vaters. Sie lebt auf Åland. Die Entscheidung habe ich getroffen, als wir die Fernsehberichte gesehen haben. Auf einer richtigen Insel werde ich mich sicherer fühlen.«

»Aber jetzt ist doch alles wieder …« Landon zögerte. *Gut?*

»Ich möchte Molly hier nicht mehr zur Schule schicken. Nicht einmal, wenn sie schwören, dass alles wieder so wird wie vorher. Ich habe nicht vor, ins medizinische Versorgungszentrum zu gehen und meinen Job zurückzufordern, als ob nichts geschehen wäre. Und wie wollen sie das Schulsystem und den Wohnungsmarkt und alle anderen Bereiche normalisieren, nachdem alles zusammengebrochen ist? Auf CNN haben sie gesagt, dass vorübergehend eine Interimsregierung eingesetzt wird, aber was bedeutet das? Früher oder später kommen wieder andere ans Ruder. Ich möchte nicht bleiben. So ist es. Ich möchte in diesem Land nicht länger leben.«

»Aber …« Landon wusste nicht, was er sagen sollte. Er wollte auch weg. Seit vier Jahren hatte er nichts anderes gewollt.

»Ich schäme mich«, sagte Helena. »Ich schäme mich, Schwedin zu sein. Verstehst du?«

Landon nickte. Er hatte es nicht ausgesprochen, aber es ging ihm genauso. »Åland also«, sagte er nachdenklich.

»Hast du einen besseren Vorschlag?«

»Ich hatte eine Einladung nach New York. Allerdings bevor ich zu Professor Stahlberg gesagt habe, er solle zur Hölle fahren.«

»New York?«

»Manhattan.« Er lächelte schief. »Ist auch eine Insel.«

Helena lachte. »Zweifellos.«

»Molly würde es dort gefallen. Die Amerikaner haben schließlich Donald Duck erfunden.«

»Sie wird langsam zu alt für Donald Duck.«

»Das glaube ich erst, wenn ich es sehe.«

Helena lehnte ihren Kopf an seine Schulter. Landon atmete ihren Duft tief ein. Er spürte eine Ruhe wie seit Monaten nicht mehr. Die Wärme ihres Körpers löste die innere Anspannung, unter der er so lange gestanden hatte.

»Weißt du«, sagte Helena nach einer Weile. »Ich habe Angst, dass es nie wieder wie früher sein wird. Dass es nie vorübergehen wird.«

Landon gab keine Antwort. Er befürchtete dasselbe. Es würde nie zu Ende sein.

»Und Molly«, fuhr Helena fort. »Was hat das alles mit ihr gemacht? Wie viel hat es zerstört?«

»Sie wird es verarbeiten. Kinder sind stärker, als wir meinen.«

Helena schluckte hart.

Er legte den Arm um sie. »Es wird sich alles finden«, flüsterte er. »Wir sind jetzt auf der anderen Seite.«

Sie weinte leise, den Kopf an seiner Schulter. Landon wollte es nicht zugeben, aber er befürchtete, dass sie richtiglag. Dass es Narben hinterlassen hatte. Dass nachts die Geister auftauchen und ihnen in die Ohren flüstern würden. Und wie sollte man den Menschen gegenübertreten? *Ich bin Schwede. Es tut mir leid.*

Johan Svärd und seine Parteigenossen saßen hinter Schloss und Riegel. Aber was würde mit den anderen passieren? Mit Ärzten, Polizisten, Universitätsdekanen?

Er kannte sich gut genug in politischer Geschichte aus, um zu wissen, was in der Zeit danach geschehen würde. Schweigen. Niemand war beteiligt gewesen, alle waren unschuldig. Doch Hass war kein Bestandteil einer bestimmten Ideologie, die mit einer Regierung stand oder fiel; Hass war eine Kakerlake, die weiterkrabbelte, obwohl man auf sie drauftrat. Diese Epidemie hatte Johan Svärd nicht ausgerottet.

Er atmete den Duft von Helenas Haar ein. Was auch immer geschehe, dachte er, er würde bei ihr bleiben.

Danksagung

Brandt New Agency in Barcelona.

Pastor Steve Willis aus Kenova, West Virginia.

Professor Brian Palmer, Experte auf dem Gebiet des Whistleblowing.

Carol Emery Normandi & Laurelee Roark bei Beyond Hunger in San Rafael, Kalifornien. Die dafür sorgten, dass so viele von uns überlebt haben.

Sara Arvidsson vom Albert Bonniers Verlag und ein besonderes Dankeschön an Lotta Aquilonius für alle Korrekturen. Ohne dich würden sich die Leute immerzu auf die Lippen beißen.

Dr. Linnman. Für die Stunden bei Starbucks, die rote Karte und den Rest des Lebens.

Zitatnachweis

Alle Bibelzitate in diesem Buch entstammen der Elberfelder Bibel von 1905.

»Woods Auseinandersetzung mit unserer Kultur und Gegenwart ist bestechend und brillant.«

The Australian

»Ich muss wissen, wo ich bin.«
»Oh, Süße. Du musst wissen, *was* du bist.«

Verla und Yolanda finden sich eingesperrt inmitten in der australischen Halbwüste wieder. Gemeinsam mit acht anderen, jungen Frauen werden sie von Wärtern streng beaufsichtigt und gepeinigt. Nach und nach begreifen die Frauen, warum sie verschleppt wurden. Dass sie Teil eines perfiden Plans sind ...

Charlotte Wood
Der natürliche Lauf der Dinge
Roman
Deutsch von Gaby Wurster
304 Seiten
Gebunden mit Schutzumschlag
€ (D) 20,00 / € (A) 20,60
ISBN 978-3-03880-001-9

Arctis

LChoice App kostenlos laden,
dann Code scannen und jederzeit
die neuesten Arctis-Titel finden.

LChoice
Hier bestellen